KB248535

“이십대를 보내고 있는 이누에게”

러스 퍼거

Russ Perger

편견을 깨기 위한 모험과 긴장의 판타지 대학 수업　│ 장현정 지음 │

지식공감 도서출판

러스 퍼거

Russ Perger

편견을 깨기 위한 모험과 긴장의 판타지 대학 수업 | 장현정 지음 |

지식공감 도서출판

차례

조나크 숙모

　평범한 회사원 아버지에 주부인 어머니를 둔 나로서는, 조나크 숙모의 출현에 쉽게 적응할 수가 없었다. 아버지보다 두 살 어린 삼촌은 젊은 시절 제법 오랫동안 전혀 소식이 닿지 않았다. 나는 여덟 살이 되기까지 삼촌의 얼굴을 한 번도 본 적이 없었다. 가족들 모두가 일상생활에서 삼촌을 잊고 있던 어느 날, 삼촌은 알래스카의 사냥꾼처럼 콧수염과 구레나룻의 모습으로 나타났다. 아버지께서 삼촌을 껴안고 감격하고 계실 때, 삼촌의 뒤에 서 있던 어떤 낯선 여자가 나를 보고서 무릎을 굽혔다.

　그녀는 베이지색의 챙이 넓은 모자 너머로 비스듬하게 나를 쳐다보았다. 밀가루를 발라 놓은 것처럼 새하얀 얼굴에 붉은 장밋빛 립스틱의 여자는 내 볼을 살짝 잡아당기고는 미소를 지었다. 엄마가 삼촌을 보고서 눈물을 훔치고 있는 사이에 그녀는 내 노란색 나비넥타이를 아무 거리낌도 없이 풀어 버렸다.

　"형님은 멋없게 이런 샛노란 색깔을 쓰다니."

　그러더니 자신의 모자를 벗어 들고서 거기에 있던 비단 리본을 풀어 내 그걸로 대신 나비를 만들어 매주었다. 나는 텔레비전 쇼에 나오는 푸들의 목에 비단 리본을 맨 것처럼 기분이 나빠졌다. 그럼에도 나는 그녀의 손가락 끝이 얼굴과 목을 건드릴 때마다 마비라도 된 것처럼 굳어 있었다. 아무래도 정체불명의 그 향기 때문에 그랬을 것이다. 그만 얼굴이 새빨개진 나는 얼른 집안으로 뛰어 들어가 버렸다.

숙모는 설탕을 티스푼으로 두 스푼만 넣은 원두커피를 달라고 주문했다. 엄마는 처음부터 까다로운 모습을 보이는 숙모가 못마땅한 것 같았지만, 이내 커피를 내오셨다.

"제 입맛에 딱 맞네요, 형님."

엄마는 무척 화가 난 것처럼 휙 하고 돌아서서 부엌으로 가 버리셨다. 아버지께서는 그런 엄마를 그냥 내버려두시고서 삼촌에게만 깊은 관심을 보이셨다. 삼촌이 그동안 어떻게 지냈으며, 지금 일을 하고 있다면 무슨 일을 하는지 궁금하셨던 모양이다.

"세상을 다니며 여러 가지를 공부했습니다. 지금은 해외에 본사가 있는 회사의 지사 업무를 보고 있습니다."

삼촌의 대답은 두루뭉수리 했다. 어떤 공부를 했다, 어떤 회사의 어떤 업무를 보고 있다, 는 등의 한 눈에 알아볼 정도의 분명한 대답은 전혀 없었던 것이다.

그럼에도 아버지께서는 그 말을 이해하셨다는 듯이 고개를 끄덕이셨다. 삼촌은 집도 얻었는데, 여기에서 가까운 곳이라고 했다.

"아마, 자주 찾아뵙게 될 겁니다."

삼촌의 콧수염과 구레나룻이 나를 보며 웃는 것 같았다.

팔루마 거리의 사람들은 모두 남의 집 사정에 말이 많다. 삼촌이 나타나기 전, 사람들은 삼촌이 어디 원양어선을 탔느니, 아니면 동굴로 도를 닦으러 들어갔느니, 심지어 아마 갱단에 끌려갔다가 쥐도 새도 모르게 쓱, 이런 말까지 서슴지 않고 해댔다. 나는 엄마가 기분나빠하면서 이런 말을 하는 걸 엿듣고는 '내게 삼촌이 있구나.'라고 생각했다. 그런 삼촌이 드디어 나타난 것이다.

숙모는 커피를 마시고는 줄곧 나를 쳐다보았다. 밤이 늦자 두 분은 자리에서 일어나셨다. 아버지는 삼촌을 한 번 더 껴안고서 다시는 말없이 사라지지 말라고 재삼 부탁했다. 삼촌은 그러겠다고 희미하게 웃고는 밖으로 나갔다. 숙모도 모자를 집어 들면서 내 머리를 한 번 쓰다듬었는데, 그건 버튼을 꽉 누르는 것처럼 아팠다. 숙모는 아무렇지도 않은 듯, 배웅하러 나온 엄마를 흘끗 보며 야릇한 미소를 지었다.

"러스는 잘 교육받고 있는지 모르겠습니다."

숙모는 문을 닫고 나갔다.

"버릇없는 것 같으니라구"

엄마는 중얼거리시면서 커피 잔을 집어 드시더니 다시 홱 돌아섰다. 곧 부엌에서 우당탕하는 소리가 들려왔다. 커피 잔이 깨진 건지도 몰랐다. 나로서는 엄마와 숙모의 신경전에 대해 별로 할 말이 없다.

그리고 내 삶은 숙모의 간섭과 함께 새로운 시기를 맞이했다. 나를 향한 숙모의 이것저것은 줄곧 열아홉 살까지 계속되었다. 열아홉 살에는 대학에 마지막 구원의 깃발을 달겠다고 다짐했다. 팔루마 거리로부터 멀리 떨어진 곳의 대학을 들어간다면, 숙모도 더 이상 나를 어린아이 챙기듯 하지 않을 것이라 생각하며 혼자서 웃기도 했다. 그러나 그런 나의 착각은 그야말로 얼마나 어리석은 착각에 불과했던가.

숙모의 기준에 나를 맞춘다는 건 정말이지 하루 만에 베르사유 궁전 같은 곳을 짓는 것만큼이나 불가능한 일이다. 학교 시험은 기본이니 어느 정도의 성취를 이루어야 한다고 우선 말한다. 그리고 높은 성적을 받고서 숙모에게 성적표를 내밀면, "그걸 자랑하려고 들다니." 하고 싸늘하게 말한다. 때때로 성적이 좋지 않아서 시무룩하면 "아무 것도 아닌 일로 기가 죽다니." 하고 말하기도 했다.

그리고 숙모가 시킨 일을 꼬박꼬박 해야 했는데, 그것은 '생각을 생각하는 일'이었다. 숙모는 그저 책을 한 권씩 던져주거나, 무언가가 가득 적힌 종이 한 장을 던져주고는, "이건 남의 생각인데, 너의 생각으로 바꿔봐."라고 말하곤 했다. 그걸 제대로 해내지 못하면, 나는 숙모의 고함소리에 뒷덜미가 얼어붙곤 했다.

하지만 숙모의 그런 훈련 덕분에 지금으로서는 세상과 나에 대하여 어떤 주제를 던져주더라도 제법 쓸 수 있게 되었다. 누가 자주 방귀뀌는 습관이 있는 사람에 대해 대처하는 방법을 써 보라고 할지라도 그것에 대해서 길게 쓸 수 있을 정도다. 교양과 상식에 관한 지식 외에 숙모는 자신의 생각을 수립하는 공부를 정말이지 혹독하게 강조했다.

그리고 숙모가 얼마나 괴팍하고 이해하기 어려운 성격을 가졌는지 말해 주겠다. 내가 어느 날은 '사랑의 조건'에 관한 글을 읽고 그에 대한 생각을 썼을 때였다. 숙모는 내가 적은 것을 읽고는 처음에는 칭찬하다가, 점차 비웃고, 마침내는 화를 냈다. '간섭하지 않으며, 감싸 안는다.'라는 대목 때문이었다.

"논리는 맞아. 아주 착하고. 하지만 너는 결국 여자 하나도 가져보지 못하겠군. 이런 소심한 녀석아."

숙모는 내 양심을 몰아댔던 것이다. 그리고는 모든 세상이 얼어버릴 정도의 무시무시한 마귀할멈 웃음으로 나를 비참하게 만들었다.

조나크 숙모로부터 벗어나려고 하는 시도는 능수능란한 어부의 그물에 걸려든 멸치 떼의 운명처럼 대부분 좌절되었다. 성질을 내보기도 했지만, 조나크 숙모가 나를 다루는 능력은 감히 상상을 초월할 정도라서, 나는 그녀 앞에서 팔딱팔딱 뛰는 멸치 한 마리에 불과했다. 그녀가 수증기를 끼얹으면, 나는 캑 하고 숨이 막혀 죽어 버렸다.

심지어 숙모는 그녀의 이중인격으로 엄마까지 매수하는데 성공했고, 아버지께는 그녀의 지식을 늘어놓아서 매우 똑똑한 여자라는 사실을 심어주기까지 했다. 나는 부모님과 함께 사는 한, 숙모에게서 풀려날 수가 없었다. 그러나 나는 점차 대학입학시험이 다가오자, 유일한 탈출구인 그것에 숨을 죽이며 결전의 날을 기다렸다.

그러나 숙모가 내가 가는 대학에 대해 생각이 없을 리가 없었다.

대학입학시험을 치르는 날이었다. 며칠 동안 어떤 낌새도 보이지 않던 숙모가 새벽부터 와서는 시험상까지 손수 태워주겠다고 말했다. 나는 대학에 들어가는 관문이 되는 이 중요한 시험까지 그녀가 어떻게 하지는 못하겠지, 하며 그녀의 차에 순순히 탔다. 그녀는 나에게 따뜻한 코코아 한 잔을 내밀었고, 나는 눈꺼풀이 감기는 걸 느꼈다.

차가운 기운에 정신을 차려보니 나는 어딘가에 누워 있었다. 사람들의 발걸음 소리도 들리고 흘끔거리는 시선까지 느껴졌다. 어느 버스 터미널의 대합실 의자에 누워서 잠들어 있었던 것이다. 깜짝 놀라고는 자리에서 벌떡 일어섰다. 나는 상황을 파악하고서도 얼얼한 기분이 들었다.

시간은 이미 열 시였고, 지금 간다고 해도 시험장에 들어갈 수가 없었다.

"조나크 숙모!"

나는 근처의 경찰서로 대뜸 찾아갔다. 도대체 무얼 하려는 것인지 이번에도 전혀 알 수 없었다. 경찰들은 내 말을 믿지 않았다. 어떻게 숙모가 조카의 시험을 망치게 할 수 있는지 그들로서는 납득이 가지 않았던 것이다. 나는 경찰차를 얻어 타고 갈 생각은 버리고 경찰서를 나섰다. 다시 버스 터미널로 향했다.

버스 터미널에 도착하자, 이미 1교시 시험이 끝났다는 걸 대합실의 텔레비전을 통해 알 수 있었다. 도무지, 도무지 조나크 숙모를 이해할 수 없었다. 그렇다고 해서 부모님께 이 황당하고 엄청난 사건을 말하자니 그것도 기가 막혔다.

　내가 그렇게 한숨을 내쉬며 대합실에 앉아 있을 때, 이 주변의 인물일 것 같지 않은 어떤 흑인 남자가 주위를 두리번거렸다.

　그는 온통 뽀글뽀글한 퍼머 머리를 하고 있어서 덕분에 머리가 무척 커보였다. 그가 야단스러운 무늬가 있는 청바지를 입었다면 어울렸겠지만, 그는 무척 깔끔한 블랙 슈트를 쫙 빼입고 있었다. 나는 마음속으로 제발 나에게는 다가오지 말라고 수차례 외쳤다. 그러나 눈길을 피하려고 할 때마다 그와 눈이 마주쳤다. 그는 내 앞으로 천천히 다가왔다. 그는 내게 악수를 청하며 인사를 했다.

　"러스 퍼거 씨?"

　그가 내 이름을 알고 있다는 사실에 깜짝 놀랐다.

　"예, 옛? 누구세요?"

　그는 기분 나쁜 미소를 지었다.

　"저는 벤이라고 합니다. 메런티 섬에서 왔으며, 그곳에서 '위더스'로 일하고 있지요. 앞으로 러스 퍼거 씨가 다니게 될 학교가 그곳에 있지요. 그곳은 말입니다……. 바로 '떡갈나무 언덕, 오크 힐'입니다."

　그는 '오크 힐'이라고 발음 할 때 무언가 대단한 비밀을 말하는 것처럼 속삭이듯이 말했다.

　나는 이 흑인 남자가 무슨 이야기를 하고 있는지 곰곰이 생각해 보았다. 아니, 생각할 가치가 없었다. 메런티 섬이란 곳은 들어본 적도 없거니와 오크 힐이라는 학교가 있는지 없는지 조차 알지 못했다. 하긴 자메이카에 '툴툴루스'라는 학교가 있다면 물론 거기에는 그런 학교가 있을 법도 했다. 그러나 메런티 섬이라니. 그럼에도 그가 나의 이름을 알고 있다는 사실이 의심스러웠다.

"저, 당신이 누구인지는 잘 모르겠지만, 저는 지금 그런 이상한 이야기를 할 기분이 아닙니다. 저, 저는 이만."

나는 자리에서 일어났다. 그리고 터미널의 유리문을 밀고 나가다가 내가 앉아 있던 곳을 흘끗 쳐다보았다. 놀랍게도 나와 대화를 나누었던 흑인 남자는 증발해 버렸는지 대합실 어디에서도 볼 수 없었다. 그리고 이 작은 시골 버스 터미널에서 퍼머 머리를 하고 슈트를 입은 흑인 남자는 나타날 것 같지도 않았다. 나는 내가 충격에 빠져 헛것을 보았다고 결론을 내리고는, 시간을 때울 방법을 생각했다.

결국 나는 그 낯선 거리를 몇 번이나 빙빙 돌고는, 다시 터미널 대합실로 돌아왔다. 그리고 줄곧 거기에서 시간을 보내다가 시험이 끝났을 즈음에 버스를 타고 집을 찾아갔다.

저녁 식사는 미안하게도 푸짐했다. 엄마는 어떻게 시험을 보았는지 이것저것을 물어댔다. 나는 숙모가 시험을 망쳐놓았다는 말을 할 수가 없어서, 그냥 그럭저럭 보았다고, 거짓말을 했다. 내 방에 들어와 침대에 눕고는 앞으로의 일을 걱정했다. 그렇지 않아도 도런트 레카소가 전화를 걸어와 도대체 어떻게 된 거냐고 묻기도 했다. 나는 그저 일이 있었을 뿐이라고 둘러댔다.

그저 숙모가 그랬다, 라고 말하면 해명될 일을 나는 말하지 않았다. 그렇게 된다면 문제가 복잡해지고, 엄마와 숙모 사이에 무슨 일이 일어날지 뻔했다. 연기를 하기로 결론을 내렸다. 대학에는 원서를 내고 떨어졌다고 하기로 말이다. 담임선생님께서 집에 전화를 할 경우에는, 배가 아파서 도저히 시험을 칠 수가 없었다고 말하면 된다. 공부는 1년 더 할 수 있다. 그렇지만 다음부터는 숙모의 장난에 속지 않을 것이다. 도대체 무슨 속셈인지 이유를 알 수가 없었고, 낮에 만난 낯선 흑인 남자가 떠올라 다시 머리가 복잡해졌다.

만약 메런티 섬이라는 곳이 있고, 거기에 오, 오크 힐? 그런 학교가 있다면 숙모는 나를 거기에 보내기 위해 시험을 치지 못하게 한 건지도 모른다. 생각이 거기에 미치자 나는 더 두려워졌다.

다음 날 오후까지 이불 속에 있던 내게, 엄마는 편지 한 통을 가져다 주셨다. 편지 봉투 뒷면에는 파란색 사과가 그려져 있었고, '파란 사과를 보았니?'라고 적혀 있었다. 나는 조나크 숙모를 떠올리고는 손가락을 덜덜 떨면서 봉투를 열었다.

〈합격 통지서〉

러스 퍼거 귀하

귀하는 "떡갈나무 언덕, 오크 힐" 대학교에 합격하였습니다.
귀하의 모든 가능성을 우리는 익히 여러 자료를 통해 검토하였습니다.

어쨌든 귀하는 무조건 우리 "오크 힐" 대학교에 다니게 될 겁니다.
학교에 대해서는 귀하를 오크 힐 대학교에 추천한 "조나크 퍼거" 여사에게서 모든 것을 듣게 될 겁니다.

내일 모레가 입학식이오니, 어떻게든 도착하게 될 겁니다.

– 담당 교수, 에트만 헬링턴

Etmann Hellington

합격 통지서인지 무엇인지 그걸 나는 읽고 또 읽었다. 숙모가 꾸민 일이 바로 이 일이라는 것을 짐작할 수가 있었다. 나는 거실로 나가서 결국 말을 더듬거리며, 들으셨어요, 라고 말씀드렸다. 분명, 이 정도의 일을 꾸몄다면 부모님께도 무언가를 말했을 것임에 틀림없었다. 엄마는 수화기를 내려놓으시더니, 웃음으로 얼굴이 터져나갈 것 같은 표정을 지었다.

"합격했구나, 러스. 캘리포니아 주립대학이라니!"

나는 어안이 벙벙해서 잠시 멍하니 서 있었다. 원서를 낸 적도 없는 미국의 대학에 내가 합격했다니. 나는 분명 '오크 힐 대학교'에서 합격통지서를 받은 것이다. 그리고 그곳 또한 내가 원서를 낸 적도 없는 대학이었다. 나는 할 말을 잃고서 그저 내가 받은 오크 힐 대학의 합격 통지서를 엄마에게 내밀었다. 엄마는 그걸 보시고서 나를 껴안기까지 하셨다.

"캘리포니아 주립대학의 합격 통지서로구나. 러스, 이걸 받았으면서도 엄마에게 말해 주지 않다니."

나는 화들짝 놀라서 편지를 다시 읽어 보았다. 거기에는 분명 오크 힐에 내가 합격했다고 적혀 있을 뿐이었다.

"여기 보세요, 엄마. 제가 합격한 대학이란 한 번도 들어본 적도 없는 '오크 힐'이란 곳이라구요. 여기 적혀 있잖아요. 담당 교수라는 에트만 헬링턴이라는 사람의 사인도 있어요."

나는 기가 막혔다. 엄마는 다시 한 번 합격 통지서를 보시더니 나를 이상한 눈으로 쳐다보셨다.

"오, 러스. 공부를 너무 많이 해서, 캘리포니아라는 표기도 읽을 실력을 상실했구나. 이제 정신을 좀 차려야지. 그건 그렇고, 숙모가 이번 입학에 큰 기여를 했단다."

오크 힐의 합격 통지서란 내 눈에만 제대로 보이는 건가 싶었다. 엄마의 눈에 그 종이 조각은 이미 내가 보는 종이 조각이 아니었다. 그건 이미 변신한 로봇이었다.

저녁이 되었다. 아버지께서 퇴근하시고 돌아오셔서는 '숙모의 기여'에 대해 한참을 침을 튀겨가며 말씀하셨다. 숙모의 그 위대한 기여란, 나의 성적이며 내가 지금까지 쓴 글들을 모두 대학에 보냈고, 이에 내가 합격된 거라고 하셨다. 방으로 돌아와 다시 합격 통지서를 펼쳐 보았다. 거기에는 무섭게 생긴 사람이 나타나 수갑을 빙글빙글 돌리면서 콧구멍을 후벼 팠다.

"넌 오크 힐로 붙잡혀 올 테다."

그 사람은 내 손목에 수갑을 채우고서, 장끼깃털이 달린 라이터를 꺼내더니 편지에 불을 붙였다. 편지가 불타고, 나는 수갑을 풀어 버리기 위해 손목을 막 흔들어 댔다. 나는 어느 순간 내 손목에 아무 것도 없다는 사실을 알게 되었다. 참을 수가 없어 숙모에게 전화를 걸었다.

통화 중. 통화 중. 통화 중.

결국 전화 걸기를 포기하고 다시 침대에 누웠다.

다음 날이 되어서 숙모에게 또 전화를 걸었지만 여전히 통화 중이었다. 오후에 엄마는 양말이며, 트렁크 팬티며, 칫솔과 치약이며, 청바지 두 벌과 티셔츠 세 장, 조그만 책가방, 커다란 막대 사탕과 줄넘기, 볼펜과 여러 권의 두꺼운 노트와 종이 뭉치를 내 책상 위에 올려놓았다. 숙모가 준비해 가야 할 거라며 말해준 거라고 했다.

"캘리포니아는 따뜻하다고 하더구나. 오리털 점퍼는 필요 없겠지?"

엄마는 '나의 청춘 시절'을 흥얼거리시면서 거실로 나가셨다. 나는 이불을 덮고서 중얼중얼 거렸다.

"엄마, 저는 캘리포니아 주립대학에 가는 것이 아니라, 오크 힐로 붙잡혀 간다구요."

“뭐라고 했니? 리스?”

엄마는 잠시 후에 방문을 열고 말씀하셨다.

“아니에요. 속이 좀 답답해서요.”

나는 얼버무렸다.

“별 일이로구나. 대학에 합격하고서 말이다.”

갑자기 합격 통지서에 적혀 있던 ‘내일 모레’라는 말이 떠올랐다.

‘그렇다면, 내일? 이 모든 것이 숙모가 꾸민 일이라면, 아니 숙모가 꾸민 일이 맞다. 나는 내일 어디로 끌려가는 걸까? 분명 내일이면 무슨 일이 벌어진다.’

수갑을 들고 나타난 사람이 무서운 건 아니다. 숙모는 내가 어렸을 때에도 자주 움직이는 사람의 그림을 그려줬으니까. 이상하게도 그 그림을 다른 사람에게 보여주려고 할 때마다, 그림에는 아무 것도 그려져 있지 않거나, 바싹 마른 여자의 초상화가 그려져 있을 뿐이었다. 종이 속의 움직이는 사람이 사라진 이유를 물었지만, 조나크 숙모는 그럴 때마다, 내가 뭘 했더라, 하면서 말을 돌렸다. 그리고 내가 좀 더 자라자 그런 그림은 그려주지 않았다.

그리고는 움직이는 그림에 대해 잊고 있었다. 다시 움직이는 그림이 나타난 데에는 엄청난 의도가 있을 것이다. 이제는 대놓고 나를 비정상적인 사람으로 만들려는 계획을 꾸미고 있다. 분명히다.

엄마는 내가 대학에서 법학을 공부해서 법관이 되기를 원하셨다. 조나크 숙모는 엄마가 그렇게 말씀하실 때마다, “그러셔야죠.” 하면서 나를 보며 미소를 짓곤 했다. 그 미소를 미심쩍게 바라보았을 때가 엊그제였는데, 이제 조금씩 숙모의 의도가 드러나고 있는 것이다. 결국 숙모는 나를 ‘오크 힐’이라는 곳으로 보내서 내가 뭘 하도록 할 것인가.

대학에서마저 숙모를 벗어나지 못한다면, 나는 오줌싸개 어린애일 뿐이다. 늘 누군가가 기저귀를 가지고 기다리고 있는……

'아, 안 된다. 나는 내일을 어떻게든 넘겨야 한다. 분명 차가 많이 다니는 곳을 피해야 한다. 내일은 어떻게든 조나크 숙모와 그녀의 곁에 있는 사람들로부터 벗어나야 한다. 그 뽀글머리 양복 흑인도 만나서는 안 된다.'

머리가 지끈거려왔을 때, 문자 메시지 한 통이 들어왔다. 어떤 필연을 느끼고 침을 꼴깍 삼켰다. 메시지는 물결치면서 한 줄씩 액정 표면 위로 떠올랐다.

통지서는 받았겠지?
도망칠 궁리는 하지 않는 것이 좋다.
내일이 가기 전에 "오크 힐"에 도착해 있을 테니.
그럼, 입학을 축하한다. 얘야.

물결치며 떠오르는 문자 메시지. 분명 그것은 나의 낡은 휴대폰에는 없는 기능이었다. 아무래도 조나크 숙모는 이 세상 사람이 아닌 듯 했다. 아주 특이한 사람이거나 다른 세계의 사람이라고 오래 전에 규정했을 때부터 지금까지 그녀는 나에게만 이상한 행동을 보이곤 했다.

신자마자 자리에서 붕 떴던 숙모가 사줬던 신발, 그걸 보며 딴청을 피우던 숙모. 공중에서 허우적거리다가 겨우 땅에 닿았을 때 펄쩍 뛰자, 내가 꿈과 현실을 착각한다며 도리어 면박을 주던 숙모. 엄마가 벌 청소를 시켰을 때, 놀러 왔던 숙모가 한순간에 집을 청소해 버렸던 일. 강아지도 패션 감각이 있어야 한다며 한순간에 불독의 털이 표범의 가죽으로 변해버렸던 일. 기타 등등. 내 신변에 일어났던 그런 일들을 생각할 때마다 나는 머리에 쥐가 났다.

내가 조나크 숙모의 이상한 행동을 부모님께 말씀드리려고 할 때면, 엄마는 내 머리에 손을 얹으시고는 "열은 없는데."라고 말씀하실 뿐이었다.

밤이 되자 결심이 섰다. 숙모에게 이번만큼은 발악이라도 해 보아야겠다. 도망치는 시늉이라도 해야 한다. 전혀 들어본 적도 없고 어디에 있는지도 모르는 그 오크 힐이라는 곳에 갈 수는 없다. 갈 수 없단 말이다.

새벽에 일어난 나는 벙거지 모자를 푹 눌러쓰고 엄마가 챙겨준 물품은 다 책상 위에 두고서 배낭을 메고 나섰다. 길가를 조심하면서 마침내 어느 등산로의 입구에 다다랐다. 나는 무작정 산을 올랐다. 폭포로 가는 표지판을 발견하고서 그 길로 쭉 따라갔다. 산을 둘러가며, 어딘가로 내려가자 물이 조금 흘러내리는 폭포를 하나 발견했다.

산의 어딘가에서 메아리처럼 무슨 소리가 울려왔다. 누군가가 정상에서 소리치는가 싶었지만, 그것은 폭포수 속에서 분명한 목소리가 되어 울려왔다.

"러스, 어디로 도망갈 수 있으리라고 생각하니? 오늘이 가기 전에, 넌 오크 힐에 도착해 있을 거다. 호호홋!"

조나크 숙모의 기분 나쁜 웃음소리였다.

아무리 둘러보아도 내 주위에는 어떤 사람도 보이지 않았다.

'그럼 그렇지, 조나크 숙모가 보통 사람이던가.'

나는 뒷걸음질을 치며 숲을 빠져나왔다. 숲 입구에서 나는 터미널에서 보았던 그 흑인 남자를 다시 만나고는 숨이 멎을 뻔했다. 나는 천천히 숨을 들이쉬고서 다시 숲을 향해 뛰어가듯 들어갔다. 어느새 그는 내 앞에 서서 지팡이까지 휘휘 돌렸다.

"조나크 퍼거 교수님의 특별 지시입니다."

"넷?"

"그 분은 오크 힐의 존경받는 교수님입니다. 러스 퍼거 씨는 오직 극소수만이 입학할 수 있는 오크 힐 대학의 신입생으로 확정되었습니다."

그는 그렇게 말하고는 또다시 기분 나쁜 미소를 지었다.

조나크 숙모가 대학의 교수라는 말은 처음 들어 보았다. 그리고 그곳이 바로 정체불명의 오크 힐이라니. 나는 순간 다리에 힘이 풀리면서 주저앉고 싶은 심정이었다.

'결국 대학 생활도 숙모에게서 벗어날 수 없겠구나. 숙모는 내가 찰 기저귀를 준비하겠지.'

그러나 나는 다시 정신을 바짝 차렸다.

"저, 그러니까 제가 그 오크 힐이라는 곳의 신입생이라는 겁니까?"

"이런, 조나크 퍼거 교수님의 조카 치고는 귀가 먹었군요. 제가 말씀도 드렸고, 합격 통지서도 받았을 테고, 숙모님의 당부까지 있었지 않았습니까?"

"숙모님을 믿으라구요? 게다가 처음 보는 사람의 말을 어떻게 믿죠? 메런티 섬의 위도와 경도를 말해 준다면, 내가 믿도록 하죠."

나는 인상을 썼다.

그는 기분이 썩 나쁜 듯했다. 그는 나를 노려보더니 양복 안주머니에서 거울을 꺼내고는 머리를 매만졌다. 그의 머리는 좀 더 부풀어 올랐다.

"조나크 퍼거 교수님을 믿지 못하다니. 아주 재미있군요."

그는 빈정대는 듯 말했다.

우리는 계곡의 다리 위에 서 있었는데, 처음 그곳을 지났을 때보다 계곡물이 확실히 많아졌다. 그도 계곡을 유심히 살펴보는 것 같았다. 물은 자꾸 불었고, 날도 흐려졌다. 그는 내가 도망가도 잡으러 오지 않을 것처럼 내게 관심이 없는 듯 했다. 나는 그에게서 도망치려고 달리기를 시작했지만, 결국 그의 지팡이에 뒷덜미가 걸리고 말았다.

"정말 왜 이러시는 거예요?"

"위더스는 오크 힐의 신입생을 유로파로 만들 때까지 도와주어야 합니다. 가장 중요한 입학식은 꼭 참석해야 합니다."

위더스는 어떤 직책이고, 유로파는 어떤 과정인가. 설명이 필요했다. 내가 두 눈을 빠끔거리며 말이 없자, 그는 하늘을 살펴보는 것 같았다. 가끔씩 내가 도망가지 못하도록 살피기도 하면서 말이다. 계곡물이 다리 밑까지 출렁이자, 그는 하늘을 한 번 쓱 보고서 중얼거렸다.

"올 때가 다 됐는데."

숲에 안개가 들어차기 시작했다. 나는 오싹함을 느끼고는 차라리 이 흑인 남자가 곁에 있어 주기라도 바라는 심정이 되었다. 계곡물은 콸콸 흘렀고 우리가 서 있는 작은 다리는 언제라도 잠길 듯 했다. 흑인 남자도 초조한 듯 계속 하늘을 올려다보았다.

"저, 어디에서 이 물이 흘러나오는 건지는 모르겠지만, 피하는 것이 좋지 않겠습니까?"

"괜찮습니다. 물이 많아진 건 신호입니다. 곧, 마늘 가오리가 도착할 겁니다."

"네? 뭐라구요? 가오리는 바다에 살지 않나요?"

"마늘을 씹어 먹는, 보자기처럼 생긴 가오리가 있지요. 오크 힐에서 마늘 가오리는 자동차나 마찬가지이지요. 학교로 가는 배까지 인도할 겁니다."

"이 근처에 배가 있나요? 여긴 내륙 깊숙한 곳이고, 게다가 이 계곡은 조그만 걸요?"

"조나크 퍼거 교수님의 조카라면 다를 줄 알았는데, 정말이지 실망스럽군요. 교수님께서 특이한 행동을 하신 적이 없나 보군요."

그는 못마땅한 듯 나를 쳐다보았다.

"그 분은 항상 이상하셨죠."

나는 투덜거리며 대답했다.

"한 번도 마늘 가오리를 태워주지 않으셨나 보군요."

그가 말했다.

"……."

"지금 당신의 상태로 보건대, 잘못하다가는 오크 힐에 눌러앉은 청소부, 레드 알라스 처럼 될지도 모르겠습니다."

"레드 알라스, 그 사람은 또 누구죠?"

"마스터를 하나도 따지 못해, 졸업을 하지 못한 오크 힐의 학생이었죠. 지금은 청소를 하며 가끔 수업을 훔쳐 듣는답니다. 그럼에도 그는 마스터를 하나도 가지지 못했죠."

"저, 이제는 도망갈 생각이 없는데, 실례지만 위더스나, 유로파, 마스터에 대해서 좀 더 말해 주세요."

그는 이번에는 양복 안주머니에서 하얀 손수건과 샘플 로션을 꺼냈다. 손수건에 로션을 듬뿍 짜내더니 그걸 얼굴에다 철퍽철퍽 문질렀다. 그의 얼굴은 확실히 좀 더 반질거렸다. 그가 그런 행동에 집중할 동안, 머리 위에서 무언가가 펄럭거렸고, 계곡의 물은 이제 완전히 다리 위로 흘러넘치기 시작했다.

"빨리 타야겠군요. 헷지밀, 이분을 부탁한다."

하늘에서 날아온 보자기가 내 앞에서 한번 풀쩍 날더니 이빨을 드러내고는 아드득 아드득 마늘을 씹으며 냄새를 풍기자, 나는 거의 기절할 지경이 되었다. 흑인 남자는 나를 가볍게 들어서 가오리의 등판에 태우고 자신도 다른 가오리를 타고 날아올랐다. 하늘로 날아오른 순간 계곡물은 다리를 삼키고 험하게 흘러내려갔다.

고도는 점차 높아졌다. 어떤 안전 장비도 없이 공중에 떠있다는 생각이 들자, 그만 정신이 아찔해졌다. 나는 가오리를 꽉 잡았다. 가오리는 그저 무리와 함께 어딘가로 날아가고 있을 뿐이었다. 어느 순간 가오리는 나를 어딘가에 홱 팽개치고는 날아가 버렸다.

나는 온통 새하얀 벽이 있는 어떤 장소에 누워 있었다. 정신을 차리고 자세히 살펴보자 그곳은 어떤 갑판 위였다. 흑인 남자, 그러니까 벤이 트렁크를 가지고 와서 내 앞에 놓았다.

"조나크 퍼거 교수님께서 짐을 보내왔군요."

"여, 여기가 어디죠?"

"배에 도착했습니다. 이제 바로 메런티 섬으로 가게 되니 안심하십시오."

나는 배의 난간으로 가서 아래를 내려다보았다. 구름과 마을들, 들판과 산, 그리고 빛나고 있는 바다, 여기는 분명히 공중이었다. 나는 이것만큼은 물어보아야 했다.

"저, 숙모님, 그러니까 조나크 퍼거 교수님은 사람인가요? 아니면 다른 종류의 생물체인가요?"

"인간입니다. 그건 사실이지요."

그는 껄껄 웃고는 대답해 주었다.

나는 그 대답에 성이 차지 않아 다시 물었다.

"그러면 어떤 인간이죠? 인간이 어떻게……."

"인간이 어떻게 이럴 수 있냐고 물으시는 겁니까? 그건 오크 힐이 선택한 사람이라서 그런 겁니다."

"예?"

"대답이 되었길 바랍니다."

그는 내가 더 물을 여지를 남기지 않았다.

하늘은 점차 맑게 개는 것 같더니 갑자기 몸이 붕 뜬 것처럼 느껴진 것도 잠시 착, 하는 소리와 함께 바닷물이 갑판으로 넘쳐 들어왔다.

"방금 전에 하늘에 있다가, 이제는 바다에……? 어떻게 된 거죠?"

"곳곳에 흩어져 있던 신입생들을 태우느라 잠시 공중에 떠 있었던 것뿐입니다. 이 배를 '핌퍼'라고 하는데, 마음대로 하늘과 물을 오갈 수 있는 쓸 만한 이동수단이죠. 선실에 가보면, 나머지 신입생들을 만날 수 있을 겁니다. 짐은 제가 맡도록 하죠. 당신이 지내게 될 〈지니어스 룸〉에 두겠습니다."

"〈지니어스 룸〉은 기숙사인가요?"

"그곳은 기숙사의 개념은 아닙니다. 감옥의 독방 개념이지요."

벤은 돌아서며 씩 웃었다.

"뭐라구요?"

벤은 그냥 가버렸다.

선실 입구는 아귀가 입을 벌리고 있는 듯 어둡고 무시무시해 보였다. 입구 위에는 무슨 붉은 버튼이 있었지만, 눌러서는 안 된다는 생각에 천천히 안쪽으로 걸어 내려갔다. 그리고 나타난 복도란……. 너무 밝고 넓어서 할 말을 잃을 정도였다. 하긴 배가 크긴 컸다. 그렇지만 이 정도로 안이 넓지는 않을 터였다. 다시 숙모가 떠올랐고, 그렇기도 하겠다고 고개를 끄덕였다. 도무지 숙모와 그녀와 관계된 모든 것들은 나의 이해 범위를 넘어섰다.

문을 닫고 나오는 어떤 남자와 마주쳤다. 그는 눈이 무척 크고, 얼굴이 까무잡잡했으며, 까만 머리는 참새가 집을 지어놓은 것처럼 동그랗고 펑퍼짐했다.

"안녕, 난 카자르라고 해."

그가 먼저 인사했다.

"난 러스 퍼거야."

"조나크 퍼거 교수님의 조카로구나."

그는 깜짝 놀란 듯이 외쳤다.

"으, 응?"

"멋진 걸?"

그는 다시 감탄했다.

그는 곧 나타난 둥근 홀에서 화장실 쪽으로 가버리고, 나는 다시 복도를 지났는데, 어느 문에 내 이름이 적혀 있었다. 그리로 들어가려 하자 다시 카자르가 가까이 다가왔다.

"할 말 있니?"

내가 건성으로 묻자 그는 기분이 나쁜 듯 했다.

"난 투자르야."

"응?"

"형이 러스 퍼거가 왔다고 그래서."

머릿속으로 잠시 계산을 해보았다. 아, 쌍둥이로구나.

"그럼, 카자르가 쌍둥이 형이고, 투자르 그러니까 네가 쌍둥이 동생이로구나."

"이제야 아는 군."

그는 자신의 존재감을 확인한 듯 씩 웃고는 가버렸다. 문이 쉽게 열리지 않아 낑낑대고 있을 때, 투자르가 다시 다가왔다.

"그건 돌리는 게 아니야."

"그럼?"

"세 번 당겼다가 한 번에 밀어야 돼."

"그런 건 어떻게 알았지?"

"이번에 유로파가 된 누나가 말해줬어."

유로파라면 들어본 적이 있었다.

"이 문에 적힌 이름의 사람만이 문을 열 수가 있어. 하여간 그렇게 되어 있어. 해봐."

정말 한 번 당길 때마다 손잡이가 늘어났다. 나는 세 번 당기고 손잡이에 층이 세 개가 생기자 한 번에 밀었다. 그러자 딸깍하고 문이 열렸다.

"고마워. 투자르."

"난 카자르야."

또 실수를 한 것이다.

"우리 둘을 구별할 땐, 코에 난 점을 보면 돼. 아니면, 말투를 보고 익숙해지던가. 내 동생 투자르는 좀 빨리 말하지만, 난 느릿느릿하게 말하거든. 코에 이 바늘구멍 같은 점이 있으면 바로 나니까."

자세히, 아주 자세히 보니, 카자르의 코에 점이 한 개 있기는 했다. 하지만 그렇게 눈에 뜨이는 건 아니었다. 어느 새 카자르도 가버리고, 나는 방안으로 들어갔다.

거기에는 제법 큰 소파와 테이블이 하나씩 있었고, 너구리 모양의 제법 큰 플라스틱이 벽에 붙어 있었다. 너구리를 잡아당기자 망고와 오렌지가 와르르 바닥으로 떨어졌다. 그걸 하나 주워서 먹으려다가 다시 너구리 속에 겨우 채워 넣었다. 다른 음료들도 너구리 냉장고의 한쪽 칸에 가득했다. 냉장고의 문을 닫자 너구리가 중얼거렸다.

이걸 먹으면, 두 배로 갚아야 한다구.

그냥 구경만 하는 게 좋을 거야.

나는 기가 막혀 너구리에게서 멀찌감치 떨어졌다. 소파에 앉아 이것 저것을 생각했고, 며칠 동안에 일어났던 일들을 생각하니 저절로 한숨이 나왔다. 이제 도망갈 수 없는 노릇이었다. 대륙과 멀리 떨어진 섬의 유형지로 가는 배에 나는 이미 몸을 실은 것이다. 오크 힐이라는 곳에서 내 젊음을 보내야 하고, 그것도 숙모의 통제 하에서 그렇게 해야 한다니. 이보다 더 끔찍할 수는 없었다.

누군가가 나를 보는 것처럼 느껴졌다. 천장에 있던 뚜껑이 열리며, 바람이 불어왔다. 뚜껑은 곧 TV화면으로 바뀌어 내 앞으로 내려오더니, 지지직거리며 화면 조정을 했다. 곧 거기에서 음악이 흘러나오며, 이제 입학식을 진행한다고 했다.

긴 머리를 휘날리는 남자가 나타났고, 그는 아주 멋진 언덕 위에 서 있었다. 언덕 위에는 커다란 떡갈나무 한 그루가 바람을 맞고 있었다. 저기가 바로 오크 힐?

화면은 점차 언덕 아래의 특이한 건물들을 비추었고, 해안에는 수많은 수상식 가옥이 자리 잡고 있었다. 다시 그에게로 화면이 맞춰졌다.

"저는 에트만 헬링턴. 오크 힐의 멋진 교수들 중의 한 명입니다. 오늘은 오크 힐의 새로운 '캐리얼'을 맞이하는 특별한 날입니다. 캐리얼이란, 오크 힐의 신입생을 일컫는 말로, 아직 마스터를 하나도 따지 못한 풋내기들에게 붙이는 칭호입니다."

풋내기란 말에 기분이 나쁜 것도 잠시, 그는 계속 말했다.

"그리고 마스터란, 오크 힐의 교육에서 달성해야 할 목표를 이룬 학생들에게만 주어지는 칭호입니다. 오크 힐에서 캐리얼은 모두 세 개의 마스터를 따야 합니다. 하나의 마스터를 따면 '리누머'라고 불리고, 두 번째 마스터를 따면, '필리버스'가 됩니다. 마지막 세 번째 마스터를 따면 '유로파'로서 오크 힐을 졸업할 수 있습니다.

여러분들은 이제 마스터가 되기 위한 첫걸음에 섰습니다. 교수님들은, 흠흠, 제법 특이하시지만, 모두 멋진 분들이십니다. 각 학생은 공통의 과정인 〈하울 필러 학습〉을 제외하고는, 모두 각자의 교수님을 가지게 될 겁니다. 물론, 신입생들에게만 각자의 교수님이 있는 것입니다. 여러분이 리누머가 되면, 좀 더 많은 교수님들의 수업을 들을 수 있습니다.

여러분을 위한 맞춤식 기숙사인 〈지니어스 룸〉과 〈하플러리 룸〉이 준비되었습니다. 남학생들은 〈지니어스 룸〉을 배정받을 것이고, 여학생들은 〈하플러리 룸〉을 배정받을 것입니다. 그리고 여러분은 '위더스'의 도움으로 학교생활을 시작하면 될 겁니다. 수업은 내일부터입니다. 참고로, 〈하울 필러 학습〉에 관한 수업이 내일 오전 10시에 있으니, 위더스의 안내로 강의실을 찾아오길 바랍니다. 그럼, 내일 보도록 합시다."

결국, 여기에서 학교를 다녀야 한다. 그런데 에트만 헬링턴 교수의 입학사를 듣고 나니, 여기가 그렇게 나쁜 곳만은 아니라는 생각이 들었다. 오히려 마스터라는 과정도 상당히 매력적이었고, 얼마나 마스터가 특별하면 신입생들을 풋내기 취급하는지 알고 싶은 생각마저 들었다. 수업도 상당히 기대되었다. 단, 숙모가 내 담당 교수가 되는 것만큼은 피하고 싶었다. 통지서에는 에트만 헬링턴 교수가 나를 담당한다고 적혀 있어서 우선은 마음이 놓였다.

한참을 졸다가, 이상한 느낌에 정신을 바짝 차렸다. 배는 붕 뜨는가 싶더니 쾅 하는 소리를 냈다. 선실 복도에서 카자르와 투자르 형제를 다시 만났고, 배 위에서는 핸디 필머레이라고 자신을 소개하는 주근깨 여학생도 만났다. 그녀는 마르티스의 털처럼 복슬복슬하고 숱이 많은 머리를 사과알 모양으로 돌돌 말아 매놓았다. 부풀어있는 그녀의 머리카락은 햇빛에 온통 주홍빛이었다.

하얀 모래사장에 발을 디뎠고 태양은 세상을 모두 차지한 듯 환했다. 나는 눈을 얇게 뜨고서 주변을 두리번거렸다. 바닷물은 투명한 사파이어 빛이었고, 수많은 수상 가옥과 멀리 언덕 위의 떡갈나무, 그리고 몇몇 멋진 건물들은 나를 매료시켰다. 여기가 오크 힐?

벤이 다가왔다.

"위더스가 이를테면 학생의 학교생활을 도와주는 분인가요?"

"그렇지요."

그는 씩 하고 웃더니, 나를 이느 수상 가옥으로 데리고 갔다.

수상 가옥은 제대로 된 원목으로 되어있었고, 꽤 튼튼해 보였다. 나는 나무 계단을 올라 가옥 안으로 들어갔다. 작은 나무 침대와 머리맡의 붙박이 옷장, 적당한 크기의 테이블, 그리고 마음에 든 건 넓은 바닥이었다. 나는 창가의 원목을 만져 보고는 냄새를 맡았다. 나무에 배인 진한 바다 냄새의 신선한 조화, 나는 냄새를 맡으며 눈을 감았다.

"역시 퍼거 교수님의 말씀대로군요. 아주 낭만적인 성품의 소유자라고 했습니다."

벤은 손수건으로 콧물을 닦으며 말했다.

"제가요?"

나는 풀쩍 뛰었다.

"숙모님은 저에게 그렇게 말힌 적이 없었어요."

"그러니까 말입니다. 낭만적이다, 이제는 그 말을 이해할 나이가 된 것이지요."

벤은 코를 세게 풀더니, 주위를 살펴보고서 말했다.

"다른 캐리얼들은 공식적으로 내일 만날 겁니다. 입학식은 원래 배에서 하지요. 어쨌든, 여기 섬의 지도입니다. 강의실과 친구들의 방이 표시되어 있지요. 뭐, 생각나는 게 있다면, 섬에 있는 나무에 메모하면 됩니다. 모든 나무는 메모판을 가지고 있어서 알림과 통신 역할을 하지요. 여기에는 휴대폰이 터지지 않습니다. 부모님께는, 어떤 방식으로든, 러스 퍼거 님의 연락이 주기적으로 갈 터이니, 걱정하지 마십시오. 질문은 받지 않겠습니다. 그럼, 이만."

"저, 저기."

나는 벤을 불렀지만, 그는 이미 나무 계단을 내려가 버렸다.

나는 나무 침대에 깔린 얇은 이불을 들썩이고는, 밖으로 나가보았다.

내 옆의 수상 가옥에는 카자르와 투자르가 있었다. 그들을 방을 같이 쓰는 걸로 보였다. 카자르인지, 투자르인지 한 명이 외쳤다.

"'러스'라고 부를게. 들었지? 하울 필러 학습의 악명을 말이야."

"뭐라고?"

그는 웃고는 창문을 닫았다. 곧, 다시 카자르인지 투자르인지 한 명이 창문을 열고서 외쳤다.

"난 미녀 제인 파머사이드를 내 여자친구로 만들 거야. 넘보지 말라구."

그리고서 창문은 다시 닫히더니 두 사람이 싸우는 소리가 들려왔다.

나는 한숨을 내쉬고서 언덕 위의 바람에 날리는 멋진 떡갈나무를 보았다. 여기서의 시간이 어떻게 흘러갈지는 모르겠지만, 때때로 저 떡갈나무를 보면, 어떤 답답함도 해소될 수 있으리라는 생각이 들었다. 그리고 눈앞의 넓은 바다, 분명 자유를 제약하긴 했지만, 이 좁은 곳에서 모든 걸 누릴 수도 있겠다는 생각도 했다.

카자르와 투자르 형제가 싸우는 소리는 밤에도 들려왔다.

하울 필러 문제집

아침에 눈을 뜨니 누군가가 나를 빤히 쳐다보고 있었다. 그는 동그랗고 까만 안경을 쓰고 있었는데, 한쪽 안경알은 금이 가서 그가 나를 노려보았을 때, 겁이 덜컥 났다. 내가 고함이라도 지를까봐 그는 먼저 내 입을 꽉 막았다. 잠시 후 그는 고개를 끄덕끄덕했다.

"내 돌이 사라졌어. 이 방에 있는지 와 본거야. 난 그레스 퍼틱이야."

나는 손을 치워달라고 중얼중얼 말했다.

"뭐라고? 내가 누구냐고? 화산토를 가지고 다니는 돌수집가란 말이지."

그는 전혀 엉뚱한 말을 했다.

"하지만 내 돌은 단순한 돌덩어리가 아니야. 내 생명과도 같지. 석영보따리를 잃어버려서 그래. 어디에 갔을까. 그래, 레드 알리스기 범인일 거야. 그 놈이 청소해 버렸을 거야. 그 놈은 내 돌을 쓰레기로 여기니까."

갑자기 그는 얼굴이 굳어지더니 홱 하고 밖으로 나가버렸다.

숨을 크게 내쉬고는 자리에서 일어났다. 다행히 시간에 맞춰 일어났다. 씻고 나자 벤이 아침 식사를 가져다주었다. 피클이 많이 들어있는 커다란 샌드위치와 커피, 잘 썰린 여러 종류의 과일이었다.

"늘 이렇게 식사를 가져다주는가요?"

"항상은 아닙니다. 제가 식사를 가져다 드리고 싶을 때만 그렇게 하지요."

"네, 그렇군요."

나는 마지막으로 파파야 조각을 먹고서 자리에서 일어났다. 벤은 나를 소극장 같은 빨간색 강의실 앞까지 데려다 주었다. 거기에는 〈풀러 비쉬 홀〉이라고 적혀 있었다.

문을 열고 들어서자 바닥이 미끌미끌해서 넘어질 뻔했다. 겨우 균형을 잡고서 가까운 책상으로 가서 앉았다. 곧 긴 금발머리의 여학생이 들어오더니, 맨 앞자리에 앉았다. 말을 걸려고 했지만, 워낙 까다로워 보여서 가만히 있었다. 그리고 카자르와 투자르가 들어와서 금발머리 여학생의 뒷자리에 앉고는 말없이 티격태격했다. 투자르는 고개를 돌리고는 내게 인사했는데, 나는 그가 투자르인지 확실히 알 수가 없었다.

에모리 빈이라는 초콜릿 머리색의 어려보이는 남학생이 내게 인사했다. 그는 머리카락 색깔과 같은 눈을 가졌고, 단정해 보이는 체크무늬 셔츠와 구김살 없는 황토색 면바지를 입고 있었다. 그는 내 앞에서 두 칸을 더 내려가 앉았다.

갑자기 나뭇잎색의 피터팬 모자를 쓴, 활과 화살을 가진 청년 하나가 나타났다. 그가 입은 무릎까지 오는 갈색 조끼는 돌에라도 문지른 듯 낡아있었다. 그는 나를 보더니 씩 하고 웃고는 이상한 포즈를 취했다.

"나는야, 문제 사냥꾼, 피터 힐멘."

나는 속으로 한숨을 쉬고는 고개도 저었다. 그가 내 곁으로 다가왔다.

"퍼거 교수님의 조카군. 매우 특별하겠어. 자주 살펴보도록 하지."

그는 강의실 맨 오른쪽으로 가서는 창가에 앉아 햇볕을 쬐는가 싶더니 곧 잠들어 버렸다.

핸디 필머레이가 와서는 금발머리 여학생의 옆 자리에 앉았다. 핸디는 고개를 돌려 나에게 인사했다. 나까지 포함해서 모두 일곱 명이 강의실에 들어왔다. 어쨌든 신입생의 수가 적어서 강의실이 아무리 작아도 텅텅 빈 것처럼 느껴졌다.

시간이 되자 어제 화면으로 보았던 에트만 헬링턴 교수가 나타났다. 그는 생각보다 키가 작았고, 부리부리한 눈에 제법 오뚝한 코에다, 머리는 질끈 묶고 있었다. 그는 겨드랑이에 두툼한 종이 다발을 끼고 들어와서는 나를 보고 좀 들어달라고 부탁했다.

"자네의 담당 교수가 바뀌었어. 원래는 나였는데, 조나크 퍼거 교수께서 페도스 폴린 교수가 더 좋겠다고 하셔서 말이지. 그럼."

그는 중얼거리다시피 말했다.

숙모의 간섭은 어차피 피할 수 없는 현실이었다. 여기 이 섬에서 나가는 방법은 마스터를 세 개 따는 방법 외엔 없었다.

내가 다시 자리에 들어와 앉자, 헬링턴 교수는 모두를 돌아보고서 말했다.

"이 넓은 강의실에서 그렇게 띄엄띄엄 앉다니. 좀 모어 앉게."

그러자 피터팬 모자를 쓴 피터 힐멘이 어느새 깼는지 말했다.

"제 소개를 해 주셔야죠, 교수님. 저도 캐리얼이긴 하지만 이들보다 나이가 많잖아요."

"그레, 저기에 있는 사냥꾼 보이지? 문제를 사냥하고 다닌다고 해서 문제 사냥꾼이라고 스스로 그러긴 하지만, 문제를 제대로 사냥한 적이 없지. 하울 필러 문제집도 낙제를 받았고 말이야. 내가 보기엔 문제가 많은 사냥꾼인 것 같아. 어쨌든 저 요정 같은 옷을 입은 사람은 피터 힐멘이야. 실제라면 여러분들보다 몇 개월 빨리 태어났을 거야. 그렇게 알도록."

긴 금발머리의 여학생이 손을 높이 들었다.

"뭐죠? 파머사이드 양?"

헬링턴 교수는 안경을 쓰면서 대충 대답했다.

"수업을 빨리 듣고 싶습니다."

그녀의 목소리는 무척 차가웠다.

교수는 그 말을 대충 들어 넘기더니, 교탁에 손을 짚고는 다리를 꼬다가 넘어질 뻔했다. 그는 흠흠하며 손을 털었다.

"신입생들은 담당 교수의 수업을 듣기까지 스스로 해야 할 일이 있지. 그건 바로 이 문제집을 작성하는 일이야."

그는 하얀 종이 다발 중에서 하나를 번쩍 들어올렸다.

"여기에는 자주 문제가 나타나지. 그 문제에 대한 답을 꼬박꼬박 적어야 돼. 저기에 있는 문제 사냥꾼 피터 힐멘은, 문제를 하나도 풀지 않았었지."

"교수님, 저는 그래도 문제 사냥꾼입니다."

피터 힐멘이 인상을 썼다.

헬링턴 교수는 이에 아랑곳하지 않고 말했다.

"피터 힐멘이 이 하울 필러 문제집을 받았을 때, 그는 여기에다가 점을 쳤지. 문제가 저절로 풀릴 것이다, 아니다, 둘 중 하나를 고르는 방식을 택하고는, 문제가 저절로 풀릴 것이다, 라고 예견하고는 아무 것도 하지 못해서, 결국 리누머가 되지 못한 것이지."

피터 힐멘은 기가 죽었다. 헬링턴 교수가 계속 말했다.

"이 하울 필러 문제집은 학생의 수업 준비를 위해서 마련된 학습서이다. 진지하게 작성하도록 할 것이며, 여러분이 수업을 받을 준비가 되었다고 판단되면, 하울 필러 문제집은 담당 교수에게로 날아갈 것이다. 그때, 여러분들은 본격적으로 오크 힐에서의 공부를 시작할 것이다."

헬링턴 교수는 문제집을 살짝 두 번 쳤다. 그러자 문제집은 붕붕 뜨더니 학생들 각자에게로 날아갔다. 피터 힐멘에게 도착한 문제집은 욕을 퍼부으면서 그의 몸을 두들겨 팼다. 피터 힐멘은 활과 화살을 가지고 강의실을 뛰쳐나갔고, 그의 하울 필러 문제집도 그를 따라 쌩 하고 나가버렸다.

나는 이 모든 모습을 보면서 '그래 여긴 그러할 거야. 숙모는 이제 노골적으로 이런 걸 보여준단 말이지.'라고 생각했다. 내 앞에도 하울 필러 문제집이 하나 도착했다. 표지에는 하울 필러 문제집이라고 적혀있을 뿐, 낙서 같은 그림 하나도 그려져 있지 않았다. 어느새 강의실에는 아무도 남아있지 않았다. 나는 인내심을 가지고 문제집을 지켜보았다. 분명 문제집은 말을 하거나 스스로 열리거나 그렇게 할 것이다. 그러나 아무리 지켜보아도 그런 일은 일어나지 않았다.

결국 나는 문제집의 표지를 넘겼다. 그러자 검은 글씨로 딱 한 줄이 적혔다.

인생에서 가장 중요한 문제는 무엇입니까?

나는 주위를 두리번거리고는 아무도 없다는 걸 확인하고서 펜을 꺼내 써내려갔다.

자기 인생의 주제는 바로 자기 자신이다. 그리고 자신의 행동에 책임을 질 존재도 바로 자신이다.

인간은 다른 동물이나 식물과 달라서, 본능이나 처음 생존 환경에 따라 살기란 어렵다. 인간은 스스로를 만들어 가야 하고, 자신의 일을 스스로의 논리와 지성과 노력과 인식으로 찾아내야 한다.

내가 보기에 인생에서 가장 중요한 문제는, 자신을 알고, 자신이 할 일을 찾고, 그에 책임지는 것이라고 생각한다.

이렇게 쓰고는 펜을 놓았다. 그러자 '페이지를 넘기시오'라는 말이 종이 위에 나타났다. 나는 순순히 페이지를 넘겼다. 거기에는 다시 문제가 나타났다.

자신을 안다, 이것을 당신의 생각대로 정의해 보시오.

나는 또 썼다.

자신을 안다. 그것은, 나를 부분화시켜 이해하는 것이 아니라 나의 전체성을 알고, 그 속에서 나의 재능과 힘을 끌어내 독창적인 인물이 되며, 그것을 생산적인 방법으로 실현시키려는 의지를 단단히 끌어매는 것이라고 생각한다. 무언가를 표현하지 못한다면, 나는 그저 가능성의 형태로 묻혀있는 것뿐이다. 자신을 파악하려고 마음을 먹었다면, 자신을 이해한 만큼 그것을 표현하려는 의지를 가지고, 실현할 방법을 찾고, 거기에 매진하는 것까지 요청되는 것이다.

나는 그렇게 적었다. 다시 '페이지를 넘기시오'라는 말이 나타났다. 그리고 또다시 문제가 적혔다.

해야 할 일과 하고 싶은 일의 순서를 정하고, 어떻게 하는 것이 바람직한 것인지 써보시오.

나는 또 적기 시작했다.

해야 할 일 즉, 의무나 민주 사회의 시민으로서 요청되는 마땅한 요구를 이행하는 것이 먼저다. 그 후에야 나는 나의 권리를 요청할 수 있는 것이다. 그러나 해야 할 일은 남을 위해 봉사하거나 사회적 의무를 다하는 것으로 명확하게 그 모습이 나타난다. 그러나 내가 정말 하고 싶은 일을 찾는 건, 굉장히 많이 고민하고, 시행착오를 겪어야만 찾을 수 있는 것 같다.

해야 할 일을 하되, 자기 자신을 유기하지도 않아야 한다. 즉, 하고 싶은 일을 찾아내고 또 그것을 이루어 가면서 행복한 삶을 사는 모습도 필요하다.

그렇게까지 쓰자 노트에는 어떤 말도 씌어지지 않았다.

하울 필러 문제집을 가지고 강의실에서 나와도 주변에는 아무도 없었다. 나는 〈지니어스 룸〉 앞에 있는 나무로 가까이 다가갔다. 거기에는 커다란 메모판이 걸려 있었다. 나는 사용방법을 읽고서 손가락으로 '벤을 찾아 주세요.'라고 썼다. 그러자 화면에는 낚시를 하고 있는 벤의 모습이 나타났다.

"내일 뵙죠."

벤이 그렇게 말하자 화면은 다시 꺼졌다.

나는 다시 '카자르와 투자르'를 썼다.

"제인을 기다리고 있는 중이야. 말 걸지 말라구."

카자르인지 투자르인지 한 명이 나타나 그렇게 외쳤다.

나는 하는 수 없이 다시 건물이 있는 곳으로 걸어갔다. 학교 건물들은 언덕길이 시작되는 바로 그 지점에서 다섯 개의 건물이 오솔길을 따라 차례로 배열되어 있었다. 잘 익은 사과빛깔의 상자 같은 〈풀러비쉬 홀〉을 지나 〈에빌레아 홀〉, 〈레오딜 홀〉, 〈콜론 디셋 홀〉, 〈라트 팟 홀〉도 지났다. 강의실은 모두 자신의 특색을 가지고 있었다.

〈에빌레아 홀〉은 눕혀 놓은 원통처럼 생겼는데, 원통 세 개가 삼각형처럼 연결되어 있었다. 색깔은 투명한 루비빛깔이었다. 〈레오딜 홀〉은 노란 망고를 연상시켰는데, 수많은 작은 삼각형들이 망고 표면에서 반짝거리고 있었다. 〈콜론 디셋 홀〉은 멜론 모양에 멜론 무늬였는데, 꼭대기에는 나뭇가지 모양의 위성 안테나가 달려있는 점도 멜론과 닮은 모양이었다. 〈라트 팟 홀〉은 특이하게도 짙은 파랑의 사각뿔이 거꾸로 뒤집혀 땅에 박혀 있었다. 들어가는 입구가 어디에 있는지는 알 수 없었다.

강의실은 이렇게 다섯 개가 다였고, 넓은 수상 가옥들이 해변에 열을 지어 있을 뿐이었다. 이만하면 숙모가 나타날 법도 싶었는데, 숙모의 기척은 어디에도 없었다.

언덕 위의 떡갈나무가 눈에 들어와 그리로 올라가 보기로 했다. 바람도 선선했고, 기분도 썩 나쁘지 않았다. 갑자기 뭔가가 쌩 하고 내 앞으로 날아갔다. 고개를 돌리자 피터 힐멘이 달려왔다.

"문제 못 봤어?"

그가 외쳤다.

"혹시 화살을 쏜 거예요?"

혀가 굳어 버렸는지 말이 잘 나오지 않았다.

"그럼. 걱정 하지 마. 그건 사람을 맞히는 화살은 아니니까. 오늘 나는 나의 문제를 사냥하기 위해 이 사냥터로 나온 것이지. 오늘의 문제란 말이야. 아주 까다로워. 너는 알고 있니?"

내가 이 사람의 문제를 어떻게 알 것인가. 내가 모르겠다는 듯이 고개를 갸웃거리자, 피터 힐멘은 자부심이 가득 찬 얼굴로 나를 위아래로 훑어보았다.

"그렇지. 내 문제는 무척 어려워서 아무나 알지 못하지."

그는 뛰어 내려가 버렸다.

"나는야 문제 사냥꾼, 피터 힐멘. 나의 날카로운 두 눈은 문제를 보고, 나의 팔은 활을 당기고, 나의 다리는 문제를 향해 달려 나간다."

또 한숨이 나왔다. 그럼에도 나는 언덕을 올라 떡갈나무 앞에 섰다. 거기에도 하얀색 메모판이 걸려 있었고, 나는 누구에게도 메모할 수가 없어 가만히 나무 앞에 기대고 앉았다. 잠이 들었던 모양이다. 날이 서늘해지고, 몸이 으슬으슬해서 잠에서 깼다. 누군가가 옆에 있었다.

핸디 필머레이였다. 그녀는 나무 앞에서 하울 필러 문제집을 작성하고 있었다. 문제가 까다로운지 그녀는 펜으로 꾹꾹 눌러쓰다가 박박 그어버리기를 반복했다. 그녀는 내가 깬 걸 보고서 물었다.

"넌 어떤 문제들이 나왔니?"

"나?"

"그래, 너."

"난 뭐 기본적으로는 한번쯤은 생각하고 결론을 내려야 할 문제들이 나왔지."

"그렇군. 난 '인간의 형상이 가진 의미'를 쓰라는데?"

"그래서 뭔가 적었어?"

"아니. 인간의 형상이 뭐 특별한 게 있냐구?"

"특별하지. 어떤 면에서는."

"말해 볼래?"

핸디는 고개를 갸웃거리더니 내게 물었다.

"좋아. 인간은 직립 보행을 한다. 그래서 인간은 손이 자유롭다. 인간은 두뇌와 손을 사용하여 도구를 만들어 사용한다. 이러한 기본적인 인류의 발달 과정의 초기에 나타난 일들은 인간이 '자율적 존재'라는 걸 말해줘. 그 말은 인간이 할 수 있는 일과 없는 일을 구분하고 자율적 성취와 통제의 능력을 가진 존재라는 거야."

"자율?"

"이를테면."

"넌 이런 걸 해본 적이 있구나."

"습관이야, 이런 건. 어릴 때부터 생각에 대해 비판하거나, 문제에 대해 답변하는 것 말이지."

"그럼 하울 필러 문제집도 재미없겠다. 너에게는."

"그건 아니야. 난 문제에 대해 생각을 적는 걸 어느 정도 즐기거든."

핸디는 잠시 생각에 잠긴 듯하더니 다시 자신의 문제에 대해 답을 쓰기 시작했다. 그녀가 자신의 일에 몰두하는 동안 나는 일어서서 나무에 얼굴을 대고 눈을 감았다. 핸디의 말이 다시 들린 건 잠시 후였다.

"네 말을 듣고 생각해 봤어. 난 결국 인간의 모양이 가진 의미를 '자유'에서 찾았어."

"그것도 좋아."

"뭐라구? 넌 내 말을 이해했다는 거야?"

핸디가 성질을 버럭 냈다.

"인간이 손으로 뭔가를 해낸다는 건 말이지. 원래의 자연조건에서 보다 많은 것을 이루고 그래서 자유로울 수 있는 조건을 획득한 거야."

"흥. 어쨌든 난 첫 번째 과제를 끝냈어."

핸디가 뾰로통하게 말했다.

"그 문제집은 꽤 여러 문제가 연속적으로 뜨던데?"

"난 아니야. 그럼 가겠어."

핸디는 언덕을 어느새 내려가 버렸다.

나는 저녁이 되기까지 떡갈나무에 기대어 앉아 있었다. 떡갈나무가 잠시 부르르 떤 것 같아서 나무를 올려다보자, 나무에 걸려있던 메모판이 떨리고 있었다. 거기에는 '리누머'들과의 대면식이 있다고, '캐리얼'들은 모두 해변의 붉은 가로등 밑으로 모여 달라고 적혀 있었다. 나는 다시 팔짱을 끼고 떡갈나무 아래에 앉아서 눈을 감았다.

바람이 부는 것 같아서 눈을 떠보니 신문 하나가 공중에서 펄럭거리고 있었다. 무릎에 떨어진 신문은 〈오크 힐 일보〉라는 글자가 맨 위에 두껍게 인쇄되어 있었다. 내용을 보니, 오크 힐의 다섯 개 강의실의 미학적 특징에 관해 쓴 기사가 있었다. 오크 힐의 강의실이 멋있긴 했다. 재미있는 건, 오크 힐의 교훈이 '존재가 되자.'라는 것이었다.

"존재가 되자……. 풋."

나는 웃음이 나왔다.

교수의 연재란에는 〈뎁쓰 오브 낫씽니스〉라는 제목이 있었는데, 아무래도 그 교수는 철학을 담당하는 것 같았다. 이미 연재는 231회였다. 거기에는 이렇게 적혀 있었다.

> "존재는 무로부터 온다. 이미 발견된 것은, 발견되지 않은 것을 발견했기에 나타난 것이다."

나는 고개를 끄덕이고는 특징적인 사실을 하나 발견했다. 기자의 이름이 모두 '후아루'라는 사람이었던 것이다. 그 사람이 이 많은 기사를 한꺼번에 썼다는 사실이 놀라웠다. 발행인을 찾아보니 거기에도 '후아루'라고 적혀 있었다.

신문을 펴서 다리 위에 덮고는 다시 팔짱을 끼고 눈을 감았다. 갑자기 바람을 가르는 소리가 났고, 뭔가가 나무에 꽂혔다. 하얀 종이가 매어져 있는 화살이었다. 화살날개를 보자, 나는 또 '피터 힐멘이겠거니.' 하고 생각했다. 화살을 뽑고 종이를 펴자 적혀 있던 글자들이 일렁거리면서 음성으로 변했다.

대면식에 가장 늦게 도착하는 신입생은 벌칙이 있습니다. 리누머들은 꽤 잔인하거든요. 그리고 그 벌칙을 받을 사람은 바로 러스 퍼거, 당신입니다. 지금 당장 바람같이 달려오지 않는다면, 더 큰 벌칙이 기다리고 있을 겁니다.

– 리누머들이

'선배들을 만나야겠지. 그건 순서야. 가보자.'

나는 뛰었고 곧 해변의 붉은 가로등을 찾아냈다. 거기에는 다른 신입생들과 피터 힐멘까지 와 있었다. 미안한 마음이 들어서 카자르와 투자르 형제 곁에 가서 조용히 말했다.

"다른 선배들은 어디에 있어?"

"네 벌칙을 마련하려고 즐겁게 몰려가던 걸?"

그들이 동시에 말했다.

갑자기 다리에 힘이 풀리고 내가 교만했다는 생각에 친구들에게 사과라도 해야 했다. 내가 기다리게 해서 미안해라고 하자, 제인 파머사이드는 "친구들에게 지켜야 할 예의부터 다시 배우고 오시지."라고 비꼬았다. 핸디는 내 옆구리를 쿡 하고 찌르더니 작은 목소리로 "괜찮아."라고 말해 주었다.

그때 피터 힐멘이 모자를 벗더니 어딘가를 응시했다. 그의 시선이 머문 쪽으로 고개를 돌렸다. 무언가가 와르르 쏟아진 듯했는데 그만 정신을 잃었다.

눈을 떴을 때 낯선 사람들이 나를 지켜보고 있었다. 다른 신입생 친구들은 아무도 보이지 않았다. 내 손에는 이미 하울 필러 문제집도 없었다. 그건 어떤 거만하게 보이는 남학생의 손에 들려 있었다. 그는 중얼중얼 거리며 내가 쓴 답안을 읽어댔다.

"쓰레기로군."

“그건 제 거예요. 어서 주세요.”

나는 자리에서 일어나며 외쳤다.

그러자 짧은 머리의 여학생이 말했다.

“리알러스 볼튼의 말을 따르는 게 좋아. 그는 우리들 중에서도 제일 먼저 마스터를 땄어. 참, 나는 파메스 티거야. 리누머지.”

나는 주섬주섬 그녀와 악수를 했다. 바로 옆에 있던 동그란 뿔테 안경을 낀 어수룩한 남학생도 악수를 청했다.

“난 빌 개리아웃이야.”

그리고 곧 세 사람이 더 들어왔다. 흰 셔츠를 깔끔하게 입은 남학생은 자신을 오트 셔햄이라고 소개했다. 그와도 악수를 나누었다. 장난꾸러기처럼 머리를 볶아놓은 핀 머렐과도 인사했다. 제법 몸이 좋은 어너시 머슬도 리누머였다.

내가 그들과 인사를 마치자 리알러스 볼튼이 내 하울 필러 문제집을 내던지듯 밀쳐 주었다.

“일반적인 답뿐이야. 우리는 독특함 내지는 특수함을 더 많이 발견해야 해.”

그가 충고해 주었다.

“하울 필러 문제집을 만든 교수님에 대해서 알고는 있나?”

리알러스 볼튼이 나를 빤히 쳐다보았다.

“아직 모릅니다.”

“그건 하울 필러라는 오크 힐의 설립자가 만든 거야. 신입생들이 앞으로 오크 힐의 수업을 더욱 잘 받을 수 있도록, 미리 양념을 뿌려 놓는 거지. 그런데 말이지. 이 문제집을 극복하려면 내가 조언한 대로 하는 게 좋을 거야. 세상 사람들의 일반적인 견해로는 불가능해. 주절주절 말하는 것보다 어떤 날카로운 점 하나를 찍는 게 더 중요하니까. 넌 너무 진지해서 재능을 발휘하지 못하고 있어.”

리알러스 볼튼의 말이 맞긴 했다. 화가 난 것도 잠시 역시 선배라는 생각마저 들었다. 모든 걸 너무 일반적이고 원칙적으로 받아들이고 그에 따라 행동하는 것이 내 특성이었으니 말이다. 오히려 그러한 특성이 아직 내가 발견해야 할 재능을 썩히고 있는 것 같기도 했다.

“저, 피터 힐멘은 아직 리누머가 되지 못했나요?”

“우리와 동기생이긴 하지만, 그는 집중력이 부족해서 그렇게 된 것 뿐이야. 너희들이 잘 챙겨줘야 해. 이번에는 캐리얼을 벗어나길 바라야지.”

파메스 티거가 설명해 주었다.

“음. 그렇군요.”

내가 잠시 머뭇거리는 사이 그들은 뭔가를 의논하는 것처럼 보였다.

리알러스 볼튼이 미소를 띠고는 내 앞에 섰다.

“벌칙을 주는 것보다 알고 싶은 게 있어.”

나는 두려워졌다.

“그레고릭 퍼거 교수님에 관한 거야.”

그레고릭 퍼거라면 삼촌의 이름이었다.

“저희 삼촌 말씀이세요? 혹시 그 분도 조나크 퍼거 숙모님처럼 오크힐의 교수님인가요?”

“아니, 아니야. 지금은 아니야. 그 분은 더 큰 일을 하고 계시지.”

리알러스 볼튼이 대답했다.

“삼촌은 어떤 회사에 근무한다고 들었는데요.”

“그런 건 적당히 대답하면 되는 거야. 아주 어수룩한 조카군.”

리알러스 볼튼이 입꼬리를 올리면서 말했다.

“삼촌에 대해서는 왜?”

“이제 보니 그레고릭 퍼거 교수님에 대해서는 아는 것이 전혀 없나 보군. 삼촌이 유로파를 따고 나서 받은 '밀리얼 페페'에 대해서도 모르는 게 분명하군."

"그럼 삼촌은 실종되었던 것이 아니라, 오크 힐에서 공부를 하셨던 거예요?"

"실종?"

리알러스 볼튼이 그렇게 말하자 리누머들이 모두들 웃었다.

"그레고릭 퍼거 교수님은 최고의 유로파셨어. 자랑스럽게 생각해야 해. '밀리얼 페페'에 대해서 듣고 싶었는데, 너는 우리들보다 더 모르는구나."

리알러스 볼튼은 실망한 듯 했다.

어너시 머슬이 시계를 보고 있다가 말했다.

"오늘은 어빙 하트에 가야 해. 필리버스들은 성격이 고약하다구. 빨리 가자."

돌아서며 나가는 리알러스 볼튼이 한 마디를 더 했다.

"어수룩하지만 가능성은 많아, 넌. 이 말 외에 내가 한 말은 모두 신경 쓰지 마. 난 원래가 이런 놈이야."

그의 말투는 빈정거리는 듯 했지만, 오히려 인간적으로 들리기까지 했다.

그늘이 모두 빠져나가고 나는 하울 필러 문제집을 집어 들었다. 페이지를 넘기자 어느새 한 문장의 문제가 더 적혀 있었다.

도덕감과 재능은 상충될까요?

나는 대충 자리를 잡고는 쓰기 시작했다.

도덕감이란 상대방에 대해 배려를 가지는 따뜻한 마음이다. 그러나 재능은 보다 개인적이며, 개인적인 성취를 극대화할 수 있는 어떤 능력이다. 그 둘은 전혀 다른 영역에서 작용한다고 생각한다. 하지만 도덕감이 없는 재능은 비뚤어진 천재를 키울 뿐이다. 반대로 재능이 없는 도덕감은 어수룩한 바보를 키울 뿐이다. 도덕감은 예절로서 필요하다. 하지만 아직 나타나지 않은 재능을 발견하기 위한 노력을 기울이는 것이 필요하다고 생각한다. 노력이라고 부르지만 그것은 오히려 즐거운 일이다. 만약 도덕감과 재능이 결합하여 하나의 인격을 만들어 낸다면, 그 인격이 만들어 내는 무언가는 아마 굉장할 것이다.

그렇게 단숨에 쓰고는 하울 필러 문제집을 덮었다.

"〈오늘의 하울 필러의 선택〉에 러스 퍼거가 당첨되었어."
갑자기 밖에서 카자르의 목소리가 들려온 것 같았다.
창밖을 내다보자 나무에 걸린 메모판에 일제히 불이 들어와 있었다. 어두운 해변에 별들이 열을 지어 내려앉은 것처럼 황홀한 광경이었다. 카자르와 함께 투자르도 그걸 읽고 있었고, 제인 파머사이드도 그걸 보는 것 같았다. 멀리서 리알러스 볼튼이 멋있는 포즈로 내게 인사하는 것도 보였다.
'여긴 멋진 곳이야.'

'어빙 하트'로의 초대

"〈콜론 디셋 홀〉이야. 꼭 들어오고 싶었어."

핸디 필머레이는 뛰어왔는지 숨을 할딱거렸다. 나는 이곳으로 들어왔던 기억은 전혀 나지 않았다.

"봐, 벽이 물렁물렁하고 향긋한 멜론의 냄새가 풍기잖아."

핸디가 그렇게 말했을 때, 나는 벽을 보긴 봤다. 연한 녹색의 부드러운 벽. 그렇구나. 핸디는 벽을 꾹꾹 눌러보고 동그란 천장을 쳐다보기도 했다. 천장에는 형광등도 달려있지 않았지만 동그란 둘레로 투명한 빛이 나오고 있어서 강의실은 제법 밝았다.

"저녁을 먹으러 가자구."

카자르가 말했다.

사실 제법 배가 고팠다. 우리는 나선형 계단을 내려가서 달걀껍질 모양으로 돌출된 둥근 문을 열고 나갔다. 우리가 모두 빠져나오자 〈콜론 디셋 홀〉의 불은 꺼져 버렸다.

조그만 선착장에는 낯익은 사람이 기다리고 있었다. 낚시를 하고 있다던 나의 위더스, 벤이었다. 그리고 그처럼 양복을 입은 사람들이 쭉 늘어서 있었다. 그들은 순서를 지켜가며 하얀 천이 덮인 테이블에 접시를 놓았다. 저들도 분명 다른 신입생들의 위더스 임에 분명했다.

제인 파머사이드는 자신의 위더스에게서 외투를 받아 입었다. 핸디는 차려진 식탁을 보고서 그녀의 위더스와 말했다. 카자르와 투자르의 위더스는 어린아이 챙기듯 그들의 얼굴부터 손수건으로 닦았다. 그들이 투덜대자 엄한 표정을 짓기도 했다.

에모리 빈은 조용히 식탁으로 가서 앉았다. 그의 위더스로 보이는 왁스를 덕지덕지 칠한 금발의 남자가 와서는 에모리에게 차를 따라 주었다.

어느새 벤도 내 앞에 섰다.

"오크 힐에서의 첫 일과는 어떠셨나요?"

그는 부드럽게 물었다.

"꽤 괜찮았어요. 그런데 낚시는 어떻게 하고서……."

"위더스는 낚시를 하지 않습니다. 오직 위더스의 임무는 자신이 맡은 오크 힐의 학생을 돕는 일 외엔 없습니다."

"아, 네. 그렇군요."

나는 얼굴이 붉어졌다.

그들은 자신의 임무를 충실히 이행하는 것을 일종의 명예로 삼고 있는 것이 분명했다. 내게는 고마운 일이었다. 벤이 있어서 이 학교에 잘 적응할 수 있을 것 같았다. 그럼에도 벤이 낮에 하던 일은 분명히 낚시였다. 나는 웃음이 나오는 걸 삼켰다.

"따뜻한 커피를 드시겠습니까? 아니면 차라도 드시겠습니까?"

"홍차를 줘요."

나는 에모리 빈의 옆자리에 앉으면서 부담 없이 말했다.

벤은 에모리 빈의 위더스가 들고 있던 차 주전자를 받아들고서 찻잔에 홍차를 가득 따랐다. 피터 힐멘이 없는 캐리얼들만의 저녁 식사가 마련되었다.

제인 파머사이드는 고기를 씹는 내내 말이 없었는데, 그녀는 분명 무언가에 화가 난 것처럼 보였다. 에모리 빈은 자주 내게 말을 걸어왔다. 앞으로 내가 그의 학업 성취에 도움이 될 것으로 보인다는 말에 나는 기분이 썩 나쁘지는 않았다. 또한 그는 자신이 오늘 쓴 하울 필러 문제에 대해서도 말해 주었다. 그리고 내가 적은 도덕감과 재능에 관한 글은 상당히 좋았다고도 칭찬해 주었다. 카자르와 투자르는 제인의 눈치를 살피느라 떠들어대지 않았고 내 옆에 앉아있던 핸디 필머레이는 선착장에서 차려진 식탁에서 저녁을 먹는 건 처음이라며 기분이 들뜬다고 말했다. 제인 파머사이드는 불편한 시선으로 음식을 먹고는 가장 먼저 일어났다.

"난 먼저 가볼게. 내 위더스의 이름은 '렘지'야."

카자르와 투자르는 동시에 일어나서 제인에게 손을 흔들었지만, 제인은 본체만체하고는 선착장을 떠났다.

그들은 털썩 주저앉았고 카자르가 넋이 나간 듯 말했다.

"우리의 위더스는 누나의 위더스이기도 했어. 그는 '하버나일'이야."

하버나일은 우리 모두를 향해 고개를 끄덕했다.

"내 위더스는 '엘페수스'야."

에모리 빈도 식사를 멈추고 말했다.

"내 위더스는 '라이만'이야."

핸디 필머레이도 말했다.

이어서 내 차례가 되었다. 벤은 내가 그를 소개하기도 전에 인사를 꾸벅하고는 자신을 소개했다.

"제가 러스 퍼거 님의 위더스인 '벤'입니다."

이럴 때 벤은 넉살이 좋아보였다. 식사가 끝나고 모두에게 녹차 아이스크림과 레모네이드가 제공되었다.

"위더스들은 식사를 하지 않나요?"

"위더스들은 자신에 관한 건 모두 알아서 합니다. 신경 쓰지 않으셔도 됩니다."

벤이 대답했다.

"네."

나는 고개를 끄덕였다.

"오크 힐에서 대학생활을 하게 되어 정말 기뻐."

핸디 필머레이가 말했다.

"그런데 말이지, 메런티 섬은 어디에 있는 섬이지? 난 세계지도에서 한번도 발견하지 못했어."

내가 말했다.

"메런티 섬은 이름이 없는 작은 섬이야. 태평양의 어디에 있다고는 들었어. 하지만 이곳에 들어오려면 오크 힐 교수님들의 허락이 있어야지만 가능해."

핸디는 이미 많은 것을 알고 있는 것처럼 보였다.

"교수님들은 모두 몇 분이시지?"

"나도 정확히는 모르지만 족히 열 분은 될 거야."

"그런데 말이지. 또 질문해서 미안한데, 너희들은 어떻게 오크 힐에 오게 된 거야? 난 정말 황당했거든. 위더스인 벤을 만난 것조차 말이야."

"뭐라구? 조나크 퍼거 교수님의 조카인 네가 오크 힐에 오는 건 당연한 거야. 우린 어릴 때부터 오크 힐로 오기로 예정되어 있었어. 물론, 여기의 졸업장은 유령 졸업장이야. 사회에서 졸업 자격을 인정받을 수 있는 건 아니지만, 그래도 오크 힐에서는 가치 있는 걸 가르쳐. 그리고 오크 힐을 아는 사람들의 모임에서 유로파가 되는 건, 그 모임에 들어올 수 있는 자격을 얻은 거야. 그것이지, 뭐."

핸디 필머레이는 그렇게 말하고서 어이가 없다는 듯 나를 쳐다보았다.

"그럼 너희들은 모두 오크 힐과 관련된 집안 출신들이란 말이니?"

"우린, 아버지와 누나가 오크 힐을 졸업했어. 아버지는 성공한 사업가시고, 누나는 최고의 외국어 전문가야. 누난 아주 멋진 곳에서 일하고 있어."

카자르는 그렇게 말하고 어깨를 으쓱했다. 에모리 빈도 거들었다.

"난 외할아버지와 엄마가 오크 힐을 졸업했어. 그분들은 아프리카에 학교를 설립했어."

"학위도 주지 않으면서 왜 오크 힐 대학이라고 불리지?"

"뭐라구?"

다들 그렇게 외치자 나는 당황했다.

"오크 힐을 모독하지 마."

핸디는 버럭 화를 냈다.

"아, 알았어."

나는 금방 꼬리를 내렸다.

저녁 식사는 그렇게 얼어붙은 듯 끝나고, 나는 벤과 함께 지니어스 룸으로 돌아왔다.

"조나크 퍼거 교수님께서는 일부러 오크 힐에 대해 말씀하시지 않으셨습니다. 다른 신입생들은 어릴 때부터 오크 힐에 대해 듣고 자랐고, 마스터 과정을 굉장히 소중하게 생각하고 있습니다. 단순히 일반 대학에서 학위를 따는 것과는 비교도 되지 않을 정도로 큰 자부심을 가지고 있는 것이죠. 그래서 좀 전에 그랬던 겁니다."

벤이 좀 전의 상황을 설명해 주었다.

“이해가 되지 않아요.”

나는 고개를 저었다.

“천천히 생각하십시오. 그리고 방금 전에 초대장을 받았습니다. 필리버스들이 개최하는 ‘어빙 하트’에 내일 러스 퍼거 님이 오기를 기다린다고 말입니다.”

“필리버스라면, 마스터를 두 개 딴 선배들이지요?”

“그렇습니다.”

“그들도 상당히 엄할 텐데요.”

“그럴 겁니다.”

“어빙 하트는 도대체 어떤 모임인가요?”

“즉흥시를 짓고, 그에 관해 노래도 만들고, 토론도 격렬하게 하는 모임입니다.”

“네?”

“어쨌든 내일 저녁에 어빙 하트 모임에 데려다 드리겠습니다.”

“저 다른 캐리얼들은 가지 않나요?”

“우선 첫 번째로 러스 퍼거 님이 지목된 것입니다.”

“가야하군요.”

“그렇습니다.”

벤은 부드럽게 미소를 지었다. 그는 나의 잠자리를 살펴주고 밖으로 나갔다. 멀어지는 그의 모습이 잠시 보였지만 갑자기 어디로 사라졌는지 곧 그는 보이지 않았다.

오크 힐에서 제대로 된 존재가 되도록 교육받을 수 있다면, 학위 따위야 무슨 상관이겠는가 싶은 생각이 들었다.

그래, 존재가 되자.

나는 어느새 잠들었고 아침이 되자 다시 벤이 왔다. 벤은 양복을 깔끔하게 갖추어 입고서 단호박 샌드위치와 커피를 내려놓았다.

"하울 필러 학습이 끝나야 페도스 폴린 교수님과의 수업이 시작될 겁니다. 하울 필러 학습에 충실해 주십시오. 저녁이 되면, '어빙 하트'에 참석하도록 데리러 오겠습니다. 점심과 저녁 식사는 제가 선반 위에 놓고 가겠습니다."

"저 친구들과 같이 먹으면 안 될까요?"

"그렇다면 메모판에 메모를 남겨주십시오."

"네, 고마워요. 벤."

그는 다시 부드럽게 미소를 짓고는 밖으로 나갔다. 그의 구둣발 소리에 마음이 편해졌다.

빈둥거리기만 했는데도 오전이 후딱 지나가고, 점심때는 카자르와 투자르가 어딘가로 가버린 바람에 혼자서 벤이 놓고 간 치킨샐러드를 먹었다. 이따금씩 살펴보아도 하울 필러 문제집에는 어떤 문제도 적히지 않았다. 해변을 거닐다가 돌아오니 마침 문제가 하나 나타나 있었다.

사실과 인간적 진실의 문제를 생각해 보시오.

사실은 나무 그 자체이며, 사건에서 누군가가 누구에 의해 어떻게 되었다, 를 말한다. 인간적 진실은 때때로 사실과는 다르게 해석된다. 상황과 조건에 따라 인간적 진실은 새로운 결론과 판단을 내릴 것을 요청한다. 만약 우리가 누군가의 행동을 파악해야 할 때, 사실과 인간적 진실 사이에서 제대로 해석해야한다.

그렇게 적고 나서 가만히 있자 또 문제가 나타났다.

누군가를 변호한다는 것에 대해 적어보시오.

행위의 결과에서 사실 관계 여부를 밝히는 것은 중요하다. 하지만 사실과 그것들이 일어난 모든 상황 속에서 나타난 인간적인 진실 또한 그 행위의 옳고 그름을 판단하는데 필요한 요소이기도 하다. 누군가를 변호하려면, 그 사람에 대해 보다 인간적인 진실을 파악할 수 있는 마음의 자세가 필요하다.

그러자 또 문제가 나타났다.

사람을 살리는 건 어떤 건가요?

꽤 부드러운 문체의 질문이었다.

몸을 존중하고 마음을 파괴하지 않는 것이 기본이라고 생각한다. 의사가 아니기에 누군가의 질병을 고쳐줄 수는 없지만, 혹독한 시련과 가난 속에서 고통을 받는 영혼을 그대로 방치해서도 안 된다고 생각한다.

그렇게 행동할 수 있습니까?

내가 최소한 나를 지탱할 수 있게 된다면, 그리할 것입니다.

그러자 하울 필러 문제집이 바르르 떨면서 두둑두둑 소리를 내더니 접히기 시작했다. 접힌 종이는 딱지만큼 작아지더니 거기에서 무언가가 펼쳐졌다. 그것은 한 장의 종이였고, 종이는 창밖으로 날아가 버렸다.

내가 의아해하고 있는 사이 밖에서 소리가 들려왔다.

"러스 퍼거, 창문을 열라구."

카자르의 외침이었다.

나는 카자르와 투자르의 방이 있는 쪽으로 난 창문을 열었다.

"점심때에는 어디에 갔었어?"

내가 물었다.

"그건 중요하지 않아. 넌 벌써 하울 필러 문제집을 통과했다구."

"뭐?"

"나무 메모판에 나타났어. 투자르가 확인했어. 넌 이제 너의 교수님을 만나게 되는 거야."

"정말이야?"

"네가 직접 확인해 봐. 네 방 앞에도 나무는 있으니까."

나는 후다닥 계단을 내려와 나무 앞의 메모판을 살펴보았다. 거기에는 축포가 터지고 있었으며, "첫 번째 하울 필러 통과자, 러스 퍼거."라고 적혀 있었다.

황당해 하고 있을 때 멀리서 제인 파머사이드가 창문을 열고 나를 보고 있다는 걸 알았다. 그녀는 나와 눈빛을 마주치자 얼른 창문을 닫아 버렸다.

저녁에는 에모리 빈이 구운 조개 한 무더기와 빵을 가져왔고, 핸디 필 머레이가 망고 다섯 개를 가져와서 함께 식사를 했다. 그들은 나의 성취를 함께 기뻐해 줬고, 그들도 어서 하울 필러를 통과하고 싶다고 했다.

"그런데 어빙 하트에 대해 알고 있니?"

망고를 씹으면서 내가 물었다.

"유명한 모임이야."

핸디는 그에 대해서 잘 알고 있다는 듯이 대답했다.

"나도 얼른 어빙 하트에 초대되고 싶지만 아직 초대되지 못했어."

약간은 실망한 말투였다.

나는 더 이상 어빙 하트에 대해 묻지 않았다. 벤이 왔을 때, 에모리와 핸디는 그들의 방으로 돌아갔다.

"램프에 불을 붙여야겠습니다."

"어디 어두운 곳으로 가나요?"

"'가로등이 없는 오솔길'로 가야 하니까요. 거기에 있는 엘리젤 나무는 밤에 어두운 걸 좋아해서 가로등을 세울 수 없었지요. 그리고 거긴 아주 비밀스러워서 불빛이 없는 것입니다. 그 오솔길 끝에 모닥불이 있을 겁니다. 모닥불에 비친 얼굴은 아주 볼만할 겁니다. 붉은 도깨비 같을 테니까요."

벤은 장난스럽게 말했다.

"거기에 선배들이 있다는 거죠?"

"그리고 하울 필러 학습을 그렇게 빨리 통과하다니. 정말 대단하십니다."

나는 머쓱해졌다.

"얼른 가죠."

벤은 램프에 불을 붙이더니 그걸 들고 앞서 걸어갔다. 벤과 나는 해변을 따라 걸었다. 거기까지는 특별할 것이 없었다. 곧 절벽이 나타났다. 절벽의 아랫길에는 파도가 이따금씩 부딪혔고 좁은 길이 나 있었다. 절벽을 지나자 평평하고 제법 부드러운 땅이 나타났다. 거기에서는 언덕 위의 떡갈나무가 전혀 보이지 않았다. 숲이 시작되었고, 숲 속은 굉장히 어두워 보였다.

"서쪽 숲입니다. 오크 힐에는 수상 가옥과 강의실이 있는 남쪽 해변

외에는 동쪽과 서쪽 그리고 북쪽에 숲이 있지요.”

벤의 목소리가 음산하게 들렸다.

숲길로 들어서자 벤은 나를 한 번 쳐다보지도 않고 그리로 쓱 들어갔다. 물론 길은 있었는데, 주변과 잘 구분이 되지는 않았다. 어둑어둑하고 적막한 숲속에서 등불을 가지고 가는 벤만이 내가 믿을 수 있는 유일한 사람이었다. 어딘가에서 말소리가 들려왔다. 나는 귀를 세웠다.

“……듀얼 러더슨, 정말이지 안됐어. 그는 최고였잖아?”

여자 목소리에 이어 남자 목소리도 들려왔다.

“유로파를 눈앞에 두고 사라져 버리다니.”

벤이 흠흠하며 그들 앞에 모습을 나타내자, 그들은 자리에서 일어났다.

“오셨어요, 벤?”

짧은 머리의 남학생이 말했다.

“러스 퍼거님을 모시고 왔습니다. 그럼 오늘 밤도 멋있게 보내십시오.”

벤은 등불을 들고 다시 숲속으로 들어가 버렸다.

내 눈 앞에 서 있는 사람은 모두 여섯 명이었다. 짧은 머리의 남학생이 벤에게서 고개를 돌려 나에게 악수를 청했다. 그는 익살맞게 생겼지만 표정만큼은 진지했다.

“난 폴 아드로야. 필리버스지. 아, 여기에 있는 모든 선배들은 다 필리버스야.”

짧은 금발 머리를 몽당연필처럼 땋은 여학생이 손을 내밀었다.

“난 제니아 퍼트야. 하울 필러 학습을 그렇게 빨리 통과하다니, 내 경쟁자가 한 명 더 늘었다고 생각해.”

그녀는 내 손을 꾹 쥐었다.

“리타 플로웰도 내 경쟁자지.”

그녀의 옆에 있던 긴 검은 머리의 여학생이 나에게 손을 내밀었다.

"난, 리타 플로웰이야. 제니아가 하는 말은 신경 쓰지 말길 바래."

그녀는 입꼬리를 올리며 내게 말했는데, 그 모습이 무척 도도해 보였다.

"난 지니어트 퍼몰이야. 열정이 있다구."

그는 다갈색 스웨터에 같은 색깔의 넥타이를 매서 무척 똑똑해 보였다. 그리고 제법 키가 큰 남학생이 내 어깨를 툭툭 쳤다.

"난 페이어 딕톤이야. 이래보여도 순수하고 여린 감정의 소유자지."

"난 헤비 언더메어야."

덩치가 작고 안경을 쓰고 양복조끼를 입은 남학생이 가녀린 목소리로 말했다.

"네?"

"못 들었어?"

"헤—비—언—더—메—어, 라구."

그의 이름과 몸집이 전혀 어울리지 않는다는 생각에 속으로 약간의 웃음을 삼켰다.

"필리버스 선배님들이 모두 모이신 건가요?"

내가 물어보았다.

그러자 모두의 얼굴이 조금 어두워졌는데, 리타 플로웰이 말을 꺼냈다.

"모두는 아니지만, 지금으로선 전부 모인 거야. 그럼 오늘은 누구부터 시작해 볼까?"

그들은 자리에 둘러앉았고 나는 헤비 언더메어 곁에 쪼그리고 앉았다.

"내가 먼저 할게."

제니아 퍼트였다.

"먼저 어빙 하트 모임에 대해 캐리얼에게 설명을 해 줘야겠지? 필리버스들의 공식적인 모임에 캐리얼이 초대되는 건 영광이라는 것도 말해 줘야겠고. 그것도 맨 처음으로 초대된 캐리얼이라면 더욱 굉장한 일이라는 것도 말이지. 어쨌든 우리는 여기에서 생각을 논하고 즉흥시와 즉흥노래도 만든다구. 모든 건 순간에 생겨나는 거야. 그래서 우리는 그 순간을 즐기는 거야. 생각도 시도 노래도 말이지. 내 말 알아듣겠어?”

제니아 퍼트는 나를 쳐다보았다.

“조금은 알아듣겠습니다.”

“겸손하기도 하군.”

리타 플로웰이 말했다.

“그럼 시작할게.”

제니아 퍼트는 잠시 모닥불을 쳐다보고 나서 어두운 하늘을 응시했다.

“슬픔과 고통으로 무너진 심장에서 불타버린 열정. 모든 것을 태워버리고 자신 앞에 와 서 있는 열정. 우리는 보아야 한다. 두려워하지 말아야 한다. 뜨겁지는 않지만 따뜻해진 열정을 오래도록 품는 것을. 그리하여 날이 가고 또다시 날이 가도록 여전히 아름다운 자신을 볼 수가 있는 것이다.”

제니아 퍼트는 숨도 쉬지 않고 그렇게 쭉 읊었다.

“여기까지야. 다음은 리타 플로웰.”

시를 먼저 읊은 사람이 다음 사람을 지목하는 건가 싶었다. 제니아 퍼트와 리타 플로웰 사이에 약간의 긴장이 느껴졌다.

“난 지난 시간에 이어 고독에 관한 2탄을 준비했어.”

“지난 시간에 “고독이 인간을 성숙시킨다.”고 했었지?”

지니어트 퍼몰은 기억을 해내며 말했다.

“그랬어. 오늘은 고독의 다른 모습을 발견했어.”

리타 플로웰이 대답했다.

"말하지 않는 인간이 있다. 그는 자신 속으로 들어간다. 그러나 거기에도 대답은 없으며 세계도 없다. 다만, 들어가지 않을 수 없는 것이다. 거기에서 멈추든 무언가를 발견할 수 있든 그건 상관하지 않는다. 그건 인간이 자신을 찾는 시작에 선 하나의 반항이며 시도이다. 그건 고독이라는 이름으로 불린다."

"둘 다 멋있어."

헤비 언더메어가 가녀린 목소리로 말했다.

나는 아주 옛날부터 이런 모임을 꿈꿔 왔었다. 친구들과는 이런 대화를 나눈 적도 없었고, 친구들은 때때로 날 이해할 수 없다며 비꼬았었다. 그러나 여기에서는 내적인 성장과 발견에 관한 대화를 드러내 놓고 할 수 있는 것이다. 이것이 어빙 하트다. 나는 결국 또다시 숙모에게 지고 말았다. 나를 나보다 더 잘 알고 있는 이가 바로 숙모였다.

"이번에는 내가 할게."

헤비 언더메어였다.

"난 공간에 대해서 하겠어."

다들 집중했다.

"한 칸의 추운 방 속에서, 꿈꿀 수 있는 사람이 되고 싶다. 인간은 유한 속에서 무한을 날아다닐 수 있는 자유를 지녔다. 나는 그런 사람이 되고 싶다. 나의 한 칸의 방에서, 네가 없더라도."

무척 짧았지만 여운이 있었다. 나는 그의 시도 괜찮다고 생각했다. 네가 없더라도, 부분은 약간 슬프기까지 했는데, 인간은 홀로 있을 때에도 의미를 발견해야 한다는 데까지 생각이 미치자, 그가 대단해 보였다.

두 명의 여자 선배들이 박수를 쳤다. 헤비 언더메어가 갑자기 내 손을 꽉 잡았다.

"이번엔, 네가 해봐."

모든 선배들이 나를 쳐다보았다.

"그래, 이 정도면 감은 잡았을 테니, 한 번 해보라구. 그리고 모든 선배들 앞이니까 편안히 하면 돼."

지니어트 퍼몰이 격려해 주었다.

"저, 저는……."

나는 말을 흐렸다. 그냥 머릿속이 백지장 같았지만 나는 힘을 냈고, 단어 하나를 생각해냈다. 그리고는 천천히 입을 열었다.

"누군가를 위하여 불타버린 나뭇가지의 검고 메마른 입에, 나는 술을 붓고, 눈물을 짓다가. 나 또한 한번쯤은 바싹 마르고 태워지고 무너져야 하지 않을까 생각해 본다. 그러나 나는 그러지 못할 것이다. 언제나 나의 사랑은 나 자신을 위해 있으므로."

"감정이 잘 실렸어."

페이어 딕톤이 말했다.

"난 조금 웃긴 걸? 너무 진지해서 조금은 웃겨."

폴 아드로가 말했다.

"아니야. 영혼이 느껴지는 시였어."

제니아 퍼트가 말했다.

"나도 그렇게 생각해."

리타 플로웰이었다.

"그건 그렇고, 캐리얼의 수준이 이 정도인데, 우리가 더 분발해야겠군."

지니어트 퍼몰이 재미있다는 듯이 말했다.

"이번에는 내가 하지."

지니어트 퍼몰이었다.

"그는 하나의 쉴 수 있는 방. 그 속의 모든 사물들은 자신을 내세우지 않고 무의식 속으로 들어간다. 그는 평온이며, 두려움이며, 허락함이다. 그는 본능을 잠재우고, 때가 되면 물러갈 줄도 안다. 그는 나에게 어머니다. 방은 때가 되면 닫히고 떠들 수 있는 시간도 온다."

갑자기 폴 아드로가 손을 번쩍 들었다.

"퀴즈! 여기에서 그는 누구일까요? 맞추는 사람에게 지니어트 퍼몰의 애장품을 드립니다."

지니어트 퍼몰이 재미있다는 듯이 동의했다.

"어둠이 아닐까?"

제니아 퍼트가 대답했다.

지니어트 퍼몰은 고개를 까딱하더니 말했다.

"비슷해. 하지만 정확히는 아니야."

나는 잠자고 선배들의 게임을 지켜보았다.

"그렇다면, 하나뿐이군."

폴 아드로가 대답했다.

"그건 낮과 밤, 중에서 밤을 뜻해."

"정답이야. 이건 순전히 폴의 장난이로군. 그래도 애장품을 내놓아야 겠지? 하지만 지금은 없어."

"저 애장품이 무엇이죠?"

나는 조심스럽게 물어보았다.

"그건 모자야. 내 모자는 특별해서 태양으로부터 얼굴과 몸까지 모두 보호할 수 있다구. 그걸 쓰면 커다란 조개가 기어 다니는 것처럼 보여. 땅바닥까지 다 덮어버리니까."

"아, 네."

"그건 그렇고 오늘은 토론을 하는 것보다, 노래를 좀 듣고 싶군. 헤비 언더메어, 돌멩이 캐스터네츠를 준비해 줘. 내가 그걸 칠 테니. 페이어, 네가 노래해 봐."

지니어트 퍼몰이 주문했다.

"그럴까?"

페이어 딕톤은 자리를 털고 일어났다.

지니어트 퍼몰은 헤비 언더메어가 가져다 준 돌멩이 두 개로 딱딱거리며 리듬을 만들어 냈다.

"즐겁게 부르자구."

지니어트 퍼몰은 벌써 리듬을 타고 있었다.

페이어 딕톤이 어깨를 흔들면서 박수를 치자 모두들 박수를 쳤다. 점차 박수소리와 돌멩이 소리가 하나의 리듬을 타기 시작했고, 페이어 딕톤의 굵으면서도 저음의 목소리가 모닥불 가를 둘렀다.

"세상엔 수많은 일들. 그리고 난 그 속에서. 작은 짐승 한 마리가 되어서⋯⋯. 흠흠⋯⋯. 무언가를 하죠. 중요한 일들도 많지만, 난 신경 쓰지 않아. 난 내가 할 일을 찾아서 하죠⋯⋯. 흠흠⋯⋯. 신문도 보고, 토론도 하고, 맛있는 것도 먹고, 그렇지만 내가 정말 원하는 건 따로 있죠⋯⋯. 흠흠⋯⋯. 비 내리는 겨울 밤 해변을 뛰어가고, 때때로 잔뜩 글을 쓰기도 하고, 방구석에서 기타를 치며 밤을 새우고. 뭐 그런 일들만 하냐구요? 그게 내가 원하는 거냐구요? 아니, 아니에요⋯⋯. 내가 정말 원하는 건 잘 모르겠어요."

페이어 딕톤은 노래를 다 부르고 엄지손가락을 세우더니 그 자리에서 빙글빙글 돌았다.

"노래 제목이 뭐지?"

리타 플로웰이 물었다.

"'잘 모르겠어요.' 야."

페이어 딕톤이 대답했다.

"어떤 것 같니? 우리들의 모임이."

지니어트 퍼몰이 내게 물었다.

"자유롭고, 신선하고, 새로워요."

나는 솔직하게 대답했다.

"그래?"

지니어트 퍼몰의 얼굴이 약간 어두워졌다.

"원래라면 더 멋진 친구가 있었지."

그는 더 이상은 말해주지 않았다. 아무래도 그 듀얼 러더슨이라는 사람의 이야기인 것 같아서 궁금했지만 묻지 않았다.

"이쯤에서 일어날까? 토론은 오늘 밤엔 하지 말자구. 딱히 답답한 것도 없지?"

제니아 퍼트가 모두에게 물어보았다.

"그래. 오늘은 이 정도가 좋을 것 같아."

헤비 언더메어의 말은 잘 들리지 않았다.

"저 선배들은 어디에 살고 계시죠? 해변의 수상 가옥들, 그러니까 지니어스 룸이나 하플러리 룸에는 계시지 않는 것 같은데."

"우리는 그곳을 가끔 이용해. 하지만 거기에 살지는 않지. 너도 곧 알게 될 거야."

제니아 퍼트가 설명해 주었지만 그것만으로는 설명이 부족했다.

"벤이 널 데리러 올 거야. 우리는 이만 가겠어. 밤에 혼자 있는 게 무서워?"

제니아 퍼트가 놀리듯 말했다.

"무섭지 않습니다."

나는 거짓말을 했다.

"자, 그럼 우리도 자러 가자구."

제니아 퍼트의 말이 끝나기가 무섭게 필리버스들은 어둠 속으로 멀어져 갔다.

"잘 자라구."

지니어트 퍼몰의 목소리가 들려왔고, 곧 나는 휑하니 혼자 남겨졌다.

'이 섬에는 여전히 이상한 일들이 많군.'

갑자기 나는 차가운 기운을 느끼고는 자리를 돌아보았다. 모닥불이 꺼질락 말락 했고 그 앞에서 바싹 마른 남자 하나가 불을 쬐고 있었다.

"누, 누구시죠?"

그는 나를 본체만체하고는 불을 쬐고 일어섰는데, 곧 여러 명이 나타나더니 그와 함께 사라졌다. 나는 몸이 돌이 된 것 같았다. 숲 속에서 불빛이 나타났다. 나는 식은땀을 흘리면서 벤에게로 뛰어갔다.

다음날 아침 벤이 식사를 가져왔을 때, 나는 어제 본 남자들에 대해서 말했다.

"죽은 병사들입니다. 예전에 메런티 섬에서 있었던 비극이지요. 그들은 때때로 나타나지만 해를 입히지는 않습니다. 놀랐겠군요."

"그들이 왜 나타나는 것이죠?"

"그건 저도 잘 모르겠습니다. 할 말이 있어서 눈을 감지 못했든지, 아마 그럴 겁니다."

"그렇다면 왜 저에게 부탁을 하지 않았을까요?"

"그들은 우리를 간섭하지 않아요. 다만 밤에 그들이 움직이는 걸 방해하지만 않으면 됩니다. 너무 깊이 생각하지 마십시오."

"알겠어요. 저 이제부터는 페도스 폴린 교수님에게서 배우게 되나요?"

"그렇습니다. 내일 저녁부터 공부는 시작될 겁니다."

"저녁에요?"

"여기에서는 낮과 밤에 상관없이 교수님께서 필요할 때, 공부합니다. 알아두시지요."

“네, 알겠어요.”

“저, 벤?”

벤이 나가려고 할 때, 나는 그를 한번 불렀다.

“궁금하신 것이 있습니까?”

“저, 고마워서요.”

그는 고개를 까딱하고는 펑퍼짐한 퍼머 머리를 만지고 밖으로 나갔다.

“수업이라…….”

식사를 마치고 나무 침대에 누워 벤이 처음 찾아왔을 때를 생각해냈다. 오크 힐에 온 것을 후회하지 않는다.

폴린 교수

다음날 아침 벤 대신 핸디가 내 식사를 가지고 왔다. 핸디는 삶은 감자에 양파를 곁들인 샐러드와 두툼하게 썬 참치살을 가지고 왔다. 핸디의 머리 위에는 하울 필러 문제집이 위태롭게 얹혀 있었다.

"러스, 색깔에 대해서 어떻게 생각해?"

핸디는 솜씨 좋게 요리를 테이블에 놓고는 휙 하고 하울 필러 문제집을 겨드랑이에 끼었다.

"무슨 문제가 나왔길래?"

"아니, 색깔에 대해서만 이야기해 줘."

핸디는 떼를 썼다.

"명도 아니면 채도? ㄱ 정도는 얘기해 줘야시?"

"둘 다."

핸디는 자리에 앉고는 샐러드를 쿡 집었다.

"흑백을 이야기하자면 좀 더 애틋하고 이야기가 중요해지는 것 같고, 컬러는 좀 더 느낌이 살아있는 것 같아. 이 정도?"

"그렇게 생각하구나."

핸디는 대충 듣는 듯 했다.

"하울 필러 문제와는 관련이 없는 거야?"

나는 물어보았다.

"아니 어떻게든 관련이 있어. 이번에는 '인간의 색깔'에 대해서 묻지 않겠어? 난 왜 인간의 특성에 관해서만 문제가 나올까? 재미있긴 해."

핸디는 자리에서 벌떡 일어나더니 머리가 어수선하다며 휙 나가버렸다.

혼자서 식사를 마치고 침대에 누워 생각했다. 왜 이 학교는 도서관이 없는지 궁금해졌다. 나는 계단을 뛰어 내려가 메모판에 도서관이 어디에 있는지 알고 싶다며 적어 놓았다. 그러자 리누머인 빌 캐리아웃으로부터 답장이 날아들었다. 섬 곳곳이 도서관이라는 그의 대답은 이해하기 어려웠다. 나는 책을 읽고 싶다고 다시 메모판에 적었다. 다시 빌 캐리아웃으로부터 답장이 왔다.

'읽고 싶은 책은 자신이 찾아내야 해. 왜 그렇게 되어있냐면, 타인의 생각과 사상에 물들지 않기 위해서지. 꼭 필요한 책만을 찾아서 읽도록 되어 있어, 여긴. 답변이 되었길 바라며, 나는 수업 들으러 이만.'

이해하지 못하는 바는 아니었다. 오히려 맞는 말이기도 했다. 숙모는 내게 책을 던져 주다가도 가끔씩 그걸 빼앗곤 했다. 그리고서 나에게 여러 가지를 주문하며 써 보도록 했다. 자기의 생각, 그것이 가장 중요하다고 숙모는 껌을 질겅질겅 씹으면서 가르쳐 주었다. 그리고 오크 힐도 그런 교육관을 가지고 있는 것뿐이다. 오히려 책만 잔뜩 읽은 개념 바보가 되기보다는, 한정된 단어만으로 자신의 생각을 매순간에 피력할 수 있는 사람이 되는 것이 더 중요하다는 생각이 언뜻 스치고 지나갔다.

그렇지만 나는 그저 책에 빠져들고 싶을 뿐이었다. 무엇을 제대로 판단하고 자기의 생각을 세우는 것과는 상관없이 그저 글자의 파도 속에 몸을 던지고 싶을 뿐이었다. 지금으로서는 책을 구하는 방법도 몰랐고, 방법을 곰곰이 생각하다가, 무언가를 써내고는 그걸 읽기로 했다.

그래서 쓴 아무 것도 아닌 것 같은 글은 그저 이곳의 풍경을 묘사하면서 시작되었다. 밀려오는 가벼운 파도와 같은 색깔의 하늘, 조용하고 풍요로운 섬과 때때로 숨겨진 이상한 비밀들에 대해서도 썼다. 곧 비밀은 추리소설의 한 대목으로 변하고 나는 죽은 병사들이 오크 힐에서 떠나기 위해 조나크 숙모가 훔쳐간 그들의 뼈다귀를 차지하려고 나에게 나타난 깃이라는 이상한 가설을 세우고는 한숨을 내쉬었다.

벤은 낮에도 식사를 가져다주지 않았는데, 나는 막대 사탕을 입에 물고서 에모리 빈의 지니어스 룸을 찾아가서 점심을 얻어먹었다. 그는 제법 커다란 돼지 갈비를 혼자서 뜯고 있었기에 내가 온 것을 반겼다. 에모리 빈은 부모님이 보내준 거라며, 선물보따리를 풀더니 내게 보여주었다. 거기에는 최신식 디지털 카메라와 제법 많은 스케치북과 물감, 색색깔의 사탕꾸러미, 초콜릿봉지 등 잡다한 것들이 많았다.

“그림을 그려?”

내가 물었다.

“수준급은 아니지만, 그림 그리는 걸 좋아해. 어릴 때부터 그려왔어.”

에모리 빈은 머쓱한 듯 대답했다.

“우리 부모님은 내가 이곳으로 온 줄 모르셔. 캘리포니아 주립대학으로 간 줄 아시거든. 그러니까 내게는 아무 것도 올 수 없지.”

“아무래도 오크 힐은 비밀의 학교니까, 그럴지도 몰라.”

에모리 빈이 고개를 끄덕였다.

“그렇겠지? 해변을 좀 걷고 싶어.”

“그럼 걷자구.”

에모리 빈은 일어나서 손을 씻고는 내게도 물티슈를 주었다.

수상 가옥은 대체로 비어있었고, 캐리얼 외에 다른 선배들과 교수님들은 보이지 않았다. 수상 가옥이 끝나는 지점에서 우리는 모래 위에 이름을 쓰고 파도가 그걸 지워버리자 킥킥댔다.

갑자기 피터 힐멘이 정신없이 뛰어가면서 아무 것도 없는 쪽을 향해 화살을 쏘아댔다. 그러자 화살이 지나간 공중에서 책이 우두두 떨어졌다. 그는 책에는 관심이 없는 듯 다시 화살을 쏘며 섬 위로 올라갔다. 나는 그가 지나간 자리에 남겨진 책을 한 권씩 주웠다.

"이건 '아멜라 파러의 비법서'야. 한 번에 서른 마리의 꿩을 잡는 법이 기록되어 있다는 군."

에모리 빈이 한 권의 책을 들고서 중얼거렸다.

"내가 건진 책들도 죄다 이상해. 제목이 말이지. '오라스의 무시무시한 창고'는 뭘까?"

"글쎄, 여긴 마음에서 필요한 책들만 나타난다고 들었어. 엄마에게는 줄곧 '꼬리가 긴 토끼 랩풋'만이 나타났다고 들었거든. 엄만 그 용감하고 수줍은 토끼를 무척 좋아하셨어."

"그렇지만 어떻게 하면 나의 책을 나타나게 할 수 있을까?"

"그러려면 자신만의 방법을 개발해야 해. 피터 힐멘의 경우에는 화살을 쏘는 거겠지만, 우리의 경우는 스스로 발견해야할 거야. 나도 아직 내가 원하는 책을 어떻게 꺼내는지 몰라."

"생각보다 훨씬 좋은 곳이야."

나는 그렇게 중얼거렸다.

에모리 빈은 내 말에 정색을 했다.

"여긴 최고야."

갑자기 가져온 줄넘기가 생각났다. 엄마와 숙모는 필경 나에게 운동을 시키기 위해서 그걸 넣어줬을 것이다.

"그런데 여기에서 줄넘기를 하면 웃기겠지?"

"글쎄, 운동하는 건 아무도 이상하게 생각하지 않아."

에모리 빈이 말했다.

"그렇지만 난 운동하는 게 싫다구."

에모리 빈은 자신의 지니어스 룸으로 들어가 버리고, 나도 내 방으로 돌아왔다. 오후 늦게 카자르와 투자르가 돌아와서는 창문을 열라고 소리쳤다. 나는 창문을 열고는 그들을 쳐다보았다.

"야, 우리 형제 둘 중에 누가 제인 파머사이드랑 잘 어울리지?"

카자르인 것 같았다.

"제인의 마음을 얻는 사람이 승자가 되지 않겠어?"

나는 적당한 대답을 골라냈다. 그러자 카자르는 문을 닫더니, 투자르와 다시 싸우는 것 같았다.

"누가 제인의 마음을 얻을 수 있을까?"

다시 그들 중의 하나가 내게 외쳤다.

"나로서는 알 수 없어. 너희 둘 다 매력이 있으니까."

"한 명만 골라. 나야, 아니면 이 못된 동생 투자르야?"

"사랑에 양보가 있을 수 있나? 난 모르겠어. 너희들이 알아서 해."

나는 창문을 닫고는 침대에 빌렁 누웠다. 카자르가 계속 불렀지만 눈을 지그시 감았다.

눈을 떴을 때 주위는 무척 조용하고 어두웠다. 기분이 이상해진 건 잠시 후였다. 무언가가 삐걱거리는 소리와 함께 몸이 넘실대는 것 같았다. '아무 것도 아니겠지.' 하고 다시 눈을 감았지만 여전히 몸이 움직이고 있었다. 창 너머로 하늘에 걸려있는 달도 위아래로 움직이고 있었다. 달이 움직이는 것이 아니라 지니어스 룸이 움직이고 있었다.

계단 쪽으로 내려가려고 발을 디딘 순간 놀라서 뒷걸음질을 쳤다. 바닷물이 발밑에서 출렁거리고 있었다. 어두웠지만 바닷물이 확실했다. 창문을 확 열고는 다시 밖을 살펴보았다. 섬은 어디로 가고 나는 바다 한가운데에 떠있었다.

내가 놀라서 덜덜 떨고 있을 때 방에 불이 켜졌다. 유령 같은 사람이 테이블 앞에 앉아서 술을 따르고 있었다. 조금 전에도 그는 거기에 있었다. 다만 어두워서 자세히 보지 못했던 것뿐이었다. 나는 빳빳하게 굳어서 입술을 옴질거리지도 못하고 서 있었다.

"수염을 좀 깎아야겠어. 머리도 엉망이지? 그리고 이 하얀 옷도 벗어야겠고. 그건 그렇고 이렇게 나타나서 미안해. 자네의 실력을 보건대 이젠 하울 필러 문제집이 필요 없다고 생각하네. 조나크 퍼거 교수로부터 자네의 유연성이 좋다는 말을 들었는데, 그렇게 굳어있지 말고, 차라도 한 잔 하게."

"혹시 페도스 폴린 교수님?"

나는 겨우 말했다.

"내가?"

그는 웃었다.

"맞아. 페도스 폴린이지. 원래는 좀 더 은둔해서 살려고 했는데, 조나크 퍼거 교수의 요청을 거절할 수가 없었어."

"네."

나는 한숨을 내쉬고는 천천히 그에게로 다가갔다.

"술을 학생에게 주면 안 되겠고, 무슨 차를 좋아하지?"

"아무 거나 주십시오."

"설탕물이야. 정신 차릴 때 도움이 되지."

그는 어느새 투명한 컵에 따뜻한 설탕물을 만들고는 내게로 내밀었다. 나는 그걸 벌컥벌컥 들이켰다. 내가 한숨을 쉬자 그는 종이 한 장을 꺼내들고는 그걸 유심히 읽었다.

"자네의 하울 필러 평가서야. 아주 잘했다는 아니고, 이제는 수업이 필요하다는 걸 말하고 있어."

"제가 한 번 읽어보아도 될까요?"

사실 난 그걸 무척 읽어보고 싶었다.

"아니야, 안 돼. 이건 담당 교수만이 볼 수 있는 거라구."

그는 하얀 종이를 접더니 가슴팍에 넣고는 그의 너덜너덜한 옷을 여미었다.

"그런데 여기는 어디쯤이죠? 어떻게 수상 가옥이 바다 한가운데까지 오게 된 거죠?"

"그게 궁금하나?"

그는 술을 쭉 들이켰다.

"오크 힐의 지니어스 룸은 원래 배로 사용되기도 한다구. 위더스가 말해주지 않았나 보군. 때때로 캠핑을 갈 때 배로 이용하곤 하지. 자네와 난 밤바다로 캠핑을 나온 거야."

그는 아무렇지도 않은 듯 말했다.

"다시 돌아갈 수 있을까요?"

"말했잖아? 우린 캠핑을 온 것뿐이라구. 다시 돌아가는 건 당연해."

"전 이 배를 조종할 수 없는 걸요."

"내가 할 수 있어. 이 배를 움직인 것도 나니까."

그는 다시 술을 따랐다.

"언제부터 수업에 들어가나요?"

"지금도 수업 시간이야."

"네……."

나는 잠자코 대답했다.

"이야기를 좋아하나?"

나는 그렇다고 답했다.

"먼 옛날의 전설, 추리 소설, 사랑 이야기, 모험 이야기, 그리고 동화 중에 어떤 것을 좋아하지?"

"저는 동화를 좋아합니다."

"그렇군. 덩치 큰 남학생이 동화를 좋아한다는 건 꽤 흥미로운 일이야. 왜지?"

"수많은 코드가 있어서죠."

나는 짧게 대답했다.

"여러 의미를 좋아한다는 말이로군."

그는 술을 들이켰다.

"〈아홉 가지의 비밀〉 이야기는 알고 있는가?"

"네, 알고 있습니다."

그 이야기는 조나크 숙모가 들려준 적이 있었다.

"알고 있군 그래. 이 이야기는 오크 힐과 관련된 사람들만이 알고 있는 이야기이지. 자네도 관련이 되어있으니, 충분히 알게야. 이 이야기 속에도 한 번쯤은 생각해 보아야 할 코드가 있지. 그걸 한 번 찾아보도록 하자구. 그 이야기를 한 번 요약해 보게나."

나는 갑자기 그가 수업을 시작한 것처럼 느꼈다.

"10살의 트로이라는 소년이 자신의 집 다락방에 사는 쥐들에게서 들은 아홉 가지의 이야기죠. 병을 모으는 소년 이야기도 있었고, 굶주린 쥐들의 생존기도 있었고, 낚시를 해서 살아가는 어부의 이야기도 있었어요. 밤낮으로 공장에 나가 일을 하는 아가씨의 이야기와 꼬부랑 할머니의 하루도 있었죠. 가난한 신문팔이가 성공한 이야기도 있었고, 제법 성공한 사람의 몰락도 있었죠. 부자가 된 쥐와 가난뱅이가 된 쥐 이야기도 흥미로웠죠. 그리고 마지막으로 재미있었던 건, 인간이 쥐에 비해 나은 점이 무엇인가에 대한 쥐들의 토론이었죠. 단지 부자가 되는 건, 쥐들도 할 수 있는 일이라면서 말이죠. 인간은 무엇에서 더 특별할 수 있는가, 그 논쟁이 재미있었던 것 같아요."

"그래, 인간이 쥐에 비해 나은 게 있다면 그건 그저 인간이라는 종의 특성일 뿐이지."

그는 다시 술잔을 비웠다.

"저도 인간이 우월하다는 생각은 하지 않아요. 모든 것에 대해 생각하고, 그리고 그걸 우리의 소유로 만들 수 있다는 게 우월하다고 믿지 않아요."

"그래, 그래야 쥐들이 말한 비밀을 알게 되는 거야."

"그 비밀이 무엇이죠?"

"그건 말이다."

그는 잠시 술잔을 쥐고 가만히 있었다.

"개선에의 의지이지."

"설명해 주세요."

폴린 교수는 나를 쳐다보며 인상을 썼다.

"이것 보라구. 동화 속에 나오는 동물들은 모두 의인화된 동물들이라구. 결국 인간에게 무언가를 말하기 위해 작가가 동물의 생태를 조작한 거란 말이야. 쥐가 실제로 개선에의 의지를 가지고 있는지 없는지 그게 중요한 게 아니야. 인간의 보다 나은 특성을 끌어내기 위해서 쥐가 등장한 것뿐이라구. 개선에의 의지를 가져야 하는 건 인간뿐이야. 동물은 내버려둬."

나는 빨래를 쥐어짜듯 뭔가를 생각해냈다.

"전 인간이 무엇에서 더 특별할 수 있는가, 그 질문에 대해 생각해 보았어요. 쥐들이 추구하는 것보다 다른 걸 추구하고 있다고 생각해요."

"그건 어떤 종류의 것이지?"

그는 어느새 술병을 치워버렸다.

"아직은 잘 모르겠어요. 무언가를 추구하고 있긴 한데, 그걸 정확하게 알 수가 없어요."

"나도 그러던 때가 있었지. 그런데 추구의 끝에 설 때면, 발견했다고 믿었을 때, 다시 모든 건 모호해지고 말아. 또다시 어떤 추구의 시작에 서게 된 거지."

폴린 교수는 자리에서 일어났다. 그는 내 얼굴에 자신의 얼굴을 바짝 들이대서 나를 긴장시켰다. 곧 그는 굳은 얼굴을 풀고서 돌아섰다.

"나를 만족시킬 수 있는 일은 이제 없어. 그런데 말이야. 한 번 추구하고 나서 모호해지는 건, 그 전의 단계보다 나은 거야. 제법 견딜 수 있거든."

그는 창가로 가더니 밖을 응시했다. 방은 제법 삐걱삐걱했고 언제 폭풍우가 닥칠지 모르는 상황에서도 그는 여유로운 듯 보였다.

"불을 꺼보라구."

나는 시킨 대로 했다.

"밤은 완전히 어둡지 않아. 어두워도 점차 어둠에 눈이 익숙해지지. 그리고 나면 제법 주위의 사물들이 잘 구분된다구."

과연 그의 말은 사실이었다. 나는 어둠 속에서 침대와 테이블을 구분했고, 그의 하얀 옷은 더욱 잘 보였다. 두려움 같은 것도 밀려들지 않았다. 나는 테이블 위의 컵을 만지작거렸다. 설탕물이 말라붙은 자리에 손이 들러붙었다.

"밤이 속삭이는 것들을 듣는 게, 책 다섯 권을 읽는 것보다 더 많은 걸 알 수 있지. 왜냐하면 그 속삭임을 들을 수 있다는 마음만으로도 그는 이미 책을 넘어선 거니까. 그거 아는지 모르겠군. 책을 접하지 않으면, 마음의 목소리를 듣지 못하고, 책을 너무 많이 접해도 마음의 목소리를 듣지 못하지. 어느 정도 책으로 내적인 성장을 이룬 후, 우리는 모든 것을 다시 원시 그대로 느껴야 해. 끈끈한 해초가 우리 몸에 들러붙었던 그 오래전의 바다 속을 기억해 내야 하는 거야. 그렇다면 우리는 보다 인간적인 진실에 가까이 다가가게 되지. 그 말은 자네가 했었지? 인간적인 진실."

나는 당황했다. 내가 말했던 인간적인 진실이란, 그저 논리의 나열에 불과했다. 나는 개념형 인간이었다. 그저 책 속에서 들은 단어를 끼워 맞추고 적당히 논리적으로 연결해서 적절한 결론에 도달하면 만족하는 그런 인간이었던 것이다. 폴린 교수는 인간적인 진실에 관한 내용을 확대해 주었다. 밤도 바다도, 단어로 말하기 전에 먼저 느끼지 못한다면, 그 단어를 쓰는 것은 어쩌면 진실을 동강내어버리는 것과도 같다는 생각이 들었다. 폴린 교수가 다가왔다.

"내일 〈라트 팟 홀〉로 오게. 시간은 오전 10시가 좋겠어. 지금부터 30분 뒤에는 폭풍우가 불어 닥칠 테니 이제 이곳을 떠나는 게 좋을 거야."

폴린 교수는 나에게 침대로 올라서라고 하고는 머리맡에 있는 둥근 손잡이를 꽉 잡으라고 했다. 그는 안쪽 방으로 들어갔는데, 곧 왱왱하며 모터에 시동 거는 소리가 들렸다. 갑자기 어마어마한 속도로 거의 날아갈 듯 방이 달리기 시작했다. 속력이 줄어드는가 싶더니 나는 조용히 해변에 닿았다. 나는 방이 멈춘 걸 확인하고, 폴린 교수에게로 갔다. 불을 켜자, 안쪽 방은 텅 비어있었다.

나는 그날 밤을 뜬 눈으로 지새웠다. 새벽에 카자르가 창문을 열고

고함을 지르는 것도 지켜보았다. 카자르는 수면용 모자를 푹 눌러쓰고
는 다시 들어가 버렸다. 잠꼬대를 심하게 한 거라고 생각했다.

통 속의 꼬박꼬박 강낭콩

"열심히 하란 말이야. 오크 힐의 청소부로 남는 것도 영광이지만 마스터는 비교할 수조차 없다구."

아침에 벤 대신 레드 알라스가 들어와서는 구시렁거렸다.

"그렇게 뒹굴고만 있으면 너도 내 꼴이 될 테다."

내가 가만히 이불 속에 들어있자 그는 언성을 높였다. 나는 자는 척 그를 지켜보았는데, 그가 내 방에 들어온 목적은 청소가 아닌 것 같았다. 그는 먼지를 닦는 척하면서 내 물건들을 이것저것 들추어 보았다.

"퍼거 교수님의 조카라더니 흔한 '가리거'들도 없군."

그는 대충 마룻바닥에 빗질을 하더니 나가 버렸다.

"'가리거'라니. 그건 또 무슨 물선이지?"

나는 새 티셔츠로 갈아입고, 벗은 옷을 빨래 통에 넣고는 고민에 빠졌다. 더 이상 갈아입을 옷이 없었고, 내가 가지고 온 물건으로는 여기에서의 생활을 하기에 턱없이 부족했다. 어쨌든 기본적인 것은 있으니, 벤에게 부탁해 보아야겠다고 생각했다.

카자르 형제가 식사를 같이하자고 나를 데리러 왔다.

나는 그들의 지니어스 룸으로 갔다. 테이블 위에는 몽글몽글한 수프와 양고기꼬치구이가 준비되어 있었다. 그들은 자신들의 위더스가 매일 이 음식만 준다며 불평했다. 오늘은 도무지 먹지 못할 것 같다며 나를 불렀다고 내심 말하기도 했다. 그들은 마음속에 무거운 벽돌을 잔뜩 쌓아놓은 것처럼 얼굴에 걱정이 가득했다.

“무슨 문제라도 있는 거야?”

“휴……. 그래. 있다구.”

투자르가 투정을 부리듯 말했다.

“내가 도와줄 수 있는 게 있다면, 들어줄게.”

수프는 꽤 맛있었다.

“제인 파머사이드가 꿈쩍도 하지 않아. 우리 둘 모두에게 관심이 없어. 그리고 하울 필러 문제집이 갑자기 어려워져서 도무지 감을 잡지도 못하겠어.”

“누구를 좋아하는 문제는 말이지. 자신의 힘으로 되지 않을 때는 시간을 두고 생각하거나 어쩌면 포기해야 할지도 몰라.”

그들은 내 말을 듣고서 더 시무룩해졌다.

“힘내라구. 그리고 하울 필러 문제집은 적절한 선에서 끝날 거야. 오크 힐에서 우리는 좀 더 달라져서 나가야 하지 않겠어?”

“그러게.”

카자르가 중얼거렸다.

“그런데 레드 알라스에 대해 좀 알고 있니?”

“그 청소부?”

카자르가 되물었다.

“응.”

“원래는 최고의 집안에서 자랐는데, 모든 지식이 쓸데없다고 결론내리고서 약간 미쳐버렸다고 들었어. 그때가 캐리얼 때였는데 그래서 마스터를 따지 못하고 여기에 눌러앉았지. 지금은 성격이 고약해졌어. 때때로 물건을 쓱 훔치기도 하고 그걸 따져 물으면 쓰레기인 줄로 알았다고 변명해대지. 지금으로선 그는 별로 괜찮은 인간이 아니야.”

“그런데 너희들 ‘가리거’에 대해서는 알고 있니?”

“그걸 몰라?”

그들은 정색을 했다.

“음. 설명해 주지. 넌 정말 아무 것도 모르는 것 같거든. 어른들이 가끔 주는 건데 그건 굉장히 맛있는 이빨 모양의 캐러멜이야. 충치 모양도 있고, 금니 모양도 있어. 최고의 가리거는 바로 틀니 모양이지. 난 그걸 단 한 번 가져본 적이 있어. 이빨에도 무척 좋은 제품이고, 맛은 제각기 달라. 특히 틀니 모양은 이빨 하나하나마다 독특한 맛이 난다구.”

카자르는 자세히 설명해 주었다.

“무슨 맛이 있는데?”

“겉은 그저 캐러멜 맛이야. 그런데 안에 든 시럽이 달라. 가지각색의 시럽이 들어있는데, 같은 초록색이라도 키위 맛이 있는가 하면, 나뭇잎 맛도 있어.”

“한 번 먹어보고 싶어.”

“우리에게 비교적 흔한 충치 모양의 가리거가 있어. 먹어볼래?”

카자르는 침대 시트를 들추더니 하얀 통을 하나 꺼냈다. 그는 뚜껑을 열더니 군데군데가 새카만 이빨 모양의 것을 내게 내밀었다. 모양을 보자 나는 그걸 먹고 싶은 생각이 싹 달아났다. 카자르는 그걸 반으로 자르고는 반쪽을 내게 내밀었다.

“봐, 이건 노란색 시럽이 들어있어. 레몬 맛 아니면 지렁이 맛 일거야.”

나는 그걸 입에다 넣고 씹어보았다.

“이건 바나나 맛이야.”

나는 기분 좋게 그걸 씹고는 휘파람을 불었다.

“그러게.”

카자르는 나를 보고 있다가, 자기도 나머지 반쪽을 씹어 먹었다.

“그런데 가리거는 귀한 거야, 흔한 거야?”

“다른 건 흔한데, 틀니 모양의 가리거는 무척 비싸서 그건 귀하다구.”

“난 가리거를 가져본 적이 없어. 어쨌거나 난 어제 폴린 교수님을 만났었어.”

“벌써 수업을 시작했다구?”

투자르가 놀란 듯이 외쳤다.

“그런데 무엇에 대해 수업을 받았는지 모르겠어. 그냥 멍했거든. 아주 많은 걸 배운 것 같기도 하고 이상해, 하여간. 오늘도 수업이 있어. 아마 본격적으로 수업을 받지 않을까하고 생각해.”

나는 두 눈을 깜빡거렸다.

나는 양고기를 대충 뜯어먹고는 내 방으로 돌아와 이빨을 닦고 〈라트 팟 홀〉로 갔다. 땅에 거꾸로 박힌 사각뿔의 〈라트 팟 홀〉은 문도 보이지 않았고, 도무지 어떻게 들어가야 할지 알 수가 없었다.

내가 한숨을 내쉬자 갑자기 땅속에서 우두둑하는 소리가 났다. 자세히 보니 〈라트 팟 홀〉이 땅에서 뽑히는 소리였다. 그 건물은 곧 공중으로 들려지더니 꼭짓점이 활짝 열리면서 쿵 하고 계단을 내놓았다. 안쪽에서 폴린 교수님의 목소리가 들려왔다.

“어서 들어오라구. 오랫동안 이러고 있을 수는 없으니까.”

나는 계단을 따라 올라갔는데 안에는 놀라울 만큼 넓은 사각형의 강의실이 자리 잡고 있었다.

“이만 수업을 마치지.”

수업을 듣던 리누머들이 밖으로 나오고 그들은 유유히 계단을 따라 내려갔다.

"해야 할 일이 있어."

폴린 교수가 강단에서 칠판을 지우며 말했다.

"어서 들어오라구."

"네."

나는 얼떨결에 맨 앞자리에 가서 앉았다.

"오늘은 네가 신문을 좀 작성해 줘야겠이."

"어떤 신문을 작성해야 합니까?"

"후아루들이 너에게 관심이 많더군. 네가 작성한 신문을 한 번 읽어 보고 싶다고 하더군. 프뤼엘 스파리퍼 교수에게서 〈뎁쓰 오브 낫씽니스〉 원고도 받아 와야겠고. 나머지 기사들을 모두 작성하면 될 거야. 단, 오후 세 시까지는 모두 써야 해."

신문은 그저 읽기는 쉽지만 기사를 직접 작성한다는 건 무척 어려운 일이었다. 나는 어려운 수학 문제를 받아든 꼬마아이와 같은 마음이 되었다. 폴린 교수는 내 표정은 상관하지 않고 자신이 해야 할 말만 계속했다.

"기사를 작성하면, 후아루들에게 넘기도록. 참 후아루들은 '글자의 요징들'이야. 그들은 투명한 종이를 들고 다니면시 메린티 섬 곳곳을 돌아다니며, 사건을 보고 그걸 글자로 내뱉어 기사를 완성하지."

"그들은 도대체 어디에 있나요?"

나는 황당해서 물었다.

"섬 곳곳의 메모판에 그들의 이름을 적으면 나타나. 아무래도 나타나는 것도 그들의 마음에 따라 변하니까 이번에 그들을 만나려면 너는 기사를 잘 써야 할 거야."

"저, 프뤼엘 스파리퍼 교수를 만나는 건 어떻게 하지요?"

"그것도 메모판에 적으면 될 거야. 네가 교수 연구실을 찾아가는 건 무리일 테니."

"그럼 부탁한다."

폴린 교수는 '언덕 위의 떡갈나무' 노래를 부르면서 강의실을 나갔다. 그 노래는 예전에 숙모님이 자주 흥얼거리시던 노래라서 잘 알고 있었다. 새삼스럽게 그것이 오크 힐과 관련되어있는 노래였다니. 나는 홀에 갇힐까봐 얼른 폴린 교수를 따라 나갔다. 내가 내려서자 계단은 들어가고 꼭짓점은 착 하고 닫히더니 〈라트 팟 홀〉은 땅에 쿡 박혀 버렸다.

'휴……'

어느새 폴린 교수도 사라지고 나는 멍하니 서 있었다. 그래, 신문……. 나는 방으로 뛰어가 노트와 펜을 챙겨들고는 테이블 의자에 앉아서 기삿거리의 목록을 생각해 보았다.

'신입생 특별란을 만들어야겠어. 캐리얼들의 인터뷰도 싣고, 내가 겪은 어빙 하트 모임에 대해서도 쓰고. 아, 위더스들의 도움과 하울 필러 문제집에 대해서도 좀 쓸 수 있겠어.'

그리고는 더 이상 생각나는 기삿거리가 없었다.

'우선 이것들이라도 빨리 시작해야겠어. 오후 세 시가 되기 전에는 기사를 모두 작성해야 하니까.'

나는 손목시계를 쳐다보고는 서둘러 나갔다. 나무에 걸려있는 메모판에 에모리 빈과 핸디 필머레이, 카자르와 투자르를 적었다. 곧 그들은 어디에서 메모를 보았는지 나타났다.

"왜 불렀어?"

핸디가 물었다.

"저……. 인터뷰를 좀 하려고 불렀어."

나는 어서 노트를 펴들고는 쓸 준비를 했다.

"갑자기 웬 인터뷰?"

카자르가 인상을 썼다.

"부탁이야. 과제가 나왔거든."

친구들은 다행히 더는 묻지 않았고 나의 질문에 잘 대답해 주었다. 나의 질문이란, 오크 힐에 대한 기대나 혹은 바람에 관한 것이었다. 핸디 필머레이는 앞으로 심리학자가 되고 싶은데, 오크 힐에서 학자의 기본 소양을 배우고 싶다고 했다. 카자르와 투자르는 누나처럼 멋진 사람이 되는 것이라고 함께 말했다. 에모리 빈은 잘 모르겠다며, 되고 싶은 게 없지만, 여기에서 시간을 보내고 싶다고 말했다. 그리고 그는 여기에서 마스터를 따면서 뭔가를 배우게 된다면, 결국 뭐가 되고 싶은지 알게 될 거라고도 덧붙였다.

친구들이 돌아가고 나는 프뤼엘 스파리퍼 교수에게 원고를 달라고 메모판에 적었다. 그러자 메모판에서 커다란 갈색의 미끈미끈한 통로가 열렸다. 곧 그 속에서 돌돌말린 종이문서가 던져져 나왔다. 통로 속을 빤히 보고 있던 터라 나는 종이에 이마를 맞았다. 프뤼엘 스파리퍼 교수는 이렇게 적어놓았다.

무는 이미 나타난 존재보다 훨씬 깊고 심오한 무엇이다. 그건 언제나 새로운 존재를 잉태하고 있다. 무는 아무 것도 없는 것이 아니라, 그걸 볼 수 있는 사람에게로 가서 무한이 된다. 그리고 이 무한은 순간의 인식으로써 조금씩 그 실체를 나타낸다. 나타난 것은 새롭게 인식되어진 것이며, 무는 다시 보이지 않는 쪽으로 가서 자리를 잡고는, 자신을 볼 수 있는 사람을 기다리고 있다. 그리고 순간에 그것을 잡으라, 그리하면 인간의 근원적인 외로움 또한 한낱 유희거리가 될 테니.

나는 그것도 잘 챙겨들었다. 다시 지니어스 룸에 가서 어빙 하트 모임에 대해 잠시 생각을 정리했다. 자유롭고 개성이 넘치고 깊은 사고와 나름대로 남는 것이 있는 모임이라고 썼다.

위더스 제도의 장단점에 대해서도 썼는데, 신입생들을 학교에 잘 적응할 수 있도록 돕는다는 장점과 함께 사생활 간섭이 될 수도 있고, 지나친 귀족주의에 학생들이 물들 수 있다고도 썼다.

하울 필러 문제집에 대해서는, 학생 스스로가 필요한 지식을 정리할 수 있는 기회를 주어 본격적인 강의를 들어가기에 앞서 도움이 된다고 썼다.

내가 쓸 수 있는 건 다 썼다고 생각하고는 큰 종이에 기사를 다시 작성했다. 펜을 놓았을 때 시간은 두 시였다. 나는 큰 종이를 들고 다시 메모판 앞으로 가서 '후아루, 도와주세요.'라고 썼다. 잠시 동안 아무런 반응도 없었는데, 바람이 휙 하고 부는가 싶더니 돌풍이 나타나 큰 종이를 날려서 바닷물에 빠뜨려버렸다. 내가 울상으로 서 있자, 공기 중에서 깔깔거리는 소리가 들려왔다. 놀랍게도 어느새 공중에는 여러 문자들이 공중에 붕붕 떠서 시끄럽게 굴고 있었다.

"괜찮아. 우리가 모두 읽었으니, 신문에 너의 이름과 함께 기사를 게재해 줄게."

"꽤 재미있는 아이로군. 나름대로 성실하기까지 해."

"난 네가 오크 힐을 좋아하게 되리라고 생각해."

그들은 그렇게 말하더니 다시 사라져 버렸다. 나는 놀란 마음에 폴린 교수를 찾았다. 덜덜 떨리는 손으로 메모판에 그의 이름을 썼다. 그러자 〈라트 팟 홀〉이라고 적혔다. 나는 겨우 그곳으로 도착했는데, 그는 건물 앞에서 나를 기다리고 있었다.

"후아루들로부터 들었다. 과제를 해냈다고 하더구나. 그리고 부족한 부분은 그들이 보완한다고 했다. 어쨌든 축하한다."

"후아루들은 원래 그렇게 생겼나요?"

나는 입술을 떨며 물었다.

폴린 교수는 내 말을 잠시 생각하는 듯했다.

"존재가 형상에 의해서 결정된다고 생각하나?"

"네?"

"네 질문은 많은 걸 의미하고 있다. 어떤 형상으로 생겼든지 간에, 존재가 그런 모양과 방식으로 존재한다면, 너는 그것의 모양과 방식 그대로를 존중하고 인정해야 한다는 말이다."

"네에, 알겠습니다."

"그나저나 내일 수업은 '통 속의 강낭콩'에 대해서다. 통이라는 것과 그 속의 강낭콩에 대해 생각나는 것이 있다면 한 페이지 정도 적어 오도록. 그리고 신문은 잘 보마."

폴린 교수는 어색한 미소를 짓고는 갑자기 사라져 버렸다. 그리고서 갑자기 하늘이 어두워져서 온 몸이 오싹해졌다.

해변을 터덜터덜 걷다가 지니어스 룸에 돌아오자, 벤이 멋있는 저녁 식사 분위기를 연출해 놓았다. 해산물 접시와 샐러드, 화이트 와인을 꽃바구니와 함께 테이블 위에 차려놓고 촛불을 켜 놓았던 것이다. 벤은 내가 자리에 앉자 손수 와인을 아주 약간 잔에 따라 주었다. 무척 배가 고팠던 터라 조갯살과 연어구이를 다 먹어치우고, 샐러드까지 남김없이 먹었다.

"오늘 어려운 일을 하셨습니다. 단시간에 어떤 과제를 완성하는 건 어려운 일이지요."

그의 말투는 부드러웠다.

"알고 계셨군요."

나는 늘어진 말투로 대충 대답했다.

"미리 인쇄된 신문을 한 부 가지고 왔습니다. 후아루들의 글도 있었지만, 러스 퍼거 님께서 작성하신 기사도 꽤 괜찮았습니다. 헤드라인이 특별했지요."

"전 헤드라인을 쓰지 않았어요. 어디 신문을 좀 볼 수 있을까요?"

벤은 허리 뒤춤에서 신문을 꺼냈다. 나는 부리나케 신문을 펴들고는 헤드라인을 읽었다. 거기에는 〈신입생, 스파이다운 관찰력을 보이다〉라고 적혀 있었다.

"스파이라뇨?"

내가 놀라서 외쳤다.

"다 읽어보시면 알게 되실 겁니다. 이토록 짧은 시간 안에 오크 힐에 대해서 이만큼 볼 수 있다는 건, 어느 정도 스파이 기질이 있다는 거죠. 물론, 장난이 심한 후아루들의 소행이겠지만요."

벤은 능청스럽게 미소를 지었다.

"전 스파이처럼 숨 막히는 일을 수행하지는 못해요."

나는 어떻게든 상황을 설명하려고 했다.

"그저 과장일 뿐일 겁니다."

벤이 나를 안심시켜 주었다.

문득 생각나서 물었다.

"벤, 여기에서의 수업은 어떤 방식으로 진행되죠?"

"이미 알고 계실 텐데요?"

벤은 다시 능청맞게 굴었다.

"책을 찾기는 어려운 걸로 알고 있어요. 그러니까 스스로 사물을 보는 방식을 중요시 여기는 건가요? 책에 기술된 내용보다는 몸소 느끼고 생각하는 걸 훈련하는 건가요?"

"훈련은 아닙니다. 단지, 개인의 잠재력을 읽어내고 그것을 스스로 실현할 수 있도록 기초를 마련하는 겁니다."

"아, 그렇군요."

조나크 숙모가 떠오른 건 아주 잠깐이었다.

벤은 와인을 조금 더 따르고는 하얀 장갑을 벗어들고서 인사를 하고 나갔다.

밤이 되고 통 속의 강낭콩에 대해 좀 쓰려고 하다가 별 생각이 나지 않아 불을 끄고 침대에 누웠다. 잠이 든 건 아니었고 이것저것을 생각했다. 해변의 가로등 불빛이 비쳐왔지만 방은 어두웠다. 파도 소리도 잔잔해지고 카자르와 투자르도 시끄럽게 굴지 않았다.

이런 날 밤은 혼자서 기타 줄이라도 뜯고 있으면 낭만에라도 빠져들겠지만 나로서는 다룰 줄 아는 악기가 하나도 없었다. 잠시 활을 들고 다니는 피터 힐멘을 생각했는데, 그는 활이라도 다룰 줄 알았다. 나로서는 특별히 잘하는 운동도 없었고, 심지어 다트 던지는 것조차도 잘하지 못했다. 이런 나의 실체를 안다면 피터 힐멘은 마스터를 따는 것보다도 내 곁으로 먼저 다가와 이렇게 말할 것이다.

"나는야, 활을 쏘는 피터 힐멘, 너는 뭐냐?"

"잘할 수 있는 운동이 없을 뿐입니다."

나는 미리 대답을 미련해 두었다. 뛰기니 공을 치는 건 그럭저럭 별로 나의 흥미를 끌지 못했다. 그저 걸으면서 하늘을 보고 먼 풍경을 보는 걸 좋아했다. 겨울날 오래된 집의 그늘 아래에서 말라버린 이름 없는 풀들을 물끄러미 보고 생각에 잠기는 것 따위가 나라는 이 정적인 인간을 구성하고 있었다. 참으로 재미없는 인간, 그런 생각이 언뜻 스쳤다.

머릿속에서 한줄기 빛이 지나갔다. 그래, 통 속의 강낭콩. 통이 있다. 거기에 강낭콩 한 알이 들어있다. 그걸 들고 흔들면 통통하면서 소리가 나겠지. 나 같으면, 통의 밑면을 뚫고 흙을 적당히 채우고는 강낭콩을 그 안에 심어서 창가에 두겠다. 그러면 강낭콩들이 열리겠지. 그래서? 이게 다인가?

폴린 교수님이 무슨 수업을 할지 순간 두려워졌다.

다시 불을 켜고 벤이 두고 간 신문을 핥듯이 다 읽었다. 후아루들은 역시 글 실력이 좋았다.

다음날 나는 핸디 필머레이로부터 후아루들이 신문을 만드는 방법에 대해서 자세히 듣게 되었다. 후아루들이 글을 쓰는 방식은 종이에 직접 쓰거나 컴퓨터의 프로그램을 이용하지 않는다는 점이었다. 그냥 그들 자체가 글자들이므로 뭉쳤다가 잉크를 쏟듯이 흰 종이를 두들기는데, 그렇게 하면, 기사가 자동적으로 작성된다는 것이었다.

"그들 자체가 하나의 프로그램인 거야?"

내가 물었다.

"아니야. 그들은 스스로 사용자이면서 프로그램이기도 하지. 그게 결합되어 있어. 우리 언니는 꼭 한 번 그들이 신문을 만드는 걸 본적이 있는데, 여러 글자가 시끄럽게 굴더니 곧 공중에서 커다란 잉크 방울이 되더래. 그 잉크 덩어리가 신문에 떨어지면서 글자들이 나타난 거래. 마치 글자들이 새겨진 공판화 위에 잉크로 민 것처럼 신문이 인쇄 되어있더라는 거야. 나도 무척 신기하게 생각해."

"그런데 그런 존재들이 어떻게 지구에 있는 거야?"

핸디 필머레이는 내 얼굴을 관찰하듯이 샅샅이 훑어보았다.

"고 투 유얼 플래닛! 디스 이즈 아월 플래닛 Go to your planet! This is our planet !"

그녀는 몸을 홱 돌리더니 가버렸다.

수업 시간이 된 것 같아서 〈라트 팟 홀〉을 찾았다. 역시나 우두둑우두둑 하는 소리와 함께 거꾸로 박혀 있던 사각뿔의 꼭짓점이 공중으로 들리더니 끝부분부터 활짝 열리고는 계단이 나타났다. 강의실에는 아무도 없었다.

"폴린 교수님! 폴린 교수님!"

"난 여기에 있어."

목소리가 들린 쪽은 분명히 칠판 근처였다. 거기에는 아무도 없었다.

"어디에 계신다구요?"

나는 한 번 더 물어보았다.

"칠판 속에 있다구."

"네?"

"오늘은 칠판 속에서 수업을 할 테니 잘 따라오도록 하게. 어제 내준 과제에 대해서는 생각해 봤나?"

나는 잠시 마음을 진정하고는 말했다.

"통 속의 강낭콩에 대해서 말이지요?"

"그래, 그것. 넌 아무래도 강낭콩으로 싹을 틔우려는 생각이겠지? 하지만 씨앗을 너무 열매나 관상용을 위한 도구로 생각해서는 안 되지. 신기하지 않니? 그 조그마한 씨앗에 말이다. 지구 전체에 걸친 식물들의 시간과 비주얼이 들어있단다. 인간이 숨 쉴 수 있도록 해주는 것도 그 씨앗에서 비롯되지. 씨앗은 연결이야. 역사의 흐름을 이어주지. 그렇다면 더 생각나는 건 없나?"

칠판은 그가 말을 할 때마다 불룩불룩 거렸다. 나는 불룩불룩 튀어나오는 칠판을 보면서 이야기해야 했고 또다시 한숨이 나왔다. 물론 그의 씨앗에 관한 생각은 무척 새로웠고 좋았다.

"그 씨앗과 통의 관계는 어떻게 되는 건가요?"

나는 질문을 해버렸다.

“생각나는 게 없는가 모양이군.”

갑자기 칠판이 껌이 늘어나듯이 늘어나면서 갑자기 끝이 뾰족해지더니 뭔가가 튀어나왔다. 나는 그것에 이마를 맞았는데 ‘텅!’ 하는 소리와 함께 머리가 굉장히 아팠다.

“통이라구.”

폴린 교수는 아무렇지도 않게 말했다.

그건 평범한 복숭아 통조림 깡통이었다.

나는 인상을 찌푸리면서 통조림 깡통을 쥐어들었다. 무언가가 들어있는 듯 소리가 났다.

“여기에 강낭콩이 들어있나요?”

“그냥 강낭콩이 아니야. ‘꼬박꼬박 강낭콩’이라고, 매일 꼬박꼬박 쑥쑥 자라지. 거기에 흙을 넣고 심으면 돼. 물을 주는 걸 잊지 말라구. 그리고 말했지? 씨앗 자체가 간직한 신비함을 느낄 줄도 알아야 한다구. 그게 오늘 내가 말하고 싶었던 거야.”

갑자기 그는 “크크.”

하고 웃었다.

“물을 하루에 한 번씩, 일주일 동안 주면, 재미있는 일이 일어나지. 잊지 마. 그건 꼬박꼬박 강낭콩인데, 쑥쑥 자란다구. 일주일 후에 다시 수업을 하자구. 그럼, 난 이만. 오후에는 리누머들에게 〈독선자가 되는 법〉 강의가 있거든?”

“네? 무슨 강의라고요?”

“듣지 못했나 보군. 주의력 결핍이로군. 한 번쯤 독선자가 되어보지 못한다면, 생각의 균형을 잡는 것도 어려워. 일차적으로 독선자가 되고 그래서 의견의 극단에 속해보고 다시 균형 잡는 걸 배우게 되지. 뭐 그런 수업이야. 그럼, 일주일 후에 보자. 꼬박꼬박 강낭콩아, 잘 자라거라.”

참 이상한 수업도 있다고 생각했다. 나는 강의실 밖으로 나와서 캔 뚜껑을 열었다. 거기에는 초록색, 빨간색, 분홍색의 강낭콩 세알이 들어 있었다. 나는 땅에 떨어진 돌멩이들 중에 뾰족한 걸 골라서 밑면을 쿵쿵 두드리고는 캔을 뚫었다. 자갈 한 줌을 먼저 넣고 떡갈나무 까지 올라가서 그곳의 흙을 담고는 내려왔다.

벤은 내가 식탁 옆에 놓아둔 캔이 못마땅한 것처럼 보였다.

"'꼬박꼬박 강낭콩'을 심으면, 어떻게 되는지 알고 계십니까?"

"난 벤, 결과에는 그다지 관심이 없어. 그리고 아주 즐거워. 식물을 키울 수 있다는 거 말이야. 이런 경험은 처음이거든."

"휴우. 한 번 키워보시지요. 저도 러스 퍼거 님의 새로운 경험을 방해할 생각은 없습니다."

콩은 다음날 싹이 텄다. 이름대로 꼬박꼬박 잘 자랐다. 다음날은 부쩍 자라서 30센티미터 정도가 되었다. 나는 놀랐지만 지켜보기로 했다. 그 다음날은 20센티미터가 더 자라고 그 다음날은 다시 30센티미터가 자랐다.

그리고 콩을 심은 지 일주일 째 되던 날 새벽, 뭔가가 뿌지직 하는 소리에 나는 잠에서 깼다. 밖의 가로등 불빛에 비치는 콩 줄기는 천장까지 올라가 있었는데, 자세히 보니 천상을 뚫어 놓은 것이었나. 그러자 콩 줄기는 좀 더 쑥쑥 올라가더니 어느 순간 멈추었다. 나는 서둘러 불을 켜고는 밖으로 나가보았다.

콩 줄기는 지니어스 룸의 지붕 위에 턱 걸터앉고는 콩깍지를 잔뜩 내놓았다. 나는 머리를 흔들고는 벤과 폴린 교수님에게 연락하고자 메모판 앞에 섰다. 벤은 하품을 하며 메모판 화면에서 나타났다.

"제가 말씀드리지 않았나요? 꼬박꼬박 강낭콩은 재배금지 작물입니다. 일주일 만에 천장을 뚫어버리지요. 단지 수업이라고 생각하고 받아들이십시오. 그럼, 저는 잠이 와서 이만."

폴린 교수님은 연락이 되지 않았다. 아침이 되자 벤은 일찌감치 내 방으로 왔다. 그는 사다리를 걸치고 지붕 위로 올라가 콩깍지를 다 거두어 오더니 그걸 삶아서 접시에 가득 담아주었다.

"이걸 먹으라구요?"

"그럼요. 맛은 좋습니다."

나는 김이 무럭무럭 올라오는 콩깍지를 하나 입에 넣고는 씹어보았다. 쓰지도 않았고 담백하니 맛있었다.

"새벽에는 정말 놀랐어요."

"겪어야 할 일이죠."

벤은 아무렇지도 않다는 듯이 말했다.

"강낭콩 줄기는 이대로 두는 편이 좋지 않겠나?"

소리가 나는 입구 쪽을 보니 머리가 다 헝클어진 폴린 교수가 서 있었다. 그는 테이블 앞에 앉았다.

"그래도 꼬박꼬박 강낭콩은 천장을 뚫기만 하면 매일 콩을 생산한다구. 줄기의 여기저기에 마구 열리지. 매일 맛좋은 콩을 먹을 수 있다는 건 참 좋은 일이 아닌가?"

"어디 다녀오시는 길이세요? 그래도 콩 줄기를 베어내지 않으면 비가 샐 텐데요."

나는 못내 걱정스러웠다.

"괜찮아. 내가 방수처리를 해 주지. 방에서 식물을 키우는 재미도 쏠쏠하다구."

폴린 교수는 접시에 수북하게 담긴 콩깍지 요리를 모두 먹어 치웠다.

"망할 놈의 〈풀러미쉬 컨트롤〉이 산 속에서 개최되는 바람에, 머리가 이 모양이야. 이번 회의에서 신입생들 각자에게 적합한 첫 번째 마스터의 문제가 결정되었어."

"네?"

드디어 첫 번째 마스터 문제가 결정된 것이다.

"풀러미쉬 컨트롤에서 결정된 사안이라면, 곧 신입생들이 마스터 게임 상태로 돌입하겠군요."

벤이 폴린 교수에게 차를 따르면서 말했다.

"하울 필러도 이젠 거의 되었고 수업도 한두 차례 들었으면 마스터를 시작할 때지."

폴린 교수는 음흉하게 웃었다.

"저, 저에게는 어떤 문제가 출제되었나요?"

나는 조심스럽게 물어보았다.

"러스 퍼거에게는, 음 그러니까, 보자……. 감정에 관한 거야. 따뜻한 마음과 애정을 쏟는 것, 뭐 그런 거에 관련된 거지."

"그런 문제를 어떻게 푸나요?"

"푸는 게 아니라, 어떤 긍정적인 상황을 지켜내는 일이야."

폴린 교수는 계속 두루뭉수리하게 대답해 주었다.

"그럼 나는 필리버스들에게 수업이 있어서 가겠네. 콩은 정말 맛있었어."

그는 자리에서 일어나더니 다 부서진 검은 우산을 챙겨 들고 밖으로 나갔다.

"저어, 풀러미쉬 컨트롤이 무엇이죠?"

나는 벤에게 물었다.

"오크 힐 교수들의 회의를 말하는 겁니다. 중요한 사항은 대부분 그 회의에서 결정하죠. 수시로 열립니다."

그는 부드럽게 웃었다.

"걱정됩니다. 감정을 출제하다니요?"

"아마 용기도 함께 출제할 겁니다."

벤이 덧붙여 말했다.

"어려울 것 같아요."

나는 정말 자신이 없어졌다.

그날 밤 폴린 교수는 어떤 주체가 어떤 객체를 느끼고, 그래서 객체를 어떻게 대해야 하는가에 대해서 장황하게 설명해 주었다. 특별히 사랑의 대상인 객체는 소홀히 할 수 없으며 주체는 그 객체를 지키기 위해 애써야 한다고 했다. 그리고 어떤 주체의 인생에 어떤 객체를 지키고자 하는 노력이 없다면, 그의 감정은 메마른 것에 지나지 않는다고도 말했다.

그의 말에 동의하면서 내게 어떤 문제가 주어질지 무척 두려워졌다.

시인과 철학자

이틀 뒤 얼굴이 붉어진 핸디 필머레이가 내 방으로 성큼 들어섰다. 어빙 하트 모임에 초대받은 핸디 필머레이가 전날 밤의 이야기를 하기 위해서였다.

"뭐? 신문에 나와 있던 낭만은 하나도 없었어. 정말."

핸디가 투덜거렸다.

"어떤 걸 들었길래?"

나는 '꼬박꼬박 강낭콩' 줄기에 물을 주면서 물었다.

"지긋지긋한 토론이었어. 새벽 3시까지 토론을 했는데, 리타 언니는 또 그 모든 걸 기록해 놓았지 않겠어? 제니아 퍼트의 말은 이러하고, 지니어트 퍼몰의 말은 이러하고 말이시. 어휴, 머리가 터져 나가는 줄 알았어. 난 토론에 끼이지도 못하고 멀뚱멀뚱 구경만 했다니까."

"결국 토론을 벌였구나. 난 그런 게 있다는 건 알고 있었지만 정말 어려웠나 보네?"

"넌 그저 즉흥시를 짓고 노래를 부르고 즐거웠다고 했잖아. 그런데 그런 건 하나도 없었어."

나는 그저 웃어넘겼다. 핸디 필머레이가 돌아가고 나는 어떻게라도 책을 읽은 지 오래되었기에 책을 찾기 위해 밖으로 나갔다. 피터 힐멘이라면 남아도는 책이 있지 않을까하고 그를 찾아갔다. 그는 화살을 쏘지 않고 〈에빌레아 홀〉 옆의 잔디밭에서 낮잠을 자는 중이었다. 마침 그는 책을 얼굴에 덮은 채로 자고 있었다. 제목은 〈시인과 철학자〉였고, 그레고릭 퍼거 저, 라고 쓰여 있었다.

'뭐라구? 삼촌이 쓴 책이라구?'

나는 그걸 번쩍 들어올렸다. 피터 힐멘이 햇빛에 눈이 부셨는지 인상을 쓰면서 일어났다.

"왜 그래?"

그가 신경질을 부렸다.

"저 선배님, 이걸 좀 빌릴 수 있을까요? 아무래도 도서관이 없는 터라, 책을 구하기가 어렵거든요."

나는 배짱 두둑하게 거의 강요하듯이 요청했다.

"그래, 들고 가. 얼굴에 쓸 건 아직 남아있어."

그는 베고 있던 얇은 책을 펴 들더니 그걸 얼굴에 덮고서 다시 잠들어 버렸다. 그 책의 표지는 큼지막한 글자로 〈진정한 '꾼'으로 거듭나기 위하여〉라고 적어 놓았고, 송곳니를 내밀고 입을 찢어져라 벌리고 있는 멧돼지가 그려져 있었다.

나는 살금살금 그 자리를 떠나 다시 내 방으로 돌아왔다. 오랜만에 보는 책이라 반가움은 더했고, 그것도 삼촌이 쓰신 책이라 놀랍기조차 했다. 지금까지 삼촌은 어느 외국인 회사에 다니고 있다고만 생각했을 뿐이었다. 삼촌은 오크 힐을 졸업했고, 특별한 일을 하고 계시며, 곧 뵐 수 있을 것이다.

책을 탁자에 놓고 페이지를 넘겼다.

언제고 이 책을 읽을 나의 조카, 러스 퍼거에게.

책의 첫 장에는 그렇게 적혀 있었다. 감동 같은 것이 밀려왔다.

***

어둠 속에 사는 가련하고도 자유로운 새가 있다. 그 새의 이름은 '비티스터'다. 내가 어둠 속을 거닐고 있을 때, 새는 이떤 말도 걸어오지 않았으나, 내가 그곳을 어느 정도 이해하고 떠나려 할 때에 비티스터는 나에게로 날아왔다.

"어둠 속에서 스스로 빛을 찾지 못하면,"

새는 내 어깨 위에 앉으며 말했다.

"그 사람은 빛 속에서도 빛을 볼 수가 없어."

새는 그 말을 하고 어깨 위에서 졸았다.

어둠 속에서 나왔다고 해도 나는 여전히 축축한 바닥에 앉아 차가운 기류 속에서 어떤 분명한 것도 없는 혼돈을 안고 살았다. 그러나 그런 가운데에서도 새는 이따금씩 자신의 존재를 나에게 알려왔고, 무언가를 말해주었다. 신기한 일이었지만, 그건 때때로 열쇠가 되었다.

"뭐가 되려고 생각하기보다, 상황과 자신을 좀 더 면밀히 살피는 게 더 중요해."

내가 되고 싶은 직업과 하고 싶은 일을 잔뜩 적어놓자, 새는 졸음에서 깨면서 말했다.

"모든 걸 그저 가능성으로 던져 놓으라구. 그리고 내적인 힘이 그것들 중에 하나를 이루어낼 때까지, 포기하지도 실망하지도 말고, 그저 존재하라구. 인내를 하거나 애쓰지도 말고, 그저 존재하라구."

새는 그렇게 덧붙였다.

"내가 아무 것도 보지 못한다고 생각하면 안 돼."

새는 또 말했다.

"어둠 속에는 모든 소리와 색깔이 들어있어. 그걸 볼 수 있는 눈을 갖춘다면, 그 속에는 하나의 완전한 세상이 숨어있을 뿐이야. 난 그걸 볼 수 있을 뿐이지."

새는 그렇게 말하고 다시 눈을 감았다.

비티스터의 형상은 매우 특이했다. 연녹색 부리는 구불구불했고 끝은 다 닳아져 있었으며, 갈기는 듬성듬성 뜯겨 있는데다가, 발톱은 무척 굵었지만 그것도 뭉툭했다. 그의 털은 잿빛이었고 이따금씩 붉은 털이 섞여 있었다. 한마디로 아주 볼품없고 어떤 종인지도 확실히 구분되지 않는 그런 새였다.

비티스터가 어둠 속에 있을 때, 그는 자신의 모습을 내게 드러내지 않았다. 그러나 내가 어둠 속에 속하기를 자처하고, 그리고 그 속에서 나왔을 때, 자신의 흉한 몰골을 나에게 보였다. 그러나 더 이상 그 새의 형상 자체는 나에게 중요하지 않았다. 그 새가 느끼는 것과 생각하는 것에 끌렸을 뿐이다.

"네가 눈을 감는 건, 아마도 그 속에서만이 진실을 볼 수 있기 때문이라고 생각해."

나는 졸고 있는 비티스터에게 그 말을 해주었다. 새는 졸다가 머리를 흔들고 다시 졸기를 반복했다.

새가 깬 것은 한참 후의 일이었다.

"내게 처음 찾아온 사람은 네가 아니야. 어떤 시인이었어."

"시인?"

나는 되물었다.

"그 사람은 자신을 시인이라고 말했지. 하지만 시집을 낸 적도 없는 시인이라고 말했어."

"자신과 주변의 모든 사물들에 대해 슬픔을 느낄 수 있는 민감한 사람이라면, 시인이 될 수 있어. 비록 시집을 내지는 못했다 할지라도."

나는 내 견해를 말했다.

"음. 그렇군. 어둠 속에서는 모든 걸 정지한 것처럼 느끼지. 슬픔이라는 것도 말이야. 하지만 네 생각대로 그런 사람은 시인이야."

"그 사람은 어떤 사람이었지?"

"그게 무슨 말이야?"

새는 눈알을 굴렸다.

"내 말은 그 사람은 어떤 종류의 사람이었는지를 묻는 거야."

"아하, 내가 보기에 그 사람은 자기 자신에게 포함되는 존재였어. 어떤 종류에 속하지도 않았지."

"무척 흥미로운 인간이었나 보네?"

나는 턱을 괴고 중얼거렸다.

"나를 위해 시를 하나 들려줬어. 그 사람은 늘 즉흥시를 짓는대."

"그 시를 말해 줄 수 있겠어?"

나는 관심을 보였다.

"이느 밤, 니는 비닷가에 섰다. 절벽 앞에서 초저녁의 어둠 속에 속히여. 파도에 밀려와 부서지는 건 오래 전 버렸던 기억이며, 다시 밀려가는 건 열정과 노력의 흔적들일 뿐. 먼 바다에서는 이미 흩어져 버릴 나의 초라한 남은 힘일 뿐인 그것들을 본다. 이제는 텅 빈 마음을 안고 돌아가겠다. 어디로 갈 것인지 정해지지도 않았다. 그러나 완전히 고갈되어야 가벼울 수 있으리라. 기억도, 열정도, 노력도 이제 더 이상 내게 없다. 이제 바다를 떠나면, 나는 길에 핀 아무도 돌아보지 않는 꽃 한

송이에 정신을 빼앗겨 버릴지도 모른다. 그리고 입가에 미소를, 그것으로 충분하리라."

새는 시를 다 읊고는 다시 졸았다. 나는 새를 다시 깨워보려고 했지만, 그는 꿈쩍도 하지 않았다.

새는 며칠 후, 내가 불을 지필 때 다시 깼다.

"두 번째로 내게 찾아온 사람은 철학자였어."

"뭐라구?"

나는 뜬금없는 말에 다시 물었다.

"그는 자신을 철학자라고 말했는데, 철학서를 한 권도 쓰지는 못했대."

"철학이라는 건, 모든 사물의 존재 방식에 진지해진다는 걸 의미하지 않을까? 그런 마음이 있다면, 아직 자신의 시각을 모두 정립하지 못해도 철학을 하고 있으니 철학자가 될 수 있다고 생각해."

나는 다시 내 견해를 말했다.

"그렇게 생각하는 군. 그 사람은 내게 이렇게 말했지. 진리를 발견하기 위해 철학을 하는 건 아니라고. 진리는 오히려 이루어야 하는 긍정적인 상황에 가깝다고. 그래서 본능과 이성 사이의 균형을 찾고, 자기 자신의 삶의 방식을 결정하는 어떤 가치를 갖고 싶어서라고. 그리하여 한 번 밖에 살지 못하는 삶을 최고로 살기 위해서라고. 그리고 언제라도 그러한 결론을 내릴 수 있다면, 철학자가 아니라, 다른 것이 되겠다고. 그는 그렇게 말했어."

나는 고개를 끄덕였다. 졸음이 다시 그를 뒤덮는 것처럼 보였다. 새는 천천히 졸면서 다시 말했다.

"그리고 철학자 앞에 그 시인이 나타났어. 그들은…… 내 옆에서 아주 오랫동안 이야기 했는데, 내가 기억하는 건 조금 밖에 없어. 철학자가 말했어. 우리의 영혼은 고통과 슬픔을 견딜 수 없도록 민감하게 만들어졌지만, 우리의 이성은 그 속에서 질서를 찾을 수 있도록 도와준다고. 그러자 시인은 고개를 끄덕이며 말했어. 슬픔 속에서도 삶이 다시 시작되고, 우리는 삶과 슬픔을 그저 바라볼 수 있는 거라고. 나는 그 말을 듣고는 깊은 잠 속으로 빠져들었어. 깼을 때는 아무도 없었지. 그리고 한참 후에, 네가 내 곁에 있다는 걸 발견했던 것뿐이야.”

새는 그렇게 말하고는 다시 깊은 잠에 빠져들었다.

그리고 나는 그 이후 때로는 시인의 세계로 때로는 철학자의 세계로 들어갔다. 무언가를 느낄 수 있다는 건 소중한 마음의 방식이었고, 그것을 바탕으로 바람직한 나의 상황을 질서를 세워 이루어 가는 것도 중요한 방식이었다. 두 영역은 때때로 겹쳐지면서도 때때로 멀리 떨어져 있기도 했다.

이제 조나크 에빌레옹을 만난 때로 넘어간다. 한참 후 비티스터는 잠에서 깨더니 나에게 이 말을 하고 밤의 달빛 속으로 사라졌다.

“궁금하고 혼란뿐인 이대로 존재하도록 해.”

조나크 에빌레옹은 나를 만나자마자 토론을 하자고 제의했다. 주제는 '사랑'에 대해서였다.

＊＊＊

나는 '사랑'에 대한 토론을 다 읽고는 조나크 숙모 쪽에 동의했다. 사랑은 희생을 담보로 하지 않으며, 그 조건은 상대방을 생각하는 배려가 기본이라는 것을 말이다. 희생은 때때로 권위가 되어 다른 이들에게도 희생을 강요하는 암묵적 법으로 바뀌기도 했다. 나는 역사책에서 그런 예들을 살펴보았다. 누군가가 어떤 위대한 가치를 위해 희생했으니, 너희도 희생하라, 그런 명제에 나는 동의할 수 없었다.

숙모는 '사랑'을 이렇게 정의했다. '그 사람의 밀도 안에서 편히 숨을 쉴 수 있는 상태'라고 말이다. 나는 숙모를 진정 마음속으로 존경하기로 했다.

책을 덮고 잠시 창가에서 불어오는 바람을 느꼈다. 누군가가 내 방으로 뛰어 들어왔다.

"이제 내놔. 불편해서 잠을 잘 수가 없어. 후아루들이 책을 다 가져가 버렸단 말이야."

피터 힐멘이 인상을 쓰면서 외쳤다.

"이 책을 얼굴에 덮고 주무시게요?"

"그래. 나에게는 책이 많이 주어지지만, 읽지는 않아. 다만 나는 진정한 '꾼'이 되고 싶은 것뿐이야. 그러려면 훈련을 많이 해야 해. 지성 따위는 필요 없지."

"지성요?"

"그래, 지성. 마스터를 따려면 지성을 갖추어야 해. 글자들이나 쑤셔 넣고 자기 생각은 없는 바보가 되기 싫다면 어서 책을 버리고 네 생각을 세우는 데나 집중하라구. 어서 내놔."

피터 힐멘은 내 손에서 삼촌의 책을 빼앗더니 밖으로 나가 버렸다.

"나는야 문제 사냥꾼, 피터 힐멘, 나의 눈은 멀리 보고, 나의 손은 활시위를 당기며, 내 발은 사냥감을 향해 뛰어가네. 문제들아 나오너라. 내가 왔다."

나는 그가 불러대는 노래를 들으며 머리가 지끈거렸다. 그런데 한편으로는 피터 힐멘이 마스터를 따지 못한 이유가 있을 거라는 생각도 들었다. 못 딴 것이 아니라, 안 딴 것 같은 느낌이 들었다. 자기만의 색깔을 이미 가지고 있는 그는 엉뚱하지만 지성적이었다. 나는 그렇게 평가 내렸다.

다음날이 되어도 폴린 교수의 호출은 없었다. 오후에는 핸디 필머레이가 뛰어와서 하얀 종이를 내밀었다.

핸디 필머레이 양,

첫 번째 마스터 과제를 주겠어요.

그건, 자신의 느낌을 표현한 시를 30편 적어오는 겁니다.

시간은 일주일을 주겠어요.

— 당신의 담당교수, 라퐁 피에리

※ 참고: 리누머들의 교재인 〈생각과 시와 노래〉를 참고해도 좋지만, 자신의 느낌과 생각대로 적으세요. 눈을 감고 마음의 목소리를 느끼고 그걸 끌어올리는 방법도 있습니다.

내가 아무 말도 없이 눈을 깜빡이자 핸디는 그런 나를 보고 화가 난 듯 했다.

"이걸 어떻게 하라는 거야?"

사실 괜찮은 과제라고 생각한다고 말하려고 하다가 핸디의 치켜 올라간 눈매를 보고는 입을 웅얼거렸다.

"그래, 무척 어렵겠다."

핸디는 그제야 얼굴의 화를 풀고 자리에 앉았다.

"어떻게 해야 할까. 난 꼭 첫 번째 마스터를 한 번에 따고 싶은데."

나는 그녀의 눈치를 살피다가 조심스럽게 말했다.

"눈을 감아 봐."

"뭐?"

"아니, 방법을 가르쳐 주셨으니까 그대로 한 번 해보면 뭔가가 나오지 않겠어?”

나는 그렇게 설명했다.

“알았어.”

핸디는 눈은 감았지만 콧김을 내쉬며 킁킁 거렸다.

“편안히 하도록 해. 아무 것도 보이지 않고, 아무 생각도 나지 않도록.”

그렇게 잠시 후 핸디는 정말 편안해 보였다.

“밭 너머에 있는 작은 아카시아 나무가 보여?”

“응. 보여.”

핸디는 이내 말했다.

“때는 언제지? 밤이니, 초저녁이니, 아니면 새벽이니?”

“아주 어두운 밤이야. 달도 없어.”

“나무 가까이로 가 봐. 거기에는 마른 풀들이 깔려있고 죽은 듯 소녀가 누워 있어.”

“보여.”

핸디는 살며시 떨었다.

“추워 보여. 지나가는 사람들은 그녀를 보지 못하는 걸? 그들은 술에 취해있어.”

핸디는 그녀의 머릿속에 떠오른 장면들을 천천히 말했다.

“됐어. 눈을 떠.”

나는 핸디를 흔들었다.

“쓸 수 있겠어?”

“음. 눈을 감고, 어떤 상황을 떠올리고는, 그걸 느끼는 대로 쓰는 것 말이지?”

핸디는 나에게 약간 눈을 흘겼다.

“넌 어떻게 이런 방법을 알지?”

“아니, 라퐁 피에리 교수가 하라고 한 방법을 그대로 따라한 것뿐이야.”

“하여간 쓸 수 있겠어. 한 편은 여기서 쓰고 갈래.”

“마음대로 해.”

나는 밖으로 나갔고 해변을 걸어 다녔다. 여학생들이 있는 하플러리룸의 가까이에 다가간 것도 몰랐다. 제인 파머사이드가 자신의 방에서 나왔다.

“러스 퍼거, 의외로 잘해 나가고 있는 군.”

그녀는 언제나 쌀쌀 맞게 굴었지만, 나에게는 더 심하게 구는 것 같았다.

“그냥 그럴 뿐이야.”

나는 대충 대답해 주었다.

“그렇다고 해서 언제까지나 잘할지는 몰라. 유로파가 되어야 비로소 의미 있는 거니까.”

그녀는 금발 머리를 찰랑거리며 방으로 들어갈 뿐이었다. 나는 아무리 생각해 보아도 제인 파머사이드에게 어떤 잘못도 한 것이 없었다. 어쩌면 그녀는 지나치게 경쟁의식을 느끼는 건지도 몰랐다.

해변에서 돌아왔을 때 핸디는 자신이 완성한 첫 번째 시를 읊고 있었다.

“봐도 돼?”

나는 경쾌하게 물었다.

“으, 응.”

핸디는 부끄러워했다.

> 밤은 조용하고 그리움을 싣고
> 아카시아 나무 아래에 잠든 소녀의 꿈속으로 흘러간다.

얼음 속에 든 사탕과자를 기대하며
차가운 흙의 기운에 눈을 뜨면

바람이 불고, 여기는 황량한 벌판, 아무도 없는 세계.

사탕과자는 사라지고
문득
갈 곳 없는 소녀의 눈물이
아카시아 나무의 고통이 되어 우는 밤.

"어때?"
"멋진 시야. 그런데 조금 슬퍼."
누구든 약간의 방법만을 알면 마음속의 목소리를 끌어낼 수 있었다.
소녀는 집도 없고, 버려졌으며, 밤에 길을 걷다가 아카시아 나무 아래
에서 잠시 잠들었을 것이다. 꿈속에서 얼음이 녹기를 기다리며 그 속의
사탕과자를 생각하다가 차가운 바닥에 문득 소스라치게 놀랐을 것이
다. 그런 소녀의 현실을 바라보는 아카시아 나무는 고통스러워한다.
"제목을 아직 정하지는 못했어. 정말 네가 가르쳐 준 대로 눈을 감
고 떠오르는 영상을 그대로 표현해 보려고 해봤어."
핸디는 진지하게 말했다.
"충분해. 느낌이 와."
나는 고개를 끄덕였다.
"그럼, 갈게. 러스, 정말 도와줘서 고마워."
핸디는 내 볼에 살짝 키스를 하고 밖으로 나갔다.
그런 키스는 흥분을 일으키거나 그러지는 않았다. 단지 따뜻한 마음

의 표현, 그걸 있는 그대로 순수하게 받아들일 뿐이었다. 하지만 엄마나 숙모가 아닌 또래가 내 볼에 키스를 한 건 처음 있는 일이라서 아주 잠깐 들뜨기는 했다.

저녁에는 벤이 해산물 스파게티와 마늘빵, 망고 주스를 가지고 왔다. 나는 그걸 배불리 먹고 카자르가 불러서 쌍둥이의 방으로 갔다.

카자르는 안쪽 방에서 커다란 상자를 가지고 나오더니 바닥에 턱 하고 내려놓았다. 그는 거기에서 둘둘 말린 조그만 카펫을 꺼내고 춤추는 여자 모양의 도자기 인형을 하나를 꺼냈다.

"우린 쓸모가 없어. 우리 집에는 카펫이 정말 많거든. 지겨울 정도야. 그리고 이 인형도 굉장히 많아. 네가 필요하다면 줄게."

"음. 괜찮은 물건 같은데?"

나는 예의상 그렇게 말했다.

"가져가."

카자르가 말했다.

"음. 알았어."

"투자르에게 먼저 마스터 문제가 출제되었어."

"어떤 거지?"

"지금도 그걸 하러 나갔거든. 그건 '보물찾기'야."

카자르가 눈지를 보며 말했다.

"뭐라구? 보물찾기라니?"

"털로스 피어만 교수의 훈련 방식이야. 섬에 숨겨진 '붉은 심장의 정열'이 깃든 물건을 찾아오라고 했거든."

어떤 방식으로든 어떤 비유를 이해하고 그것을 적용하는 방식은 꽤 괜찮은 방법이었다.

"난 아직이야."

카자르가 말했다.

“나도 아직 몰라. 하지만 대충 어떤 성질인지는 들었어.”

내가 말했다.

“어떤 성질인데?”

“감정에 관한 거래. 어떤 감정과 관련해 긍정적인 상황을 지켜내는 일, 말이지.”

“아주 어렵군.”

카자르가 툴툴댔다.

나는 슬쩍 그를 놀리고 싶은 생각이 들었다.

“〈오크 힐 일보〉를 보니까, 네 담당 교수인 프뤼엘 스파리퍼 교수는 늘 어려운 말을 하던데. 혹시 너에게 ‘무’가 무엇인지에 대해 알아오라고 하지는 않겠지?”

나는 깜짝 놀라는 표정으로 그렇게 말했다.

“뭐라구? 난, 존재하는 것의 방식도 잘 모르는데, 그렇게 어려운 걸 어떻게 알겠어? 말이 되는 소리를 좀 해.”

“그래도 모르잖아. 프뤼엘 스파리퍼 교수의 머릿속에는 늘 ‘무’에 대한 생각이 가득하던 걸. 그러니 자연스럽게 그러한 생각이 마스터 문제에 출제될 수 있는 거고.”

나는 다시 능청스럽게 굴었다.

“말도 안 돼. 야, 러스. 그만 도자기 인형과 카펫이나 가지고 네 방으로 가 버려.”

“그래, 그런 건 출제하지 않으실 거야.”

나는 그를 달래고는 카펫과 도자기 인형을 가지고 내 방으로 돌아왔다. 카펫은 테이블 옆에 깔아 두었고, 도자기 인형은 창가에 두었다. 그리고 잠들었을 때 카자르가 고함을 지르는 소리가 들려왔다.

“야, 러스. 네 말대로 되었잖아. ‘무의 무한성’에 대해 30페이지를 적어 오래!”

“그렇게 되라는 의도는 아니었는데…….”

나는 그렇게 중얼거리며 잠이 들었다.

파파로니 새알 지키기

다음날은 동쪽 숲의 시작 지점에 있는 그레스 퍼틱의 돌 박물관으로 찾아가서 온갖 종류의 돌을 구경했다. 돌은 방마다 잘 진열되어 있었고, 각 방으로 가는 길에는 돌길이 있었다. 그 돌길은 하와이에서 가져왔다던 현무암을 갈아서 동그랗게 만들어 놓은 다음 발밑에 왕창 깔아 놓은 것이었다. 나는 특별히 금광에서 캔 듯한 금이 박혀있는 돌이 마음에 들었다. 저런 원석에서 금이 나오는 구나, 그렇게 생각할 수 있어서였다.

그레스 퍼틱이 하도 자세히 설명을 해 준 바람에 박물관에서 나왔을 때에는 이미 돌 박사가 되어 버린 것 같은 느낌이 들었다.

폴 아드로가 노트를 가지고 지나가면서 오후에 시간을 비워 두라고 던지듯 말했다.

오후까지 폴린 교수의 호출이 없어서 나는 지니어스 룸에서 빈둥거렸다. 오후 늦게 폴 아드로는 커다란 상자를 가지고 왔는데, 그것을 열자, 거기에는 제법 많은 옷가지가 들어있었다.

"다른 신입생들은 집에서 옷을 보내주지만, 넌 아닌 것 같아서. 그래도 제법 새 옷들이니까 필요하다면 입도록 해."

“정말 고마워요, 선배님.”

나는 감격했다.

“이 정도는 아무 것도 아니야. 그때 어빙 하트 때 참 인상적이었어. 첫 번째 마스터를 따면 내가 ‘마스터’ 노래를 가르쳐주지.”

“그건 또 무엇이죠?”

“우리 학교 교가야.”

“아, 네.”

교가 따위에 흥미를 가지다니. 나는 또 무언가가 있음에 틀림없다고 생각하고 고개를 끄덕였다.

“그럼, 나는 가볼게. 유로파 문제가 만만치 않아.”

“유로파가 되기 위한 마지막 마스터 시험은 굉장히 어려운가 보죠?”

나는 궁금해졌다.

“머리로 푸는 게 아니거든. 외워서 되는 것도 아니고.”

그는 그 말을 남기고 내 방을 나갔다. 돌아보니 그가 어디로 가버린 건지 또 모호했다. 사라져 버렸다는 게 맞다.

제법 괜찮은 옷이 많아서 붙박이 옷장 안에다 차곡차곡 넣어 두었다. 시베리안 허스키의 털 같은 잿빛 털이 두터운 안감으로 되어있는 커다란 검은 외투도 입어 보았는데, 그건 별로 필요할 것 같지는 않았지만, 그래도 옷장에 넣어 두었다.

옷 걱정은 이제 덜었다. 그런데 슬슬 첫 번째 마스터 문제에 대한 고민이 머리를 들고 나를 괴롭혔다. 어서 문제가 나오고 그걸 풀었으면 좋겠다는 생각을 했다.

아침에 일어나보니 테이블 위에 굉장한 것이 놓여 있었다. 그건 제법 공룡의 알처럼 보이는 커다란 알이었다. 알은 하얀 빛깔에 검은 점들이 다닥다닥 박혀 있었고, 테이블 위의 엮어 놓은 푸성귀들 위에 비스듬하게 놓여 있었다.

나는 알 밑에 접어놓은 메모를 발견하고는 그걸 펴 들었다.

나, 폴린 교수네.

이건 파파로니 새의 알인데, 이걸 지키고 부화시키는 것이 자네의 몫이야.

하지만 부화가 매우 어려우니까, 몇 가지 주의사항을 알려주지.

첫 번째, 알을 품지는 말 것. 그러나 따뜻하게 유지할 것.

두 번째, 알을 노리는 방해꾼들이 나타날 테니 그들을 쳐부술 것.

세 번째, 알을 부화시키려면 특별한 방법이 필요해. 그건 자네가 알아낼 것.

그리고 이 모든 노력의 결과 알이 부화하면 자네는 리누머가 되는 거야. 잘 하라구, 그럼.

새알은 약간 꿈틀거렸다. 새알은 톡 하고 푸성귀 둥지에서 튀어나오더니 테이블 모서리 위에 섰다. 나는 얼른 그걸 들고서 침대 위에 놓았다. 휴.

왜 이런 과제가 주어진 걸까, 하고 나는 잠시 생각했다. 어쨌든 새알을 지키는 것이 내 몫이 되었으니 최선을 다해야 한다. 우선 새알을 따뜻하게 품어야 하는데, 어떻게 해야 하지? 그래, 그 털옷! 나는 폴 아드로가 주고 간 털옷을 꺼내어 알을 감쌌다.

그나저나 파파로니 새는 엄청 크겠다고 생각했다. 이렇게 큰 알을 낳다니. 나는 알 주위에서 서성거렸다. 도무지 밖으로 나갈 수가 없는 것이다. 알이 며칠 만에 부화되는지도 몰랐고, 또 누군가가 방해할 것이라고 생각하니 무서웠다. 겉보기에는 간단해 보이지만 이것은 만만치 않은 과제였다.

누군가가 방문을 노크했고 잠자코 문을 열었다. 거기에는 깃털을 꽂은 중절모를 쓴 신사가 서 있었다. 그는 씩 웃더니 나를 밀치고 방안까지 들어왔다. 나는 반사적으로 알 앞으로 가서 그를 살펴보았다.

"그렇게 경계할 필요는 없다구. 난 오크 힐의 교수 '페렐 세스터'니까."

그가 말했다.

"교수님이세요?"

"나는 자연에 관한 모든 걸 가르치지."

"그럼 파파로니 새가 며칠 만에 부화하는지도 아시겠네요?"

나는 얼른 물어보았다.

"그걸 가르쳐 줘서는 안 되지. 그건 너의 마스터 문제니까. 그것보다도 난 너의 알을 빼앗으려고 왔으니까."

그는 금니로 된 송곳니를 드러내며 씩 웃었다.

"네? 그, 그건 안 됩니다. 아무리 교수님이라 할지라도 말입니다."

나는 분명하게 내 입장을 밝혀 두었다.

"무조건 빼앗아 간다는 건 아니야. 너는 남자지? 남자 대 남자로서 내가 내기를 걸려고 하는데, 받아들이지 않는다면, 부끄러운 일이 아니겠나?"

"그, 그건."

나는 말을 흐렸다.

"어렵지 않아. 확률은 반반이라구. 이미 하울 필러 문제집도 통과했다면, 내기 정도야 간단하지 않겠어?"

그는 내 말을 막아 버렸다.

"어, 어떤 내기를 하시려는지?"

"자네가 메런티 섬의 남쪽 해변을 쭉 한 번 달리고 돌아올 동안 내가 파파로니 새알을 지키고 있는 거야. 자네가 정말로 제대로 달리고 돌아 오면, 내가 파파로니 새알에 관한 정보를 주도록 하지. 단, 날 믿지 못하고 내 제의를 거절하면, 내가 이 알을 가지고 가는 거야. 어때?"

"그, 그건 너무 불합리한 제안인 것 같습니다."

나는 불평에 찼다.

"그래도 선택의 여지가 없어. 남자가 남자에게 내기를 제안하는데, 거절한다면, 그건……."

"하, 하겠습니다."

나는 그 순간 머리가 텅 비어버리고 말았다.

지니어스 룸을 나갔고, 정말로 남쪽 해변을 따라서 달리기 시작했다. 리알러스 볼튼이 나타나서는 "러스 퍼거, 뭐하는 거야?"라고 물었지만 나는 "마스터 문제를 풀고 있습니다."라고 간단히 대답하고는 다시 뛰었다. 돌아올 때는 피터 힐멘이 화살을 바다 쪽으로 쏘고 있는 걸 보았다. 그는 나에게는 전혀 관심이 없는 듯 했다.

지니어스 룸으로 돌아왔을 때에는 숨이 찬 것보다, 사라져 버린 알과 페렐 세스터 교수 때문에 더 기가 찼다. 단지 쪽지에 이렇게 적혀 있을 뿐이었다.

> 알을 찾도록 하라구. 섬 어딘가에 있으니까.
>
> – 페렐 세스터 교수가

그러자 이상하게도 웃음이 나왔다. 남자 대 남자로 약속을 해놓고는 그걸 깡그리 무시하고 알을 슬쩍 가져가 버린 것이다. 생각해 보면 교수님들이 이런 식으로 할 거라는 사실을 예상 못한 것도 아니었다. 속은

118

것도 아니고 어차피 쉬운 일은 아닐 거라고 생각했기에 알을 찾기 위해 가방을 메고 손전등을 챙기고 일어났다.

벤은 어디에 있는지 보이지 않았다. 카자르와 투자르의 위더스인 '하 버나일'이 지니어스 룸으로 왔다가 나에게 도넛과 염소젖으로 만든 요구 르트를 주었다. 도넛에는 설탕가루가 잔뜩 묻어 있었고, 요구르트는 상 표도 없이 그저 병에 들어 있었다. 나는 그것들을 가방에 넣고는, 동쪽 숲으로 들어섰다.

떡갈나무 언덕까지 도착했을 때는, 이미 저녁 무렵이었다. 숲을 샅샅 이 찾아다녔던 탓이었다. 다시 언덕을 내려가 조그만 나무 밑에서 도넛 을 베어 물고 요구르트를 마셨다. 제법 어둑어둑해졌던 터라 손전등을 켰다. 서쪽 숲에서 만났던 죽은 병사들을 혼자 그것도 밤에 만나는 일 은 피하고 싶었다. 그들이 동쪽 숲에도 올 수 있다면. 나는 혼자서 상 상하다가 밖이 굉장히 추워졌다는 걸 느꼈다.

밤늦게까지도 나는 파파로니 새알의 행방을 찾을 수 없었다. 다시 떡 갈나무 언덕으로 올라와서는 해변을 내려다보았다. 가로등이 반짝였지 만, 전체적으로 섬은 어두웠다. 마음이 답답해서 더욱 그래보였는지도 모르겠다.

알이 어떻게 되었는지도 모르는데, 방으로 돌아갈 수는 없는 노릇이 었다. 나는 떡갈나무 아래에 누웠고 눈을 감았다.

노랫소리가 들려온 건 잠시 후의 일이었다. 여자인지 남자인지 모를 중성적인 목소리였고, 슬프지도 않았으며, 그다지 무서운 분위기도 아 니었다.

그리고 몸이 약간 울렸는데 그것은 떡갈나무 때문이었다. 나무를 올 려다보니 메모판에 무언가가 적혀 있었다.

외로움과 나무 한 그루는 때때로 모든 걸 말해주지.

"누구세요?"

나는 일어나서 메모판에 그렇게 썼다.

"나는 '니버스티로스'라고 해. 바로 이 떡갈나무지."

분명 떡갈나무에서 말소리가 들려왔다. 나는 뒷걸음질을 치며 물러났다.

"괜찮아. 오늘 하루 종일 널 지켜보았거든. 알을 찾으러 다니는 게 힘들어 보였어."

"저의 알이 어디에 있는지 아세요?"

나는 정신을 가다듬고는 물어보았다.

"그걸 가르쳐 줄 수는 없어. 네가 스스로 해야 하는 일이니까. 그래야 너의 리누머 자격이 가치 있지 않겠어?"

"그건 그래요."

나는 풀이 죽었다.

"한 가지 가르쳐 줄 수 있는 게 있긴 해."

"무엇이죠?"

"교수들 모두가 사기꾼이라고 생각하면 돼. 교수님들이 진짜 사기꾼이라는 소리는 아니야. 왜냐하면, 세상에는 사기적인 술수가 판을 치고 있고, 그 속에서 생존하려면, 맞받아치는 사기도 필요하니까. 페렐 세스터의 사기 수법에 너도 사기를 치라구."

"사기를 치라구요?"

"그럼."

떡갈나무는 다시 조용해졌다.

"그럴까?"

나는 잠시 후, 음흉하게 웃었다. 우선 지니어스 룸으로 가자, 늦었어.

다음날이 되어서 나는 해변으로 나와 상의를 벗고 몸에 온통 낙서를 하고는 구슬피 울며 바닥을 쳤다. 핸디 필머레이가 뛰어와서 나를 보고는 어쩔 줄 몰라 했다. 그녀는 당장 메모판으로 달려가서 썼다.

'속보, 러스 퍼거가 미쳤다.'

그 말에 온 오크 힐이 뒤집어지는 듯했다. 제인 파머사이드도 달려와서는 눈물과 땀범벅으로 시커멓게 된 내 얼굴을 팔짱을 끼고 지켜보았다. 나는 더욱 통곡을 하며 온 몸을 찢을 듯이 고통스러운 제스처를 만들어 냈으며, 모래를 몸에 막 뿌려댔다. 다시 모랫바닥에 무릎을 꿇고 넘어지며 통곡을 하고 고함을 때때로 지르면서 기절하려는 듯 연기를 보였다.

리알러스 볼튼이 와서 나를 지켜보았다.

"왜 그래? 러스 퍼거? 어제는 달리기를 줄기차게 하더니. 이것도 마스터 문제야?"

그는 어리둥절한 채 나에게 물었다.

필리버스들도 도착했는데 내 꼴을 보고서는 혀를 내둘렀다. 폴린 교수는 나타나지 않았지만, 에트만 헬링턴 교수가 와서 내 어깨에 묻은 모래를 탁탁 털었다.

"러스 퍼거, 왜 그러나? 뭔가 충격을 받았나?"

"아닙니다. 그저 저는 쓸모없는 인간으로서 이렇게 통곡을 하다가 힘이 소진되어 죽을 날만을 기다릴 뿐입니다."

나는 그렇게 말하고 모래에 얼굴을 파묻었다. 여간 힘든 일이 아니었지만 나는 페렐 세스터 교수를 기다리고 있었다.

"똑똑한 게 아니라 미친 거였어."

제인 파머사이드는 홱 돌아서서 가버렸다.

핸디 필머레이는 어딘가에서 물을 가져와서 나에게 뿌렸다.

"덥겠다."

마침내 내 눈에 중절모가 들어왔다. 페렐 세스터 교수였다.

"저는 쓸모없는 인간입니다, 교수님."

나는 눈물을 펑펑 흘리며 모랫바닥에 넘어졌다. 그리고 나의 몸 곳곳에 모래를 뿌리고 두들겨 패는 등 자학의 모습을 보였다. 물론 연기이기에 아프지는 않았다.

"쓸모없긴 왜 없어."

세스터 교수가 조용히 말했다.

"왜 인간은 책임과 고통 속에 버려져 있는 것입니까? 그것을 참을 수가 없어 저는 이러고 있습니다. 이대로 저의 모든 힘이 소진되어 버릴 때까지 말입니다."

나는 눈물을 흘렸다. 사실, 그런 말을 하고 있자 눈물이 저절로 나왔다.

"저의 죽음을 아무도 간섭하지 마세요. 저는 이렇게 죽고 싶을 뿐입니다."

"조나크 퍼거 교수는 어디에 있는지 모르겠군. 나타날 때가 되었는데. 조카가 이런 상태까지 이르렀는데 말이지."

페렐 세스터 교수는 혀를 끌끌 찼다.

"마스터도 하나 따지 못하고 죽을 셈인가?"

교수는 나를 떠보는 듯 했다.

"죽음에 직면한 자에게 마스터가 무슨 소용이겠습니까? 이제는 새알을 지키는 것도 다 쓸데없는 일로 보입니다."

다시 눈물을 쏟으며 땅을 쳤다.

"안되겠어. 나와 거래를 하도록 하지."

그 말에 귀가 솔깃했지만 나는 다시 땅을 치고 통곡을 하며 눈물을 흘리기를 반복했다.

"저에게 거래가 무슨 소용이 있겠습니까? 저는 바보입니다. 새알 하나도 지키지 못한 자가 살아서 무엇 하겠습니까?"

나는 계속 자학 상태를 보였다.

페렐 세스터 교수는 고개를 젓더니 말했다.

"아니야. 새알을 지킬 수 있도록 해 줄 테니까 제발 이런 행동은 그만 두라구. 이러다가 정말 미친단 말이야. 나는 그에 대한 책임을 지고 싶지는 않아."

나는 자리에서 일어나고는 고개를 푹 숙였다.

"정말이지 죽고 싶습니다. 사내로 태어나 새알 하나 지키지 못하다니요. 그런 치욕감으로 어떻게 살아갈 수 있겠습니까."

"미안하네. 자네에게 치욕감을 주려는 건 아니었네. 거래를 하도록 하지. 자네가 마음을 잘 다스리고 한 가지만 더 해내면, 내가 알을 부화시켜 주겠네."

나는 대답을 하지 않고 고개를 숙이고 눈물만 주룩주룩 흘렸다. 그런 나를 보다 못한 핸디 필머레이가 교수님께 역정을 냈다.

"교수님, 뭐예요? 어제까지만 해도 멀쩡하던 애가 이렇게 되었다구요. 또 무슨 거래를 한다고 하시는 거예요?"

핸디에게 정말 고마웠다. 그러나 나는 계속 고개를 푹 숙였다.

"그냥 마스터를 줄 수는 없으니까. 그리고 자네가 마스터 때문에 이토록 정신적으로 고통을 겪었다면 나도 한 걸음 물러설 수밖에. 파파로니 새는 오크 힐에 딱 한 쌍이 살고 있는데, 그렇게 큰 건 아니야. 백조정도의 크기이지. 알이 이렇게 클 뿐이야. 부리는 노랗고, 눈 부분은 붉은색이야. 날개는 초록빛깔을 가지고 있지. 부리가 꼭 한 번 휘어져 있어서 찾을 수 있을 거야. 파파로니 새들은 떡갈나무 언덕 서쪽 숲에 살고 있어. 새들이 노래를 부를 때, 그 소리를 녹음해서 가져오면, 내가 자네의 마스터 자격을 인정해 주지."

"정말 그 일로 바꾸어도 저는 남자로서의 정체성을 상실하지 않을 수 있는 겁니까?"

나는 훌쩍이면서 그를 떠보듯 물었다.

"길게 말하는 걸로 보아, 이제 정신을 차린 건가 보군."

페렐 세스터 교수는 다시 혀를 끌끌 찼다.

"그럼, 그렇게 하도록 하고, 다시는 이러고 있지 말게."

페렐 세스터 교수가 가버리고, 핸디가 나를 부축해 주었다. 사실 힘이 빠져서 걷기가 힘든 상태였다. 바람이 불어 몸에 붙은 모래알이 밀려가면서 떨어졌다. 멀리서 떡갈나무가 보였다. 나는 그를 향해 미소를 지었다.

지니어스 룸으로 돌아오자마자, 문을 잠그고 안쪽 방과 테이블 사이에 있는 샤워실로 직행했다. 오늘 타인의 시선을 받으면서 나는 많은 걸 깨달았다. 물론, 그건 사기 수법이었지만, 완전히 사기 행각은 아니었다. 방법이 없으면 다른 방법을 생각해낸 것뿐이었고, 누구에게도 피해나 손해를 끼친 게 아니었다. 그것은 언제나 일반적인 문제해결법만을 생각해 온 나에게 새로운 도전이었고 하나의 성장을 가져다준 방법이었다. 나는 내 안에서 또다른 모습의 용기를 발견했고, 핸디의 따뜻한 마음에 감동했다.

다음날 벤은 며칠 만에 나타나 식사를 가져다주며 말했다.

"어제 일에 대해서 들었습니다."

"아, 그거요?"

나는 그 말을 하고 웃었다.

"어떻게 된 일인지."

벤이 물었다.

"문제가 해결되지 않아서 그렇게 한 겁니다. 참, 벤, 녹음기가 필요해요."

"어렵지 않은 일입니다. 준비해 드리지요."

"오늘은 서쪽 숲으로 들어가서 파파로니 새들을 찾아야 해요."

"관찰이 꽤 쉽지는 않을 겁니다."

"그걸로 페렐 세스터 교수와 거래를 했거든요."

"마스터 통과 말씀이시로군요."

"네."

나는 씩 웃었다.

"하루 만에 발견할 수는 없을 테니, 제법 식량과 외투, 손전등을 가지고 가야할 겁니다. 그건 제가 챙겨드리도록 하지요. 녹음기도 챙겨드리겠습니다."

내가 샐러드를 마저 먹을 때까지 벤은 어디에 다녀왔는지 비닐에 싼 음식들과 용품들을 가지고 와서 가방에 차곡차곡 넣었다.

"여기 '번쩍 손전등'을 가지고 왔습니다. 어디에서든지 번쩍번쩍 빛나지요. 그리고 이걸 넣을 큰 가방도 가지고 왔습니다."

손전등은 손전등이라기보다는 굉장히 큰 가로등 같았다. 그건 손잡이가 길쭉했고, 그걸 들고 숲을 다닌다면 조명을 들고 다니는 촬영기사처럼 보일 정도였다. 어쨌든 큰 가방에 조명까지 쑤셔 넣은 벤은 씩 웃으면서 가방을 건넸다.

"소리를 기록할 노트도 준비 해야겠죠?"

내가 물었다.

"그건 필요 없을 것 같습니다. 쓸 시간이 없고, 파파로니 새가 흰 색을 싫어해서 노트를 본다면 날아가 버릴 겁니다."

"고마워요."

나는 고개를 끄덕이고 지니어스 룸을 나섰다.

"저는 청소를 좀 해놓겠습니다."

벤이 내 뒤에서 외쳤다.

우선 떡갈나무 언덕까지 올랐고, 서쪽 숲의 방향을 확인하고 그리로 내려갔다. 절벽이 있는 쪽으로는 가지 않고, 다른 방향으로 들어갔다. 한 시간을 걸었는데도, 숲의 맞은편이 나타나지 않았다. 그리고 다시 한 시간, 다시 한 시간이 지나갔다. 어떤 미로 속에 빠져버린 것 같은 느낌이 들었고, 약간의 두려움이 밀려왔다.

두 마리의 새를 발견했는데, 그것들은 색이 어두웠고, 노래 따위는 부르지 않았다. 파파로니 새의 알을 잠시 떠올렸다. 그건 흰 바탕에 검은 점이 나 있었다. 아무래도 흰색을 싫어하는 새로서는 자신의 알을 싫어해서 내버린 것이 아닐까하는 생각이 들었다. 그래서 지금껏 파파로니 새의 새끼는 부화한 적이 없는 것이다. 나는 이상한 가설이랑은 집어치우고 다시 새를 찾기 위해 숲 속을 걸어 다녔다.

정말 곧 저녁이 되었고, 나는 우선 숲을 나가야 했다. 하루 만에 찾을 수 없을 거라던, 벤의 말이 귓속에서 울려왔다. 분명 떡갈나무 언덕에서 내려다보면 서쪽 숲은 어떤 구역처럼 일정한 크기를 차지하고 있을 뿐이었다. 그런데 나는 그 숲을 하루 종일 돌아다니고 있고, 출구 또한 찾지 못하고 있다. 잠시 후 헛웃음이 나왔다. 그렇지, 여기는 숙모의 학교지. 일상적이거나 정상적인 사고로는 버텨낼 수가 없지.

우선 자리를 잡고 커다란 손전등을 꺼내고는 그것의 길쭉한 손잡이를 이용하여 바닥에 꽂았다. 주변이 환해졌다. 벤이 준 비닐 팩을 하나 꺼내들고는 비닐을 벗겼다. 버터를 두텁게 바른 질감 좋은 흰 빵이었다.

그걸 먹고 있을 때, 숲 주위에서 무언가가 부스럭 하더니 내게로 다가왔다. 그건 회색 쥐였는데, 두발로 땅을 딛고 서서 나를 보며 싱긋 미소를 지었다.

잘못 본 게 아니라, 두 눈을 동시에 깜짝거리며 입가에 미소를 띤 회색 쥐였다. 나는 내가 먹던 빵을 떼어내 쥐에게 내밀었다. 쥐는 그걸 가지고 어딘가로 가버렸다.

밤하늘에는 별이 가득했고, 숲에서 이렇게 있으려니, 조금씩 으슬으슬해져왔다.

잠시 후 그 쥐는 다시 나타났는데 이번에는 보자기를 들고 왔다. 쥐가 보자기를 열고 그 속에서 꺼내 든 것은 여러 글자로 모양이 바뀌는 글자 요정이었다. 쥐는 오른쪽 앞발로 글자 요정을 쥐고는 툭툭 두드렸다.

"후아루?"

글자 요정에게서 한숨소리가 들리더니 곧 목소리가 나왔다.

"그래요, 후아루가 맞아요, 난."

"그런데 왜 쥐가 널 가지고 있지?"

"설명하자면 길어요. 그나저나 쥐가 당신을 돕고 싶다는 군요."

"난 파파로니 새의 소리를 녹음해야 해. 어떻게 할 수 있지?"

후아루는 쥐에게 무언가를 말했다. 그러자 쥐는 그 말을 알아듣는가 싶더니 다시 후아루에게 뭔가를 밀했다.

"파파로니 새는 새벽에 자신의 집이 있는 바나나 나무 위에서 노래를 부른대요."

"내가 너의 집 근처로 가도 되겠니?"

나는 쥐의 앞발을 살짝 쥐었다.

쥐는 그 말에 고개를 끄덕였고, 나를 숲 속으로 인도했다. 글자 요정은 쥐의 머리 위에서 넘실넘실 움직이며 쥐를 따라갔다.

곧 커다란 바나나 나무가 나타났고, 쥐는 앞발을 들고서 바나나 나무 위를 가리켰다. 거기에는 아무 것도 없었다.

"새벽까지 기다려요. 저기 다른 바나나 나무 밑에서 잎사귀를 덮고 있다가, 노랫소리를 듣도록 해요."

글자 요정이 말했다.

"그런데 파파로니 새가 혹시 자기 알을 버리니?"

"그건 어떻게 아셨어요?"

글자 요정은 자신의 모양을 여러 글자들로 바꾸었다.

"그냥, 흰 색을 싫어한대서, 자기 알도 낳고 나면 버리는지, 그런가 싶어서."

"맞아요. 파파로니 새들은 좋아하는 것과 싫어하는 게 분명하거든요. 지금껏 파파로니 새들만이 이곳에서 번식에 실패했어요. 그래서 그걸 알게 된 교수님들이 파파로니 새알을 부화시키는 문제를 낸 것 같네요."

"그런데 말이야."

나는 다시 무언가가 더 궁금해졌다.

"부화시키는데 뭐 특별한 방법이 있어야 하는 거니? 아니라면, 지금까지 교수님들이 알아서 새를 부화시켰을 텐데."

"똑똑하군요. 파파로니 새는 어미의 노랫소리를 들어야 부화됩니다. 아니라면 부화되지 못하지요. 문제는 어미들이 알이 희기 때문에 숲 밖으로 갖다 버린다는데 있어요. 그러니 알을 구해도 부화시키지 못하지요. 그리고 파파로니 새는 근처에 낯선 존재가 있으면 노래를 부르지 않아요. 용케도 알아내지요."

글자 요정이 자세히 설명해 주었다.

나는 교수님들의 이러저러한 전략에 혀를 내둘렀다. 나는 바나나 나무 아래에 자리를 잡았다. 그리고는 바나나 잎사귀를 꺾고는 그걸 머리에 덮고 옷을 꺼내 껴입었다. 그러고서 두 눈을 부릅뜨고 쥐의 집이 있는 바나나 나무를 바라보며 녹음기를 꼭 쥐었다. 새벽녘 언제가 될는지 나는 꼭 노랫소리를 녹음해 가리라 생각하고 잡생각을 했다.

밤을 지새워야 할 때는, 잡생각을 하는 게 도움이 되었다. 생각은 꼬리에 꼬리를 물고, 마치 아무런 연결도 되지 않는 꿈이 꼬리를 물고 이어지는 것처럼 시간을 가게 만든다. 그리고 꾸벅꾸벅 졸았던 모양이다. 쥐가 와서 내 손을 툭툭 쳤다. 나는 때가 되었나보다 라고 생각하고 눈을 번쩍 뜨고 녹음기 버튼을 눌렀다.

쥐는 내 앞에서 다시 자신의 집 쪽으로 폴짝 뛰어가더니, 바나나 나무를 오르기 시작했다. 그리고 바나나 나무 위에는 어둠 속에서 부리가 꺾인 새가 그림자처럼 보였다. 새는 쥐가 귀찮지도 않은지, 쥐를 안고는 가만히 있다가 듣기에 무척 괴로운 목소리로 노래를 불렀다.

꺼억 꺽. 꺼억 꺽. 꺼억 꺽.

어쨌든 나는 그 소리를 십분 간 녹음했다. 쥐가 바나나 나무에서 내려온 건 동이 틀 무렵이었다. 아침이 되자 새들은 풀린 눈으로 서로의 날개를 비비다가 어딘가로 날아가 버렸다. 그들의 깃털은 화려했지만, 그 색의 조화가 아름답지 않았고, 멍청해 보이기까지 했다.

쥐는 나에게 보자기를 내밀었다. 그 안에는 글자 요정이 있었고, 나는 그녀의 인도로 숲 밖까지 무사히 나올 수 있었다.

"취재를 갔다가 그만 잡히고 말았지요, 휴."

후아루는 그렇게 외치고서 날아가 버렸다.

나는 서쪽 숲을 한 번 더 쳐다보고는 떡갈나무 언덕을 올라 다시 지니어스 룸으로 돌아왔다. 그리고 깊은 잠에 빠져들었다. 저녁 무렵 벤이 나를 깨웠을 때, 그의 뒤에는 페렐 세스터 교수가 서 있었다.

"녹음은 해왔는가?"

그는 용건만 간단히 말했다.

"네. 겨우."

"그걸 녹음해 왔다니!"

그의 눈이 휘둥그레졌다.

"녹음할 수 있었어요."

나는 자세한 건 설명하지 않았다.

나는 녹음기를 꺼내 소리를 들려주었다. 테이프를 꺼내고는 세스터 교수에게 내밀었다.

"이로써, 부화는 교수님께서 하셔야 합니다. 그리고 저는 이제 캐리얼이 아니라, 리누머가 된 거예요."

나는 그렇게 슬쩍 말하고 잠이 든 척했다.

"해냈군. 이제 파파로니 새를 섬의 곳곳에서 보게 될 거야."

그는 웃으면서 밖으로 나갔다.

그리고 며칠 뒤 파파로니 새가 부화되었다는 소식을 들었고, 나는 폴린 교수의 호출을 받았다. 그는 조그만 은빛 메달을 주었는데 거기에는, 펄스트 마스터, 리누머, 러스 퍼거, 라고 새겨져 있었다.

이미 에모리 빈은 리누머가 된 터였고, 핸디 필머레이는 몇 편의 시를 남겨두고 있었으며, 투자르는 여전히 보물을 찾으러 다녔고, 카자르는 방안에서 머리를 싸매고 글을 썼다. 피터 힐멘은 페렐 세스터 교수가 쫓아다니면서 문제를 말했는데도, 콧방귀를 뀌고는 마스터 문제를 풀려고 하지 않았다. 그건 제인 파머사이드도 마찬가지여서 그녀가 왜 오크 힐에 왔는지 궁금해지기도 했다.

떡갈나무의 전설

'니버스티로스, 날 구해줘요. 여긴 너무 추워요.'

눈을 번쩍 떴다. 꿈속에서 어떤 여인의 목소리가 들렸었다.

'니버스티로스? 떡갈나무?'

나는 생각을 가다듬고 자리에서 일어났다. 달빛이 부드럽게 꼬박꼬박 강낭콩 줄기를 비추었고 바람이 살며시 잎사귀를 흔들었다. 시간을 확인해 보니 아직 늦지 않은 밤이었다. 저녁을 먹고 잠시 쉰다는 게 잠이 든 모양이었다.

투자르와 카자르의 방에는 불이 꺼져 있었고, 파도도 조용하게 넘실 댈 뿐이었다. 문득 나는 차가운 손길을 느껴 돌아보았다. 손이 닿으면 흩어질 것 같은 하얀 여자의 모습이 바람에 나부끼다가 다시 사라져 버렸다.

'니버스티로스, 당신의 문을 열어줘요. 밖은 추워요.'

무언가가 멀리서 우두둑하는 소리가 들려온 것 같았다. 나는 잠도 싹 달아난 터라 얼른 불을 켜고, 에모리 빈의 지니어스 룸으로 달려갔다. 그날 밤은 메런티 섬으로 온 이래로 가장 오싹한 밤이었다. 더군다나 에모리 빈이 고릴라 마스크를 쓰고 나를 맞아주는 바람에 놀란 가슴을 한 번 더 쓸어내려야 했다.

다음날이 되었다. 아직 리누머로서의 수업 일정을 받지 못했던 터라, 나는 나무 메모판에 '폴 아드로'라고 썼다. 그리고 날아서 왔는지 한 손에 기타를 든 폴 아드로가 나타났다.

"교가를 배우고 싶어서 불렀군, 안 그래?"

"그것도 있고……."

나는 말을 흐렸다.

"저, 니버스티로스와 어떤 여인이……?"

폴 아드로는 잠시 입맛을 쩍쩍 다시더니 대답했다.

"'아스케 공주' 말이로군."

나는 창백해보이던 그녀의 외모를 잠시 묘사해 주었다.

"너에게 미리 말해 두었어야 하는데."

폴 아드로는 고개를 저었다.

"뭘 말씀이십니까?"

나는 되물었다.

"너랑 언덕 위의 떡갈나무랑 무척 닮았어."

"네? 어떻게 나무와 저의 모습이 닮았다는 겁니까?"

나는 이해하지 못해서 외쳤다.

"그게 아니라, 니버스티로스는 나무가 되기 전에 어떤 젊은 청년이었어."

사람이 나무가 되었다니.

"설명을 부탁드려요."

"니버스티로스가 어느 나라에서 왔는지는 모르지만, 그는 처음 메런티 섬을 발견했고, 여기에서 살았어. 그런데 어느 날 배가 난파되었는지, 아스케 공주라는 사람이 섬으로 밀려왔지. 니버스티로스는 그녀를 돌보았고 사랑에 빠지게 되었지. 하지만 어떤 이유에서인지 아스케 공주는 사라져 버리고, 니버스티로스는 러더슨 대령에 의해 죽임을 당하고 언덕 위의 떡갈나무가 되어 버렸다고 해.”

“러더슨 대령요?”

“그가 어떤 직함을 가졌는지는 정확하게 알려지지 않았어. 어쨌든 그는 러더슨 대령이야. 실종된 공주를 찾아 매러멀 러더슨 대령이 병사들을 이끌고 메런티 섬에 도착했지. 그러나 그들은 공주를 찾지 못했고, 니버스티로스를 죽이고 말았어. 그런데 니버스티로스는 죽어서 떡갈나무가 되어 그들을 저주했고 그들도 섬을 떠나지 못하고 죽었지.”

“혹시 듀얼 러더슨과 러더슨 대령님이 어떻게 관계가 있는가요?”

“그래, 그들은 러더슨 가(家)의 사람들이야. 들었는지는 모르겠지만 니버스티로스는 러더슨 가의 사람이 오크 힐에 입학하는 걸 허락하지 않았어. 그래서 듀얼 러더슨이 그렇게 되어버린 건지도 몰라. 하여간 그의 생사가 확인되지 않고 있어.”

폴 아드로는 그렇게 설명하고 한숨을 내쉬었다.

“정말 넌, 살아있을 때의 니버스티로스와 무척 닮았어. 비밀 박물관에 가면 낡은 책이 하나 있는데, 난 거기에서 니버스티로스의 초상화를 보았어. 다른 것도 보고 싶었지만, 그것만 보고 쫓겨났지. 그 초상화 속의 니버스티로스와 넌 꼭 닮았이.”

나는 잠시 자리에 멍하니 서 있었다.

“교가를 배우면, 도움이 되나요? 그 여자가 다시 저를 찾아오면 어떻게 하죠?”

나는 몸을 오싹 떨었다.

“찾아오든 오지 않든 무슨 상관이 있겠어? 그녀도 그저 한 때는 사람이었는데 말이지.”

폴 아드로는 대수롭지 않다는 듯 말했다.

"그게 아니라, 그녀가 춥다고 했어요. 그리고 문을 열어 달라고도 했고."

"추울 거야, 충분히. 아마, 니버스티로스가 마음을 닫아 버려서 더욱 그럴 거야."

"그렇군요. 하지만 그녀가 다시 온다면, 저는 아마 섬을 떠나고 싶을 거예요."

"어쨌든 교가를 배우도록 하자. 내가 먼저 불러볼 테니 한 번 들어보도록 해."

폴 아드로는 기타 줄을 한번 퉁기더니, 표정을 확 바꾸고는 노래를 불렀다.

"메런티, 메런티, 메런티
메런티, 메런티, 메런티

우리는 이곳 떡갈나무 언덕에 모였네.
우리는 좀 더 강해져야 한다네.

오크 힐에서 우린,
우리 자신 만의 힘을 발견하고, 실현시킬 수 있다네.

오크 힐, 오크 힐, 오크 힐.

한 개의 마스터는 리누머
두 개의 마스터는 필리버스

세 개의 마스터는 유로파

마스터가 되자, 마스터가 되자,
그리하면 우리는 진정 어둠 속에서도 기죽지 않으리.”

노래는 무척 경쾌했고 제법 쉽고 리듬도 단순해서 폴 아드로와 함께
두 번 정도 같이 불렀을 때 확실히 노래를 익힐 수 있었다.
“정말 어둠 속에서도 기죽지 않을까요?”
내가 물어보았다.
“그래, 유로파가 되면, 귀신을 보더라도 놀라지 않아. 그저, 그렇게 생
각할 뿐이지. 동시에 자신의 미래에 대해서도 걱정하지 않고, 어둠이 미
래를 채우고 있더라도, 유로파는 확실히 자신이 무슨 일을 개척해야 하
는지도 알고 있어. 그런 걸 여기에서 배우는 거야. 특별히 어떤 지식을
배우는 게 아니야. 대범함과 침착함, 그리고 자유에 입각해 자신의 길
을 가는 의지와 용기, 그런 걸 배우지.”
“그렇군요. 그래도 아스케 공주 유령은 싫은 걸요?”
“할 수 없군. 벤더러 너와 함께 밤을 보내라고 해야겠어.”
“그렇게 해 준다면 정말 좋겠어요.”
나는 이린애미낭 좋이했다.
저녁이 되자 벤이 와서 수업 시간표를 건네주었다. 그는 자신의 잡동
사니를 안쪽의 빈 방으로 옮기기 시작했다. 이불 보따리며, 접이식 침대
며, 부푼 머리를 정돈하는 스프레이까지 다 갖추어 놓았다.
나는 그가 움직이는 모양을 살펴보다가 수업 시간표를 펼쳤다. 거기
에는 숙모가 콧구멍을 파면서 거들먹거리는 표정으로 움직이더니, 모자
로 얼굴을 살짝 가리고 모자 위에 ‘에페시우스 강의, 담당 교수, 조나크

퍼거.’라고 쓰고는 다시 콧구멍을 팠다.

“벤, 벤!”

“무슨 일이십니까?”

벤이 안쪽 방에서 나왔다.

“숙모의 강의를 듣게 되는 거예요? 또 다른 강의는 없나요?”

“그렇게 되어 있습니까?”

벤은 내 수업 시간표를 받아들고는 잠시 보더니 씩 웃었다.

“에페시우스 강의가 끝나면, 아마 다른 교수님들의 수업도 받게 될 겁니다. 이번 사항도 〈풀러미쉬 컨트롤〉에서 결정된 거라, 아마 바뀌기 어려울 겁니다.”

“폴린 교수님은요?”

“그 분은 리누머와 필리버스에게 강의가 있지요.”

“저도 리누머잖아요?”

벤은 고개를 갸웃거렸다.

“이해를 못하시는 군요. 특별히 풀러미쉬 컨트롤에서 러스 퍼거 님의 수업 일정이 결정되었을 뿐입니다.”

“완전히 독재 회의예요.”

나는 한숨을 내쉬었다.

“각자에게 가장 필요한 수업을 하기 위해 수업 체제 자체가 유연하게 움직이는 것뿐입니다.”

벤의 말이 딱딱했다.

하긴 여기에 있는 이들은 모두 오크 힐에 대한 자부심이 대단해 보였다. 나로서는 자부심까지는 아니지만 그렇다고 거부감이 드는 것도 아니었다. 그저 상황이 아주 재미있게 흘러가고 있는 것뿐이다. 내일부터는 다시 수업이고, 그것도 숙모의 수업이다. 표현할 수는 없지만 마스터를 하나 따고 나니 무언가 변화가 생긴 것 같기도 하다. 마스터를 따는 과정이 마냥 헛된 것 같지는 않다.

"저녁을 가져오겠습니다."

벤이 나가려고 했다.

"벤, 오늘은 따뜻한 어묵 우동을 먹고 싶어요. 될까요?"

벤은 조용히 나가더니 잠시 후, 우동 쟁반을 들고 와서 내 식탁에 놓았다.

나는 그걸 국물까지 남김없이 다 먹었다.

"고마워요. 오늘 밤에는 유령을 정말 보고 싶지 않거든요."

그날 밤 나는 절벽에서 바다로 다이빙하는 꿈을 꿨는데, 곧 그 장면은 사라졌다. 나는 어느새 사다리를 타고 어딘가로 올라가고 있었고 어느 구름 위에 도착했다. 구름은 곧 거대한 잿빛 벽돌로 바뀌더니 커다란 탑을 쌓고는 다시 어둠 속으로 나를 끌고 들어갔다. 그리고서 잠에서 깼다.

벤은 어느새 일어났는지 슈트를 갖춰 입고 나에게 차를 가지고 왔다.

"어제는 괜찮았는데 말입니다."

"네, 어제는 아스케 공주가 오지 않았어요."

벤은 고개를 끄덕일 뿐 다른 말은 하지 않았다. 폴 아드로가 준 옷으로 길아입고, 모자를 썼다. 숙모의 눈치를 살필 때는 은근 슬쩍 보는 것이 훨씬 좋기 때문이다.

에페시우스 강의

"강의가 어디에서 있나요?"

"다섯 개의 강의실에서 이루어지는 건 아닙니다. 통보에 따르면 숲 속의 통나무집이라고 하는 군요."

벤이 대답했다.

"숲 속의 통나무집요?"

"네."

"거긴 또 어디죠?"

"제가 데려다 드리겠습니다."

우리는 섬을 돌아서 동쪽 숲으로 들어갔다. 밀림 속에서도 벤은 여전히 반짝거리는 구두에 슈트를 말끔히 갖춰 입고 있었다. 그는 커다란 나무가 쓰러져 있는 곳에서 기다리라고 말하고는 재빨리 숲을 빠져나 갔다. 나는 나무에 걸터앉고는 숙모를 기다렸다. 무언가 작은 소리가 들리더니 곧 왁자지껄한 소리가 되어 울려왔다.

"이 녀석아 좀 일어나라구."

나무에서 소리가 들려왔다.

나는 자리에서 벌떡 일어났다. 내가 주변을 두리번거리자 놀랍게도 통나무 속에서 숙모가 얼굴을 빠끔히 내밀더니 쏙 하고 빠져나왔다. 숙모는 예전의 세련된 옷차림에 짙은 화장도 아니었고, 머리도 풀어 흩어져 헝클어져 있었으며, 탐험가 옷을 입고 있었다.

"조나크 숙모! 어떻게 된 일이세요?"

숙모는 헤실헤실 웃더니 머리 모양을 대충 바로 잡았다.

"오, 러스! 오랜만에 보게 되어 얼마나 행복한지 모르겠구나. 어떻게 오크 힐에서는 잘 지내고 있는 거니?"

숙모는 여전히 과장된 표정과 몸짓으로 부담스럽게 나를 껴안았다. 그러고서 숙모는 가식의 것이 분명한 눈물을 글썽였다.

"청소를 하고 오느라고 늦었어. 어서 들어가자꾸나."

내가 어디로 들어가야 할지 몰라 뻣뻣하게 서 있자, 숙모가 다시 말했다.

"이 나무의 속이 얼마나 좋은지 모른단다. 걱정하지 말고 머리만 넣도록 하렴. 나머지는 내가 알아서 할 테니."

숙모는 숙모가 빠져나온 나무 둥치 안으로 내 머리를 쑤셔 넣더니 나를 발로 차 넣었다. 신기하게도 그곳은 흐물흐물해지면서 넓어졌다. 나는 머리를 만지며 자리에서 일어났다.

자그마한 호숫가에 제법 좋은 통나무집이 눈에 들어왔다. 숙모는 어딘가에서 갑자기 나타나서 내 어깨를 톡 히고 쳤다.

"이제 수업을 하자꾸나. 숙모는 오크 힐의 교수들 중의 한 명이란다. 자랑스럽지 않니?"

"자랑스럽게 생각해요."

나는 한숨을 내쉬며 억지로 대답했다.

"그렇게 생각하니? 오, 러스! 사랑스러운 러스!"

숙모는 어색하게 팔을 벌리고는 나를 다시 안았다.

우리는 통나무집의 문을 열고 들어갔다. 거기에는 연두색 칠판이 하나 걸려 있고, 낡아빠진 소파 의자가 달랑 두 개 놓여있을 뿐이었다. 심지어는 엄지손가락만한 바퀴벌레가 소파의 구멍 속에서 나와 주변을 두리번거렸다. 숙모는 어디에서 구해왔는지 먼지가 풀풀 날리는 더러운 걸레로 바퀴벌레를 탁탁 쳤다. 통나무집의 마룻바닥은 걸을 때마다 삐걱거렸다.

"부모님은 잘 계신가요?"

"러스, 그분들은 무척 잘 계시지. 캘리포니아 주립대 말이지."

숙모는 음흉하게 웃었다.

"제 모자가 어디로 갔죠?"

"수업 시간에 모자를 써서는 안돼요. 지니어스 룸으로 돌아갈 때 주지."

숙모는 어느 샌가 내 모자를 들고는 두 손으로 쭉쭉 잡아당겼다. 숙모는 모자를 칠판 앞에 걸어 놓고는, 연두색 칠판에 똑똑 분필 소리를 내며 '에페시우스.'라고 썼다.

"이 사람이 누군지 알고 있니, 러스?"

나는 될 수 있으면 아는 척 하려고 했지만, 도무지 그리스 신화에 나오는 신도 아니고, 그렇다고 해서 고대의 어느 시인이나 철학자인지도 몰라서 그만 숙모를 멀뚱멀뚱 바라보기만 했다.

"너무 좌절하지 말렴. 이런 이름을 가진 사람이 어딘가에 있을 지도 모르지. 하지만 이 이름은 그저 내가 지어낸 거란다."

숙모는 그렇게 설명했다.

"네? 그런데 왜 그런 질문을 하시는가요?"

나는 되물었다.

"왜 이런 질문을 하느냐구? 글쎄, 에페시우스라는 사람에 대해 말해

보래두."

숙모는 나를 빤히 쳐다보다가 내가 대답을 하지 않자 갑자기 몽둥이를 꺼내들고 휘휘 돌렸다.

"대답을 하지 않으면, 앵앵 울게 될 테다."

나로서는 물리력이 두려운 것보다 숙모의 질문이 당황스러웠을 뿐이었다.

"정확하게 대답할 수 없기 때문에 망설이는 것일 뿐이에요."

"내가 원하는 대답은 그 망설임 속에 깃든 70퍼센트의 진실이지. 그걸 파악할 수 없겠니?"

나는 숙모가 어떤 질문을 하고 있는지 그제야 알아챘다.

"에페시우스라는 사람은 시인이라고 생각됩니다. 용사도 아니고 고대의 왕이나 신도 아니지요. 왠지 이 사람의 이름에서 어떤 미적이고, 언어의 질서가 담긴 느낌이 나요."

"좋았어."

숙모는 웃었다.

"하지만 나는 이 사람이 용사라고 생각돼. 펜싱에도 에페라는 종목이 있잖아? 이 사람은 칼을 잘 쓰는 사람이야. 그렇지만 이 사람은 네 말대로 부드러운 성격의 소유자여서 그 능력을 발휘하지는 않지. 결국 이 사람은 결정적인 순간에 자신의 능력을 발휘하고 용사가 되어 좀 더 강해지는 거야. 너는 이 사람이 어떻다고 생각하지?"

"말씀드린 대로예요."

나는 숙모가 왜 같은 질문을 계속 묻는지 의심스러웠다.

숙모는 다시 말했다.

"에페시우스는 신일 수도 있어. 그는 태양의 심장을 가지기를 원하는 정열가였어. 불에 타지 않는 전차를 불카누스에게 부탁하지만, 불카누스는 전차를 만들어 주면서도 그 사실을 태양의 신인 아폴론에게 말하지. 결국 에페시우스는 아폴론에게 죽임을 당하고 밤하늘의 별이 되는 거야. 밤의 여신 니크스와 꿈의 신 모르페우스가 그를 불쌍히 여겨 그를 연인들의 정열을 주관하는 신으로 만들어 주지.”

“와, 훨씬 그럴 듯해요.”

숙모는 별것 아니라는 표정을 지었다.

“그렇다면,”

나는 갑자기 상상력이 발동했다.

“에페시우스는 불카누스와 아폴론에게 제대로 복수할 수 있겠어요.”

“그렇지?”

숙모는 싱긋 웃었다.

“네, 불카누스와 아프로디테의 정열적인 사랑을 방해할 것이고, 아폴론의 사랑도 이루어주지 않을 테니까요. 신들의 사랑에는 정열이 필수인 것 같거든요.”

숙모는 다시 몽둥이를 휘휘 돌렸다.

“그나저나 에페시우스 강의의 성격에 대해서 대충 파악했겠지?”

“가능한 어떤 인격에 대해서 충분히 상상해 보는 것을 말씀하시죠?”

나는 대충 그렇게 대답했다.

“어느 정도는 맞았어. 하지만 정확하게는 언어가 내재한 느낌을 그대로 살려보는 연습을 하는 거야.”

“아, 그런 것도 같아요.”

나는 고개를 끄덕였다.

“러스, 알고 있는지는 모르겠지만, 언어는 문자 자체로 그것의 뜻과 느낌을 간직하고 있어. 그걸 느끼고 상상할 수 있는 마음을 열어 둔다면, 공부는 아주 재미있는 활동이 되지. 그리고서 자신이 생각하는 세계를 마음껏 펼칠 새로운 언어도 충분히 만들 수 있게 되고 말이지.”

“그런데 에페시우스라는 이름은 어떻게 만든 건가요?”

“그냥, 알파벳을 좀 써 보도록 해. 아니면 이것저것을 연결해 보거나, 사전을 찾아 단어를 서로 조합해 보든지. 하지만 이건 어디까지나 방법이고, 자신이 생각하는 새로운 의미를 가질 단어를 만드는 방법은 자신만의 시행착오를 통해서 발달하는 법이야.”

숙모는 다시 칠판에 뭔가를 썼다.

‘포포스 쉬너 베니트 아너 머롤.’

“이걸 해석해 봐.”

“〈포포스 쉬너〉라는 사람이 〈머롤〉이라는 빵을 사려고 갔다.”

나는 놀라지 않은 척 말했다.

“아주 괜찮아. 하지만 난 이렇게 생각해. 〈포포스〉는 ‘따뜻한 사람’이라는 뜻이고, 〈쉬너 베니트〉는 ‘손을 내밀다’라는 뜻이야. 〈아너〉는 ‘누구누구에게’라는 뜻이고, 〈머롤〉은 ‘불쌍한 사람’이라는 뜻이야.”

“아, 그것도 괜찮아요. 그런데 실용적인 외국어를 배우는 것보다, 언어의 느낌을 배우는 것이 더 도움이 될까요?”

숙모는 이상한 표정을 지었다.

“이런 걸 배우면 외국어의 익숙하지 않은 표기나 발음에 대해서도 거부감을 느끼지 않아. 일겠니?”

“네.”

공부에 대해 새로운 접근법은 상당히 좋았다.

“오늘은 여기까지 하자꾸나. 내일도 에페시우스 강의를 계속하도록 하지. 마치 어린 아이에게 1부터 3까지만 가르쳐 주면 그 뒤의 원리를 잘 알지 못하는 것처럼, 적어도 11까지는 가르쳐 줘야 하지 않겠니?”

나는 대답은 하지 않고 씩 웃었다. 갑자기 오싹해진 건 돌아갈 방법

때문이었다.

"어떻게 지니어스 룸으로 가지요?"

"여기 칠판 아래 지하로 통하는 문이 있지? 이곳 지하실에서 동쪽 숲의 통나무로 연결되는 길이 나있어. 내일도 동쪽 숲의 쓰러진 통나무 속으로 들어오도록 하렴. 나는 가볼 데가 있어서, 먼저 나가도록 하마."

돌아서는 숙모의 얼굴이 얼핏 창백했다. 나는 칠판 아래에 있는 지하실문을 삐걱하고 열었다. 어두컴컴하고 바닥이 어느 정도 깊은지 보이지도 않아서 나는 밖으로 나가 숙모를 찾아보았다. 그러나 주변에는 아무도 없었다. 할 수 없이 다시 통나무집으로 돌아와서 지하실로 들어갈까를 망설였다. 두 눈을 질끈 감고 지하실로 뛰어내렸다.

쿵. 떨어질 때 엉덩이에 충격을 받았지만 그런대로 일어섰다. 주위는 무척 어두웠지만 점차 주변의 사물이 눈에 들어왔다. 여기에서 어떻게 나가야 하지? 나가는 문도 보이지 않았고, 어떻게 동쪽 숲에 제대로 도착할 수 있을지 마저 의문스러웠다. 밀짚 냄새가 나서 두리번거리다가 한쪽 벽에 수북이 쌓인 밀짚더미를 발견했다. 그리고 낡은 피아노가 한 대 있었는데, 뚜껑을 여는 게 두려워 그저 고개를 돌려버렸다.

정말 나가는 곳이 한 군데도 없는 것 같았다. 나는 두려운 마음을 털어버리고, 어차피 내일도 수업이 있기 때문에 여기에서 밤을 보내자고 생각했다. 사다리가 있는 것을 보고 그걸 가져다가 다시 통나무집 강의실로 올라왔다.

바퀴벌레는 두 마리가 더 나타나서 소파 위에서 어슬렁거렸다. 저녁이 되고 슬슬 배가 고파왔지만, 통나무 벽에 기대어 잠들었다. 다음날 아침이 되었을 때 몸이 굳어서 밖으로 나와 체조를 좀 했다. 배고픈 것도 잊고, 그저 호숫가를 거닐다가 통나무집으로 돌아왔다.

오후가 되자 숙모는 평소 때의 아름다운 모습으로 나타났다. 이번에는 빨간 챙의 모자를 쓰고 나타났는데, 제법 세련된 파란색 스커트까지 입고 있었다.

"오, 러스! 얼굴이 왜 그렇게 수척하니? 벤이 식사를 제대로 챙겨주지 않았구나."

"오늘은 수업을 마치고 숙모가 저를 지니어스 룸까지 제대로 데려다 주셨으면 합니다."

나는 단호하게 내 의지를 내비쳤고 숙모는 고개를 갸웃거렸다.

"알겠어. 그나저나 어제 네가 제대로 지니어스 룸까지 도착했는지 궁금했단다. 나중에 알고 보니, 삼촌이 지하실로 통하는 문을 닫아 버렸다고 해서 말이지. 어떻게 갔는지 궁금하지만, 수업을 하도록 하자."

숙모의 빨간 입술이 약간 짓궂게 삐죽거렸다.

나는 속으로 한숨을 내쉬었다. 숙모는 무언가를 생각하는 것처럼 진지한 얼굴이 되었다. 그리고 무언가를 칠판에 썼다.

'아도 펜핌 토리멀 이게스.'

"이것도 의미를 마음대로 만들어 내는 건가요?"

"아니란다. 오늘은 꼭 그런 수업을 하는 게 아니야."

숙모의 목소리는 조용조용했다.

"그러면 이 말은 도대체 뭐죠?"

"이를테면 위기 상황에서의 자세를 밀하는 거야."

숙모는 진지하게 말했다.

숙모는 자리에서 한 바퀴를 돌고는 내 앞으로 다가왔다.

"어쩌면 그 세계로 들어가야 하는지도 모르지. 빚을 갚아야 하는지도 모르고 말이야."

숙모는 알 수 없는 말을 중얼거렸다. 나는 딱히 질문을 할 수가 없어서 가만히 있었다.

"때때로 우리가 기억하고 있는 말들은 위기 상황에 처했을 때, 나갈
수 있는 힘을 준단다. 이 말도 그렇지. '빛이 쓰는 말에 집중하라.'라는
뜻이야."

"빛이 글씨를 쓴다구요?"

나는 의아해서 결국 질문을 했다.

"그럼, 빛이 글씨를 쓰지. 가장 필요할 때에 말이지. 잘 기억하도록
해. 곧 정말 필요하게 될지도 모른단다."

숙모는 내 뺨을 한 번 툭 하고 가볍게 두드렸다. 숙모에게서 라벤더
향기가 났다. 숙모를 처음 보았을 때 맡았던 그 향기는 지금까지도 변
함없이 숙모의 향기였다.

"러스, 지도를 볼 줄 아니?"

"방위나 표기, 거리쯤은 대충 가늠할 수 있어요."

"지도를 보고 전혀 모르는 지역을 찾아다닌 적이 있니?"

"그런 적은 없는데요?"

숙모는 보통 때와는 달리 한숨을 내쉬었다. 그녀는 잠깐 기다리라고
하고는 지하실로 혼자 내려갔다. 밑에서는 우당탕하는 소리가 들리고
숙모의 신경질적인 목소리도 잠깐 들린 것 같았다. 숙모는 곧 두루마리
를 여러 장 가지고 올라왔는데, 그것들은 흡사 고대의 파피루스에 그려
진 지도와도 같았다. 숙모는 지도를 차례로 살펴보더니, 한 장을 선택
하고는 제대로 둘둘 말아서 내 허리춤에 매어주었다.

"이걸 왜?"

"곧 친구들이 올 거야."

숙모는 내 어깨를 살짝 안고 이마에 키스까지 해주었다.

"그럼 잘 부탁한다."

"숙모! 무슨 일이에요? 말씀해 주세요!"

나는 다급하게 소리쳤다.

숙모가 그런 말을 하는 데에는 반드시 이유가 있는 법이고, 게다가 이번에는 키스까지 해주었던 것이다. 무언가 분명 중대하고도 어려운 상황이 벌어질 것이 틀림없었다. 숙모가 밖으로 나간 뒤 핸디 필머레이와 에모리 빈이 두리번거리며 나타났다.

"러스, 여기에서 뭐하고 있어?"

에모리 빈이 물었다.

"그래, 러스. 우리는 수업을 들으러 왔는데, 너도 수업을 듣던 중이었어?"

핸디가 손을 툭툭 털더니 양쪽 겨드랑이에 끼며 말했다.

"어떤 교수님이 너희들을 여기에 보냈지?"

"이번에 우리 둘이 수업을 같이 듣는 멜러스터 비린 교수 말이지."

"그 교수의 담당 강의는 뭔데?"

"왜 그렇게 집요하게 물어? 〈막힌 곳에서 길 찾기〉야."

핸디가 고개를 갸웃거리며 대답해 주었다.

"이런! 어서 이 지도를 보아야 해. 우린 분명히 갇혔다구."

"뭐라구? 아니야, 곧 수업이 시작될 텐데?"

에모리 빈이 그렇게 말하자 칠판에서는 멜러스터 비린 교수의 얼굴이 가면처럼 나타났다. 언두색 칠판은 휘어지면서 그의 일굴 윤곽을 만들어 냈다.

"조심하라구. 돌아오면 점수를 후하게 주지. 길이 막히면 어떻게 하라구?"

"짐승이 되라고 하셨잖아요."

핸디 필머레이가 외쳤다.

"그래, 생각은 접고, 짐승처럼 움직이다보면 길이 나올 거야. 산에서 짐승들이 길대로 움직이든? 아니잖아?”

교수는 칠판 속에서 움직이며 능청스럽게 말했다.

“지금 저희가 어디로 가는 건가요?”

에모리 빈이 물었을 때 칠판은 다시 평평하게 바뀌고 멜러스터 비런 교수는 사라져 버렸다.

“너희들 어디를 통해 이곳으로 들어왔지?”

“동쪽 숲의 눕혀진 통나무 둥치 속으로 들어왔어.”

에모리 빈이 대답했다.

핸디 필머레이는 약간 떨고 있었다.

“나, 겁이 나.”

“괜찮아. 그런데 너희가 여기 호숫가에 도착했을 때 너희가 들어온 통로는 감쪽같이 사라지고 말았지?”

“그런 게 있었는지조차 모를 정도로 흔적이 사라졌었어.”

에모리 빈이 말했다.

“여긴 들어오는 통로는 있어도, 나가는 통로는 없어. 나가는 통로를 찾아야 한다구. 그나저나 이 지도가 필요할 거야.”

나는 지도를 펼쳐들었다. 거기에는 검은 물감으로 그린 섬의 윤곽과 한중간의 떡갈나무를 비롯해서 우리가 있는 통나무집이 표시되어 있었다. 그리고 붉은 깃발이 우리 가까이에 꽂혀 있었다.

‘다시 게임이 시작되었군.’

에모리 빈은 당황한 듯 했지만 상황을 받아들이는 눈치였다. 핸디 필머레이는 두려운 기색이 역력했다. 그리고 지도의 위에 황금색 글자가 적혔다.

“엠프라 지도……”

엠프라 지도

"엠프라 지도야. 들어본 적 있지?"

에모리 빈이 지도를 자세히 보더니 핸디와 나에게 물었다. 나는 고개를 저었지만 핸디의 얼굴은 더욱 창백해졌다.

"듀얼 러더슨에게 출제되었던 무시무시한 유로파 문제에서 나왔던 지도였어."

"뭐라구? 다시 자세히 설명해 줘."

나는 에모리 빈에게 부탁했다.

"이 지도의 붉은 깃발 지점에 있는 무언가를 찾아낸 다음 돌아오는 건데, 그때 듀얼 러더슨이 실종되었었어. 교수님들도 그를 찾아 나섰는데 실패했고 말이지. 그린데 그 엠프라 지도가 우리들 손에 있어."

유로파 문제에 출제되었던 지도라니! 이건 꽤 어려운 상황임에 틀림이 없었다. 나는 에모리 빈과 핸디 필머레이를 돌아보고 좀 더 용기를 가져야겠다고 생각했다.

"좀 전에 뭐라고 했지?"

핸디에게 물었다.

"뭐 말이야?"

"길이 막히면 짐승이 되라고 했지?"

나는 그 말을 곱씹었다.

"그게 뭐 특별한 말이라구."

핸디는 퉁퉁거렸다.

"우리가 위치하고 있는 통나무집이 여기에 있고 또 메런티 섬의 크기로 보건대, 붉은 깃발은 서쪽으로 2킬로미터쯤에 있어."

나는 나름대로 지도를 보고 말했다.

"과연 거기에 제대로 있을까?"

에모리 빈이 질문을 달았다.

"어쨌든 그 문제는 깃발의 지점에 도착해서 생각하는 게 좋을 거야. 우리로서는 어떤 단서도 없으니까. 단서를 수집하면서 가야하지 않겠어?"

내가 말했다.

"그렇게 하도록 하지. 하지만 조심해야 해."

에모리 빈이 말했다.

우리는 모두 고개를 끄덕이고는 통나무집을 나섰다.

"그런데 여기가 정말 메런티 섬의 한 구역일까?"

핸디가 입술을 떨며 말했다.

"지금으로서는 그렇게 믿어야 해. 그렇지 않으면 헷갈려서 시작도 하지 못할 테니까."

핸디에게 그렇게 말한 순간 나는 이들을 잘 이끌고 무사히 돌아가야 한다는 책임감마저 들었다. 우리는 호숫가를 지나서 조그만 산으로 접어들었다. 그곳은 무척 험했고, 계곡 옆으로 난 길은 전혀 없었다. 핸디는 운동화 끈을 다시 매더니, 물이 흐르는 계곡으로 마구 올랐다. 좀 전의 두려운 기색일랑은 접어버린 듯 했다. 나도 핸디를 따라 올랐고,

어느 정도 산의 정상에 가까웠을 때, 덤불 사이로 통로가 나 있었다. 우리는 그쪽으로 내려갔다. 메런티 섬에 산이 있을 줄은 몰랐다. 가장 높은 곳도 언덕이었고, 그곳에는 섬의 상징인 떡갈나무가 있을 뿐이었다. 이곳은 분명, 숨겨진 비밀스런 장소임에 틀림이 없었다.

산을 내려가자 넓은 길이 나타났다. 길 너머에서 사람들이 걸어오고 있었다.

"돌아서서 가자. 저들과 마주치면 안 돼."

우리는 길의 반대편으로 걷기 시작했고, 다시 조그만 산을 올랐다. 산의 정상에 다다랐을 때, 맞은편의 광경이 눈에 들어왔다. 그저 무성한 밀림이었다. 나는 산 능선을 따라가서 서쪽으로 가자고 제안했다.

우리가 능선에서 내려왔을 때는 이미 주위는 어두컴컴했다.

"아까 사람들을 보고 왜 그랬어?"

핸디가 물었다.

"얼굴에 윤곽이 없었어."

내가 대답했다.

"뭐라구?"

핸디는 몸을 다시 오싹 떨었다.

"여기는 굉장히 무서운 곳임에 틀림이 없어."

에모리 빈이 확실한 듯 고개를 끄덕였다.

"아마도, 그럴 거야."

나는 오히려 담담했다.

"여긴, 특수한 지점임에는 틀림이 없어. 아마 듀얼 러더슨이 혼자 왔기 때문에 실종된 건지도 몰라. 우리는 셋이잖아? 힘을 내자구."

에모리 빈이 내 어깨를 툭 하고 쳤고, 핸디 필머레이는 우리 둘을 가볍게 안았다.

“어두워졌어.”

나는 주변을 두리번거렸다.

“피곤하지만 무서워서 잠이 들 수가 없을 것 같아.”

핸디는 그렇게 말했지만 제법 축축한 낙엽을 모아 와서 그 위에 앉아 졸았다. 에모리 빈은 대충 주변에서 나뭇가지를 주웠지만 우리는 라이터도 없어서 불을 붙이지 못했다.

“몽둥이라도 하나 만드는 게 어떨까? 그런데 주머니칼 따위의 연장도 없이 이런 곳에 버려졌다니, 정말 너무하군.”

에모리 빈이 중얼거렸다.

“몽둥이는 필요할지도 몰라. 넌 여기에서 핸디와 함께 있어. 내가 근처에서 몽둥이로 쓰일만한 나무를 구해볼 테니까.”

나는 겁도 없이 어두운 숲 속으로 걸어 들어갔다. 고요하고 으스스한 숲 속에서 나의 발걸음만이 유일한 소리 같았다. 그리고 제법 몽둥이 모양이 나는 나무를 찾을 수 있었다. 나는 그걸 들고 돌아왔다.

에모리 빈과 핸디는 멀찌감치 떨어져서 잠이 든 것 같았다. 나도 그들 사이에 자리를 잡은 다음 몽둥이를 꼭 안고 잠들었다. 아침에 눈을 뜨니 핸디와 에모리 빈은 내 옆에 꼭 붙어 잠들어 있었다. 그들을 두고 숲 속으로 먹을 것을 구하러 들어갔다. 일어나니 무척 배가 고팠던 것이다. 다행히 근처의 숲에서 야생 바나나를 구할 수 있었다. 조그만 바나나 뭉치를 들고 돌아와서 에모리 빈과 핸디 필머레이를 깨웠다. 핸디는 추운지 몸을 한 번 떨더니 눈을 떴다.

“배고파.”

“이걸 좀 먹도록 해.”

나는 바나나를 뚝 따서 그녀에게 내밀었다.

그다지 맛있는 건 아니었지만 나무를 잘라서 씹어 먹을 정도로 배가 고팠기에 그런 건 문제가 되지 않았다. 에모리 빈이 일어나서 엉덩이를 털털 털었다.

"이제 가자."

우리는 그날 하루 종일 서쪽으로 향했지만, 붉은 깃발의 지점을 찾을 수가 없었다. 저녁이 되자, 핸디는 눈물을 펑펑 흘렸고, 에모리 빈은 그녀를 다독였다. 그리고 비가 내렸다. 엄청난 양의 소나기가 쏟아져서 옷이 다 젖어 버렸고, 비가 그쳤을 때, 우리는 우리의 의지마저 씻겨 내려간 걸 알았다.

"불을 피우지 않으면 죽을지도 몰라."

에모리 빈이 내게 말했다.

에모리 빈은 핸디를 내 곁에 두고 숲으로 들어가, 젖었지만 낙엽과 나뭇가지를 모아왔다. 나는 몽둥이를 반으로 쪼개고 자리에 주저앉아 그걸 비비고 또 비볐다. 가까스로 불이 피워진 것은 하늘에 반달이 떠올랐을 때였다. 남자인 에모리와 나는 웃옷을 벗어들고는 불 곁에서 말렸고, 교대로 숲으로 들어가서 나무를 해가지고 왔다.

옷이 대충 마르자 핸디에게 축축한 겉옷을 벗게 하고, 대신 마른 옷을 입게 했다. 우리는 어색함도 없이 서로를 껴안고 잠들었다. 다음날 에모리 빈이 먼저 일어나서는 무슨 소리가 난다고 했다. 정말 무언가 뿌득뿌득 히는 소리가 들려왔다. 에모리는 모닥불이 피워졌던 숯덩이를 헤집었고, 그래도 다시 소리가 들려오자, 그는 나를 쳐다보았다.

"지도에서 소리가 나."

에모리 빈이 말했다.

나는 허리춤에 매고 있던 엠프라 지도를 꺼내어 풀어보았다. 핸디와 에모리도 가까이 다가왔다. 지도는 붉은 깃발이 있는 지점이 점차 꺼멓게 변하더니 섬전체가 검게 변했다. 이윽고 검은 섬은 하나의 깊은 소용돌이가 되어 회전했다. 나는 지도를 떨어뜨렸다. 지도는 우리가 서 있는 바닥을 검게 물들이고, 점차 우리 주위를 완전히 어두운 곳으로 만들어 버렸다. 그리고서 나는 소용돌이 속으로 빨려 들어가기 시작했다.

정신을 차렸을 때는 에모리와 핸디도 보이지 않았다. 어디쯤인지 가늠할 수조차 없었다. 저녁 무렵인 것 같은 그곳에서 나는 핸디와 에모리를 불렀지만, 아무도 대답하지 않았다. 그리고 문득 올려다본 나뭇가지에 엠프라 지도가 걸려있었다. 나는 지도를 끌어내려 펼쳐 보았다.

"끝나지 않는 세계로."

'뭐라구?' 엠프라 지도는 곧 내 손을 떠나 훨훨 날아갔다.

끝나지 않는 세계

조금 걸었다. 멀리 보이는 광경은 때때로 물감을 짓이기듯 이지러졌다가 다시 원래대로 돌아오곤 했다. 걸어온 쪽을 돌아보면, 그곳은 또 다른 곳으로 바뀌어 있었다. 어디가 어디인지 확실히 알 수가 없었다. 하지만 계속 한 자리에 머물러 있을 수만은 없어서, 다시 어딘가로 걸어갔다.

아주 오랫동안 걸었고 어느 숲으로 들어섰다. 숲에서는 나무덩굴이 멋대로 자라났다가 쭈그러들곤 했다. 나무 사이로 간간이 비치는 엷은 햇살은 커다란 나무에 무언가를 그리려는 듯 했는데, 잠시 후, 어떤 문자가 커다란 잎사귀 위에 나타났다. 그건 바로 그리스어의 '오메가 마크'였디. 나는 맨 끝의 문지인 그것의 상징성을 잠시 생각해 보았지만, 두려움이 밀려올 뿐이었다.

숲을 다 빠져나오자 그곳은 어느새 눈으로 덮이고 말았다. 정신을 바짝 차리고 본능이 시키는 대로 동물처럼 움직여야겠다고 생각하고는, 다시 어딘가로 걸어갔다. 그러하여도 내가 어디에 있는 건지는 도무지 알 수가 없었다. 이곳의 장소들은 내가 지나간 뒤, 모두 전혀 다른 장소로 바뀌어 버렸으며, 여기에서 나의 방향 감각이란 도무지 쓸모가 없었다. 방금 전에 지나온 바닥은 낙엽으로 쌓여 있었지만, 돌아보자 그곳에는 딱딱한 화강암의 암괴들이 무질서하게 놓여있을 뿐이었다. 길은 계속 이어졌지만, 결코 나갈 길을 찾을 수 없는 것처럼, 그 장소들에서는 어떤 분명한 표식도 찾을 수 없었다.

어지러움이 밀려왔고, 식은땀이 났다. 어느 나무 아래에서 쉬려고 앉았다가 또다시 놀라운 것을 발견했다. 그 나무의 열매 색깔은 볼 때마다 바뀌었고, 분명히 상수리 나무였지만, 다시 보니 사과까지 달려 있었다. 배가 고팠던 참이라 사과를 땄다. 그런데 그걸 먹으려는 순간, 그건 깨끗한 흰 빵 덩어리로 바뀌어 있었다. 차라리 잘되었다고 생각하고는 그걸 먹어치웠다. 다시 어딘가로 가기 위해 일어섰을 때, 나무 뒤에서 누가 내 어깨를 꽉 쥐었다.

"누구세요?"

나는 놀랐지만 돌아섰다.

"누가 허락도 없이 '모든 것의 나무' 열매를 먹으라고 했지?"

"저, 저는 그저 모르고, 먹었습니다."

"변명을 하는 군."

그는 모습을 드러냈다.

그는 얼핏 어빙 하트 모임 후에 보았던 그 병사와도 같았다. 낡고 곰팡이 냄새가 나는 군복이 그랬다. 그가 웃었을 때 누런 이에서 악취까지 풍겨 나왔다.

"뭐, 상관없어. '모든 것의 나무'에는 항상 모든 먹을거리가 열리니까. 사과 한 알쯤이야. 봐주지. 그래, 넌 누구야? 꼬락서니를 보니 평범한 학생이로군. 또 오크 힐의 학생인가?"

"저는 길을 잃었습니다."

"우리도 길을 잃었어. 그건 우리와 처지가 같군."

그의 뒤에서 몇 명의 다른 병사들도 나타났다. 그들은 나를 삼킬 듯 모여들더니, 내가 두려워하는 모습을 보고, 실실 웃고는 뒤로 물러났다.

"어린애를 괴롭히는 건 취미에 없어."

처음에 나타난 병사가 말했다.

"하지만 이건 우리가 먼저 발견했으니까, 넌 사과를 먹은 대가를 치러야 해. 그렇지 않으면 알지?"

그의 뒤에 서 있던 병사가 기분 나쁘게 웃으면서 주머니칼을 꺼내 딱딱거렸다. 나는 대충 상황을 파악했고, 그들을 설득할 생각은 전혀 하지 않았다.

"제가 뭘 하면 됩니까?"

"이 세계의 어딘가에 있는 매러멀 러더슨 대령을 찾아서 우리에게 데려다 줘."

"매러멀 러더슨 대령이요? 그럼 혹시 듀얼 러더슨도 여기에 있나요?"

"듀얼 러더슨이라……. 우린 오래 전에 죽었고, 이렇게 여기를 맴돌고 있을 뿐이니까."

"듀얼 러더슨에 대해서는 전혀 모르시는가요?"

"알고 있는 게 있기는 있어. 듀얼 러더슨인가 그리고 에드윈 파머사이드라는 오크 힐의 학생이 여기에 오긴 했었어. 참, 여자애도 있었지. 퍼린 포아라라고."

"그들에 대해 좀 더 말씀해 주세요."

"우리가 지켜보았는데, 듀얼 러더슨과 에드윈 파머사이드가 싸우는 것 같더니, 듀얼 러더슨은 감쪽같이 사라져 버렸어. 그리고 에드윈 파머사이드는 아주 늙은 노인네가 되어버렸지."

'제인 파머사이드에게 오빠가 있었나?'

"하여튼 여긴 에드윈 파머사이드와 퍼린 포아라 때문에 세계의 끝이 막혀 버렸어."

그 병사가 말했다.

"그럼 엠프라 지도는 이 세계로 들어오는 열쇠인가요?"

"그걸로 들어왔군. 그렇다면 네가 이 사명을 수행하는데 적격자야. 우린 러더슨 대령님을 찾은 후, 이 세계를 완전히 떠날 거야. 물론, 네가 할 일이 하나 더 있어. 대령님과 우리를 위해, 이 세계의 끝을 돌려놔야 해. 바로 에드윈 파머사이드와 퍼린 포아라에게서 그걸 빼앗아 세계의 끝을 다시 열어야 한다구."

"그것이라뇨?"

"우리도 그걸 모른다구. 하여간 무언가가 있음에는 틀림이 없어."

그들은 기분이 좋지 않은 듯 했다.

"저, 죄송하지만, 에드윈 파머사이드는 어떤 사람인가요?"

"만죠, 그 애의 표정을 보니 어땠어?"

그 병사가 뒤에 있는 병사에게 물었다.

만죠라고 불린 병사는 무언가를 비웃는 것처럼 이상한 표정을 지었는데, 그가 웃을 때마다 까만 앞니가 덜거덕거리며 뽑힐 듯 했다.

"듀얼 러더슨을 심하게 질투했었지."

만죠라는 병사는 실실 웃으며 말했다.

"이제 제가 어떻게 하면 되나요?"

나는 잠시 후 고개를 들었다.

"말했잖아. 우리가 한 얘기는 헛소리로 들었어?"

그들은 이미 저만치 멀리 가고 있었다. 그들은 손을 흔들었으며, "부탁해."라고 말하고는 물 묻은 물감처럼 흐려져 버렸다. 그들은 어디로 가 버렸는가.

갑자기 내가 서 있는 '모든 것의 나무'도 지워지기 시작했다. 나무의 꼭대기에서부터 누가 수채화를 그리려는지 나뭇잎이며, 사과며, 다른 열매들이 흐려지기 시작한 것이다. 나는 어서 그곳을 벗어나려고 움직였지만, 공중에서 무언가에 붙잡힌 것인지 그만 나무에 몸이 붙어서 움직이지 않았다. 숨을 쉬기가 어려워졌는데, 그 뒤로는 아무 것도 기억나지 않았다.

"이거 봐. 또다시 그림 한 장이 그려졌어."

조그마한 여자 아이는 그림을 들고 벽난로 옆에서 펄쩍 뛰었다.

"그만해, 퍼린! 시끄러워."

여자 아이의 곁에서 검은 반점이 물고기의 비늘처럼 뒤덮인 얼굴의 노인이 지팡이를 들고 아이의 머리를 세게 때렸다. 그러자 여자 아이는 씩씩 거리더니, 노인의 얼굴에 침을 뱉었다. 노인이 다시 아이의 머리를 세게 치고, 여자 아이는 울면서 다시 침을 뱉었다.

잠시 그들은 서로를 노려보더니 여자 아이의 목소리가 갑자기 이상하게 변했다.

"이제 내놓으란 말이야. 언제까지 날 어린애로 가두어 둘 셈이지?"

분명 성인 여자의 목소리였다.

"덕분에 나의 꼴도 이렇게 변했다. 그 물건으로도 우리의 시간을 돌릴 수 없다는 걸 잘 알 텐데? 너는 다섯 살 여자 아이의 몸으로, 나는 팔십 노인의 모습으로 살다가 죽을 뿐이라는 설 말이시."

"그럼, 깨버리자. 그러면 우리가 원래대로 돌아올 지도 몰라."

여자 아이는 노인에게 졸라댔다.

"미친 것. 그걸 깨버리면, 우리가 속해 있는 세계도 없어져. 그러면 우리가 어떻게 되는지 알면서도 그런 생각을 해?"

노인은 다시 지팡이를 높이 쳐들고는 여자 아이를 후려쳤다. 여자 아이는 울면서 밖으로 나가 버렸다. 노인은 아이가 놓고 간 그림을 보고서는 멈칫했다.

"낯선 사람이 왔어."

그는 그림을 소파 위에 팽개쳐 놓고 절뚝거리며 지팡이를 짚고 밖으로 나갔다.

"퍼린, 어디 있어? 퍼린!"

정신을 차렸을 때에는 나뭇가지가 나를 감싸 안고 있었다. 나무는 힘들게 숨을 쉬는 것 같더니 나에게 말을 걸었다.

"조심해. 퍼린의 그물에 걸려들었어."

"그게 무슨 말인가요?"

나무는 견디기 힘든 것 같았다.

"퍼린은 에드윈 파머사이드의 여자친구야. 수시로 이 세계를 보고 있으면서 자기가 마음에 드는 풍경이 있으면, 네모난 틀을 그리고 거기에 제멋대로 물감 칠을 해서, 그걸 그림으로 만들어 차지하고 말아. 아주 악랄한 여자야. 그런데 우리가 걸려든 거야. 내가 널 안고 있지 않으면, 넌 물질을 녹이는 저 독한 물감 때문에 죽게 될지도 몰라. 영원히 어떤 그림 속의 인물이 되는 거지."

"지금 절 보호하기 위해 녹고 있는 건가요?"

나는 놀랐지만 침을 삼키며 물었다.

"난 제법 강하다구. 그러나 언제까지나 이러고 있을 수는 없어. 지금 탈출하도록 해. 내가 물감을 걷어 줄 테니. 시간이 없어. 그리고 누가 뒤에서 외쳐도 돌아보지 말고 도망가도록 해. 그들의 방을 나서면, 철조망이 있을 테지만, 쉽게 넘을 수 있을 거야. 철조망을 통과하면 별 문제가 없으니까 제대로 난 길을 찾아서 '난장이 필립'을 찾도록 해. 그건 나무들이 도와줄 거야."

나무는 힘겹게 자신의 나뭇가지로 내 앞을 덮고 있던 두꺼운 물감 층을 밀어내기 시작했다. 마침내 어떤 벽난로가 보였을 때 나는 재빨리 그림 밖으로 나갔다. 나무는 그 순간 물감 층에 덮여서 그림이 되고 말았다. 나는 창문을 통해 탈출한 다음, 여자 아이와 노인이 동시에 내지르는 괴성을 들었지만 상관하지 않고 뛰어서 철조망까지 도착했다. 그리고 그 사이로 가뿐히 몸을 빼내고는 달려서 그들의 구역을 벗어났다.

구불구불한 길이 끝나고 제법 큰 길이 나타났다. 주위는 어둑어둑했다. 지나치는 사람은 아무도 없었다. 우선 노인과 여자 아이로부터 멀리 벗어나야 한다는 생각에 걷기 시작했다. 길은 계속 이어지는 것 같았지만, 어떤 끝이 있는 것 같지 않았다. 그저 길이 이어질 뿐이었다. 어디에 도착한다는 보장도 없었고, 길로 가다가는 잡힐지도 모른다는 생각이 들었다.

덤불이 우거진 들판을 보고 그리로 들어갔다. 억새가 머리 높이까지 자랐고, 발밑에는 무엇이 있는지 알 수 없었다. 그리고 벗나무를 발견했다. 거기에서 발걸음을 멈추고 그 밑에 걸터앉았다. 이쯤이면 그들이 나를 찾지 못할 것 같았다. 눈을 감고 몸을 웅크렸다.

어딘가에서 구역질 하는 소리가 들려와서 잠자코 일어나 주위를 살폈다. 어둠 때문에 몰랐지만 자세히 보니 조그마한 움막집이 눈에 들어왔다. 내가 일어서자, 누군가가 내 팔을 살짝 쥐었다. 약간 딱딱한 느낌의 누군가는 바로 벗나무었다.

"거긴 가지마."

그의 말이 바람처럼 귓가에 윙윙거렸다.

나는 벗나무를 쳐다보았다.

"뭐라고요?"

"거긴 가서는 안 돼."

나는 더는 묻지 않고 고개를 끄덕였다.

"여기에서 북쪽으로 가면 꽃이 활짝 피어있는 벚나무가 있어. 지금 다른 벚나무들은 나처럼 꽃도 없고 볼품이 없지만, 그 나무는 다르거든. 거기에 이르면 붉은 고깔 지붕에 사는 필립을 만나게 될 거야. 필립은 이곳의 일이라면 무엇이든 알고 있고, 너에게 도움이 될 거야."

벚나무는 내 팔을 풀었다.

나는 누군가가 구역질을 하고 있는 움막집을 지나쳤다. 그리고 길이 있든 없든 북쪽으로만 걸어가기 시작했다. 이미 밤이었지만, 상관하지 않았다. 몸이 피곤하고 배가 고플 법한데도 그런 것은 아예 관심 밖의 일이었다. 생존 자체의 위기에 처해서인지, 오히려 정신이 또렷하고 맑아졌다.

조그만 언덕을 하나 넘고, 강을 따라갔으며, 산은 험해서 돌아서 갔다. 아침이 오려는 듯 거기도 조금씩 밝아졌다. 해가 뜨는 걸 볼 수는 없었지만, 주변이 밝아지기는 했다. 밤을 지새워서 걸었지만 무섭다거나 두려운 마음은 전혀 없었다.

붉은 평원이 눈앞에 펼쳐졌다. 그리고 평원의 한가운데에 분명 벚나무가 있었다. 벚나무 특유의 하얀 꽃이 나무를 뒤덮고 있었다. 벚나무에 이르자 마음이 놓이면서 잠이 쏟아졌다. 몸을 움직이기가 힘들었고, 그대로 나무 밑에서 잠들었다.

나를 깨운 건 바람이었다. 바람이 불어와서 나를 휘감고는 내 옆구리 사이로 빠져나가 다른 곳으로 갔다.

"일어나. 여기까지는 왜 왔지?"

벚나무로부터 들려오는 목소리였다.

"난장이 필립을 찾으러 왔습니다."

나는 잠자코 이곳까지 온 용건을 말했다.

"그건 누가 말해 주었지?"

“‘모든 것의 나무’가 말해 주었습니다.”

“그렇다면 내가 그를 불러올게. 여기에서 잠시 기다려.”

나무는 자신의 꽃을 바람에 날려 보냈다. 자세히 들으니 꽃들은 굉장히 작은 소리로 무언가를 재잘재잘 말하고 있었는데, 주변은 다시 조용해졌다.

얼마 후, 누군가가 땅바닥에 붙어서 걸어오는 걸 보았다. 나는 그가 난장이 필립이려니 하고 생각했다. 그는 한쪽 눈에 해적 안대를 하고 있었는데, 낡은 붉은 모자에 가죽으로 된 조끼와 바지를 입고 있었다. 그는 내 주위를 한 바퀴를 빙 돌면서 코를 킁킁대기도 했다.

“착하게 보이는 군.”

나는 얼른 고개를 끄덕였다.

“하지만 속거나 계략에 빠져서는 안 돼.”

그는 딱 잘라 말했다.

“무슨 말씀이죠?”

“너의 몸에 묻어있는 계략의 냄새 때문에 그래. 더러운 구역질 냄새가 나는군.”

나는 그 말을 듣고서는 벚나무 근처에 있던 움막집에 대해서 대충 말해 주었다.

“에드윈 파미사이드가 널 유인하려고 했던 기야.”

“하필이면 왜 구역질을 해서 그랬나요?”

“그걸 무시하고 도망치지 못했더라면, 넌 그대로 퍼린의 물감 칠을 당할 뻔했지. 그건 그렇고 우리 집으로 가자구. 이 세계에 대해서 말이지, 네가 알아야 할 것이 있어. 아마도 듀얼 러더슨을 구하려고 온 거라면 말이지.”

나는 더 묻고 싶었으나, 잠자코 그의 뒤를 따라갔다. 그는 붉은 지붕

집으로 들어가더니 벽난로에 불을 피웠다. 난장이는 한쪽에 잔뜩 쌓여 있는 풋사과더미에서 사과를 하나 집어 들고는 나에게 던졌다. 자신도 사과 하나를 집어 들더니 수건으로 윤이 나게 닦았다.

"여학생 하나와 남학생 하나에 대해서는 궁금하지 않나?"

그가 사과를 한 입 베어 물고는 웅얼거리면서 말했다.

"핸디 필머레이와 에모리 빈을 말씀하시는 건가요?"

"이름은 잘 몰라. 주근깨 여자애에 녹색 바지를 입은 남자애를 말하는 거면? 하여간 그들이 맞는 것 같군. 지금 '오라스의 창고'에 갇혀 있어."

그는 자세한 건 말해주지 않고 사과를 맛있게 다 먹었다. 나는 피터 힐멘의 책 중에서 '오라스의 무시무시한 창고'라는 책을 기억해 냈다.

"그곳은 필경 아주 위험한 곳이겠지요?"

그는 모자를 벗고 반질반질한 머리를 몇 번 쓸어내렸다.

"우리는 그를 '파머 오라스'라고 부르지. 농사짓는 놈인데, 곡괭이와 도끼와 톱이 그의 창고 속에 가득해. 겉으로 보기엔 평범한 농부이지만, 그는 아주 잔인한 놈이라구. 직접 본 적은 없지만 동물들을 잡아다 피를 빼서 그걸 술에 타 먹는다고 하더군. 게다가 늘 술을 마시고 일을 하고 때로는 밭에 자빠져 곯아떨어진다고도 해. 머리카락은 온통 헝클어져 있는데다가, 바지 지퍼를 항상 열고 다니지. 더 중요한 사실은, 오라스의 창고에 가둬지면 어떻게 될지 모른다는 데 있어."

"그런 사람에게 친구들이 있다니. 당장 구할 방법이 없을까요?"

"'멧돼지 아둘'이라고 있어. 내 친구인데, 부탁하면 파머 오라스를 유인할 수 있을 거야."

"그럼 오라스가 멧돼지를 잡으러 간 사이, 우리가 그들을 구하면 되겠군요?"

"그런데 그것도 쉽지는 않아."

"창고에 무언가 특수한 장치를 해두었나요?"

"그건 아닌데, 그 작자가 굉장히 냄새를 잘 맡거든? 우리가 하는 대로 순순히 당해 줄지가 의문이야. 특히 넌 어린애니까 비릿한 냄새가 확 난다구."

그가 나를 어린애 취급하는 것은 아무래도 상관이 없었다.

"그는 어디에 살고 있죠?"

그는 내 말에 대답하지는 않고 잠자코 뭔가를 생각하는 듯 했다.

"네가 할 일이 따로 있어. 너의 친구들을 구하는 건 나와 아둘이 직접 하도록 하지."

나는 그의 입에서 말이 떨어지기를 기다렸다.

"오라스의 창고까지 아둘을 타고 가면 돼. 그런데 너는 거기까지 가는 게 아니고, 가는 길에 내리면 대나무 숲이 있다구. 거기에서 대나무를 흔들어. 그러면 어떻게 되는지 알겠지?"

"혹시 제가 오라스의 사냥감으로 유인되는 건가요?"

"그렇지."

그는 활짝 웃었다.

"아주 잘 알아듣는구먼."

나는 참을 수가 없어서 한숨을 내쉬었지만, 어쨌든 대나무 숲에서 이리저리 숨으면 되겠다는 생각을 했다.

"준비는 됐나? 시간이 별로 없어서 바로 아둘을 불러오도록 하지."

나는 고개를 끄덕였다. 난장이가 나가고 그의 조그만 침대로 가서 몸을 웅크렸다. 잠시 후, 뭔가가 쿵쿵 거리는 소리가 나서 밖으로 나갔다. 족히 불곰과 견줄만한 덩치의 멧돼지가 콧김을 내뿜으며 마당에 떡 하니 서 있었다.

"네가 바로 그들의 친구라구?"

멧돼지가 물었다.

"네."

나는 쭈뼛쭈뼛 서 있다가 대답했다.

"좋아. 오래 걸리지는 않을 테니까, 잘 버티고 있어 주겠어?"

"최선을 다하겠습니다."

"이제 타도록 하라구."

나는 필립의 뒤에 겨우 자리를 잡았다. 무슨 야생말을 길들이는 것처럼 나는 긴장했지만 의외로 멧돼지는 부드럽게 뛰어갔다. 어쨌든 멧돼지의 털을 쥔 손에서 땀이 흥건하게 배어나왔다.

멧돼지는 나를 어딘가에 내려놓고는 갑자기 속도를 내서 달려가 버렸다. 그러고 보니 연기가 피어오르는 오두막과 조그만 창고가 내려다보였다. 그리고 내 옆에는 어이가 없게도 채 열 그루도 되지 않는 대나무만이 오밀조밀하게 모여 있을 뿐이었다. 숨을 곳이 전혀 없었던 것이다. 그럼에도 나는 멧돼지와 필립이 오두막에 도착한 걸 확인하고, 힘껏 대나무를 흔들어 댔다. 그러자 대나무에서는 쏴쏴 하는 소리가 제법 크게 났다. 나는 계속 대나무를 흔들어 댔다.

곧 오두막의 문이 열리고 정말 헐렁한 바지를 대충 걸친 헝클어진 머리의 사내가 나와서는 문 앞의 도끼를 집어 들었다. 그는 나에게 조준하려는 듯 도끼를 뻗더니 성큼성큼 걸어 나왔다. 그가 집밖으로 나오자 멧돼지 아둘과 필립이 그의 집으로 들어갔다.

그의 씩씩거리는 소리가 가까이에서 들려왔고, 나는 슬슬 뒷걸음질을 치고는 있는 힘껏 달렸다. 바람을 가르는 소리가 나더니 내 옆의 오동나무에 그의 도끼가 꽂혔다. 나는 얼어버릴 것 같았지만 다시 달려갔다. 짐승처럼 지금은 본능만이 나를 지켜줄 터였다. 비명소리가 들려왔다. 나는 뒤를 돌아보았다.

오라스는 희미해지더니 곧 물감으로 덕지덕지 칠해져 그가 있던 자리만이 사각형의 그림틀로 남고 말았다. 아무래도 퍼린이 그를 그림으로 만들어 버린 듯싶었다. 나도 얼른 그곳을 벗어나야 했다. 나는 길을 더듬어 필립의 집까지 찾아갔다.

문을 열었을 때, 핸디 필머레이와 에모리 빈이 나와서 나를 껴안았다. 그들에게서 냄새가 고약하게 났는데, 그건 그들이 입은 누더기 옷 때문이었다.

"몸은 괜찮은 거야? 옷은 어떻게 된 거지?"

내가 물었다.

"우리의 옷을 가져가 버리고 이렇게 낡은 자신의 옷으로 갈아입게 했어. 밥을 주지 않은 것만 제외하면 나쁜 짓은 하지 않았어."

핸디가 눈물을 글썽이며 말했다.

"휴, 알고 있어요?"

나는 필립을 돌아보며 말했다.

"오라스가 그림이 되어 버린 것 말이지?"

나는 고개를 끄덕였다.

"퍼린이 이럴 때 도움도 되는 군."

필립이 중얼거렸다.

"그나저나 식사를 좀 해야 할 것 같아. 참 자네 이름이 뭐였지?"

"러스 퍼거라고 합니다."

"뭐?"

그는 안경을 끼고 와서는 나를 이리저리 뜯어보았다.

"왜 그러시죠?"

"그레고릭 퍼거의 아들인가?"

"아닙니다. 그 분은 저의 삼촌이십니다."

"이 세계를 혼란에 빠지게 한 주범이지. 유로파 문제를 경쟁시키지만 않았어도 이런 일은 일어나지 않았을 거야. 그 망할 놈의 밀리얼 페페 때문에 일어난 일이니까. 그 놈이 어디에 있는지 안다면 모가지를 비틀어 와서 문제를 해결하라고 해야겠어."

나는 상당히 놀랐지만 아무 말도 하지 못했다. 난장이 필립은 곧 노여움을 가라앉히고, 밖으로 나가더니 빵 한 바구니와 우유병을 들고 나타났다.

우리는 그걸 다 먹어 치웠고, 핸디가 옷에서 나는 썩은 냄새에 괴로워하자 난장이는 저녁 내내 바느질을 해서 핸디에게 커다란 통 원피스를 만들어 주었다. 에모리를 위해서는 셔츠와 바지도 만들어 주었지만 영 엉성했다.

"이제 너희들이 할 일이 있어."

잠들기 전에 필립이 진지하게 말했다.

"그것이 무엇이죠?"

"알고 있을 텐데? 그건 바로 이 세계의 끝을 찾는 거야."

"그건, 도무지 모르겠어요."

내가 말했다.

"이 녀석아. 모르겠다고만 말하지 말고 방법을 찾아내. 그렇지만 난 이미 방법을 알고 있어."

우리는 그에게 집중했다.

"너희들이 어디까지 알고 있는지는 모르겠지만, 비틀어진 관계를 대충 회복시키고, 퍼린 포아라가 그림으로 가두어 버린 세계의 끝을 찾아내 그 자리에 다시 가져다 놓아야 해."

"그러면 어떻게 되는 건가요?"

“물론 이 세계는 처음처럼 잘 흘러가는 것이지. 나머지는 외부에서 들어온 자들을 모두 내보내는 거야. 너도 마찬가지로 내보내야 하고.”

“그럼 에드윈 파머사이드와 퍼린 포아라를 찾아가야 하는 군요.”

“그런 당연한 말을 왜 하지?”

난장이 필립은 나를 이상하게 쳐다보았다.

“그저 해야 할 일을 정리한 것뿐입니다.”

나는 더듬더듬 변명을 했다.

“하지만 저희는 듀얼 러더슨과 러더슨 대령님도 구해야 합니다.”

내가 덧붙였다.

“어떻게 보면 문제가 다 연결되어 있으니, 해결하려고 마음을 먹으면 제대로 해야겠지.”

난장이 필립이 말했다.

“문제가 도대체 어떻게 연결되는 건가요?”

핸디 필머레이가 물었다.

“지금은 피곤해. 내일 이야기해 주지.”

난장이는 문고리를 잠그고는 자신의 침대에 올라가 벌렁 드러누워 버렸다. 잠시 후, 그는 어느새 잠들었는지 코를 골아댔다. 내가 핸디에게 조그만 소리로 말을 걸자, 난장이가 시끄럽다고 고함을 질러대서 우리는 바닥에 누워 자는 수밖에 없었다.

다음날이 되었다. 아침 일찍 난장이는 모자를 쓰고는 어딘가로 가버렸다. 핸디 필머레이가 나와 에모리 빈을 불러다 앉혔다.

“이상하다 했어.”

그녀는 입술을 굳게 다물고는 고개를 끄덕였다.

“뭐가?”

내가 물었다.

“제인 파머사이드 말이야. 형제가 있냐는 말에 아주 극구 부인을 했
거든. 그런데 오빠가 그런 나쁜 작자라면 왜 오크 힐에 입학했을까?”

“아무래도 오빠를 구하기 위해서겠지.”

에모리 빈이 대충 말했다.

“그렇다면 제인 파머사이드도 여기 어딘가에 있겠군.”

핸디가 말했다.

“그나저나 러더슨 대령님과 듀얼 러더슨을 어떻게 구하지? 우린 그들
이 있는 곳이 어딘지도 모르는데 말이야.”

내가 말했다.

“난장이가 모든 문제가 연결되어있다고 했으니, 하나를 풀면 실마리
가 나타날 거야.”

핸디 필머레이는 눈을 감으며 하품을 했다.

“난 좀 더 자야겠어. 너무 추워.”

핸디는 난장이의 침대에 기어 올라가 눕고는 이불을 덮고 잠들었다.

“갑자기 고함소리가 나더니 우리는 밧줄에 묶여서 질질 끌려갔지. 그
자의 집으로 말이야. 술을 엄청 마시더군. 끔찍했어. 가죽이 천장에 매
달려 있고, 연장은 또 왜 그렇게 많은 거야. 도끼만 해도 수십 가지는
족히 되더라구. 그런데 말이지. 그 자가 우리에게 자꾸 똑같은 말을 반
복했어.”

에모리는 그렇게 말하고 나서 잠시 가만히 있었다.

“그게 뭐였지?”

“자기 때문에 모든 것이 엉망이 된 거라고 하더군. 자꾸 그 말만을
반복해서 말했어.”

에모리 빈은 고개를 갸웃거렸다.

“그래?”

그 말의 의미도 곧 알게 될 거라는 생각이 들었다. 문제는 여러 개였지만 원의 중심을 향하여 한 점으로 모여들고 있었다. 아마 중심에 이르러서 그 문제들은 격렬히 반응하여 하나의 해결점을 찾든지 아니면 흩어져 버려서 다시는 해결되지 못할지도 몰랐다. 한 번에 제대로 해내지 못한다면, 다시 문제를 풀 기회는 주어지지 않을 것만 같았다.

에모리도 바닥에 누워서 눈을 깜빡거리다가 잠이 들었다. 나는 침대 밑에 깔려있는 이불을 꺼내 밖으로 가지고나가 대충 먼지를 털고는 에모리에게 덮어주었다. 나도 바닥에 누워서 눈을 감았지만 잠이 오지는 않았다. 그저 지금까지 일어난 일을 정리했다. 머릿속으로 이리 저리 모든 단서를 연결해 보려고 애쓰다가 누군가의 발걸음 소리가 귓가에 울려오는 걸 느꼈다.

그것은 분명 묵직한 걸음이었고, 난장이의 가벼운 발걸음이 아니었다. 나는 재빨리 일어서서 문 옆으로 숨었다. 문틈으로 보이는 사람은 렘지였다. 제인 파머사이드의 위더스로 일하는 렘지였다. 그가 문고리를 잡았을 때 나는 침을 꿀꺽 삼켰다. 그때 난장이 필립이 쫓아오며 렘지를 위협했다. 렘지는 이렇다 할 행동도 하지 못하고 도망가 버렸다.

난장이 필립이 문을 열자 나는 숨을 크게 내쉬었다.

"거기에 숨어서 뭐해? 저런 스파이 하나도 잡지 못하고 말이지."

필립이 장난스럽게 밀했다.

"바로 저 놈이야."

"렘지가 무슨 일을 했나요?"

"학생이 악하면 위더스까지 악해진다구. 네가 벚나무 아래에 있을 때 숨어서 구역질을 해 널 데리고 가려던 놈이라구."

"렘지가요?"

"에드윈 파머사이드와 관계된 사람들은 모두 속에 목적을 감추고 있다구. 그러니 상종하지 말거나 당하지 말아야 해."

나는 제인 파머사이드의 차가운 태도를 떠올렸다.

"죽은 대령까지도 신경 써야 하니 힘들겠어."

난장이는 다시 중얼거렸다.

"방법은 있다고 말했지? 너희들도 해야 할 일이 있다구. 그렇게 잠만 자지 말고 일어나라구."

난장이는 있는 힘껏 소리쳤다.

에모리 빈은 이미 일어났지만 핸디 필머레이는 머리카락을 얼굴에 둘둘 감고 잠이든 것만큼 좀처럼 깨려고 하지 않았다.

"이젠 에드윈 파머사이드와 퍼린 포아라를 찾아갈 필요는 없어."

난장이는 우리 둘 앞에서 그렇게 말했다.

"그들을 찾아가는 게 당연한 일이라면서요?"

내가 물었다.

"이 녀석아. 그들을 찾아가서 문제를 해결할 수도 있지만, 다른 더 좋은 방법이 나타났다면 그걸 따라야 하지 않겠어?"

"어떻게요?"

에모리 빈이 물었다.

"듀얼 러더슨이 갇혀 있는 곳을 알아냈어. 진작부터 그곳을 찾고 있었는데, '모든 것의 나무'가 퍼린의 그림이 되었다더군. 동물들이 나무가 파인 곳에서 소리가 난다고 하길래 아둘과 함께 그곳을 팠어. 그랬더니 듀얼 러더슨이 그곳 지하에 갇혀 있더군. 그가 살아남은 건 '모든 것의 나무'로부터 모든 쓸 것을 공급받았기 때문이었어. 어쨌든 지금 듀얼 러더슨은 죽은 병사들을 모으고 러더슨 대령을 찾아 나섰어. 러더슨 대령은 듀얼 러더슨의 조상이지."

"문제가 풀리고 있는 건가요?"

내가 물었다.

“반은 풀린 셈이야. 퍼린이 세계의 끝을 그림으로 가두었지만, 동시에 그녀의 습관이 듀얼 러더슨을 풀려나게 한 거지. 이 사실을 에드윈 파머사이드가 안다면 퍼린은 엄청나게 두들겨 맞을 거야. 흠흠.”

난장이는 목이 타는지 탁자에 있던 주전자의 물을 컵에 부어 마셨다.

“전 듀얼 러더슨이 그 나무 밑에 있는지 전혀 몰랐어요.”

“그랬군. 중요한 건 러더슨 대령이 곧 움직일 거라는 거야.”

“그런데 죽은 대령님이 왜 이곳에 있는 거죠?”

“그건 보물을 가지기 위해서지. 죽어서도 가지고 싶었던 보물을 말이야.”

“보물이 도대체 뭐길래, 그토록 한이 맺힌 건가요?”

나는 의아해서 물었다.

“그건 바로 내가 가장 싫어하는 ‘사랑’ 때문이야. 니버스티로스에 대해 들었는지는 모르겠군.”

“오크 힐의 떡갈나무를 말하는 것이죠.”

나는 고개를 끄덕이며 대답했다. 난장이는 눈을 한 번 끔벅이더니 말을 이어갔다.

“매러멀 러더슨 대령이 공주를 찾기 위해 죽어서도 방황을 하고 있는 기야. 그의 병사들은 그의 명령을 따라야 하기 때문에 이 세계를 떠나지 못하고 있는 거고.”

“그렇다면 러더슨 대령이 공주를 찾아 여기를 돌아다니고 있는 건가요?”

“그래. 하지만 이젠 돌아가야 하지 않겠어?”

“그렇다면 오라스와 니버스티로스, 러더슨 대령의 관계는 어떤 건가요?”

난장이는 눈을 치켜들더니 곧 그런 표정도 가라앉고 침착하게 말했다.

"그걸 알았군. 그게 바로 문제의 핵심이야. 오라스는 아스케 공주의 하인이었어. 이를테면 공주의 시종인 셈이지. 원래는 그런 폐인이 아니었다구. 예의바르고 깔끔한 옷차림의 소유자였어. 그는 공주를 남몰래 사랑했던 모양이야. 그런데 니버스티로스는 러더슨 대령의 침입으로 위기를 느끼고 이 세계로 공주와 오라스를 먼저 보내 버렸지. 그리고 오라스는 공주에게 사랑을 고백했지. 하지만 공주는 니버스티로스의 죽음을 알게 되었고, 삶을 거부하다가 마침내는 죽어 버렸어. 그리고 벚나무가 되어 버린 거지. 오라스는 자기 때문에 공주가 죽었다고 생각하고는 술을 퍼마시고 마침내는 폐인이 되기에 이르렀던 거야. 사실, 오라스의 나이는 엄청나게 많아. 그러고도 살아있는 건, 이 세계의 특성 때문에 그렇지.

그리고 러더슨 대령의 혼령도 여기로 들어와서는 공주를 찾아다닌 거야. 러더슨 대령은 아직도 그녀가 이곳 어딘가에 있다고 믿고 병사들을 버리고 돌아다니고 있지만, 공주는 자신에 대해서 어떤 것도 드러내지 않았어. 하지만 이제는 알 때가 되었고, 돌아갈 때가 되었어."

"사랑이 끔찍하다고 느껴진 건 이번이 처음이에요."

나는 솔직히 말했다.

"나도 그래."

에모리 빈도 거들었다.

핸디 필머레이는 이불까지 둘둘 감고 잠들어서 깰 생각을 하지 않았다.

"그리고 오라스는 이곳으로 유로파 문제를 풀기 위해 들어온 듀얼 러더슨을 자신의 창고에 가두었지. 그리고 듀얼 러더슨의 뒤를 따라 들어온 에드윈 파머사이드와 여러 모로 생각이 통한 그는 듀얼 러더슨을 그의 손에 맡기게 돼. 에드윈 파머사이드는 '모든 것의 나무'가 어떤 것인지도 모르고, 그곳 아래를 파서 듀얼 러더슨을 가둔 거야. 그리고 함께 들어온 에드윈 파머사이드의 여자친구는 오라스의 오두막을 떠나면서, 공주의 유품 두 가지를 훔쳤어.

하나는 '아폴리스 물감'이고 다른 하나는 니버스티로스가 이 세계를 열 때 사용했던 물건이야. 퍼린은 아폴리스 물감으로 이 세계의 풍경과 장소를 그림 속에 가두어 버렸지. 그리고 이 세계의 끝도 그림 속에 갇혀 버리고 말았어. 그리고 이 사실을 알게 된 공주의 빚나무는 에드윈과 퍼린에게 저주를 내렸어. 에드윈은 노인이 되고, 퍼린은 어린 아이가 되어버린 거야. 에드윈은 퍼린의 행동에 위기를 느끼고 다른 유품은 숨겨 버렸지."

"그렇게 된 거로군요."

나는 고개를 끄덕였다.

그때 갑자기 문이 열렸다. 거기에는 커다란 나폴레옹 모자를 쓴 투명한 인간이 서 있었다. 그는 엄격해 보였지만 사나운 것 같지는 않았다. 난장이 필립은 일어서서 그에게로 다가갔다.

"공주가 나무가 되어 버렸다는 건 무슨 말입니까?"

그가 물었다.

"저쪽으로 가면 늘 꽃이 피어있는 빚나무가 있어. 그게 바로 지금 공주의 모습이야."

난장이는 손가락 끝을 쭉 뻗으면서 말했다.

그는 정중한 표정을 짓더니 성큼성큼 걸어가 버렸다.

"엿듣고 있었군."

필립이 중얼거렸다.

그리고 또 누가 걸어오는 소리가 들렸다. 렘지와 모자를 쓴 숙녀였다.

나는 고개를 갸웃거렸고, 여자가 모자를 벗었을 때 깜짝 놀라고 말았다.

"제인 파머사이드?"

"그래, 나 제인이야."

제인은 여전히 차가운 말투로 말했다.

"내가 여기에 온 목적은 그깟 마스터 따위를 따는 게 아니었어. 오빠를 구하기 위해서야. 우리 오빠가 나쁜 짓을 했다는 사실은 알지만 오빠는 단지 그레고릭 퍼거 교수님의 〈밀리얼 페페〉를 갖고 싶었던 것뿐이었어. 러스 퍼거, 그리고 에모리 빈, 도와 줘. 오빠를 만나 보았지만, 오빠 스스로는 자신을 구원하지 못해. 공주가 저주를 풀어 준다면 가능해. 공주의 유품인지 뭔지 그것도 돌려주면 되는 거잖아. 도와줘, 러스 퍼거."

"가자. 더 늦기 전에."

나는 붉은 지붕 집을 나섰다.

에모리 빈과 필립도 벗나무를 향해 움직였다. 렘지와 제인 파머사이드도 우리를 따라왔다. 그곳에는 이미 모자를 내려놓고 한쪽 무릎을 꿇어앉은 러더슨 대령이 있었다. 벗나무는 바람에 흔들리면서 그에게 꽃을 뿌렸다. 우리는 그를 지켜보았다.

제인 파머사이드가 렘지에게 무언가를 지시하자, 그는 어딘가로 가버렸다.

"……모든 것이 이 안에서 꿈틀거리는 보이지 않는 열정이라는 녀석 때문이었소. ……그리고 그건 강요해서 얻어질 수 있는 것이 아니라는 것을 알았소. 이제 떠나는 것에 만족하오. 공주, 편히 쉬시오. 니버스티 로스와는 나무로서 어떻게든 영원히 이야기할 수 있을 터이니."

러더슨 대령은 천천히 일어났다. 러더슨 대령의 몸에 벗꽃이 하나씩 붙기 시작했다. 온통 그의 몸이 하얗게 되었을 때, 벗꽃은 그의 몸에서 떨어져 나와 그의 주변을 맴돌았다. 러더슨 대령이 우리를 쳐다보았다.

"이건 공주가 내게 베푼 마지막 호의였소."

"대령님의 병사들과 후손인 듀얼 러더슨이 대령님을 찾고 있어요."

내가 말했다.

"바람아, 전하라. 우리의 배가 가라앉은 곳으로, 그곳에서 다시 항해를 시작한다고 나의 병사들에게 전하라."

그의 주변에서 맴돌던 벚꽃은 회오리를 일으키며 어딘가로 날아가 버렸다. 꽃잎과 함께 러더슨 대령도 어디로 사라졌는지 보이지 않았다. 여자 아이의 날카로운 비명소리가 들리더니 렘지가 나타났다. 그는 퍼린 포아라를 꽉 잡고는 다른 손에는 두 개의 작은 상자를 들고 있었다. 렘지는 두 상자를 제인 파머사이드의 손에 놓았다. 그러자 퍼린은 꽥꽥 소리를 지르며 렘지의 손아귀에서 벗어나려고 버둥거렸다.

제인이 가만히 모자를 벗고, 벚나무 앞에 두 상자를 놓았다. 곧, 물감 상자와 황금빛 상자는 땅 속으로 사라졌고, 나무의 중심에서 알록달록한 색깔과 함께 황금빛이 돌았다.

"에드윈과 퍼린을 원래 그들의 나이로 돌려놓을 것입니다, 이제 돌아가십시오."

분명 나무에서 들려온 소리였다.

퍼린은 몸을 부들부들 떨더니 미리가 엉망이 된 소녀로 바뀌었다. 비명도 지르지 않았고, 자신의 얼굴과 머리를 더듬거렸다.

"내가 어떻게 된 거지, 제인?"

퍼린이 제인 파머사이드를 알아보고 외쳤다.

"원래대로 돌아왔어, 언니. 이제 오빠를 찾으러 가야겠어."

제인은 얼떨떨하게 서 있는 퍼린의 어깨를 감싸 쥐고는 천천히 반대편으로 갔다. 제인 파머사이드가 돌아보았다.

"러스 퍼거, 이 세계의 끝이 다시 나타났어. 나는 그곳에서 오크 힐로 가겠어. 그리고 짐을 쌀 거야. 작별 인사는 이걸로 끝이란 걸 알아둬."

그녀는 처음으로 나에게 미소를 지었다. 핸디 필머레이가 숨을 헐떡이면서 뛰어왔다.

"러스, 에모리! 날 혼자 놔두고 가면 어쩌자는 거야?"

에모리와 나는 핸디에게는 눈길 한 번 주지 않고, 멀어지는 제인 파머사이드의 뒷모습을 바라보았다.

"이제는 그대들도 돌아가도록 해요. 더 이상 이곳의 문제로 그대들의 세계를 괴롭게 하지 않을 테니."

벚나무가 말했다.

"난 빵을 만들러 가야겠어."

난장이 필립은 노래를 흥얼거리며 가버렸다.

"저 듀얼 러더슨은 어떻게 하죠?"

나는 벚나무에게 물었다.

"그건 걱정하지 마십시오. 그는 이미 이 세계의 끝에 도착했으니까요. 메런티 섬에서 그를 만날 수 있을 거예요."

"대령님의 배는 잘 항해할까요?"

"그럴 겁니다. 그때는 너무 젊었었지요. 그 길 밖에는 없다고 생각했지요. 하나의 사랑만이 있다고 굳게 믿었으니까."

나무는 더 이상 말하지 않았다.

에모리와 나, 핸디는 특별히 다른 방법을 구할 것도 없이, 어딘가로 무작정 걷다가 이 세계의 끝을 발견했다. 그곳은 액자 안에 들어있었다. 액자 속에서는 끊임없이 그림이 바뀌고 있었고, 우리는 동의라도 한 듯 아무 말 없이 액자 속으로 들어갔다.

그리고 우리는 숲에 도착해 있었다. 거기에 떨어져 있던 엠프라 지도에는 붉은 깃발이 뱅글뱅글 돌고 있었다.

"너희들은 무언가를 발견했니?"

내가 물었다.

"무언가를 발견하기는 했어."

핸디 필머레이가 거드름을 피우며 말했다.

"나도 무언가를 발견했어."

에모리 빈이 말했다.

"이제 숲에서 나가야지."

우리는 다시 숙모의 강의가 있었던 통나무집에 도착했다. 거기에서 숙모는 안절부절 못한 채 방 안을 왔다 갔다 하고 있었다. 숙모는 나를 발견하고는 구둣발로 뛰어와서 꼭 안았다. 그리고 에모리 빈과 핸디 필머레이도 안아주었다.

"어서 가자꾸나. 듀얼 러더슨이 돌아와서, 모두들 기뻐하고 있다."

숙모는 지하실로 뛰어내리고서 낡은 피아노의 뚜껑을 열었다. 피아노의 현이 있어야 할 부분은 어두운 지하통로로 바뀌어 있었다. 그리고 숙모는 그 안으로 쓱 들어갔다. 나는 이런 것쯤은 뭐, 하고 생각하고는 숙모의 뒤를 따라 들어갔다. 우리는 진짜 메런티 섬의 숲에 도착했다. 나는 저녁 무렵 벤이 구워주는 바비큐를 마구 위장 속에 쑤셔 넣고 배탈이 난 것도 잊고 기분이 좋아져 잠자리에 들었다.

"'오메가'는 그 세계의 끝을 만들라는 신호였던 거야."

나는 잠이 들기 직전 중얼거렸다.

이상한 손님들

커피 냄새에 잠에서 깼다. 비 내리는 소리가 들려왔고 창문에는 김이 서려 뿌옇게 흐려있었다. 안쪽 방에서 나온 이는 폴린 교수였다.

"깼나?"

나는 바로 일어나 앉았다.

"교수님?"

"커피나 한 잔 하게. 듀얼 러더슨이 돌아온 건 순전히 자네의 덕이야. 이제 섬에서 돌아다니는 병사들을 보지 않을 수 있게 된 것도."

"모든 것이 제대로 돌아가고 있나요?"

"그럭저럭. 교수님들의 걱정도 덜었고 말일세. 식사를 하고 나서, 아마 듀얼 러더슨의 환송회 겸 유로파 졸업식이 있을 거야. 자네도 참석하라구. 노란색의 〈레오딜 홀〉이야."

벤이 식사를 가져왔다.

"새우 라이스 포리지입니다."

"고마워요."

인사를 하려고 폴린 교수를 찾았지만 그는 어느새 사라지고 말았다. 나는 커다란 그릇에 가득 담겨있던 포리지를 싹 다 비웠다. 거기에 들어간 새우만 해도 족히 1킬로그램은 될 듯 했다.

"듀얼 러더슨 님이 러스 퍼거 님을 뵙고 싶어 합니다."

"저를요?"

"네, 그러합니다."

나는 얼른 옷을 갈아입고 벤이 준 우산을 펴들었다. 비가 우산지붕으로 툭툭 떨어졌지만 밖은 훈훈했다.

"에드윈 파머사이드와 퍼린 포아라, 그리고 제인 파머사이드는 벌써 떠났습니다. 그들은 다시는 이곳으로 돌아오지 않을 겁니다."

벤이 말했다.

"그래요? 듀얼 러더슨은 유로파를 받고 떠나는 건가요?"

"그건 아닙니다. 유로파 과제를 해결하지 못했다며, 한사코 받기를 사양했습니다. 그리고 메런티 섬을 떠나 여행을 좀 한 후에, 자신이 할 일에 대해 생각해 보겠다고 말했습니다."

"그렇군요."

갑자기 바다에서 쾅 하는 소리가 났다. 입학할 때 타고 왔던 배인 '핌퍼'가 주변 바다에 해일을 일으키더니, 전속력으로 이곳 해안가로 돌진해 오는 것이 아닌가. 나는 꿈쩍 놀라서 뒤로 주춤했다.

"괜찮습니다. 잘 작동하고 있다면, 적절한 선에서 정박할 겁니다."

벤이 웃으면시 말했다. 핌피는 눈 깜찍할 사이에 쿵 하고 선착장에 닿았다.

"듀얼 러더슨과 다른 유로파들이 타고 갈 겁니다."

내가 〈레오딜 홀〉에 이르자 벤은 내 우산을 접고서 가지고 가버렸다. 나는 천천히 그곳으로 들어갔다. 온통 노란빛깔이 내부까지 따스하게 입혀져 있었다. 이번에 필리버스가 된 리알러스 볼튼이 내 옆으로 다가왔다.

"네가 듀얼 러더슨을 구하러 갔다 오는 동안, 이곳에 남아있던 선배들은 언더메어 선배를 끝으로 유로파를 다 땄어. 제니아 퍼트 선배 보이지? 울고 있어."

하얀색 숙녀정장을 갖춰 입은 제니아 퍼트가 울고 있었고, 리타 플로웰은 진주 목걸이를 한 채 꽃 장식을 살펴보고 있었다. 지니어트 퍼몰과 폴 아드로도 검은색의 깔끔한 슈트를 입고 있었고, 페이어 딕톤은 옷을 갈아입고 오겠다며 내 곁을 지나쳤다. 헤비 언더메어는 어떤 남학생과 같이 있었다.

"언더메어 선배 곁에 있는 이가 바로 듀얼 러더슨인가요?"

내가 물었다.

"네가 구한 사람을 어떻게 모르지?"

리알러스 볼튼이 되물었다.

"전 듀얼 러더슨을 구하지 못했어요. 그곳의 사람들이 구했는걸요?"

나는 무안해서 미소를 지었다.

"어쨌든 네가 거기에 갔기에, 듀얼 러더슨이 돌아온 거니까."

리알러스 볼튼은 상황을 그렇게 정리했고 나는 어깨를 으쓱했다.

"참 알고 있는지 모르겠군."

"무엇을 말입니까?"

"이번에 유로파가 된 선배들은, 〈오블러스 필러〉를 사양했다고 하더군."

"그건 또 무엇인가요?"

"유로파가 될 때 받는 선물 같은 건데, 이미 선배가 된 이들로부터 받는 것이 가장 큰 영광이고, 또 지도 교수님께서 주는 것도 꽤 괜찮아."

"〈밀리얼 페페〉 같은 걸 말씀하시는 건가요?"

"그래, 바로 그거지. 그리고 그것 때문에 두 선배가 유로파를 따지 못하고 이 섬을 떠나게 된 거야."

"그렇군요."

나는 무겁게 고개를 끄덕였다.

"이번에 선배들이 받게 되는 선물은 바로 듀얼 러더슨이 무사히 돌아왔다는 소식과 함께 에드윈 파머사이드도 무사하다는 소식이야. 그들은 회의에서 그렇게 결정 내리고는 〈오블러스 필러〉를 받지 않겠다고 했지. 그것 때문에 그들의 동기생들 사이에 힘든 일이 있었으니까 말이야."

"그 뜻 이해해요."

나는 그렇게 대답했다. 누군가가 내 앞으로 걸어왔다. 단정하게 금발 머리를 빗어 넘긴 그는 내게 악수를 청했다. 나는 얼떨결에 그와 악수를 했다.

"고맙다, 러스 퍼거. 난 듀얼 러더슨이야."

"괜찮으셨어요?"

나는 그를 위아래로 훑어보았다.

"다행히도. 에드윈이 나를 가둔 곳은 '모든 것의 나무' 아래였거든. 거기에서 그야말로 모든 걸 공급받았지. 하지만 더 오래있었다면 아마 힘들었을 거야. 적절한 때에 와 주었어. 고맙게 생각해."

그는 내 어깨를 툭툭 치고는 다시 언더메어 선배 곁으로 갔다. 리알 러스 볼튼이 곁에서 손가락으로 내 옆구리를 푹 찔렀다.

"맞잖아. 네가 구한 거. 바보 같은 녀석 같으니라구."

볼튼 선배는 리타 플로웰이 부르자 그리로 뛰어가 버렸다. 곧 홀은 내가 아는 사람들과 모르는 사람들로 가득 찼다. 에트만 헬링턴 교수가 나와서 마이크를 잡았다.

"오늘은 아주 기쁜 날입니다. 유로파들의 졸업식이 거행되고 동시에 듀얼 러더슨 군이 돌아왔기 때문입니다. 에드윈 파머사이드 군에 대해서도 더 이상 책임을 묻지 않기로 듀얼 러더슨 군이 원하였고, 파머사이드 군과 그의 여동생 및 퍼린 포아라 양은 그들이 원하는 대로 집으로 돌아갔습니다. 그에 대한 이야기는 더 이상 하지 않도록 하겠습니다.

오늘 여섯 명이 유로파로서 오크 힐의 졸업장을 받게 됩니다. 그 영광의 인물들은 제니아 퍼트, 리타 플로웰, 폴 아드로, 지니어트 퍼몰, 헤비 언더메어, 페이어 딕톤입니다. 여러분은 모두 자리에서 일어나 주십시오."

유로파들은 자리에서 일어나더니 박수를 치며 노래인지 구호인지 하여간 무언가를 외치기 시작했다.

"우리는 유로파, 우리는 유로파,

오크 힐의 자랑, 오크 힐의 영광,

영원히 오크 힐의 사람으로서 살아가게 되리.

이름을 얻는 것은 명예를 얻는 것,

자랑스러움으로 명예를 지키며 오크 힐을 기억하리."

그들의 외침이 끝나자 홀은 박수로 채워졌다. 얼핏 보면 유치해 보이는 외침이었지만 그렇게 규정하기에는 그들의 모습이 너무 진지했다. 이를테면 오크 힐의 전통이었다.

나는 문득 언더메어 선배 곁에 앉아있는 듀얼 러더슨을 보았다. 가장 먼저 유로파를 따기 위해 시작했지만, 결국은 따지 못한 그를 말이다. 그러나 그의 얼굴은 단단했고, 힘이 넘쳤으며, 유로파를 따지 못해도 상관없다는 그러한 초월의 얼굴을 하고 있었다. 그것이 아마 오크 힐의 힘이리라, 그런 생각이 들었다.

곧 졸업장이 수여되고, 제법 많은 교수님들과 그들 모두는 일일이 악수했다. 교수님들 중에는 내가 모르는 분들도 있었다. 에트만 헬링턴 교수가 듀얼 러더슨을 찾았을 때에 그는 이미 보이지 않았다.

나는 〈레오딜 홀〉을 나와 핌퍼가 있는 해변으로 갔다. 듀얼 러더슨은 모자를 쓰고 트렁크를 배 위로 올리고 있었다.

"러더슨 선배님!"

내가 외쳤다.

나는 그에게로 뛰어갔다.

"괜찮으세요?"

어느새 하늘에는 해가 떠 있었고, 햇빛 때문인지 그는 인상을 약간 찌푸렸다.

"뭐가?"

"유로파를 따지 못하셨잖아요."

그는 잠시 생각하는 듯하더니, 고개를 약간 까딱했다.

"아, 그거?"

나는 그가 무슨 말이라도 해 주기를 기다렸다.

"괜찮아. 유로파에 도전해 보았으니, 그걸로 됐어. 그리고 세상에서 어떤 고난을 만나더라도 그걸 해결할 수 있는 용기를 얻었거든."

"네?"

"너도 한 번 따 봐. 유로파 말이지. 모든 과정은 결과보다 중요해. 과정은 아무도 인정해 주지 않지만, 그 모든 단계를 이해하고 알고 다음 단계로 나아가다보면, 어느새 결과를 얻을 수 있어. 과정이 없으면 영광의 결과도 없다는 걸 명심해."

"한 번 더 도전하면 더 좋지 않겠어요?"

그는 고개를 오른쪽으로 젖히더니 나를 향해 미소를 지었다.

"이제 유로파의 기회는 후배들에게로 넘어간 거야. 나는 다른 걸 도전해야 해. 너무 안타깝게 생각하지 말라구. 그나저나 한 번 만나보고 싶었지. 조나크 퍼거 교수님과 그레고릭 퍼거 교수님의 조카를 말이지. 평범하지만 속이 깊고 따뜻하고, 뭔가를 꼭 이루어낼 것만 같은 힘이 네 안에서 느껴져. 그럼, 나는 인생이라는 더 넓고 깊은 곳으로 항해를 떠나도록 하지. 안녕.”

듀얼 러더슨은 배 위로 올라갔다. 그는 난간에서 내게 손을 한 번 흔들어 주고는 선실로 들어갔다. 나는 돌아서면서 언젠가 그를 다시 한 번 만나게 되리라는 생각을 했다. 단 한 번 보았을 뿐인데도 그런 느낌이 들었다.

“이제 유로파들은 이 섬에서 쫓겨난다구.”

폴린 교수님이었다.

“핌퍼가 그들을 어디에 데려다 줄까요?”

나는 교수님을 보고서, 교수님처럼 배에 시선을 두었다.

“집은 아니야.”

“그들만의 인생이 시작되는 곳, 그런 곳에 그들이 도착할까요?”

“이 녀석, 그런 말도 할 줄 아는 구나.”

폴린 교수님은 내 머리를 살짝 쓰다듬었다.

제니아 퍼트가 다가와서 나를 가볍게 안고는 볼에 키스해 주었다.

“잘 있어. 멋진 러스.”

“누나도 멋진 삶을 살길 바라요.”

리타 플로웰도 다가왔다.

“피터 힐멘을 조심해.”

“네?”

“넌 피터 힐멘의 화살을 피하는 방법을 모르니까.”

그녀는 윙크를 하고서는 배 위로 올라갔다. 페이어 딕톤도 다가왔다.

"러스, 잘 지내. 난 이제 무엇을 해야 할지 알겠어. 내 속에는 어떤 정돈되지 않은 열정과 계획들이 가득해. 그리고 곧 그것들 중의 하나를 해내겠지. 여기서 얻은 건 자신의 능력을 이끌어 내는 힘이었어. 너도 그런 걸 얻을 거야."

그는 모자를 쓱 쓰더니 배에 올랐다.

지니어트 퍼몰과 폴 아드로는 그저 내 어깨를 툭툭 치고는 배에 올랐다. 마지막으로 헤비 언더메어가 꽉 끼는 검은 티셔츠 차림으로 나타나서는 자신의 가슴 근육을 가리키며 나에게 인사했다. 나는 그의 가슴 근육이 어색하다는 생각을 했다. 그리고 잠시 후, 리타 플로웰이 배에서 내려와서는 헤비 언더메어에게 외쳤다.

"그거 빼라고 했지?"

"아, 안 돼."

무척 가녀린 목소리였다.

"빨리 빼라구."

리타 플로웰은 강제로 어떻게 할 모양이었다.

"안 된다구."

헤비 언더메어가 배로 뛰어올라 가버리고 리타 플로웰이 그를 쫓아 올라갔다.

펌피는 그들을 모두 대우자 우두둑우두둑히는 소리를 내더니 바다 위를 팡팡 뛰어 멀리까지 가더니 갑자기 하늘 위로 솟아서 구름 사이로 사라져 버렸다. 그 장면을 보고 있으려니 다시 어지럼이 밀려왔다. 내 곁에는 어느새 내가 얼굴을 알지 못하는 세 명의 교수님들이 남아있을 뿐이었다. 그들에게 인사를 하려고 했지만, 나는 머뭇거리기만 했다. 그들이 먼저 다가왔다.

"안녕?"

갈색 곱슬머리의 땅딸막한 남자가 가볍게 인사했다.

"네, 안녕하세요, 교수님."

"내가 오크 힐의 교수?"

그는 배를 잡고 깔깔대며 웃었다. 나는 의아해서 멀뚱멀뚱 서 있었다. 제법 긴 검은 머리를 묶고 허리에 폭이 넓은 소가죽 벨트를 찬 남자가 말했다.

"우리는 그저 오크 힐 졸업식에 참석한 손님들이지."

"아, 네, 그러세요?"

그러고 보니 그들의 옷차림이 개성적이었고, 양복을 갖춰 입은 사람은 아무도 없었다. 다른 남자는 회색 머리에 빨간 블리치를 넣었고, 여기저기 찢어진 바지를 입고 있었다.

"우리가 오크 힐과 어떻게 관련이 되는지 궁금하지 않니? 그건 그렇고 배가 고픈데, 너의 위더스에게 음식을 좀 가져오라고 하렴. 네 방은 어디에 있니?"

빨간 블리치가 말했다.

나는 거의 반강제로 이끌려 내 방으로 갔으며, 그들은 방 안으로 성큼 들어와서는 테이블 앞에 자리를 잡았다. 그들은 나의 꼬박꼬박 강낭콩 줄기를 흔들어서 콩깍지를 와르르 뜯어내고는 그걸 까고서 생콩을 와작와작 씹어 먹었다.

내가 벤을 부를지 말지 머뭇거리고 있을 때, 벤이 직접 왔다.

"무엇을 드시겠습니까?"

벤은 그들을 알고 있는 듯, 정중하게 물었다.

"그거 있잖소, 바나나 샐러드와 말린 게살 무침, 그리고 특제 소시지 구이와 촉촉한 빵을 먹겠소. 벤, 당신이 만드는 말린 게살 무침은 정말 기억에 남을 정도니까."

곱슬머리가 그렇게 말했다. 벤은 부드럽게 미소를 짓고는 물러갔다. 나는 방구석에 서 있다가 그들에게 가까이 다가갔다.

"벤을 아시나요?"

빨간 블리치가 말했다.

"참, 오크 힐과 우리의 관계에 대해서 말해 줘야겠군. 이를테면 우리는 오크 힐의 '운영 이사진'이라고 알아두면 좋을 거야."

"그렇게 높으신 분들이세요?"

나는 놀라서 소리쳤다.

"그렇다고 해서 점잔을 빼는 건 우리가 제일 싫어하는 거라구."

긴 머리가 말했다.

"저 그럼 선생님들도 오크 힐을 졸업하셨나요?"

나는 조심스럽게 물어보았다.

"아주 오래 전에. 우리가 늙은 게 네 눈에도 보이지?"

곱슬머리가 말했다.

"아니에요. 아직 무척 젊으신 걸요?"

나는 내가 본 그대로 말했다.

"늙기 싫어서 이런 차림으로 다니지."

곱슬머리는 곰이 그려진 자신의 티셔츠를 어루만졌다.

그때 갑자기 빨간 블리치의 표정이 굳어버린 걸 눈치 챘다. 그는 나를 한번 보더니, 손가락 끝으로 창가에 놓인 도자기 인형을 가리켰다. 그러자 다들 표정이 심상치 않게 변했다.

"이 인형은 누가 가져다 준 거지?"

"옆방의 친구들이 준 겁니다. 집에 많이 있는 거라서, 저에게 주었습니다."

"꼭 '아굴러리스 쿨룸네라' 주문을 외우는 인형과 닮았지?"

나는 집중해서 그들이 중얼거리는 이야기를 들었다.

"악마를 불러내는……, 고대에 이미 봉인되어 버린 인형이지. 정말 그 인형이 이것일까?"

"그렇다면 정말 큰일인데."

"어떻게 해서 이 물건이 여기에."

나는 그들이 진지하게 말하는 통에 그 이야기가 사실인지도 모르겠다는 생각을 했다.

"이걸 누가 주었다고?"

빨간 블리치가 물었다.

"카자르와 투자르 형제라고 저와 같은 리누머입니다."

"그들의 집안에도 오크 힐 출신이 있나?"

"네, 있다고 들었습니다."

"오크 힐 출신이 이걸 여기에 가져올리는 없고, 단순한 모방 장식품인가?"

빨간 블리치가 고개를 갸웃거렸다. 그때 벤이 음식을 가지고 왔다. 접시를 하나씩 놓고 벤은 물러갔다.

"너도 같이 먹자구. 말린 게살 무침은 정말 맛있어. 겨자 소스도 가지고 왔군."

그들은 어느새 인형에 대한 생각은 잊어버렸는지 음식을 게걸스럽게 먹어댔다. 곱슬머리는 포크에 게살을 잔뜩 말아서 입으로 마구 쑤셔 넣었다. 나는 소시지와 빵에 조금 손을 대고는 생각에 잠겼다.

"저, 아굴러리스 쿨룸네라 주문이 무엇인가요?"

식사가 거의 끝날 무렵 내가 물었다. 세 사람은 동시에 내 얼굴을 쳐다보았다. 그들은 포크를 내려놓고는 셋이서 동시에 한숨을 내쉬었다.

"아주 위험한 주문인데, 아굴러리스 쿨룸네라, 라고 시작하지. 그 의미는 '일어나라 어둠의 혼이여', 라는 뜻이야. 모두 한 페이지 정도 되는 주문인데, 그걸 다 외우면, '실리커스 아케아데스'라는 악마가 깨어나. 그는 전쟁에서 죽은 젊은 남자들의 혼령이 결합된 거야. 그래서 아주 강하고 지치지도 않지. 그가 한 번씩 깨어나면 젊은 피를 원한다고 해. 그리고 아주 오래 전에 봉인되어서 그 이후로 깨어난 적이 없지."

빨간 블리치가 말했다.

나는 간단하게 생각하고는 도자기 인형을 집어 들었다.

"그럼 이걸 깨버리면 그런 일이 없겠군요."

그들이 벌떡 일어난 순간 나는 인형을 바닥에 던졌다. 그런데 그건 깨지기는커녕 인형 안에서 북치는 소리가 나기 시작했다.

"진짜 도자기 인형이야. 큰일 났군."

빨간 블리치가 소리쳤다.

인형은 갑자기 스스로 일어섰으며 발이 우두둑우두둑 하고 움직였다. 그리고 제자리를 맴돌았다. 손님들은 모두들 밖으로 뛰어나가 버리고 나는 두려움에 질려서 벽에 바짝 붙었다. 인형은 계속 북소리를 내며 제자리를 빙빙 돌았다. 그리고 주문이 외워지기 시작했다.

"아굴러리스 쿨룸네라, 실리커스 아케아데스, 리너비 테로사 아시……."

그때 곱슬머리 손님이 들어오더니 내 어깨를 홱 낚아챘다.

"어서 나오라구."

나는 정신을 차리고 재빨리 밖으로 나갔다. 해변을 한참 뛰었을 때, 갑자기 큰 북소리가 나면서 내 방에서 검은 연기가 나오더니 그것은 곧 섬 전체를 덮어버렸다.

날아가 버린 천장

누군가가 바닥에 넘어진 도자기 인형을 집어 들었다. 그의 손톱은 독수리 부리처럼 휘었으며 손은 잿빛이었다. 둥둥하는 북소리는 더 커지더니 인형은 그의 손아귀에서 부서졌다. 북소리도 멈추었다.

후아루들이 번개같이 날아다녔고 그들이 얼굴을 스치고 지나가는 바람에 잉크자국이 얼굴에 묻었다. 그 우스꽝스러운 얼굴에도 불구하고 나는 아무 것도 신경 쓸 수가 없었다. 도무지 지금 일어나는 상황을 이해할 수가 없었던 것이다. 온통 어두운 메런티 섬에서 내가 무엇을 어떻게 해야 할 것인가.

등불이 나타났다. 어느새 내 앞에는 회갈색 망토를 입은 세 명의 남자가 서 있었다. 그들은 모두 좀 전에 함께 음식을 먹었던 세 명의 운영 이사들이었다.

"뭔가 예감이 좋지 않긴 했어."

한 명이 말했다.

"프뤼엘 스파리퍼 교수가 곧 도착할 테니."

다른 한 명이 말했다.

"두려움을 두려워하지 않을 수 있다면, 악마를 이기는 방법은 나오기 마련이지.”

또 다른 한 명이 말했다.

“그럼에도 ‘실리커스’를 이길 수 있는 건, 스파리퍼 교수 뿐이지.”

다들 고개를 끄덕였다.

그들은 나를 어둠 속에 남겨두고 내 방이 있는 곳으로 가까이 다가갔다. 잠시 후, 내 곁에서 무언가가 내려앉는 움직임이 느껴졌다.

“누구시죠?”

나는 등불 너머의 존재에게 물었다.

“나를 따라오너라. 너에게는 첫 수업이 될 테니.”

나는 천천히 검은 망토를 따라갔다. 두려움을 두려워하지 않아야 한다, 는 운영이사들의 말에 괜히 오기가 생겨서이기도 했다. 도착한 내 방 창문에서는 계속 검은 기류가 흘러나오고 있었고, 운영이사들은 이미 보이지 않았다. 그의 검은 망토가 바람에 밀려 펄럭였다. 확실히 방 가까이에서는 차가운 바람이 나왔는데, 그것은 매우 기분 나쁜 종류의 바람이었다.

“실리커스, 배가 고플 텐데, 네가 원하는 젊은 피를 가지고 왔다.”

순간 섬뜩해졌지만 발이 얼어붙어 움직일 수가 없었다. 갑자기 무언가가 나를 낚아채 내 방으로 끌고 갔다. 나를 데리고 왔던 검은 망토는 이미 내 곁에 없었다. 그곳은 점차 변하더니 내 방은 시리지고, 머리가 잘려나간 갈색의 구렁이 몸통이 온통 칭칭 휘감고 있는 우물가와 형상이 불분명한 어두운 낡은 집 한 채가 나타났다.

그 낡은 집에서 흰 옷을 입은 창백한 여인이 나왔다. 그 여자는 실실 웃으면서 나를 비웃고는 천천히 우물 안으로 들어갔다. 놀란 마음에 우물을 내려다보았지만 여자의 긴 머리카락만이 우물물에 부챗살을 펼쳐 놓은 듯이 퍼져 있을 뿐이었다. 여자를 향해 몇 번이나 소리쳐 보았지만, 여자는 움직이지 않았다. 그러는 동안 불분명한 형태의 집은 어느새 다른 형상으로 바뀌었다. 지붕은 머리카락이 뻗친 모양으로 바뀌어 무섭게 흩날렸다.

'상황을 제대로 살펴보는 것 외에 다른 방법이 없다.'

그렇게 생각하고서 주변을 돌아보았다. 마침내 그곳을 둘러싼 가시울타리를 찾아냈다. 그러나 그걸 도무지 넘어갈 수가 없었는데, 가시울타리는 점점 두꺼운 층을 형성하여 내가 넘어설 수 없는 폭으로 커지고 있었다. 그때 무언가 부스럭하는 소리에 발밑을 내려다보았다. 거기에는 흙이 묻은 쪽지가 있었고 나는 그걸 주워 펴들었다.

'악마는 사람의 마음을 지배하고 싶어 하고 그걸 먹는다. 악마의 시험에서 이겨내야 할 것은 오직 두려움 하나뿐이다. 악마의 세계 속에 있다하더라도, 인간은 충분히 그 속에서 나올 수 있는 법이다.'

나는 쪽지를 접어서 바닥에 떨어뜨렸다.

'여기는 악마의 세계고, 내가 두려움을 이겨낼 수 없다면, 그에게 나를 내주는 것이 된다. 여전히 상황을 주도면밀히 살피고 적당히 맞서야 한다. 그렇다, 이해할 수 없는 행동.'

결심을 하고 우물가에 자리를 잡았다. 경쾌한 리듬을 머릿속으로 만들어 내고는 발을 움직이고, 팔을 움직이고 몸을 움직여 춤을 췄다. 아주 이상한 행동임에 틀림이 없었지만, 악마가 나를 이해할 만한 행동은 하지 않기로 했다. 곧 우물 속에서 물에 젖은 여자가 올라와서는 나를 지켜보고는 고함을 지르고 집안으로 사라졌다. 나는 여전히 춤을 췄다. 하늘이 물결처럼 일렁이더니 곧 칠흑 같은 어둠이 되었다. 나는 춤추기를 멈추고 여자가 들어간 집으로 다가가 노크를 했다.

여자는 머리를 틀어 올린 채 주홍빛 드레스를 입고 있었다. 나는 아무렇지도 않게 집안으로 들어갔다. 밀짚으로 만들어진 침대와 나무식

탁과 조그만 나무 의자가 가구의 전부였다. 일부러 정중한 모습을 보이지 않기 위해 의자에 성큼 앉았다.

"실리커스 때문에 온 거로군요. 당신은 13번째 희생자가 될 뻔했지만, 그렇게 되지 않았어요."

여자의 목소리는 부드러웠다. 나는 아무 말도 하지 않았다.

"내가 12번째 희생자였습니다. 그리고 아주 오랜 세월이 지났지요. 나는 죽은 사람이라서 우물물 속에 들어가도 다시 죽지 않습니다. 아시겠지요? 내 임무는 당신을 두려움과 공포 속에 밀어 넣는 것이었지요. 그러면 실리커스가 나타나 당신을 해치우겠지요. 그런데 당신은 오히려 유쾌해진 겁니다. 아시겠어요? 실리커스가 침범하지 못할 마음을 당신은 가진 겁니다. 하지만 어서 떠나도록 하세요. 잠시 후면, 실리커스가 도리어 화가 나서 당신을 잔인하게 죽일 수도 있으니 말입니다."

"어떻게 여기에서 나갈 수 있습니까?"

"저를 따라오세요."

여자의 목소리에는 어떤 숨김도 없어보였다. 나는 그녀를 따라서 우물가로 갔다. 그녀는 우물을 둘러싸고 있던 목이 잘린 구렁이를 다 걷어냈다.

"이제 우물물이 마를 거예요. 이곳으로 뛰어내리도록 해요. 그러면 마른 모래 속으로 들이가게 될 겁니다. 그리고 통로 속에서 본 것들을 그저 지나치도록 하세요. 빛이 나오는 쪽으로 가면 아마 당신을 도울 자를 만나게 될 겁니다."

나는 그때에야 두려워졌다. 모래 속을 통과한다는 말은 자칫 잘못하면 모래 무덤 속에 갇힐 수도 있다는 말로 들렸던 것이다. 그러나 물이 말라버린 것을 확인하고서 재빨리 우물 속으로 뛰어 들어갔다. 모래는 나를 빨아들이기 시작했다.

“어디…… 있나, 그는?”

우물 위에서 음침한 소리가 들려왔다.

숨을 쉬기 어려운 것도 잠시 나는 모래 위에 가뿐히 떨어졌다. 그리고 어둑어둑한 방을 지나 통로로 들어섰다. 거기에는 온 몸의 여기저기가 터진 시체들이 아무렇게나 놓여있었다. 나무토막 같이 버려진 그들의 몸에서 피비린내가 진동했다. 서둘러 그곳을 통과하여 빛이 나오는 공간을 발견했다. 거기에서 위를 향해 보자, 곧 밧줄 사다리가 걸쳐졌다. 그걸 타고 위로 올라갔다. 위에는 다시 검은 망토가 서 있었다.

“놀라게 해서 미안하군. 하지만 자네가 가장 적합했을 뿐이야. 난 프뤼엘 스파리퍼 교수라고 하지.”

그는 망토 모자를 벗고 내게 손을 내밀었다.

“정말이지 두려웠습니다. 설명을 부탁드려도 될까요?”

“이번에 실리커스가 자네를 해치지 못했기 때문에 그의 힘이 약해졌어. 자신의 힘에 대한 믿음이 약해진 거지. 이제 오크 힐의 교수들이 나서서 그를 제어할 수 있게 되었어. 어쨌든 자네는 나에게 첫 수업을 받은 거야.”

“수업이라뇨?”

나는 그에게 항의했다.

“어떻게 이런 살벌한 수업을 하나요?”

“어쨌든 자네는 ‘무’에 대해 아주 조금 이해했어.”

그는 능청스럽게 웃었다.

“저는 그런 걸 전혀 모릅니다.”

나는 모가 나서 말했다.

“아니야. 인간의 마음이 무의 깊음을 이해하기 위해 가는 과정 중에서 두려움을 극복하는 건 아주 큰 과정에 속하지. 난 이미 그걸 겪어서 알고 있다구."

프뤼엘 스파리퍼 교수는 한 손으로 내 목을 꽉 끼더니 나를 잠재웠다. 잠시 후, 잠에서 깬 나는 고함을 지를 수밖에 없었다. 천장에서 나를 노려보는 눈이 퀭한 자와 마주쳤기 때문이다. 그도 나의 고함 소리를 듣고는 고함을 질렀다. 그의 얼굴은 두둑 튀어나온 이빨과 함께 곰팡이가 핀 채 검게 말라붙어 있었고, 소리를 지를 때에는 검은 얼굴에 주름이 생기며 일그러졌다.

"베, 벤! 벤!"

나는 벤을 불렀다.

벤이 달려와서는 천장과 나를 번갈아보았다.

"뭐 하실 말씀이라도?"

벤은 아무렇지도 않다는 듯 말했다.

"이 자는 누구예요? 미라인가요? 미라가 어떻게 고함을 지르죠?"

벤은 슬쩍 웃더니 말했다.

"이 자는 바람 빠진 실리커스 악마지요. 더 이상 악마 짓을 하지 못하게 교수님들께서 단단히 혼쭐을 내놓으셨지요. 이제 주문을 두려워할 필요도 없게 되었습니다. 악마 짓을 한 번만 실패해도 그들은 자신감을 잃는데다, 그런 상황에서 교수님들이 제대로 처리하셨거든요."

"그럼 이 자를 계속 제 방 천장에 매달아 두실 건가요?"

나는 덜덜 떨면서 물었다.

"그건 아니다."

조나크 숙모의 목소리였다.

"스파리퍼 교수님, 이제 어떻게 할까요?"

곧 숙모와 양복을 입은 프뤼엘 스파리퍼 교수가 함께 나타났다.

"벤, 그 장치를 사용해서 실리커스를 〈악마처리전담반〉에게로 보내게."

프뤼엘 스파리퍼 교수는 귀찮은 파리 내쫓듯 말했다.

"네, 알겠습니다."

벤이 대답했다.

"이번 일은 〈악마처리전담반〉에서 일하는 카자르와 투자르 형제의 누나인 에자르 때문에 벌어졌어. 그녀가 도자기 인형 분류를 잘못하는 바람에, 실수로 그랬다고 하더군. 시말서를 받아 두어야겠어. 아무리 그래도 악마가 봉인된 도자기 인형을 오크 힐로 보내다니. 이런."

프뤼엘 스파리퍼 교수가 중얼거렸다.

"작동시켜."

그가 벤에게 말했다.

그러자 벤은 입구 문틈에 있던 단추 구멍만한 버튼을 눌렀다. 그러자 철컥하며 어떤 막대가 문틈에서 나타났고, 벤은 그걸 힘껏 돌렸다. 그러자 천장이 붕 뜨면서 멀리 하늘 끝으로 날아가 버렸는데, 천장에 매달려 있던 미라가 된 실리커스의 비명 소리가 맑은 하늘에 울려 퍼질 뿐이었다. 그런 그의 꼴을 보자 두려움 운운 하는 것도 갑자기 우습게 느껴졌다. 나는 헛웃음이 나왔다.

"러스, 오, 러스. 살아 있어줘서 고맙구나. 정말이지 잘못되면 어쩌나 했는데."

그렇게 말하는 숙모의 모습은 장난기가 다분했다.

"그나저나 제 방의 천장은 어떻게 하실 건가요? 이대로 하늘을 보고 자야 하나요?"

"이번에 새로 부임한 관리인이 수리할 거야."

숙모가 말했다.

"오크 힐을 졸업했는데, 건축에는 아주 뛰어나지. '스토너 포가트'라고

해. 원래는 레드 알라스가 자질구레한 건 해치웠는데, 스토너 포가트라
는 유능한 관리인이 스스로 일을 하고 싶다고 한다는데, 우리로서는 반
가운 일이란다.”

“네.”

“그럼, 쉬거라. 러스.”

숙모와 프뤼엘 스파리퍼 교수가 돌아갔다.

나는 뻥 뚫린 천장 위로 보이는 맑은 하늘과 반쯤은 사라져 버린 꼬
박꼬박 강낭콩 줄기를 보면서 눈을 감았다. 그날 새벽은 무척 추웠지
만, 밤새도록 밤하늘의 변화를 보는 것도 썩 나쁘지만은 않았다. 그럼
에도 너무 추웠다.

빗자루 부인

나는 해가 중천에 뜨기까지 좀처럼 잠에서 깨어나지 못했다. 핸디 필 머레이가 와서 엄마가 보내준 거라며, 새 스커트를 자랑하기까지 말이다. 나는 인상을 쓰면서 일어났다. 핸디는 직접 분홍색으로 염색한 천으로 만든 것이라는 둥, 엄마의 재봉 솜씨가 보통을 넘는다는 둥, 말을 늘어놓았다. 사실, 핸디의 말은 거의 들리지 않았다. 머릿속이 복잡했고, 갑자기 목이 말라서 핸디에게 물 한 잔을 부탁했을 뿐이다. 핸디는 툴툴거리며 테이블 위에 있던 주전자를 기울여 물을 컵에 반쯤 부어 내밀었다. 나는 그걸 마시고, 고맙다고 했다.

"지금 해변에서 굉장히 잘생긴 남자가 너의 지붕을 만들고 있어."

"내 지붕?"

그러고 보니 어제 악마와 함께 날아가 버린 내 지붕이 떠올랐다.

"그렇군. 천장이 휑하네?"

내가 얼빠진 모습으로 말하자 핸디는 푸읍, 하고 웃음을 터뜨렸다.

"같이 가서 구경하지 않을래?"

"넌 수업이 없니?"

내가 물어보았다.

"아참, 너도 수업을 같이 들어야 해. 리누머들에게 매거릿 포가트 부인이 강의를 하게 되었어."

"그분도 오크 힐의 교수님이셔?"

나는 얼핏 포가트 성씨에 대해 생각했다.

"특별히 이번에만 강의를 맡게 되신 특별 초빙 교수님이셔."

핸디는 잘 안다는 듯이 거들먹거렸다.

"그래? 그런데 내가 옷을 갈아입을 동안 밖에 좀 나가 있어줄래?"

핸디는 얼굴이 빨개지면서 밖으로 뛰어나가 버렸다. 나는 눅눅한 옷을 벗고 청바지와 티셔츠로 갈아입고, 밀짚모자를 쓰고 밖으로 나갔다. 핸디는 해변에서 지붕을 만드는 남자 곁에 있었다. 핸디는 그에게 이것저것을 묻는 것처럼 보였다. 내가 그의 곁으로 다가가자 그는 일어나 내게 악수를 청했다. 시원시원한 눈에 적당한 코를 가진 그는 균형 잡힌 몸매까지 아주 멋진 남자였다. 약간 야성적으로 뻗쳐 나온 머리카락이며, 무릎까지 걷어 올린 청바지하며, 그런 모습에 여자들이 반할 법도 했다. 역시나 핸디 필머레이는 두 뺨에 손바닥을 대고는, 그의 행동을 요리조리 뜯어보고 있었다. 그는 나를 한번 부드럽게 쳐다보더니 톱을 내려놓았다.

"이제 거의 다 되었어. 레드 알라스를 불러오겠나?"

"저, 저요?"

나는 말을 더듬었다.

"그래, 바로 너 말이지."

나는 가까운 나무에 있는 메모판을 찾아내 레드 알라스, 라고 적었다. 곧 레드 알라스가 이상한 차를 몰고 나타났다. 그건 마치 포크레인 같았는데, 구부러진 집게가 달려 있었다. 레드 알라스는 그 집게로 지붕을 집어 올리고는 내 방으로 향했다. 나는 포크레인을 따라가는 핸디 필머레이의 어깨를 잡았다.

"저분이 스토너 포가트?"

"맞아. 그리고 저분의 어머니가 바로 매거릿 포가트 부인이셔."

핸디는 다시 뛰어가 버렸다. 내가 방에 도착했을 때에는 이미 집수리가 끝난 것 같았다. 지붕은 튼튼한 나무 구조물로 기본 틀이 잡혀 있었고, 넓은 지붕면은 면의 직물처럼 짜여있었는데, 나는 궁금해서 그것에 대해 스토너 포가트에게 물었다.

"저 지붕의 재질이 무엇인가요?"

"저거?"

그는 손을 탁탁 쳤다.

"별거 아니야. 조직을 잘 이용할 수만 있다면 어떤 재료라도 비바람을 다 막을 수 있으니까."

"원시적인 방법인가요?"

"그것도 아니지. 아주 괜찮은 방법이야. 질 좋은 야자나무 잎사귀와 특별히 제조된 풀을 써서 잘 붙였다구. 제법 시원하고 기분도 좋을 거야."

"네, 고맙습니다. 정말 지붕이 필요했거든요."

"그래, 내가 오히려 더 고맙군. 언제든 무엇이라도 수리가 필요하면 나에게 부탁해. 난 스토너 포가트라고 해."

"이미 알고 있어요. 전 러스 퍼거라고 합니다."

"러스 퍼거?"

그는 내 어깨를 툭툭 쳤다.

"그레고릭 퍼거 교수님의 소식은 아직도 없나?"

"저도 삼촌의 소식은 들은 지 오래되어서요."

"조나크 에빌레옹 교수님은 어디에 계시지?"

그가 숙모의 결혼 전 이름을 물어서 약간 당황했다.

"숙모를 잘 알고 계세요?"

"조나크 퍼거 교수님은 나에게 유로파를 주신 은사님이셔."

그는 머뭇거리는 듯 했지만 이내 말했다.

"네. 그렇군요."

"찾아뵈어야 하는데, 나무에 걸려있는 메모판을 이용하면 되나?"

"네. 그럼 직접 오실 거예요."

잠시 후, 포가트 씨는 다시 내 방의 문을 열었다.

"조나크 교수님은 나타나지 않으시는 걸? 역시나 변하지 않으셨어."

그는 씩 웃고는 다시 가버렸다. 저녁에는 카자르와 투자르 형제가 엉엉 우는 소리를 들었으며, 제인 파머사이드를 외치며 싸우는 소리도 들을 수 있었다. 핸디 필머레이가 내일부터 듣게 되는 리누머 수업 시간표를 주고 갔고, 거기에는 두 명의 교수님의 이름과 과목이 적혀 있었다. 에페시우스 강의를 더 듣고 싶었지만, 그 수업은 더 이상 없었다. 수업은 매거릿 포가트 부인의 〈바보와 천재 사이〉라는 과목과 랜덤 머쉬 교수의 〈자유 지성을 위하여〉였다. 두 수업 모두 마음에 들었다.

저녁 식사를 가져온 건 벤이 아니라 피터 힐멘이었다. 그는 여전히 활을 등에 매고 있었다. 그는 낮에 바다에 나가서 잡은 거라며, 김이 무럭무럭 나는 바다가재 두 마리를 식탁에 내려놓았다.

"이것도 화살을 쏘아서 잡은 건가요?"

"아니, 잠수해서 작살로 잡은 거야."

피터 힐멘은 싱글싱글 웃었다.

"수경을 가지고 계신가요?"

나는 집게 다리를 뜯으면서 말했다.

"가지고 있지. 난 '잡는' 건 뭐든지 좋아하지만, 그렇다고 해서 무턱대고 살생을 하는 건 아니야.”

“그나저나 선배님의 화살에 맞지 않으려면 어떻게 해야 하죠?”

“그거? 간단해. 내 근처에 오지 않으면 돼.”

“그냥 지나다녀도 선배님의 화살이 섬 곳곳에 날아다닌다구요!”

나는 어이가 없어서 외쳤다.

“그런가? 하여튼 사람은 맞지 않아. 그렇게 되어있으니까 안심해.”

그런 그의 말은 도무지 믿을 수가 없었다. 그가 돌아가고 나는 그날 밤 단잠을 잤다. 새벽에는 비가 내렸지만 지붕이 제법 그럴 듯해서 비가 전혀 새지 않았다. 그리고 뜯겨져 버린 꼬박꼬박 강낭콩은 어느새 창문 높이로 자랐다. 내일 모레면 아마 다시 지붕을 뚫어버릴 것이다.

핸디 필머레이는 수업 전 나를 데리러 왔다. 강의실이 해변이라는 것이다. 거기에는 이미 에모리 빈과 카자르와 투자르 형제가 자리 잡고 있었다. 제인 파머사이드가 떠난 후, 카자르와 투자르 형제는 무척 침울해했다. 그런 건 오늘도 마찬가지였지만, 그들은 남아있는 걸 선택했다. 어느새 피터 힐멘이 나타나서는 자리를 잡았다. 그가 자꾸 화살을 가지고 장난을 쳐서 에모리 빈이 불편해했다. 피터 힐멘도 그 사실을 눈치채고는 가만히 있으려고 노력했는데, 땀을 뻘뻘 흘리는 모습이 오히려 애처로웠다.

누군가가 내 어깨를 살짝 치고 지나가더니 앞자리에 섰다. 굉장히 키가 작은 부인이었는데, 틀어 올린 머리를 풀면 키의 두 배는 됨 직할 정도로 머리두께가 두터웠다. 그리고 그녀는 제법 큰 빗자루 하나를 가지고 왔는데, 그걸로 바닥을 대충 쓸더니 자리를 잡고는 빗자루를 내려놓았다.

“나는 매거릿 포가트입니다. 특별히 오크 힐에서 강의 하나를 맡게 되어 영광으로 생각합니다. 내 수업에 대해 잠시 설명하죠.”

그녀는 손을 탁탁 털더니 말했다. 그녀는 빗자루를 가슴팍에 꼭 껴안았다.

"내 수업은 비교를 하는 게 아니에요. 다만, 좀 더 나은 사고방식을 찾는 연습이죠. 누구도 바보가 되길 원하지 않을 거예요. 물론, 천재가 되고 싶겠죠. 하지만 바보든 천재든 그 두 부류의 사고방식을 둘 다 이해하는 게 아주 도움이 될 거예요. 이것이 무엇이죠?"

그녀는 빗자루를 들고서 대뜸 질문했다.

"거기 여학생, 대답해 봐요."

매거릿 포가트 교수는 핸디 필머레이를 향해 고개를 까딱거렸다.

"아주 특별한 빗자루입니다."

핸디는 또박또박 대답했다.

"오, 아주 좋았어요."

포가트 교수는 다음으로 에모리 빈에게 물었다.

"이 빗자루는 왜 특별하나요?"

"그것은 교수님께서 껴안았기 때문에 그러합니다."

에모리 빈은 잠시 머뭇거리더니 그렇게 대답했다. 그러자 포가트 교수는 빗자루를 내동댕이쳤다. 그녀는 다시 씩 웃으면서 에모리 빈에게 물었다.

"그럼 지금은 이떤 빗자루인가요?"

"그, 그 빗자루는 마음대로 빗자루입니다."

에모리 빈은 당황한 기색에도 그렇게 대답했다.

"좋았어요."

포가트 교수가 박수를 쳤다.

"어떤 상황에서도 모든 해석이 가능하도록 마음을 열어 두는 것이 필요합니다."

포가트 교수는 다시 빗자루를 껴안았다.

"거기 활을 가지고 있는 학생."

피터 힐멘이 일어나더니 외쳤다.

"저는 피터 힐멘입니다."

모두들 킥킥거렸다.

"좋아요, 피터. 때때로 공부한 모든 것에 지치고 싫증이 나서 그러한 것들을 잊어버리기 위해 혹은 버리기 위해 독특한 행동을 한 적이 있나요?"

"지금 그렇게 하고 있습니다."

그는 씩 웃으며 대답했다.

"그렇군요. 하지만 언제까지나 그 상황에 머물러 있을 겁니까?"

포가트 교수는 캐묻는 어조로 물었다.

"잘 모르겠습니다. 미래는 검은 구름이 앞을 막은 것처럼 보이지도 않고 두려워 보입니다."

피터 힐멘은 건성으로 대답하는 듯 했다.

"좋아요. 세상은 그리 만만치 않죠. 우리가 어릴 때부터 지금까지 쭉 공부를 하는 것도, 미래에서 능력 있는 사람으로 살기 위함이죠. 사고를 탁월하게 하는 것과 판단을 정확하게 하는 것도 도움이 되죠. 그러나 인생은 우리에게 거친 파도를 뛰어넘도록 시련을 주고, 그 시련에서 지게 만들어 한순간에 똑똑한 사람을 바보로 만들어 버리죠. 하지만 그러한 사람은 시간이 지나고 다시 세상에 대한 자신만의 정리가 끝나면 바로 천재로 승화되지요. 그러한 과정에 대해서 들어본 적이 있는 사람?"

이해는 되었지만, 그런 과정을 겪어보지 못해서 나는 가만히 있었다. 다른 친구들도 눈을 동그랗게 뜨고는 있었지만 아무런 대답도 하지 못했다.

"언제고 자신이 세상에 져서 바보가 되었을 때, 나의 말을 기억해요. 그리고 그때는 시간을 가지고 자신을 보존하도록 노력해요. 그러면 때가 되었을 때, 그런 모든 과정이 삶을 이해하고 민감해지는 자신을 만드는 데 기여했다는 걸 알게 될 거예요. 그러니 천재니 바보니 하는 구분도 별로 의미가 없는 겁니다."

나는 그 말을 아주 확실하게 기억해 두었다.

"그럼, 오늘은 이 정도로 끝내도록 합시다. 내일도 수업이 있지요? 내일은 〈풀러비쉬 홀〉에서 하도록 하죠."

포가트 교수는 머리를 매만지더니 빗자루를 가지고 서쪽 숲 쪽으로 가버렸다. 에모리 빈도 가버리고, 카자르와 투자르 형제도 고개를 푹 숙인 채 자신들의 지니어스 룸으로 돌아갔다. 피터 힐멘은 새 화살을 시험해 봐야 한다며, 동쪽 숲으로 뛰어갔다.

핸디 필머레이가 고개를 갸웃거렸다.

"바보는 멍청이 아니야? 그런데 교수님의 말을 들으니까, 바보가 되는 건 어쩌면 천재의 잠재력 속에 있는 하나의 과정인 듯싶어. 넌 어떻게 생각해?"

"바보라는 말을 사람들이 사용하는 일반적인 의미로 받아들여서는 안 되는 것 같아. 여기에서는 어떤 새로운 뜻을 의미하고 있을 뿐이야. 어떤 가능성을 품고 있지만 겉으로 보기에는 정지한 상태처럼 보이는 것 말이지."

"아주 좋은 해석이야."

누군가가 말했다.

핸디와 나는 소리가 나는 쪽으로 돌아보았다.

"난 랜덤 머쉬라고 한단다. 이 트렁크를 보렴. 방금 전에 도착했단다."

그는 입이 매우 크고 미소가 멋진 남자였다.

"핌퍼를 타고 도착하셨나요?"

"아니야. 마늘 가오리를 타고 날아왔지. 섬 뒤편에서 내렸던 터라, 너희는 보지 못한 거란다."

"네."

내가 고개를 끄덕였다.

"그나저나 아주 멋진 시야를 가졌구나, 넌. 네 이름이 뭐지?"

"전 러스 퍼거라고 합니다."

"이런, 조나크와 그레고릭의 조카로군. 나는 그들과 아주 친했지."

나는 고개를 숙여 다시 한 번 인사했다.

"보통의 사람들은 언어를 습관적으로 관습적으로 사용하고 있는데, 그건 창조적인 사고를 위해서는 넘어야 하는 벽 같은 거란다. 그리고 특별히 좋지 않은 의미로 누군가를 매도하는 언어를 쓰는 걸 아주 경계해야 한단다. 예를 들어, 미치광이라든가 바보라든가 하는 단어 말이다. 그런 건 실제로 그 사람이 그러하다는 판단이 들어도 결코 그 사람에 대한 대명사로 써서는 안 된단다. 그건 큰 실례이자, 너 자신이 누군가가 상처 입는다는 것에 대해 무심하다는 증거니까. 그리고 습관적인 언어 사용을 중지한다고 해서, 언어의 무질서한 사용을 의미하는 건 아니야. 오히려 네 마음은 열려있고, 넓어졌으며, 평화롭고 하여간 그러할 거야. 그런 마음의 상태를, 주어져 있는 언어로 다양하게 표현할 수가 있는 것이지. 즉 언어에 지배당하는 인간이 아니라, 언어를 제대로 자신만의 의미로 재창조하여 사용할 수 있는 인간으로 바뀌는 것이지. 그러한 과정은 버리는 것이고, 정지해 있는 것이고, 그 자리에 새로운 체제를 세우는 거란다. 그건 오직 자기 자신만이 할 수 있는 일이고, 누군가가 가르쳐 줄 수도 대신해 줄 수도 없는 일이란다. 그러한 과정으로의 이행이 요구될 때, 그 일을 이루어내면 넌 아주 강해지는 거고, 아니라면 좀 더 기다릴 수도 있는 거란다. 그리고 버리거나 정지해 있는 과정 속에 있을 때, 타인들이 너에게 뭐라고 하든 상관하지 말고, 좀 더 자신을 세우는 일에 몰두해야 하지. 이런, 이야기가 길었군. 난 에트만 헬링턴 교수를 찾아가야 한단다. 그럼, 이만.”

핸디는 멀어지는 그를 보면서 중얼거렸다.

“저 말 알아들었어?”

“대충.”

“하여간 너도 대단하다니까.”

핸디는 뾰로통해져서 먼저 가버렸다. 나는 지니어스 룸으로 돌아와서 매거릿 포가트 교수가 수업한 내용을 한 페이지 가량으로 요약하고, 한 페이지에는 내 생각을 적어두었다. 랜덤 머쉬 교수의 생각도 들은 대로 모두 적어두었다. 머릿속이 꽉 차면서 약간 찌르르했다.

저녁이 되자, 하늘에는 웬일인지 불꽃놀이가 시작되었고, 그것은 약 10분 동안 계속되었다. 그걸 넋 나간 사람처럼 지켜보다가 어느새 창가의 꼬박꼬박 강낭콩이 내일이면 지붕을 뚫어버리겠다는 생각을 했고, 지금쯤 부모님은 어떻게 지내고 계실까하는 생각도 했다. 어쨌든 언젠가 부모님은 내가 캘리포니아 주립대에 가지 않은 사실을 알게 될 것이고, 그것에 대한 책임은 죠니크 숙모에게 있는 것이 아니라 전적으로 내게 있다고 생각했다. 그리고 오크 힐은 굉장히 멋진 곳이었다. 비록 괴팍한 농부 오라스에게 쫓긴 적도 있고, 악마에게 잡아먹힐 뻔한 적도 있지만 말이다.

다음날이 되어서 포가트 교수는 빗자루를 허리에 차고 나타났다. 달랑달랑하는 빗자루는 꼭 허술한 병사가 전쟁터에서 차고 있는 칼처럼 보였다. 왜 그녀가 빗자루를 들고 나타나는지 이해할 수는 없었지만, 그녀는 강의실에 들어서자 빗자루를 풀어 교탁에 놓았다. 그녀는 향긋한 냄새가 가득한 강의실 벽을 빗자루로 쓱쓱 쓸었다. 그러자 신기하게도 강의실 벽에는 고대 문자가 나타났다.

"이 빗자루에 대해서 궁금했지? 물론 궁금하지 않을 수도 있겠지만."

그녀는 콧김을 킁킁 대며 내쉬더니 다시 말했다.

"이 빗자루는 아주 특별해. 오크 힐의 건물 벽에는 곳곳에 역대 교수들이 남겨놓은 비밀 문자들이 숨어있어. 바로 빗자루는 세월의 먼지를 걷어내고 비밀을 볼 수 있는 자들에게 허락하는 암호해독장치와도 같은 것이지. 어쨌든, 나는 이걸 구하느라고 내 생애를 바쳤단다. 물론, 그러한 과정 속에서 얻은 것도 많지."

그녀는 씩 웃었다. 빗자루가 지나간 자리에 나타난 글자는 매우 선명했는데 도무지 하나도 읽을 수가 없었다.

"페켈레스토파 기법으로 씌어진 글자들이지. 벽에 물을 뿌리고 교수는 존재하지 않는 언어로 말하고, 그 언어들은 교수의 생각을 읽고 스스로 암호화된 글자로 바뀌어 벽에 새겨지는 거야. 이 기법은 전해져 내려오다가 지금은 명맥이 끊겼어. 지금 오크 힐에 남아있는 교수들은 아무도 이 기법으로 문자를 쓸 수 없어. 그렇군. 이제 빗질을 한 번 더 해보자구. 그러면 우리가 아는 언어로 바뀔 테니."

포가트 교수는 문자 위에다 다시 빗질을 살살했다. 그러자 문자들은 몇 개의 문장으로 바뀌었는데, 알아볼 수 있는 문자들인 것 같았다. 나는 벽 가까이로 다가갔고, 다른 리누머들도 그러했다. 나는 천천히 글자를 읽었다.

그로부터 일곱 해가 더 지나고, 다시 아홉 밤이 지나리라.

빛과 어둠이 네 안에서 질서를 지으리니,

마음은 언제나 변하지 않고 그대로 강함이 유지되며,

너는 너를 알게 되며,

그리하여 너는 용기와 예지를 가지게 되며,

네 삶을 네 책임으로 이룰 수 있게 되리라.

나, 더글러스 데리모안이 기록하노라.

"무슨 말인지 알겠나?"

포가트 교수는 목소리를 높여 물었다. 다들 다시 강의실 자리로 가서 앉았다. 포가트 교수는 다시 빗질을 살살했는데, 어느새 글자들은 사라지고 원래의 평범한 벽으로 돌아왔다.

"사실 내가 오크 힐에 오고 싶었던 것도, 이 글자들을 보기 위해서지. 빗자루는 구했는데, 비밀의 글자들은 모두 오크 힐에 있으니까."

포가트 교수는 자신의 속마음을 말했다.

"어쨌든 〈풀러비쉬 홀〉에서 새겨진 것도 보고 싶었지. 더글러스 데리모안은 오크 힐의 교수였지. 예언과 시와 철학 그리고 괴짜과학을 주로 가르쳤다고 알려져 있어. 오늘 텍스트를 보건대, 여기에 있는 모든 리누머 여러분은 분명 이 말을 이해했다고 생각해. 소수의, 자신을 만들어 가는 사람들의 앞에는 분명히 이떤 해결해야 할 복잡한 문제가 나타나고, 그걸 해결한 뒤에도 모호한 상태가 지속되리라는 거지. 서두르려고 하지 말고, 자신을 믿고 좀 더 기다리는 것이 필요한 것이지. 그로부터 일곱 해가 지나고 아홉 밤이 더 지나야 하는 것처럼. 오늘 수업은 여기까지."

그녀는 씩 웃고는 빗자루로 교탁을 탕탕 쳤다. 핸디 필머레이가 강의실 앞에서 나에게로 뛰어왔다.

"그래, 넌 또 이해한 거야? 저 모호한 말들을?"

나는 솔직하게 고개를 끄덕였다.

"야, 넌 도대체 어떤 사람인 거야?"

핸디는 나에게 불평했다. 에모리 빈이 나오면서 핸디의 말을 거들었다.

"저런 말을 이해하다니."

그는 고개를 저으면서 핸디와 내 곁을 지나쳤다. 그때 느릿느릿 피터 힐멘이 걸어와서는 화살에 묶여있던 쪽지를 풀어서 보여주었다.

"넌 내 화살을 두려워하잖아?"

그는 이유를 댔다.

오늘 저녁 〈에빌레아 홀〉에서 필리버스들의 어빙 하트 모임이 있습니다. 특별히 신입생 환영과 함께 진행될 예정이오니 리누머들은 모두 참석해 주십시오.

－ 모든 필리버스들이

내가 쪽지 읽기를 마치자 핸디는 뒷걸음질을 쳤다.

"또 뭘 하려는 거야?"

"글쎄?"

"아주 못됐어. 난 미치겠는데, 너는 여유만만 하잖아?"

핸디는 또 불평을 해댔다.

"저녁에 같이 가자, 오랜만에 그 모임에 가는 거라서. 괜찮을 거야."

나는 핸디를 달랬다. 핸디 필머레이는 나를 쏘아보고는 내 발을 꽉 밟고는 휙 돌아서서 가버렸다. 발은 오토바이 바퀴에라도 눌린 것처럼 무척 아팠다. 벤이 와서 함께 지니어스 룸으로 돌아왔다. 더글러스 데 리모안의 말을 기억해 두었다가 노트에 기록하고 잠시 휴식을 취했다.

212

뭔가가 턱턱 하는 소리를 내더니 강낭콩 줄기가 역시나 지붕을 뚫어버렸다. 그러려니 생각하고 침대에 누웠다. 날이 더운 건 사실이었다. 약간 늘어져 있을 때, 벤이 식사를 가지고 왔다. 점심을 배불리 먹고, 오후 강의를 들으러 나섰다.

강의실은 〈라트 팟 홀〉이었다. 나는 그곳에서 계단이 나타나기를 기다린 다음 아무렇지도 않게 강의실로 들어갔다. 아직 수업이 시작되기 전이었고, 나 외에 다른 리누머들은 오지 않은 것 같았다. 구둣발 소리가 들리고 강의실의 문이 열렸다.

"여어, 러스 퍼거가 가장 먼저 왔군."

나는 돌아보았다.

"랜덤 머쉬 교수님!"

랜덤 머쉬 교수는 가방을 교탁 위에 놓고는 책을 다섯 권쯤 꺼내고 나를 보며 씩 웃었다.

"다른 학생들이 올 때까지 과외 수업을 한 번 해볼까? 아니 테스트겠지?"

그는 장난스럽게 말했다.

"폴린 교수가 더 이상 〈독선자가 되는 법〉 수업을 하지 않게 되어서 내가 이 강의를 대신 맡은 거지."

그는 다시 웃었다.

"이 강의는 〈자유 지성을 위하여〉라는 강의로 알고 있는 걸요?"

나는 의아해했다.

"그 말이 그 말이야. 생각의 양극단을 모두 경험해 보고 나서, 이성은 균형을 잡는 법을 배우게 되고, 자신만의 생각을 정립하게 되는 거지. 그건 아주 편안한 상태이며, 더 이상 싸울 필요가 없는 자유로운 마음이지. 그러니까 그 수업이 바로 이 수업과 똑같다는 거야. 똑같은 발전의 과정 속에 있는 거지. 〈독선자가 되는 법〉 수업이 생각을 훈련하는 시작에 초점을 둔다면, 〈자유 지성을 위하여〉는 생각의 끝, 그러니까 스스로가 어떤 완성에 이르는 생각을 갖는 것에 초점을 둔 거니까, 그게 그거야."

"아, 그런 것도 같아요."

나는 대충 알아들었다. 핸디 필머레이가 들어왔다. 그녀는 여전히 입술을 삐쭉거리고는 나와 가장 멀리 떨어져서 앉았다. 에모리 빈에 이어서 카자르와 투자르 형제가 들어왔다.

랜덤 머쉬 교수는 우리를 돌아보고는 말했다.

"빗자루 부인이 빗자루로 요술을 부리는 건, 오래된 것들이니 그렇게 신경 쓰지 말도록."

"빗자루 부인요?"

내가 물었다.

"매거릿 포가트 부인 말이지."

랜덤 머쉬 교수가 못마땅한 표정을 짓자, 카자르와 투자르가 쿡쿡 웃었다.

"중요한 건 자신의 자아를 확고한 것으로 확립하고, 자신의 움직임의 주체를 자신으로 세우고, 생각과 판단을 자아의 자유에 두고 질서를 스스로 이룩하는 거야. 과거 누구의 예언이나 철학에 물들지 말고 말이지. 그건 그들의 생각일 뿐이야. 개인은 스스로 이룩해야 할 지적 과정이 있어. 그걸 이룩하는 것이 무엇보다 중요할 뿐이야."

랜덤 머쉬 교수는 딱 잘라 말했다.

"자아와 자유에 대해 뭔가 말을 할 수 있는 사람?"

랜덤 머쉬 교수가 오른손을 들면서 우리 모두를 둘러보았다. 카자르가 손을 번쩍 들었다.

"자아는 완성해야 할 과제를 가진 저 자신이고, 자유는 자아를 실현하면 얻을 수 있는 달콤한 꿀입니다."

랜덤 머쉬 교수는 의외라는 듯 고개를 끄덕였다.

"일부는 그러해. 하지만 좀 더 전개시켜 보자꾸나. 또 다른 사람?"

핸디 필머레이는 계속 나를 지켜보고 있었다. 나는 손을 들지 않았다. 에모리 빈이 어깨 위로 손을 살짝 올렸다.

"자아는 개인이 의식하고 있는 자신의 인격 전체입니다. 자아는 처음부터 완벽하게 주어지지 않고, 개인이 스스로 노력해서 완성해야 합니다. 그리고 자유는 카자르의 말대로 자아를 실현하면 얻을 수도 있겠지만, 오히려 자아를 실현하는 과정에서 누리는 노력 속에 깃든 즐거움이기도 합니다."

랜덤 머쉬 교수는 에모리 빈에게로 다가갔다.

"그래서 너는 어떻게 자아를 실현하고 싶지?"

"전 일차적으로 저 자신의 재능을 발견하기 위해 노력하겠고, 그 다음에는 재능을 키워서 무언가를 이루어 내고 싶습니다. 하지만 그러한 과정은 수단이 아니라 그것도 자유를 누리는 것 자체입니다. 그리고 다른 무언가에 저의 노력과 관심을 빼앗기지 않도록 저의 시간을 철저히 그것에 쓰겠습니다."

랜덤 머쉬 교수는 천천히 허리를 쭉 펴더니, 강단 앞을 왔다 갔다 했다.

"자신을 완성하기 위해 온 시간을 쏟는다, 그리고 그러한 삶의 방식에서 누리는 즐거움이 자유다, 내가 제대로 이해했다면, 너에게는 자유가 과정으로서만 중요한 것인지 혹은 너를 어느 정도 이루었을 때, 얻게 될 물질적 만족 혹은 정신적인 해방감으로서의 결과로서의 자유가 중요한지, 그 둘의 관계를 좀 말해줄 수 있겠나?"

"말씀드렸듯이 저에게는 결과적인 자유보다는 저 자신을 이루어가는 삶의 방식을 선택한 것 자체가 저에게는 더욱 중요한 자유입니다."

에모리 빈의 얼굴이 무척 붉어졌다.

"넌 이미 네 스스로 완성한 지성을 가지고 있다. 나가."

랜덤 머쉬 교수는 손가락 끝으로 강의실 문 쪽을 가리켰다.

"네?"

"나가라구. 수업을 들을 필요가 없어."

랜덤 머쉬 교수는 에모리 빈에게 겁을 주며 밖으로 내쫓았다. 에모리 빈은 밖에 나가서도 강의실을 살펴보다가 랜덤 머쉬 교수의 으르렁거리는 표정을 보자, 가버렸는지 보이지 않았다.

핸디 필머레이가 손을 들었다.

"저, 교수님? 에모리 빈의 지성이 이미 완성되었다면, 그의 지성은 더 이상 성장할 필요가 없는 건가요?"

랜덤 머쉬 교수는 분필을 꺼내어 칠판에 썼다.

최소한의 완성된 지성.
거기에서 계속적인 완성이 나타날 뿐이다.

"최소한의 완성된 지성에서 시작이 일어날 뿐이다. 최초의 완성에서 시작하여 평생에 걸쳐 인식들이 추가되어 계속 완성되는 상태를 경험하는 것이다. 일차적으로 어느 정도 완성된 수준을 판별하는 방법은 바로 자아와 자유에 관한 그 사람의 시각이지. 그걸로 그 사람의 지성 수준을 어느 정도 파악할 수 있지. 최초의 완성이라고 판단이 되면, 그 사람은 그 수준에서 시작하여 언제나 자유를 스스로 창조하고, 거기에서 또 다른 완성을 그 사람의 일생 중에 계속 쌓아가게 되지. 알겠나, 핸디 필모레이양?"

"전 핸디 필머레이예요."

랜덤 머쉬 교수는 살짝 웃었다.

"카자르?"

"네, 교수님."

카자르의 긴장한 모습이 약간 웃겼다.

"카자르, 에모리 빈의 말을 듣고 넌 어떤 걸 알게 되었는지 말해 보겠니?"

"무엇을 이루든 이루지 못하든, 저 자신을 이루어가는 과정을 사랑하겠고, 결과보다는 과정으로서의 자유에 대해 관심을 가지고 싶습니다."

"좋아, 너도 나가 봐."

랜덤 머쉬 교수는 손을 살래살래 흔들었다.

카자르가 나가고, 핸디 필머레이와 나, 투자르만이 강의실에 남아 있었다.

"투자르?"

"네, 교수님."

"넌, 자신을 완성하기 위해서 인생의 어느 순간에 무엇을 해야 한다고 생각하나? 예를 들면, 책을 낳이 읽어서 공통의 견해를 뽑아내 사신의 생각으로 삼는다든가 혹은 자신만의 생각을 확립하고 그것을 이루기 위해 인생 전체에 대한 계획을 가져본다든가, 이런 것 말이다."

나는 랜덤 머쉬 교수가 제법 힌트를 주었다고 생각했다.

"저는 계획을 가지고 싶습니다."

"그 계획은 대충 어떤 거지?"

랜덤 머쉬 교수는 약간 짓궂었다.

“그냥 머릿속이 환해지는 그런 계획을 갖고 싶습니다.”

지금 투자르의 머릿속은 백지장처럼 하얄 것 같았다.

“머릿속이 환해진다, 그건 아무래도 자신의 삶에 가장 맞는 계획을 보았다는 것을 의미하겠지? 좋아, 너도 나가 봐.”

투자르는 얼른 강의실을 나가 버렸다.

“핸디 필머레이?”

“네, 교수님.”

핸디는 어느새 얌전해졌다.

“너 자신의 일을 이루는데 시간이 많은 것 같나, 적은 것 같나?”

“저의 관심을 분산시키지 않고, 집중시킨다면, 시간은 충분할 것 같습니다.”

“아주 멋진 대답이야. 너도 나가 봐.”

핸디는 강의실 밖을 나가면서 나를 한 번 쳐다보았는데, 그 눈빛은 무엇을 말하는 것인지 알 수가 없었다.

“너만 남았구나, 러스 퍼거.”

나는 그가 무슨 질문을 할지 기다렸다.

“오늘 수업을 한 문장으로 정리해 보거라. 단, 너의 언어를 사용해서.”

약간 망설였지만, 머릿속으로 재빨리 계산을 했다.

“자신의 마음속에서 한줄기 빛을 발견했다면, 그걸로 인생을 채워라.”

나는 말꼬리를 살짝 올리고서 교수의 반응을 살폈다. 랜덤 머쉬 교수는 시큰둥했다.

“뭐, 좋아. 너도 나가봐.”

나는 고개를 숙이고, 밖으로 나갔다.

저녁에 벤으로부터 쪽지를 받았다.

러스 퍼거,

그래,

자신이 비추는 빛으로 네 인생을 채우거라.

- 랜덤 머쉬

　나는 그걸 노트에 펴서 풀로 붙여 놓고는 몇 번이고 다시 읽었다. 저녁 늦게 핸디 필머레이가 찾아왔고, 우리는 오랜만에 어빙 하트 모임에 참석했다.

거짓말과 잿빛 망토

리알러스 볼튼 선배가 가장 늦었는데, 그는 단발머리의 까무잡잡한 여학생을 한 명 데리고 왔다.

"'수나 드레일'이라고 해. 벤 드레일의 여동생이야."

에모리 빈이 귓속말로 물었다.

"벤의 성씨가 뭐였어?"

"응? 어, 그건 나도 잘 몰라."

나는 아직까지 벤의 성씨조차도 몰랐다. 갑자기 내가 벤에게 상당히 무심했다는 생각이 들었다. 수나 드레일은 얼굴이 까무잡잡했지만, 잘 빗어 넘긴 매끈한 단발머리여서, 머리를 펑퍼짐하게 볶아놓은 벤과는 전혀 상관이 없어 보였다.

"전 '수나 드레일'이라고 합니다. 며칠 전에 오크 힐에 입학했습니다. 다른 동기들이 아무도 없어서 선배님들께 잘 부탁드립니다. 저희 오빠는 러스 퍼거 선배의 위더스로 일하고 있습니다."

다들 나를 쳐다보았다. 나는 얼굴이 화끈거려서 고개를 푹 숙였다. 수나 드레일은 내 옆으로 다가오더니 손을 내밀었다.

"러스 퍼거 선배님, 안녕하세요?"

"으, 응. 그래, 안녕?"

겨우 그녀와 악수를 했지만 얼굴을 들지 못했다. 수나 드레일은 핸디 필머레이 옆으로 가서 앉았다. 리알러스 볼튼은 다들 자리에 둥글게 앉은 것을 보고는 말했다.

"오늘은 리누머들의 필리버스 마스터를 위한 연습을 하기로 했어. 들어는 보았나? 〈거짓말과 잿빛 망토〉 게임에 대해서 말이야."

리알러스 볼튼은 리누머들이 고개를 갸웃하는 걸 보고는 씩 웃었다.

"설명해 주지. 〈거짓말과 잿빛 망토〉 게임은 최근에 도입된 '이야기 게임'이야. 정확하게는 이야기를 이어가는 게임이지. 교수님과 학생이 이야기를 맞받아치면서 어떤 이야기를 완성하는 거야. 어느 정도 충분한 이야기 서술이 이루어져야 필리버스 마스터가 주어지는 거지. 예를 들면, 이야기를 시작할 때에는 '거짓말'을 외치고, 이야기를 넘길 때에는, '잿빛 망토'를 외치는 거야. 이때, 이야기 서술이 충분히 끝나지 않았을 때, 다시 '거짓말'을 외치고 이야기를 잇고, '잿빛 망토'를 외치며 다시 이야기를 넘기지. 어느 정도 교수님들이 만족하는 선에서 필리버스 마스터가 주어지는데, 쉬운 것 같지만 경험해 보지 않으면 상당히 어려워. 그래서 우리의 경험을 중심으로 너희들에게 필리버스 마스터 게임을 도와주기 위해 오늘 어빙 하트 모임을 소집한 거야."

수나 드레일은 눈을 반짝이며 리알러스 볼튼의 말을 듣고 있었고, 핸디 필머레이는 한숨부터 내쉬었다.

"먼저, 이야기 지어내기의 귀재, 파메스 티거, 네가 먼저 시작하도록 해. 아주 센 걸로 시작하라구."

리알러스 볼튼은 필리버스의 유일한 여학생인 파메스 티거에게 윙크를 보냈다. 파메스 티거는 눈알을 빙글빙글 굴리더니 말을 꺼냈다.

"음. 좋아. 먼저, '거짓말'을 외칠게. 옛날 옛날에 빗자루를 파는 할머니가 살았어. 그 할머니는 무척 부지런해서 매일 저녁 다음날 팔 빗자루를 만들고는, 다음날이면 어김없이 시장에 나가서 빗자루를 팔았지. 그런데 어느 날 아침, 할머니는 전날 밤에 만들어 둔 빗자루가 몽땅 사라진 걸 알았어. 할머니는 기억력이 나빠서라고 괜히 자신을 탓하고는, 그날 하루 동안 열심히 빗자루를 만들었어. 그런데 다음날에도 빗자루가 몽땅 사라지고 만 거야. 이상하다고 생각한 할머니는 다시 빗자루를 만들고는, 방에 들어가서 문을 살짝 열어 놓고는 빗자루를 감시했지. 그러자 자정이 되었을 무렵, 여기에서 '잿빛망토'. 핀 머렐, 네가 해 봐."

핀 머렐은 눈을 한 번 깜빡이더니, 이마에 주름살이 지도록 인상을 썼다. 잠시 후, 그가 '거짓말'이라고 외쳤다.

"자정이 되자, 삐걱 하는 소리가 들리더니 무언가가 들어왔어. 그것은 바로 엄청나게 큰 갈색 들쥐 한 마리였지. 쥐는 잽싸게 빗자루를 모두 안더니 바람처럼 사라져 버렸어. 할머니는 너무 놀라 쥐를 쫓아가지도 못한 채, 놀란 가슴을 쓸어내려야 했지. 다음날 할머니는 다시 빗자루를 만들고, 아랫마을에 사는 손자를 불러다, 자정까지 기다리게 했어. 그런데, 쥐는 그날 밤 찾아오지 않았어. 여기에서 '잿빛 망토', 어너시 머슬, 네 차례야."

어너시 머슬은 간단하다는 듯 이야기를 이어갔다.

"먼저, '거짓말'. 손자는 투덜대면서 할머니와 함께 시장에 갔어. 그날은 장사도 잘 되지 않아서 겨우 한 개의 빗자루만을 팔았을 뿐이었어. 손자는 다시 자신의 집으로 가고, 할머니는 빗자루를 가지고 집으로 돌아왔지. 그런데 그날 자정 무렵, 또 어떤 소리가 들려서 할머니는 거실로 나갔어. 어두컴컴한 곳에 있는 그것은 바로 황금동전 무더기였어. 그리고 커다란 들쥐가 할머니를 보고 서 있었지. 여기에서, '잿빛 망토', 리알러스 볼튼, 이제 네 차례야."

어너시 머슬은 이미 결말을 알고 있다는 표정을 지었고, 리알러스 볼튼도 별로 어렵지 않다는 듯 어깨를 으쓱했다.

"리알러스의 '거짓말'이 이제 시작됩니다. 이젠 이 이야기의 끝을 맺어야 하겠지? 할머니는 들쥐로부터 놀라운 이야기를 듣게 되었어. 이 도시에서 가장 큰 부자인 안드레이 파고페이 영감이 최근 뜰을 확장하면서 들쥐마을을 쑥대밭으로 만들어 놓았대. 그래서 들쥐들은 새 보금자리를 찾아 떠나게 되었고, 이에 필요한 지푸라기를 확보하기 위해, 할머니의 빗자루가 대량으로 필요했다는 거야. 그리고 이 황금동전은 안드레이 파고페이 영감의 마누라가 빼돌린 금고 상자에서 가져온 것이니, 여기에서 멀리 이사 가서, 행복하게 살라는 거야. 들쥐는 그렇게 말하고는 다시 몸이 작아져 찍찍대며 돌아갔지. 그리고 할머닌, 행복하게 잘 살았지. 여기가 끝이야. 그럼, 다음 이야기는 우리 리누머들이 해볼까?"

리알러스 볼튼은 아직 준비도 되지 않은 우리에게 겁을 주었다. 나는 정신을 똑바로 차렸지만, 이야기 이어가기 놀이는 한 번도 해본 적이 없어서 약간 당황했다.

"러스 퍼거, 내 이야기를 잘 듣고, 이어보도록 해. 먼저, '거짓말'. 옛날 옛날에 '뜬금없는 실보'라는 사람이 살았어. 그는 상대방이 '밥은 먹었니?'라고 물으면, '나는 돈이 필요해.'라고 내답하거나, '너는 참 뜬금없는 남자구나.'라고 말하면, '잘생겼다고 하는 말이지?'라고 했대. 그러니까 그는 질문과는 상관없는 대답만을 말하는 뜬금없는 실보였던 것이지. 그런데 그는 처음부터 뜬금없는 실보는 아니었어. 여기에서, '잿빛 망토.'"

리알러스 볼튼은 말을 멈추고는 기대에 찬 얼굴로 나를 바라보았다. 핸디 필머레이가 내 어깨를 툭 쳤다.

"제법 어려워."

나는 이야기 전개를 살펴보며, 왜 그가 뜬금없는 실보가 되었는지 잠시 생각해 보았다. 머릿속이 환해지는 건 아니었지만, 볼튼 선배가 대충 실마리를 던져 주었다고 생각했다.

"저, '거짓말'이라고 하면 되죠? 그럼, '거짓말' 하겠습니다. 뜬금없는 실보는 원래는 굉장히 정직했습니다. '애, 너 돈 얼마 가지고 있니?'라고 물었을 때, 있는 그대로 대답한 것이죠. 그리고 그 사람이 실보의 돈을 가져가 버린 겁니다. 또, 어떤 사람이 '애, 넌 참 천재로구나.'라고 말했을 때, 그 말을 그대로 믿고서 며칠 동안 자신이 천재라고 생각했던 거죠. 그리고는 '애, 천재는 빨랫감에 숯칠을 하는 거야.'라는 그의 말을 듣고, 실제로 쌓여 있는 빨랫감에 숯칠을 해놓고, 엄마가 돌아왔을 때, 엄청나게 두들겨 맞게 된 거죠. 그리고는 실보는 자신에게 장난치는 사람의 말을 듣지 않기로 결심하죠. 그런데 그런 실보에게는 속으로 좋아하는 여자가 있었죠. 장난치는 사람은 그 사실을 알고 또 실보에게 '남자는 지렁이로 국수를 만들어 여자에게 선물하면, 그 여자한테 장가가게 된대.'라는 말을 하죠. 실보는 또 그 말을 믿어버린 거죠. 그는 하수구를 찾아다니며 지렁이를 주워 담고, 그걸 그릇에 담아 자기가 좋아하던 여자에게 줬죠. 여자는 기겁하며, 지렁이 국수 그릇을 실보에게 뒤집어 씌웠죠. 그 뒤로 실보는 어떤 사람들의 말도 믿지 못하게 되었고, 사람들이 질문을 하게 되면, 상관없는 대답을 해야 손해를 보지 않는다고 믿게 된 거죠. 저, 여기에서 '잿빛 망토'를 외쳐도 될까요?"

다들 너무 조용해서, 나는 더듬더듬 말했다.

"잿빛 망토, 핸디 필머레이, 네가 이야기를 잇도록 해."

"잠깐."

리알러스 볼튼이었다.

"러스 퍼거의 이야기 전개에 대해서 어떻게 느꼈지? 빌 캐리아웃, 네가 말해봐."

빌 캐리아웃은 우선 손뼉을 세 번 정도 쳤다.

"이야기 게임을 처음으로 시작하는 데 이 정도면, 아주 탁월하다는 생각이 들어. 두 가지 면에서 그러하지. 한 가지는 이야기의 맥락을 잘 파악했고, 이어가는 솜씨가 아주 매끈하다는 것과 다른 한 가지는 굉장히 구체적인 이야기가 등장하고 이로 인해 실보라는 사람이 어떤 특징을 가졌는지 눈에 확연히 보인다는 거야. 실보는 인정받고 싶어 하고 허영심이 많고, 순진하다는 것을 알 수가 있어. 빨랫감의 숯칠이라든가, 지렁이 국수 이야기를 통해서 말이지. 나는 아주 멋지다고 생각해."

오트 셔햄도 손을 살짝 들었다.

"러스, 너의 재능을 발견했는지 모르겠지만, 탄탄한 사고와 풍부한 상상력이 끊임없이 나오는, 아주 특수한 재능을 가진 것 같아. 그걸 신장시키라구."

나는 그 말을 기억해 두었다. 어쨌든, 선배들의 해석을 들으면서 내 이야기에 대해 좀 더 알게 된 것도 사실이었다. 핸디 필머레이는 나와 경쟁이라도 하려는 듯, 이야기를 시작했다.

"저, 이제 제가 이야기를 하면 되는 거죠? '거짓말'. 실보는 계속 뜬금없는 말을 하게 되었는데, 실보에 대한 소문을 들은 실보가 좋아했던 여자가 실보를 찾아오게 되었어요. 물론, 그녀는 실보를 돕기 위해서였죠. 그녀가 '실보, 질문과 상관없는 말을 하면 안 돼요.'라고 하자, 실보는 '나는 빵을 좋아해요.'라고 대답했죠. 그녀는 하루 종일 실보를 설득하려고 했지만 잘 되지 않았죠. 마침내 그녀도 실보에 대해 포기하고 돌아갔어요. 그리고 아주 오랫동안 실보는 '뜬금없는 실보'로 남아 있었죠. 그리고 실보의 홀어머니가 돌아가실 때, '실보야, 이제 정신을 차려야지?'라고 유언했을 때, 실보가 말했어요. 여기에서 '잿빛 망토'를 외칠 게요. 다음으로는 에모리 빈, 네가 해봐."

에모리 빈도 분위기에 익숙해졌는지, 쉽게 이야기를 이어갔다.

"'거짓말'입니다. 실보는 병석에 누운 어머니에게 이렇게 말했습니다. '어머니, 판단이라는 것이 무엇입니까?' 어머니는 실보의 손을 꼭 잡았습니다. '누가 하는 말이든, 네 생각이든, 그것을 상황에 따라 잘 파악해 보고, 행동을 결정하도록 하거라. 스스로 하는 판단이 없이는 너는 존재하지 못하는 것과도 같단다.' 어머니는 그 말을 하고 눈을 감았습니다. 어머니는 미소를 짓는 표정으로 돌아가셨지요. 실보는 그 뒤로부터, 장난치는 사람들이 와서 '실보, 어떻게 잘 살고 있냐?'라고 물었을 때, 판단을 해보고는, 그 말이 비꼬는 안부인사라는 것을 파악하고는 '잘 살고 있습니다, 댁은 어떠십니까? 여전히 남을 놀리고 불쌍한 사람들을 괴롭히고 다니십니까?'라고 물었습니다. 그러자 사람들이 실보를 놀리지 않게 되었고, 실보는 뜬금없는 실보가 아니라, 똑똑하고 판단을 잘하는 실보가 되었습니다. 여기가 끝이에요."

리알러스 볼튼이 박수를 쳤다. 곧 다른 이들도 모두 박수를 쳤다.

"에모리 빈, 이거 멋진 걸? '판단'이라는 소스 괜찮았어. 하지만 약간 아쉬운 건, 실보가 변화하게 된 과정이 명확하게 제시되지 않았다는 거야. 어쨌든, 좋아. 카자르와 투자르, 너희들도 한 번 해 볼래?"

"보, 볼튼 선배. 저희는 우선 듣는 것만으로도 벅찼습니다. 무슨 이렇게 어려운 이야기가 있나요?"

투자르가 고개를 살래살래 저었다.

"저희는, 좀 더 저희끼리 연습을 했으면 합니다."

카자르도 그렇게 말하며 이야기 게임을 사양했다.

잠시 후, 우리는 리알러스 볼튼의 위더스가 가지고 온 야식을 먹고는 이야기를 좀 더 나누다가 새벽이 되어서야 각자의 방으로 돌아왔다. 다음날 아침 식사를 가지고 온 벤에게 그의 성씨에 대해 물어보았다.

"아, 그런 건 신경 쓰지 마십시오. 제 성씨를 아는 건 그다지 중요하지 않습니다."

"그래도 제가 너무 무관심했어요, 벤에게."

나는 진심으로 반성했다.

"어쨌든 여동생이 캐리얼로 오크 힐에 들어오게 되어 정말 기쁩니다."

벤은 볶음밥 위에 찐 킹크랩의 살을 발라서 얹고는 돌아갔다. 밥은 굉장히 맛있었는데, 벤이 약간 쓸쓸해 보이는 것이 마음에 걸렸다.

오전에 매거릿 포가트 부인의 강의를 들었다. 강의에서 그녀는 어떤 납작한 돌을 가져와 그 위에 빗질을 살살했다. 돌에는 쐐기문자가 제법 적혀 있었는데, 그녀는 그것의 의미에 대해 장황하게 설명해 주었다.

'태양의 말을 들어라, 아무 말 없이 생명을 이어주고 있다고 생각하지 말라. 위대한 침묵에 대하여, 그의 마음을 생각할 진저.'

그녀는 시를 읽듯이 그 말을 몇 번이고 반복했다.

수업이 끝나고, 젊은 관리인 포가트 씨가 동쪽 숲의 오두막으로 데리고 가서 연장을 보여주었다. 도끼며, 진기톱이며, 집게며, 연장이 한쪽 벽을 가득 채우고 있었고, 연장통만하더라도 족히 다섯 상자는 될 법했다. 엄청난 연장을 보자 갑자기 파머 오라스가 떠올랐는데, 그럼에도 오라스와 그는 완전히 달랐다. 누군가가 우리를 보고 있는 것 같아서 내가 그쪽으로 눈을 돌리자 레드 알라스가 도망치고 있었다.

"그냥 두라구. 연장을 쓱 하긴 했는데, 뭐 공부하라는 셈치고 봐줘."

포가트 씨가 말했다. 나는 그에게서 카카오 열매를 얻고는, 방으로 돌아왔다. 오후에는 수업이 없어서 낮잠을 잤다. 저녁을 먹고 밤 10시 쯤 되어 불을 끄고 잠을 자려는데 누군가가 계단을 올라왔다. 불을 켠 이는 폴린 교수였다. 그의 얼굴이 해쓱해서 나는 그가 또 유령인 줄 알 았다.

"니버스티로스에게 가야겠어."

"네?"

"가보면 알아. 따라와."

늦은 밤, 폴린 교수와 나는 등불도 없이 떡갈나무 언덕까지 올랐다. 나무는 금방이라도 흩어져 버릴 것처럼 떨고 있었다.

"봐, 괴로워하고 있다구."

폴린 교수는 유령이 말하듯이 으스스하게 말했다.

"어떻게 해야 합니까?"

내가 물었다.

그때 나무가 신음소리를 내뱉듯 말했다.

"나의…… 아스케…… 그녀의 곁으로…… 가고 싶소……."

나는 놀란 눈으로 폴린 교수를 쳐다보았다.

"지금까지는 다만 상황이 좋지 않았던 거야. 이제는 끝나지 않는 세계 에서 그들의 사랑을 방해할 어떤 누구도 없어. 니버스티로스는 떠나려 고 그러는 거야."

나는 흐느끼고 있는 나무를 올려다 보았다. 폴린 교수는 떡갈나무 가 까이에 바짝 붙어 서서 주머니칼로 나뭇가지 하나를 살짝 베어냈다. 그 러자 떡갈나무는 흔들거림을 멈추었다. 그런데 폴린 교수의 손에 들린 나뭇가지가 또다시 떨고 있었다.

"가자구."

폴린 교수는 나뭇가지를 조심스레 들고 움직였다. 해변에는 무언가가 펄럭펄럭 움직이고 있었다. 가까이가자 그것은 마늘 냄새가 고약하게 나는 마늘 가오리들이었다. 폴린 교수는 그 위에 올라타더니 나에게도 손짓을 보냈다. 나도 마늘 가오리 한 마리에 올라탔다. 마늘 가오리는 하늘로 날아오르더니 숲으로 돌진했다. 숨이 막히는 것 같았다.

나는 굉장히 밝은 곳에 도착해 있었다. 그곳은 바로 아스케 공주가 변해버린 벚나무 곁이었다. 폴린 교수는 잠자코 벚나무 가까이로 다가갔다. 그는 나무를 살펴보고는 한숨을 내쉬었다. 곧 그는 주머니칼로 벚나무 줄기를 약간 베고서 거기에 떡갈나무 가지를 붙이고는, 비닐로 꽁꽁 맸다.

"이제 됐어."

폴린 교수의 목소리에 안도감이 실려 있었다.

"아무도 이 나무만큼은 건드리지 못할 거야. 아스케 공주는 굉장히 독하거든."

그러자 벚나무의 하얀 꽃들은 모두 바람에 실려 날아가 버리고, 나무에는 초록빛 잎사귀가 돋아났다. 곧 나무는 온통 초록빛 동산처럼 바뀌었다.

"이들은 이제 하나가 된 건가요? 어떻게 서로 다른 종류의 나무가 하나가 될 수 있나요?"

"이들은 원래 같은 사람이었으니까."

폴린 교수가 조용히 대답했다.

나는 그 말을 이해했고, 마음이 풀리는 걸 느꼈다. 비로소 하나의 나무가 된 니버스티로스와 아스케 공주는 이제 눈물을 삼키지 않아도 되었고, 누구를 원망하지 않아도 되었고, 편히 숨을 쉴 수 있게 된 것이다. 누구를 지독히도 사랑하고 그리워하는 것이 무엇인지 아직은 알 수 없었지만 나는 다시 마늘 가오리를 타고 끝나지 않는 세계를 떠나왔다.

다음날 폴린 교수는 지난밤에 있었던 일을 모른다며 딱 잡아뗐다. 나로서는 교수님이 그렇게 말하는 것도 어느 정도 이해할 수는 있었다. 그리고 실제로 강의를 세 번 정도 더 듣고서, 필리버스 마스터를 따기 위한 시험 공고가 나붙었다. 제발 이야기 게임을 펼칠 교수님이 프뤼엘 스파리퍼 교수만큼은 되지 않게 해달라고 기도하고 또 기도했다. 그리고 그 소원은 이루어졌다.

필리버스 되기

　〈레오딜 홀〉에서 시험이 있을 거라는 통지를 받고서, 나는 강의실에 앉아서 이야기 게임을 진행할 교수님을 기다렸다. 그리고 커다란 트렁크를 들고 나타난 교수님은 편한 재킷 차림의 그레고릭 삼촌이었다. 나는 삼촌을 보고서 자리에서 벌떡 일어났다.

　"반갑다, 러스. 오랜만이로구나."

　삼촌이 먼저 말했다.

　"삼촌, 어떻게 되신 거예요? 조나크 숙모는 이미 만나 보았고, 수업도 들었어요. 그런데 숙모도 요즘은 도통 보이지 않으셨어요. 삼촌은 그동안 어디에서 무얼 하셨나요?"

　"그게 그렇게노 궁금하니? 숙모는 시금 사료 수집 차 아프리카의 알제리로 떠났단다. 사막 기후와 토양, 식물, 그리고 비밀스러운 무언가에 대해서도 조사하기 위해서지. 그건 그렇고, 〈악마처리전담반〉의 사무실에 들렀다가 네 이야기를 들었는데, 아주 흥미로웠단다. 악마가 널 두려움에 빠지려고 만든 장면에서 넌 아주 즐겁게 춤을 췄다는데, 정말이니? 놀랍구나."

　그때의 기분이 떠올라 다시 등줄기가 싸늘해졌다.

"삼촌이 저의 필리버스 마스터를 심사하시는가요?"

"이번에 다른 교수들이 모두 마다하는 바람에, 내가 다른 리누머들까지 모두 심사하기로 했단다. 그건 내가 그동안 오크 힐에서 너무 일을 하지 않아서 이번에 만회하려는 것이기도 하지. 하지만 진행 과정을 녹음했다가, 다른 교수들에게서 내 판단의 정당성에 대해 심사를 받아야 하지."

삼촌은 그렇게 말하고는 나를 한 번 안았다. 홀아비 냄새가 나는 게, 다음에 숙모를 만나면 삼촌을 좀 챙겨주라고 말해야겠다고 생각했다.

"그럼, 시작해 보자꾸나. 내 이야기로부터 시작하는 것이 좋겠군. 거짓말과 잿빛 망토 구호는 알고 있겠지?"

"네, 한 번 해보았는걸요?"

"그럼, '거짓말'. 내가 다녀온 곳은 화산에서 생긴 돌섬이었단다. 거기는 무인도라서 사람의 발길이라고는 닿지 않았지. 그래서 화산섬의 가장 높은 봉우리까지 올라가는 길도 나 있지 않은 상태였어. 무시무시하게 생긴 암괴들의 틈으로 겨우 한걸음씩 내딛을 수 있을 정도였을 뿐이니까. 그런데 말이다. 여기에서 '잿빛 망토.'"

화산섬? 무인도? 거기에서의 등산? 나는 몇 가지의 이야기 코드를 생각해 보았다. 시간이 지체되면 탈락되니 무슨 말이라도 꺼내야 했다.

"저, '거짓말'을 외칠게요. 그런데 삼촌은 한참을 올라가다가 무언가 뒤에서 부스럭거리는 소리가 나서 돌아보았어요. 그런데 아무도 없었죠. 또다시 올라가다가 부스럭거리는 소리가 나서 돌아보았는데, 역시나 아무도 없었어요. 그리고는 화산섬의 정상에 도착하기까지 아무런 소리가 나지 않았죠. 천천히 왔던 길로 내려오는데, 또다시 소리가 났던 지점에 이르러 부스럭거리는 소리가 난 거예요. 그런데 주위에는 아무도 없었죠. 등줄기에 식은땀이 흘렀지만 조심스럽게 내려갔죠. 그런데 이번에는 누군가가 살짝살짝 걸어오는 소리가 들리는 거예요. 그래서 다시 돌아보았을 때, 거기에는 검은 물체가 있었어요. 여기에서 '잿빛 망토.'"

그레고릭 삼촌은 고개를 저었다.

"거부한다. 계속 이야기를 끌어가봐. 아직 너는 이 이야기의 핵심을 짚지 못하고 있어."

"네, 알겠어요."

나는 한숨을 내쉬고서 다시 이야기를 이어갔다.

"그 검은 물체는 삼촌에 대해 신경을 쓰지도 않고, 돌 틈으로 사라졌죠. 그날 저녁 해안가에서 낚시를 하고, 물고기를 불에 구워먹을 때, 삼촌 옆에 그 검은 물체가 다시 나타났죠. 삼촌은 생선 한 마리를 검은 물체에게 줬죠. 그리고 삼촌은 그 동물에게 호감이 가서, 그것의 이름을 '라이크'라고 지었죠. 삼촌이 라이크, 더 먹어, 라고 하자 라이크는 생글생글 웃는 게 아니겠어요? 그리고 다음날이 되었어요. 여기에서 '잿빛 망토'를 외치면 안 될까요?"

나는 삼촌의 눈치를 살폈다.

"좋아, 이젠 내가 이어가도록 하지. '거짓말'. 라이크는 신기하게도 간단한 말을 알아듣고, 스스로도 말을 할 수 있게 되었지. 섬에서 지낸 한 달 동안 라이크가 말한 건, 섬에는 라이크 외엔 살지 않는다는 것이며, 오래 전에 라이크의 부모가 죽었고, 라이크는 해인의 고동과 소리나 해초를 먹고 살아왔다는 것이며, 그래서 라이크는 나를 만나서 기쁘다고 한 것이지. 라이크는 자신이 라이크라는 이름이라는 것을 매일 외치고 다녀서, 오히려 내가 기분이 더 좋았지. 좋아한다, 라는 말을 매일 들으면 정말 기분이 좋아지니까. 그리고 화산섬을 조사하는 임무도 거의 마치게 되었을 무렵, 나는 라이크를 두고 떠나야 했어. 마음이 아팠지만, 어디를 연구하든 토착 동물을 집으로 데리고 가서는 안 된다는 게 나의 학문연구의 원칙이었어. 나는 라이크에게 낚시를 가르쳐 주고, 라이크를 위해 조그만 돌집을 지어주었으며, 그리고 라이크가 잠든 날 내 배를 타고 그 섬을 떠났지. 여기에서 '잿빛 망토'"

나는 머릿속에 이제 이야기가 들어오기 시작한 터라, 그리 어렵지 않게 이야기를 이어갔다.

"라이크에 대한 그리움으로 삼촌은 몇 달 후에, 그 섬을 다시 찾았어요. 섬은 그대로였지만, 아무리 섬을 찾아봐도 라이크는 보이지 않았지요. 상심한 삼촌은 섬을 떠나기 위해 배에 올랐지요. 배는 근처의 유인도 섬까지 갔고, 삼촌은 좀 더 큰 여객선으로 갈아타고, 집에 도착했지요. 그런데 트렁크를 열자, 라이크가 나타나서는, 라이크, 라이크, 버리고 가면 안돼요, 라고 외치는 게 아니겠어요? 여기에서 '잿빛 망토.'"

"좋아. 그럼, '거짓말'. 나는 라이크를 어떻게 할지 정말이지 고민했어. 라이크의 존재가 알려지면, 라이크가 어떻게 될까, 라는 불안함 때문이었지. 하지만 라이크를 숨길 수도 없었지. 라이크는 돌아다니기를 좋아하니까. 그래서 나는 당장 짐을 싸고, 라이크를 트렁크에 넣은 다음, 다시 라이크의 섬으로 돌아갔어. 돌아와서는 이 비밀을 조나크에게만 알려주었지. 그러자 조나크는 자신도 라이크 같은 존재를 발견해 보겠다며, 사막으로 떠난 거야. 사막에서 특별한 생물이 발견되면, 나에게 연락을 주겠다면서 말이지. 그런데 말이지, 여기에서 '잿빛 망토.'"

나는 삼촌이 자신의 이야기를 하는 것처럼 느껴졌다. 조나크 숙모가 사막으로 떠난 이유가 진짜로 삼촌에 대한 경쟁심에서 라이크와도 같은 생물체를 발견하기 위해서 인 듯도 싶었다. 어쨌든, 나는 이야기를 이어갔다. 이 이야기는 어느새 결말이 가까워졌다.

"그럼, '거짓말'하겠습니다. 삼촌은 어떻게 해서든 라이크를 위해 친구를 찾아주고자, 아주 착한 개를 한 마리 데리고 다시 섬으로 갔죠. 그런데 거짓말처럼 라이크와 개는 서로를 좋아하게 된 거예요. 삼촌은 거기에서 좀 더 머물다가, 라이크가 개를 더 좋아하게 되자, 삼촌은 섬을 떠났던 거예요. 끝이에요.”

“음, 그렇단 말이지? 어떻게 실제로 일어난 일을 말할 수가 있는 거지?”

삼촌이 나를 빤히 쳐다보았다.

“네?”

“이건 실제로 나의 모험담이야. 라이크의 존재도 말이지. 그걸 어떻게 알았는지 무척 궁금하구나. 너에게는 탐정 자질이 농후하단 말이지.”

삼촌은 나의 이곳저곳을 뚫어져라 살펴보았다.

“저는, 그저 이야기를 잇는 거라고 해서, 그런 것뿐이에요.”

나는 머리를 긁적거렸다.

“그럼, 마지막 문제로, 네가 이야기를 시작해서, 내가 한 번 정도만 이야기를 잇고, 다시 네가 이야기를 끝내보도록 하자.”

“네, 삼촌, 아니 교수님.”

나는 고개를 끄덕였다.

“‘거짓말’이에요. 머리핀 장수와 어느 키 작은 소녀에 관한 이야기입니다. 옛날 옛날에 아주 키가 작은 소녀가 살았습니다. 소녀의 어머니는 소녀의 키에 대해 고민을 했죠. 일곱 살이나 된 소녀는 어머니의 팔을 잡고 걷지도 못해서 외출할 때면 언제나 업히거나, 어머니의 다리를 붙들고 걸어야 했죠. 그렇지 않으면 길을 잃어버리기가 일쑤였기 때문이었죠. 그런데 어느 날, 시장에서 소녀는 머리핀 장수가 펼쳐 놓은 보자기에 가득한 각종 핀을 보느라 어머니를 놓쳐 버렸어요. 소녀가 울음을 터트리자 머리핀 장수는 소녀에게 분홍색 머리핀을 주며, ‘이 핀을 하고 있으면, 엄마가 널 쉽게 찾을 수가 있어요. 이건 아주 멀리에서 보아도 반짝이는 핀이거든.’ 하고 말했습니다. 여기에서 ‘잿빛 망토’를 외칠게요.”

 “좋아, ‘거짓말’. 그런데 말이지. 소녀가 길을 걸어갈 때마다 사람들이 소녀를 쳐다보았어. 소녀의 머리에서 핀이 정말 반짝였던 것이지. 결국 소녀의 어머니도 소녀를 보게 되고, 소녀를 찾게 되었어. 소녀의 어머니가 소녀를 부둥켜안고 울고 있을 때, 머리핀 장수가 다가왔지. ‘이 머리핀으로 딸을 찾았으니, 딸의 가치만큼 내게 돈을 주십시오.’라고 말이지. 소녀의 어머니는 머리핀 장수에게 머리핀 따위가 얼마나 한다고, 딸의 가치를 들먹이느냐고 막 화를 냈지. 그러자 머리핀 장수는 사람들을 불러 모으더니, 머리핀이 없었다면 딸을 찾지 못했을 것이고, 그러니 머리핀은 딸의 가치만큼이 있지 않느냐고 했지. 그러자 사람들이 고개를 끄덕였어. 여기에서 ‘잿빛 망토’.”

 분명 이야기는 내가 생각했던 것과 다르게 진행되고 있었다. 삼촌이 진행시켜 놓은 이야기의 결말을 맺어야 했다. 이걸 제대로 해야, 나는 필리버스가 될 수 있었다. 긴장해서인지 입술이 떨렸다.

 “저, ‘거짓말’을 외치면 되지요? 머리핀 장수는 대뜸 소녀를 안고서는 소녀의 어머니를 두고 사라져 버렸습니다. 소녀의 어머니는 아무 말도 하지 못했지요. 그리고서 몇 년이 흘렀습니다. 소녀의 행방을 알지 못한 채, 소녀의 어머니는 병석에 누워 있었지요. 어느 날이었습니다. 누군가가 소녀의 어머니를 찾아왔지요. 바로 그 머리핀 장수였습니다. 그는 씩 웃으면서 그의 뒤에 서 있던 누군가를 소녀의 어머니가 보도록 했습니다. 뒤에 있던 누군가는 바로 키가 훌쩍 자란 소녀였고, 소녀의 머리에는 빨간 머리핀이 있었습니다. 소녀는 어머니를 부둥켜안고 울었습니다. 어느새 머리핀 장수는 사라지고, 소녀와 어머니만이 남았습니다. 소녀가 말했지요. 소녀는, 소녀는…….”

 거기에서 나는 생각이 막히고 말았다. 내가 더듬거려도 삼촌은 본체

236

만체했다. 그렇게 긴 어둠 속을 헤매는 것 같은 몇 분이 지났다.

"소녀는 말했습니다. 머리핀 장수는 한참 뒤에 소녀의 고민을 듣고서, 키를 크게 하는 머리핀을 얻고 싶다면, 오 년을 자신을 위해 일하라고 말했다고. 결국 소녀는 열심히 일해서 키를 크게 하는 빨간 머리핀을 얻을 수 있었습니다. 키가 부쩍 커버린 소녀는 머리핀을 빼어서 창가에 두었는데, 다음날 그 머리핀은 온데간데없이 사라져 버리고 말았습니다. 여기가 끝이에요."

삼촌이 내 어깨를 턱 하고 쳤다.

"이 정도면 필리버스가 되어도 된다. 나로서는 합격이지만, 다른 교수들도 이 녹음테이프를 듣고 어떻게 생각할지. 며칠 후, 최종 결정이 나면, 연락을 주겠다. 피곤할 텐데, 어서 가서 쉬거라."

나는 평가를 듣고 싶었지만, 삼촌은 그럴 생각은 없어 보였다. 나는 일어나서, 내 방으로 돌아왔다. 무척 피곤하고 배가 고파서 벤이 음식을 가져오자마자 그걸 게걸스럽게 다 먹어버리고는 이빨도 닦지 않고 침대에 누워 곯아떨어졌다.

하우스트리

며칠 뒤 나는 다시 은빛 메달을 받게 되었다. 세컨드 마스터, 필리버스, 러스 퍼거, 라고 새겨진 은빛 메달을 말이다. 삼촌은 그걸 내게 장난스럽게 걸어 주고는 또다시 사라졌다. 라이크를 보러 가야한다나, 뭐라나. 나는 그 이야기를 믿을 수가 없었지만, 믿지 않을 수도 없었다. 어쨌든, 숙모나 삼촌이나 모두 독특한 인물임에는 틀림이 없었다.

핸디 필머레이나 내가 필리버스가 되는 동안 리알러스 볼튼은 제일 먼저 유로파를 땄고, 그의 동기생들도 유로파를 따서 요란스러운 유로파 노래를 부르고는 섬을 떠나 버렸다.

재미있는 일은 피터 힐멘이 리누머가 되었다는 사실이다. 그를 맡은 페렐 세스터 교수가 이번에 그에게 〈꾼의 자질〉에 관한 리포트 제출을 첫 번째 마스터 과제로 제시했는데, 그가 거의 완벽한 문서를 만들어 왔던 것이었다. 페렐 세스터 교수는 〈오크 힐 일보〉에서 피터 힐멘과 같은 학생을 가르치려면, 그가 잘하는 분야를 극대화시켜주는 전략을 써야 한다고 논했다. 어쨌든 피터 힐멘은 기분이 좋아서인지 자신에 관한 신문 기사가 나온 날, 하루 종일 화살을 쏘고 다녀서 섬에는 아무도 돌아다닐 수가 없었다.

　교수님들은 수업하기가 지친다며 휴가를 내고는 페도스 폴린 교수와 프뤼엘 스파리퍼 교수를 빼놓고는 모두들 학교를 떠나 버렸다. 새로운 신입생, 에덴 코너트와 마릴다 레이즈너는 프뤼엘 스파리퍼 교수로부터 지루한 입학사를 들으며, 핌퍼를 타고 도착했다. 그들은 모두 여학생이었고, 카자르와 투자르 형제가 그들에게 무척 큰 관심을 보였다.

　매거릿 포가트 교수도 한 강의를 끝내고는 도망치듯 섬을 떠났고, 빗자루 또한 그녀가 가지고 가버렸다. 그녀의 아들인 포가트 씨는 학교 관리인으로 남겠다고 했으며, 그는 레드 알라스와는 비교도 되지 않을 정도로 학교 건물을 잘 관리했다. 레드 알라스가 그를 질투한 것은 당연한 일이었거니와 학생들의 물품을 쓱, 하는 습관을 고치지 못해서 포가트 씨에게 된통 혼이 나기도 했다.

　포가트 씨는 가끔 조나크 숙모의 안부를 물었는데, 나로서는 숙모가 내 앞에 스스로 나타나기 전까지는 숙모의 행방에 대해 전혀 알 수 없었다. 어쨌든, 그는 느끼한 눈빛으로 숙모의 안부를 묻곤 했다.

　두 명의 신입생은 수나 드레일과 같은 캐리얼이 되었고, 그들도 하울 필러 문제집을 풀면, 마스터 시험을 준비해야 했다. 갑자기 파파로니 새 알을 지키기 위해 나를 초월해 버렸던 그 일이 떠올랐다. 초월해 버리면, 그 다음부터는 쉽다. 또 다른 초월이 나를 기다리고 있다하더라도, 그건 한 번 해 본 것이니, 원리에 가까웠다. 벤은 저녁 식사를 가져와서 내가 강의를 제대로 듣지 못하게 되었다며 걱정했다.

“그나저나 벤은 어디에 살고 계시죠?”

“궁금하시다면, 직접 한 번 가보시지 않겠습니까?”

벤은 씩 웃었다.

“가도 되나요?”

“그럼요, 이제는 필리버스가 되었으니까요.”

곧 벤은 번쩍번쩍 손전등을 가지고 나타났다. 나는 고개를 갸웃거리면서 벤을 따라 동쪽 숲 해변을 지나, 한 번도 가지 않았던 북쪽 숲에 이르렀다. 북쪽 숲의 입구에는 온통 나무들로 무성했다. 거기에도 메모판이 걸린 나무가 있었다. 벤은 잠자코 메모판에 '빛이 시작되는 곳'이라고 적었다. 그러자 갑자기 우리 앞에 좌우로 등불이 늘어선 환한 길이 나타났다. 나는 눈을 휘둥그레 뜨고서 벤을 따라갔다.

길은 갈수록 좁아지는가 싶더니 결국 몸이 겨우 들어갈 정도의 통로만이 빠끔 뚫려있을 뿐이었다. 내가 그곳으로 몸을 넣고는 빠져나왔을 때, 나는 빛 때문에 잠시 얼굴을 가렸다. 내 앞에 있는 거대한 무엇을 천천히 살펴보았다. 굉장히 큰 나무와 빛나는 하늘, 아니 하늘에는 해가 있는 것이 아니었다. 공중에는 장미덩굴이 얽혀 있었고 조명처럼 환한 빛이 덩굴 전체에서 비쳐 나왔다. 그리고 큰 나무에서 뻗어 나온 여러 개의 나뭇가지 끝에 새집처럼 생겼지만 굉장히 큰 집들이 매달려 이따금씩 바람에 조금씩 흔들리고 있었다. 나는 말을 하지 못해 손가락 끝으로 하늘에 있는 빛을 가리켰다.

"〈빛의 장미〉입니다. 〈하우스트리〉를 비추는 겁니다."

벤이 돌아보고는 아무렇지도 않은 듯 말했다.

"여기는 어떤 곳이죠?"

"교수님들과 몇몇 학생들, 그리고 위더스들의 방이 있는 '집나무'입니다. 나뭇가지마다 매달려 있는 것이 모두 방입니다."

벤은 잠시 침묵했다.

"그리고 나무 안에는 박물관이 있지요. 거기에 비밀의 책이 한 권 있습니다. 그리고 그 책은 보는 사람에 따라 다른 걸 보여줍니다. 도움이 될 테니 저를 따라오십시오."

벤은 엄청나게 큰 나무 기둥 앞에서 '지독한 스컹크'라고 말했다. 그러자 나무기둥에서는 작은 손잡이가 만들어졌다. 벤은 손잡이를 툭툭 두드리더니 살짝 밀었다. 나는 벤을 따라서 나무속으로 들어갔다. 안은 텅 비어있었으며, 온통 사방으로 계단이 나있었다.

"저를 따라 아래로 내려오십시오."

우리는 구불구불한 통로를 지나야했다. 계단이 없는 곳도 있어서 뛰어내리기도 했다. 횃불이나 형광등이 있는 것도 아니었지만, 나무 통로 속은 적당히 밝았다. 두려움 같은 것도 느껴지지 않았고, 상당히 호기심이 일었다. 곧 나무뿌리가 얽혀있는 울룩불룩한 문이 나타났다.

"비밀의 책, 러스 퍼거에게 허락하시오."

벤이 말했다.

그러자 나무뿌리는 살아있는 듯 움직이더니 나에게로 뻗어왔다. 나는 뒷걸음을 치지도 못하고 뿌리에 붙들렸고 갑자기 몸이 문에 착 달라붙어 앞으로 넘어진 것 같았는데, 어느 순간 횃불이 있는 어두운 방에 들어와 있었다. 거기에는 낡은 책이 꼭 하나 놓여 있었다.

나는 그 앞으로 다가갔다. 표지는 시커멓고 너덜너덜했으며, 아무 것도 씌어있지 않아서 표지를 넘겼다. 안쪽 페이지에서 무언가가 뭉글뭉글 그려졌다. 조그만 담장이 하나 나타나고 거기에서 벽돌이 점점 더 쌓이면서 높은 벽이 만들어졌다.

'낮은 벽일 때, 그걸 넘어야 한다.'

그렇게 한 줄이 딱 적히고는 책은 저절로 덮였다. 나는 뒤를 돌아보았다. 나무뿌리들이 스멀스멀 다가오는가 싶더니 나는 거기에 붙들렸고, 눈을 뜬 순간 벤이 서 있었다.

"무엇을 보셨습니까?"

"모르겠어요."

나는 고개를 살래살래 저었다.

"이제 제 방으로 가볼까요?"

벤과 나는 다시 구불구불한 나무 통로를 통과하여, 어떤 문 앞에 섰다. 벤이 문을 열자 굉장히 넓은 방이 나타났다. 줄을 늘어뜨린 채 나뭇가지 위에 앉아있던 딱따구리 시계가 나를 보고는 나무 기둥을 찍기 시작했다. '늦었다구요, 늦었다구요, 잠자리에 들 시간이에요.'라고 딱따구리는 지껄였다. 다시 나무 딱따구리는 '늦게 일어나면 궁둥이를 쪼아줄테다.'라고 말하고서 온 몸을 흔들어 댔다.

벤은 어디로 갔는지 보이지 않았다. 개미떼들이 책장 위로 줄지어 다녔고, 개미떼가 지나가고 난 자리의 책들은 몸을 털어 댔다. 테이블 밑에 깔려있는 카펫 속의 인디언 추장은 이따금씩 갈비짝 같은 그의 머리를 매만졌고, 눈을 깜빡였다. 벽에 걸린 그림 속의 양산을 쓴 여자는, 구두가 발에 맞지 않는다며 불평을 해대고는 나를 보고서 구두를 내게로 던졌다. 그러더니 그림 속의 여자는 긴 치마 아래로 발가락을 꼼지락거렸다. 나는 그녀의 구두를 집어 들면서 한숨을 내쉬었다. 테이블 위에서는 어느새 펜이 일어나서 무언가를 쓰고 있었다.

신의 침묵 속에서도

빛을 잉태한 곳을 그리워하며

빈곤한 기억들 틈에 기대어

차가운 대기를 뚫고 지저귀는 새의 노랫소리를 들으면

나에게도 새 빛이 비춰지지 않겠소?

그러자 종이는 저절로 구겨지더니 테이블 위로 굴러서 끝에가 멈춰섰다. 그러자 테이블 밑에 있던 개구리 모양의 플라스틱 통에서 혓바닥이 쭉 뻗어 나왔다. 그리고는 종이를 냅다 말아서 입안으로 가져갔다.

아마도 개구리 플라스틱은 쓰레기통인 듯싶었다. 펜은 다시 새 종이에, '가까이로 오시오.'라고 적었다. 나는 시킨 대로 펜에 얼굴을 들이댔다. 그러자 펜은 내 인중에다 쓱쓱 수염을 그리고는 어디에서 소리가 나는지는 모르겠지만 깔깔대고는 다시 테이블 위에 가만히 놓였다. 나는 그러한 일들을 그저 여기에서는 그럴 수도 있다는 생각으로 더 이상 복잡하게 생각하지 않았다. 벤은 커피를 들고 나타났다.

"멜피스가 장난을 쳤군요."

벤은 아무렇지도 않은 듯 내 인중을 가리켰다.

"아, 네."

나는 은빛 테두리의 전신 거울 앞으로 가서 나를 비춰 보았다. 거울에서는 갑자기 검은색 양복을 입은 남자가 나타나더니 그의 앞에는 피아노도 나타났다. 그는 나를 향해 신경질적인 눈빛을 보내고는 피아노에 앉아 라흐마니노프 피아노 협주곡 2번을 쳤다.

"커피나 마시죠, 벤."

나는 돌아섰을 뿐이다.

커피 잔을 내려놓았을 때, 음악 소리도 뚝 끊기더니 거울 속의 남자도 사라져 버렸다.

"이제 가장 어려운 시험이 남았습니다."

벤이 말했다.

"유로파 시험 말씀인가요?"

"그렇습니다."

"저, 혹시 무언가 도움이 될 만한 말씀을 부탁드려도 될까요?"

벤은 생각을 정리한 듯 했다.

"제가 보기에 당신은 한 가지만 기억한다면, 이 학교를 떠나도 될 것 같습니다. 그것은 누군가로부터 무언가를 배울 필요가 없다는 사실을 아는 것입니다. 스스로가 세계에 대한 부분이든 전체든 그것을 언제나 새롭게 파악할 눈을 갖추는 것이 중요할 뿐입니다. 물론, 남의 말을 참고하는 것이 풍부한 교양을 위해 필요하기는 해도 말입니다.”

“그런 상태는 어떤 것이지요?”

벤은 책장으로 가더니 한 권의 책을 꺼내들었다.

“아마, 자신의 눈을 갖추었는가, 이것이 이번 유로파 시험에 출제될 것 같습니다. 사실 교수님들은 휴가를 떠난 것이 아니라, 필리버스들의 유로파 시험 때문에 새장을 가지러 간 것이지요. 오랫동안 사용하지 않았던 새장 말입니다.”

“새장요? 새가 들어있는 새장 말씀이세요?”

벤은 씩 웃더니 더 이상 대답해 주지 않고, 책의 페이지를 넘기기 시작했다.

“유년에는 쌓아올려야 하리. 유년에는 타인이 주체가 되리니, 유년에는 외부의 힘을 이길 수가 없음이라. 청년에는 버려야 하리. 유년의 탑을 무너뜨려야 하리. 파괴의 나날이 시작되리니, 완전히 폐허 속에서 자신이 주체가 되는 법을 배워야 하리. 그리고 거기에 서서 창조하지 않는다면, 정신은 남의 것이 되어, 시간에 지배되어 결국 늙은 날에는 남은 것을 한순간에 빼앗기게 되리.”

“이해될 듯 되지 않아요.”

나는 솔직히 말했다.

“이해해. 무조건.”

책이 날뛰었다.

벤은 책을 억지로 책장에 밀어 넣었다.

“아마도 그건 인간 발전에 있어서 한 단계를 더 이룩해 내는 일이기에 그런 느낌이 드는 걸 겁니다.”

벤은 땀을 닦으며 말했다.

"……저는 제가 쌓아올린 것들을 무너뜨린 적이 없어요. 그것 자체가 중요하지 않다는 건, 저도 잘 알지만."

"곧 그저 개념만이 모래알처럼 입안에서 서걱거릴 뿐이라면, 자신과 어떠한 관련도 없고 그저 남이 가르쳐 주었기에 외운 그런 지식이라면, 무너뜨리는 것이 다음 발전을 위해 필요한 것뿐입니다."

"그걸 어떻게 무너뜨릴 수가 있죠? 이미 외운 것인데 말이죠."

"내부에서 끓어오르는, 지식과 현실이 괴리되어있다는 불만, 아무 것도 창조할 수 없는 죽은 지식에 대한 불만, 이러한 불만이 아마 기존 지식을 불살라버릴 겁니다. 그럼 폐허 속에서 다시 시작하는 것이죠. 자신을 지탱해 왔던 지식은 이제 없으며, 자신의 눈으로 재해석하고 재인식한 지식으로 새로운 무언가를 창조할 것입니다."

"하지만,"

벤이 다시 말했다.

"그러한 불만과 불사름 뒤에 살아남는 건, 전적으로 자신에게 달려있을 뿐입니다. 아마 일어서지 못할 수도 있을 겁니다."

손가락 끝이 저절로 까딱까딱 움직였다. 내 앞에는 엄청난 일이 있을지도 모른다. 그러나 나는 지금 내 앞에 놓인 삶의 요청을 무시할 수 없었다. 치러내야 하되, 나는 어쩌면 파괴될 지도 모른다. 정지되어 일곱 해가 지나고 아홉 밤이 지날지도 모르는 것이다. 그 후에는 내 책임으로 내 삶을 살게 되고, 오로지 내 스스로 끌어올린 맑은 인식으로 무언가를 창조할 수 있을지 모른다.

그럴 과정을 포기할 수 없다. 맞서내야 한다는 생각이 내 마음을 뒤흔들어 놓았다.

방문을 닫고 나뭇가지 통로로 나왔을 때, 안에서 왁자지껄한 소리가 들려왔다. 딱따구리는 '잘 시간이야. 모두들 닥쳐.'라고 말했다.

집나무의 큰 문을 열고 나오면서 오른손이 찌르르한 것을 알았다. 거대한 나무를 올려다보았다.

"빛의 장미 군락이 꽤 괜찮지요?"

벤은 감탄한 얼굴로 집나무 위에 떠있는 빛의 장미들을 바라보았다.

"네. 굉장히 특별하고 멋져요."

"내일은 뻣뻣한 빵조각을 가져다 드리겠습니다. 당분간은 영양분도 필요 없을 듯합니다."

벤은 나를 제대로 훈련하겠다는 의지를 비추었다.

북쪽 숲에서 나와서 나는 벤에게 물었다.

"벤, 벤은 왜 위더스를 하고 있는 거죠?"

벤은 어둠 속에서 이해하지 못할 표정을 지었다.

"왜 위더스를 하느냐구요? 저는 저의 지식을 파괴하지도 못했고, 고독을 견디지도 못했으며, 그저 감상에 젖어서 가짜 행세를 했기 때문입니다."

나는 더는 묻지 않았다.

우리는 해변을 따라서 지니어스 룸 앞에 도착했다. 벤은 어둠 속으로 사라져 버렸지만, 그는 하우스트리로 갔을 것이다.

"내 마음의 담장이 너무 높아지기 전에, 그걸 넘어야겠지요. 너무 높아지면, 나는 자존심만 센 고집쟁이로서 평범한 인생을 살겠죠. 그걸 넘어야 정말 나만의 새로운 평원이 펼쳐질 테니까요."

나는 혼잣말을 하고는 좀처럼 잠이 들지 못했다.

파괴와 창조의 새

핸디 필머레이가 부리나케 달려온 건 그로부터 일주일 후였다. 교수님들이 돌아오셨다는 것이다. 유로파에 대한 부담이 컸던 터라, 이제야 시작되었구나, 라고 긴장이 일었다. 먼저 폴린 교수가 필리버스 모두를 불러 모았다. 〈라트 팟 홀〉에서였다. 우두둑하면서 땅에서 뽑히는 꼭지점을 보아도 머릿속에는 유로파에 대한 걱정뿐이었다. 폴린 교수는 칠판에 무언가를 쓰기 시작했다.

자유의 새가 날아왔도다, 우리는 우리의 지식을 파괴해야하도다, 다 타버린 터전 위에 날아온 새는 우리에게 창조의 토양을 제공하기 위해 왔도다, 자기 자신민의 인식으로 끊임없이 그 위에 집을 짓는 자만이 자유의 새가 지저귀는 소리를 듣게 되리라.

폴린 교수는 숨도 쉬지 않고 그런 말들을 칠판에 갈겨썼다. 카자르와 투자르도 떠들지 않았고, 에모리 빈은 진지했으며, 핸디 필머레이는 무슨 말인지 모르겠다는 표정을 지었다. 나로서는 그 말을 이해하고는 있었지만, 그것을 내 삶의 모습으로 받아들이는 것은 무척 두려웠다. 폴린 교수는 숨을 크게 들이쉬고는 두 손으로 교탁을 움켜쥐었다.

"지금부터 일주일 후, 유로파를 결정하기 위한 시험이 치러진다. 아마 지금껏 너희들이 공부해 왔던 지식들은 시험 준비에 별 도움이 되지 않을 것이다. 너희들의 머릿속에 있는 것은 모두 너희들의 것이 아니며, 과거의 것이며, 이미 모방된 것이어서 생명력을 상실한 것들이다. 스스로 인식하고 창조한 지식만이 너희들을 자유롭게 할 것이다.

그러니 우리 오크 힐의 교수들은 먼저 너희들의 머릿속에 있는 개념들의 탑을 무너뜨릴 것이다. 그리고서 너희가 제대로 설 수 있는지, 아니 쓰러져서 허우적대더라도 상관하지 않을 것이다. 유로파는 그리 쉽게 주어지지 않는다는 것을 명심하거라. 옛것에 집착하고, 토대가 부실한 집을 지은 자는 무너질 것이다. 이것 또한 명심하거라. 이상."

폴린 교수는 그런 무자비한 말을 마구 말하고는 나가 버렸다.

"유로파가 되는 게 아주 어렵다는 건 알지만, 이 정도일 줄은 몰랐어."

핸디 필머레이의 눈에서 눈물이 뚝뚝 떨어졌다.

"누나도 말했지. 아주 끔찍하다고."

카자르가 투덜거렸지만, 이미 기가 죽은 목소리였다.

"아마 우리의 머릿속에 든 개념들의 체계를 무너뜨리실 거야. 그것에 대해 끝까지 질문하고, 대답하지 못하면 우리는 쓰러지는 거고. 우리 스스로 새로운 집을 지으려면 반드시 옛 구조물은 철거하고 새로운 토양에서 짓는 게 필요한 거지."

에모리 빈이 우리를 둘러보며 말했다.

"뭐야? 넌 이미 알고 있었어?"

핸디 필머레이가 물었다.

"이러한 시험을 '신의 발자국'이라고 해. 오크 힐의 역사를 보면, 이러한 시험이 초창기에 시행되었다가, 결국 유로파를 배출하지 못하게 되자, 폐지되었다고 되어있어. 이번에 다시 부활한 거야."

에모리 빈이 설명해 주었다.

"좀 더 말해줄 수 있겠어?"

내가 부탁했다.

"'신의 발자국'이란 보이지는 않지만, 우리가 늘 신의 흔적을 믿고 살고 있는 상태를 뜻해. 하지만 언제까지 신의 보호 아래 살 수는 없는 노릇이고, 우리의 인식이 '신의 발자국'을 믿는 지식에서 자유로워지기를 원한다는 뜻에서 시험이 그렇게 불리는 거야. 그래서 오래 전 오크 힐의 교수님들은 우리에게 주어진 지식 체계나 개념들에 대해 다시 생각할 수 있도록 지성을 해방시키기 위해 노력하셨어. 그래서 탄생하게 된 것이 '신의 발자국' 유로파 시험이야. 나도 이 정도 밖엔 몰라. 하지만 최근엔 시행되지 않았던 터라, 우리는 유로파를 따기가 어려울 지도 몰라."

에모리 빈의 얼굴이 어두워졌다. 나는 〈라트 팟 홀〉을 나와 언덕 위의 떡갈나무를 바라보았다. 잎사귀는 바람에 밀려갔고, 더 이상 니버스티로스가 없는 나무는 한 그루의 나무 자체, 오크 힐의 상징일 뿐이었다.

그로부터 일주일이 빛의 속도로 흘러가고, 그동안 벤은 나에게 허술한 식사를 제공했으며, 그 이유는 나의 인식을 더욱 명료하게 하기 위해서라고 했다. 나는 식사 따위에는 아무런 신경도 쓰지 않았다. 그리고 벤의 말대로 정신은 더욱 날카로워지고 명료해졌다.

아침 일찍부터 시작된 시험에 에모리 빈이 열 시가 되어서야 나왔다. 에모리 빈은, 합격이야, 유로파가 됐어, 라고 말한 뒤 픽 하고 쓰러졌다. 긴장했던 것임에 틀림없었다. 카자르와 투자르 형제가 그를 업고는 지니어스 룸으로 달려갔다. 다음으로 내 차례가 되었다.

〈풀러비쉬 홀〉로 들어가면서, 처음 하울 필러 문제집을 받았던 때를 생각해냈다. 벌써 유로파 시험이라니! 나는 정신을 바짝 차렸다. 교탁 앞에는 다섯 명의 교수들이 앉아있었다. 왼쪽부터 페도스 폴린 교수, 라퐁 피에리 교수, 프뤼엘 스파리퍼 교수, 페렐 세스터 교수, 에트만 헬링턴 교수가 차례대로 앉아있었으며, 그들은 차가운 얼굴로 나를 흘끗 쳐다보았다.

"앉게."

페도스 폴린 교수가 말했다.

나는 바로 앞에 있는 자리에 앉았다. 폴린 교수는 교탁 밑에서 무언가를 꺼내 올렸다. 그것은 검은 천으로 덮어놓은 새장 같아 보였다.

"이 안에 무엇이 있냐면……."

폴린 교수는 말을 흐렸다.

"바로 파괴와 창조의 새가 있지."

나는 긴장했다.

"이 새는 아마 자네의 머릿속에 있는 모든 자질구레한 것들에 대해 질문지를 던질 걸세. 무언가에 대해 제대로 알고 있지 못하다면, 자네는 새의 시험을 통과하지 못할 걸세. 자네가 사물과 그것에 대한 인식을 제대로 알고 있다면, 자네는 모든 다른 언어로 그것을 설명할 수 있을 것이고, 그렇지 못하다면 자네는 지식을 제대로 알고 있는 것이 아니라 그저 실체가 없는 개념덩어리로 알고 있는데 지나지 않는 것이지.

오크 힐은 개념적 인간이 아닌, 창조적인 인간으로서 한 명의 존재를 만들기 위해 존재하지. 그걸 안다면, 왜 유로파 시험에서, 파괴와 창조의 새가 나타났는지 이해할 걸세. 파괴와 창조의 새는 자네의 개념 구조와 지식 체계 전체를 시험하고 파괴할 걸세. 그리고 창조를 시작할 바탕이 자네에게 마련되어있는지도 시험할 걸세. 자네의 일생동안, 그칠 줄 모르며 끊임없는 창조의 샘을 스스로 파내도록 할 걸세. 그럼 시작하겠네."

폴린 교수는 굉장히 딱딱하게 말했다. 그리고 새장 안에서 무언가가 푸드덕 거렸다. 라퐁 피에리 교수는 새장에 씌운 검은 천을 걷지 않은 채, 새장 문을 열고는 어떤 하얀 쪽지를 꺼내어 읽었다.

"개념이 무엇인지 궁금하다고 하는 군. 말해보게나."

"사물이나 상태를 이름 짓는 것으로, 그것은 구체적인 사물을 지칭할 수도 있지만, 추상적인 어떤 상태나 상황을 공통된 합의를 가지고서 지칭할 수도 있습니다. 개념은 모자, 방, 집, 사과 등 구체적인 사물에 대한 이름이기도 하지만, 자유나 평등, 정의, 사랑 등과 같이 추상적이며 어떤 실체가 없는 대상에 대해 붙이기도 합니다. 개념은 공통의 합의된 뜻을 가지면서도 확장된 의미를 가지기도 합니다. 우리는 개념을 통해 사고할 수 있고, 사고를 통해서 개념을 확대하거나 다시 정의하기도 합니다. 예를 들면, 자유라는 개념은 소극적으로 속박을 벗어버린다는 합의된 뜻을 가지지만, 어떤 사람은 그것을 끊임없이 쟁취해야 하는 삶의 과정으로 생각하기도 하고, 자아를 실현시키기 위한 조건이자 자아실현의 결과로서 얻게 되는 산물로 생각하기도 합니다. 이렇듯 개념은 기본적인 뜻에서 시작하여, 사고에 의해 확대된 뜻을 가질 수도 있으며, 개념은 지식을 구성하며, 지식은 다시 개념에 의해 구성된다고 할 수 있습니다."

나는 갑자기 말이 끊겨버린 것처럼 느껴졌다. 평범한 대답 밖에 하지 못했다고 생각하고는 속으로 한숨을 내쉬었다. 라퐁 피에리 교수와 다른 교수들도 별로 탐탁지 않은 표정을 지었다. 라퐁 피에리 교수는 다시 새장 속으로 손을 넣어 또 다른 쪽지를 꺼냈다.

"네가 생각하는 자유의 개념에 대해 알고 싶다고 하는군."

"저, 저요?"

"그래, 자네. 자네가 생각하는 자유라는 개념 말이지."

생각을 가다듬으려고 했지만, 머리는 별로 신통하게 반응하지 않았다.

"제가 생각하는 자유란, 타인의 삶을 인정하고, 그 한도 내에서 저의 꿈을 이룰 수 있는 환경을 허락받으며, 동시에 그렇게 허락된 상황을 남용하지 않고 저의 꿈을 이루어 가는 이를테면 조건과 제한입니다."

"자유라는 것이, 조건과 제한이 있는 활동이다, 뭔가 오류가 있는 것 같지 않나?"

프뤼엘 스파리퍼 교수가 심술궂게 물었다.

"이상이라는 것은, 불가능한 공상과 이룰 수 있으며 가치를 가진 이상으로 나뉠 수 있는 것 같습니다. 관심을 가져야 할 것은 이룰 수 있는 이상입니다. 그러나 현실은 그러한 이상을 이루기에 완벽한 자유를 허락하지 않습니다. 저에게 허락된 시간과 물질은 제한되어 있는 것입니다. 저는 그것을 최대한 이용하여 저 자신을 이루어야 한다고 생각합니다. 조건과 제한 속에서도 저는 자신을 이루어 간다는 자유를 가지고 저의 이상을 향해 나아갈 수 있는 것입니다."

프뤼엘 스파리퍼 교수와 다른 교수들이 고개를 끄덕였다. 이번에는 프뤼엘 스파리퍼 교수가 새장 속으로 손을 넣고는 쪽지를 꺼내들었다.

"추상적인 의미를 가진 개념들이 있지 않는가? 자네가 말했듯이 자유나, 정의, 사랑 같은 것 말일세. 그런 개념들을 사용자가 자의적으로 해석할 수 있는데 동의하는지 궁금하다고 하는 군."

나는 새장 안의 새가 무척 집요하고 짓궂다고 생각되었다.

"추상적인 의미를 가진 단어는, 그것이 가진 기본적인 의미를 떠나 상황과 개인의 해석에 따라 전혀 다른 의미로도 사용될 수 있다고 생각합니다. 예를 들면, 힘이라는 단어는 그저 물리적으로 중량을 나타내는 의미로 사용되기도 합니다. 그렇지만, 정신적으로 힘을 가진 현자를 뜻

할 때도 그를 힘이 있다고 말할 수 있습니다. 자유라는 것은 어떤 사람에게는 탈출이지만, 저에게는 제한 속에서 이루어 내야 할 긍정적인 상황이라는 의미로도 사용됩니다. 즉, 추상적인 의미를 가진 개념들은 보다 많은 해석이 가능하다고 생각합니다.”

“그래?”

프뤼엘 스파리퍼 교수가 눈을 치켜떴다. 그는 다시 새장 안으로 손을 넣어 쪽지를 꺼냈다.

“언어가 무엇이라고 생각하는지 알고 싶다는 군.”

프뤼엘 스파리퍼 교수는 펜을 빙글빙글 돌렸다.

“사람들 사이의 의사소통 면에서 합의된 약속이자, 자유로운 표현 수단이라고 생각합니다.”

나는 짧게 대답했다.

새장 속에서 무언가가 툭툭 거리는 소리가 들리더니, 꿱꿱 소리를 질러댔다. 다른 교수들은 그 말을 알아듣는 것 같았다.

“어디까지가 합의된 약속이고, 어디까지가 자유로운 표현인지 말해보라는 군.”

프뤼엘 스파리퍼 교수가 새의 말을 번역해 주었다.

“저는 인식에 있어서 상대주의를 표방하는가 봅니다. 언어의 의미는 상황에 따라 달라집니다. 일상적으로 한 말도, 상황에 따라 다른 의미가 되기도 하니까요. 예를 들면, 어떤 남자가 호감이 가는 여자에게, 당신은 꽃을 좋아합니까, 라고 물었을 경우입니다. 이때 묻는 사람이 그 평범한 말을 사용한 목적은, 진짜로 꽃에 대해 묻는 것이 아니라, 상대방에 대한 관심을 표현한 것일 수도 있는 것입니다. 질문을 받는 여자는 그 진의를 이해할 수도 있고, 없을 수도 있습니다. 언어는 일반적인 의미에서 시작하여, 그 의미가 확장되고 전혀 다른 것으로 바뀔 수도 있으며, 언어를 구사하는 사람에 따라 무한히 풍요로울 수 있습니다."

새장 속에서 답이 없자, 프뤼엘 스파리퍼 교수는 다시 새장 안으로 손을 넣어 쪽지를 꺼냈다.

"그렇다면, 언어를 일반적인 의미로만 사용하는 사람들과 자신만의 의미로 언어를 다양하게 표현하는 사람들의 사고방식의 차이에 대한 설명을 듣고 싶다는 군."

나는 새가 관련된 질문을 연쇄적으로 확장해서 묻는다고 생각했다.

"그것은 두뇌의 유연성 여부에 달려 있다고 봅니다. 언어를 자유롭게 사용할 수 있는 차이라고 봅니다."

나는 그렇게 대답하고도 내 대답이 영 시원찮았다는 생각이 들었다. 역시나 새가 빽빽거렸다. 프뤼엘 스파리퍼 교수가 다시 새의 말을 번역해 주었다.

"두뇌의 유연성이나 언어를 자유롭게 사용하는 능력은 어디에서 길러지는지 궁금하다고 하는군."

"끊임없이 새롭게 사고하는 습관에서 오는 게 아닐까요?"

그러자 새가 다시 빽빽거렸다.

"질문해서는 안 되고, 대답에만 충실하라고 하는군."

프뤼엘 스파리퍼 교수가 말해 주었다.

새는 화가 난 듯 새장이 흔들리도록 날아다니며 빽빽거렸다.

"그러니까 어떻게 하면 두뇌가 끊임없이 새로운 의미를 생각해내고, 표현해 낼 줄 아는지 물었다는 군."

프뤼엘 스파리퍼 교수는 귀찮은 듯 나를 노려보았다.

"책을 많이 읽는다고 해서 그런 건 아닌 것 같습니다. 남의 생각을 외우고 표현 방식을 따라하는 것은 모방일 뿐이니까요. 모방은 내적인 힘이 없기 때문에 언제고 그 생산을 멈추게 되는 것이니까요. 어떤 창조적인 힘이 사람의 내부에 들어있어야 합니다. 하지만 저로서는 그 힘이 어떻게 해서 길러지는 것인지 정확하게 모릅니다."

교수들은 무언가를 의논했는데, 개미들의 대화를 엿듣는 것처럼 나는 아무 것도 들을 수가 없었다. 페렐 세스터 교수가 새장을 몇 번 두드리는가 싶더니, 새장에서 다시 쪽지를 꺼내든 모양이었다.

"자네가 언어에 대해 경직되어있는지, 아니면 창조적인 발상을 가지고 있는지 궁금하다고 하는군. 지금부터 몇 개의 단어를 말할 것이고, 그것의 뜻에 대해 말해 보도록. 먼저, 마음이란 무엇인지 말해 보겠나?"

마음이란 인간을 움직이는 소프트웨어라고 대답하기에는, 내가 생각해도 대답이 부족했다. 나는 시를 쓰는 것처럼 마음을 한 번 읊어보기로 했다.

"마음은 심장에서 나오는 혈액에 간직되어 있으며, 진심에 반응하면서도 배반에 얼어붙기도 합니다. 그것은 때때로 상처를 받고, 치유되기도 하며, 그 사람의 본질에 속한 부분이기도 합니다."

그때 새가 빽빽거렸다.

"본질에 대해 말해 보라는 군."

페렐 세스터 교수가 말했다.

"삶은 늘 변화하는 환경 속에 놓여있지만, 그 속에서도 바뀌지 않으며 간직되고 있는 개인의 득성이 바로 본질입니다. 독특함이기노 합니다. 본질은 존재의 심장이며, 존재를 존재답게 하는 내용물입니다. 본질은 그것을 인식하는 사람에게 나타나며, 또 누군가가 자신을 인식해 줄 때 나타나기도 합니다. 하지만 사람은 스스로 자신의 본질을 발견해야 한다고 생각합니다. 그리고 변화하는 환경 속에서도 본질은 보존되며, 스스로 발전되어 갑니다. 현재의 자신의 모습 속에 깃든 본질은, 언제고 또 다른 풍부함을 입은 모습으로 발전되기도 하는 것입니다."

머릿속의 컴퓨터가 무척 복잡하게 움직였다고 생각되었다. 페렐 세스터 교수는 어느새 새에게서 또 다른 쪽지를 받아들었다.

"자네가 어떤 본질을 가지고 있는지, 또 가지고 싶은지 궁금하다고 하는군."

"저는 스스로의 인식으로 알아낸 새로운 지식을 세우고, 그것을 발전시키고 싶습니다. 그것이 저의 본질이자, 앞으로 발전되어 갈 본질이기도 합니다."

페렐 세스터 교수가 다시 쪽지를 받아들었다.

"추상적인 답변이라고 하는 군. 그러면 자네가 앎, 그러니까 지식에 대해서 어떻게 생각하는지 묻고 싶다는 군."

"저는 기본적으로 개념이 가진 뜻을 이해하겠지만, 뜻을 확장하여 저만의 인식으로 다시 세우고 싶고, 그것이 저에게 새로운 지식입니다. 평범한 단어라도 그것은 늘 새롭게 인식되어, 그 의미가 더해지는 것입니다. 그러므로 중요한 것은 생각에 대하여 마음을 열어놓고, 그것이 새로운 의미로 표현되면, 바로 그 의미가 바로 제가 재창조한 지식인 것입니다. 오직 저의 것인 새로운 인식으로 삶의 가치를 발견하고, 삶을 세우고, 창조하는 것입니다. 그렇다면 모든 것은 저의 힘으로 재건되는 것입니다."

나는 갑자기 기운이 빠져나가 버린 듯 아무 말도 할 수 없었다. 그리고 교수님들의 표정은 성탄절에 성가를 부르는 합창단의 얼굴처럼 진지했다.

"아주 잘 알고 있군."

에트만 헬링턴 교수가 말했다.

새가 다시 빽빽거렸다.

"기존에 쌓아온 지식을 파괴하기 위해 자신을 몰아댄 적이 있는지 궁금하다는 군."

라퐁 피에리 교수가 물었다.

"저는 무언가를 표현하고 알기 위해 저를 몰아댄 적은 없습니다."

나는 솔직히 대답했지만, 조금 부끄러워졌다.

"몇몇 예술가들의 삶에서 그들을 극단적으로 몰고 갔던 격렬한 인식에 대해서는 보기는 했습니다."

나는 그렇게 대답하고 더 부끄러워졌다.

새는 새장 안에서 다시 날아다니며 빽빽거렸다.

"어떤 젊은이의 일생에서 그가 기존에 교육받았던 지식에서는 결코 답을 구할 수 없다는 절박함이 그를 뒤흔들어 놓을 때, 그가 어떻게 해야 하는지 말해보라고 하는 군."

라퐁 피에리 교수가 부드러운 어조로 물었다.

"아무래도 그는 자신이 받아온 교육으로는 자신의 문제를 해결할 수 없다고 느꼈을 겁니다. 그러나 그 사람이 품고 있는 문제는, 어느 누군가의 지식으로도 해결될 수 없을 겁니다. 왜냐하면, 그것은 그 사람만의 본질에 대한 질문이고, 그것을 해결할 수 있는 사람은 자기 자신 밖에 없기 때문입니다. 그는 답이 없는 어두운 터널 속에 앉아 오랫동안 있어야 할 것입니다. 그냥 자신이 교육받아 온 지식으로 직장을 가지고 실 것인가, 아니면 자신 안에 깃든 엄청난 물음에 스스로 답할 것인가, 이 두 개의 길 앞에 서 있을 것입니다. 만약, 그 사람이 엄청난 물음들을 하나씩 써 보고 답하면서 기존의 지식에 대하여 자신의 생각을 정립하게 된다면, 그 사람은 절박함을 넘어서서 자유롭게 될 것입니다."

교수들은 다시 의논을 시작했고, 새의 빽빽거림을 참고하는 듯하더니, 폴린 교수가 말했다.

"러스 퍼거, 자네는 유로파를 통과하지 못했네. 자네는 아직 창조가 일어나는 상태에 대해서 잘 모르면서, 기존의 개념들로 그러한 상태를 설명하려고 했네. 그건 창조에 대해 상상한 상태이지, 창조의 상태를 제대로 기술한 건 아니네. 왜냐하면, 창조는 자신에 대한 이해에서 출발하여, 기존의 지식에 결코 도움을 구하지 않으며, 창조에의 열망으로 꿈틀거리는 에너지로 자신을 몰아갈 때, 그 과정에서 파괴되거나 아니면 일어서서 새로운 삶에의 가능성을 제시할 수 있어야 하는 것이네. 자네는 아직 한 가지를 더 깨달아야 해. 그건 학교를 떠나서 발견하도록 하게.”

교수들은 곧 새장을 덮고 있던 검은 천을 걷었다.

거기에는 아무 것도 없었다.

“파괴와 창조의 새는 다시 어딘가로 날아갔다네. 그 새가 자네의 심장으로 언제 날아올지는 기다려 봐야겠지만.”

폴린 교수는 눈을 깜빡거렸다. 자리에서 일어날 때, 억울한 마음이 들긴 했지만, 나로서도 내 말이 그저 그런 말에 불과하다는 생각이 들었다. 머릿속에는 복잡한 개념들이 핑핑 날아다녔고, 정렬되지 않은 인식으로 가득했다. 어떤 열정으로 나를 몰아간다는 것에 대한 두려움이 고개를 들 뿐이었다. 그렇다. 자신을 몰아대는 그 알 수 없는 열정으로 인해 누군가는 파괴될 것이고, 그 상태에서 일어날 때에는 그 사람은 폐허 속에서 다시 시작하는 것이다. 그 사람은 이미 가진 지식을 모두 불살라 버렸기 때문에 권위도 없으며, 모방도 없으며, 완전한 창조가 그의 앞에 놓여 있을 뿐이다. 나는 고개를 저었다. 밖으로 나가자 핸디 필머레이가 다급하게 물었다.

“어떻게 됐어? 말해 봐.”

나는 하늘을 올려다보고는 구름을 가리켰다.

“이제부터 방황의 시작이지 뭐. 유로판 못 땄어.”

“뭐라구? 리스 퍼거가 유로파를 못 땄다구?”

핸디 필머레이는 믿지 못하겠다는 표정을 지었다. 저녁에 짐을 싸고, 벤이 저녁식사를 가져다주며 눈물을 훔치는 것도 보았다. 그리고 나를 제외한 모든 필리버스가 유로파가 되었다는 소식도 들었다.

그런 건 아무래도 상관없었다. 그러했다.

나는 새벽에 핌퍼를 타고 팔루마 거리로 돌아왔다. 엄마는 소식을 들었다며, 나를 위로해 주었다. 이미 숙모가 다녀간 뒤였다. 숙모는 내가 심각한 사고를 쳐서 미국에서 추방되었다는 말을 전해주며 눈물을 흘렸다고 했다. 엄마는 감옥에 가지 않은 게 천만다행이라며 내 어깨를 토닥였다. 숙모는 참 재미있는 분이셨다. 그리고 여전히 나에게는 특별한 분이셨다.

달팽이 껍질 속의 시간

오크 힐에서 돌아와서 나는 도런트 레카소가 줄곧 내게 편지를 보냈다는 사실을 알게 되었다. 그는 대학을 그만두고 먼지구덩이 시골인 레비아스의 쥐구멍만한 식당에서 일하고 있으며, 연락을 받으면 자기에게로 한 번 와 줄 것을 요청했다.

나는 나의 쓸쓸한 마음이 좀 정리되었을 무렵, 버스를 타고 팔루마 거리에서 남쪽으로 20킬로미터 떨어진 조그만 시골에 도착했다. 터미널로 들어오는 버스들은 아예 먼지로 페인트칠을 한 것 같았으며, 그걸 보니 괜히 기관지가 반응해 기침이 올라왔다.

그리고 터미널의 맞은편에 단추 구멍만한 상점이 하나 있을 뿐이었다. 그곳도 먼지에 덮여 있었지만 〈흑장미〉라는 간판만큼은 확인할 수 있었다. 상점에는 빛이 바랜 레드컬러의 셀로판지와 오래된 음료수 광고 따위가 덕지덕지 붙어 있었다. 그곳으로 가까이 가자 상점이 두 칸으로 구분되어 있다는 사실을 알 수 있었다. 한쪽은 식료품과 과자와 담배와 음료수를 파는 편의점이었고, 다른 한 쪽은 지저분한 메뉴판이 걸려 있는 식당이었다.

나는 밑 부분이 깨져서 누런 테이프로 붙여 놓은 식당의 유리문을 열고 들어갔다. 카운터에는 아무도 없었고, 부엌으로 다가가서 고개를 내민 순간, 누군가의 머리와 세게 부딪혀서 얼떨결에 신음소리가 나왔다.

"아, 죄송합니다."

그도 얼굴을 찡그리고서 나를 바라보았다.

"도런트?"

나는 그를 한 눈에 알아보았다.

"러스! 와 줬구나. 편지를 보낸 지가 언젠데 이제 오는 거야?"

"학교를 다녔거든."

"넌 대학입학시험도 치르지 않았잖아?"

나는 머리를 긁적였다.

"그런 게 있었어. 하여튼 정말 반가워."

"잠깐 기다려. 우리 가게가 이래봬도 음식은 정말 맛있어. 며칠 전에는 인터넷으로 된장샐러드를 만드는 법을 배웠다니까. 그건 짭조름하고 하여간 입맛이 당기더라구. 그건 야채와 아주 잘 어울렸지. 그런데 샐러드만 먹기에는 다른 어울리는 음식을 찾지 못했어. 참, 내가 제일 잘 하는 걸로 만들어 줄게."

그는 다시 부엌으로 들어갔다. 수도꼭지를 돌리는 소리나 가스레인지에 불을 켜는 소리가 들리더니 불에 무언가를 덖는 소리도 들려왔다. 치지직하며 무언가가 익었지민 플라스틱을 녹이는 것 같은 냄새기 났다.

그는 라면을 튀긴 것에 붉은 소스를 부어서 가지고 왔다. 맛은 꽤 괜찮았는데, 매콤하면서도 고소했다. 플라스틱이 녹는 냄새는 필경 그가 소스를 만들 때 썼던 냄비 손잡이의 플라스틱이 센 불에 녹아서 그렇게 된 것임이 분명했다. 내가 그 음식을 다 먹자, 도런트는 나를 빤히 쳐다보았다.

"뭐라도 묻었어?"

“아니. 난 알고 있어. 네가 어느 학교를 다녔는지.”

“캘리포니아 주립대학? 우리 엄마가 알려 줬겠지.”

나는 대수롭지 않게 말했다.

“아니, 난 오크 힐을 말하는 거야.”

“뭐?”

순간 온 몸이 오싹해졌다. 도런트 레카소는 숙모를 만난 적도 없고, 가족 중에 오크 힐과 관련된 사람도 없는 것으로 알았다. 어떻게 알았을까, 나는 두 여자를 동시에 만나다가 들킨 것처럼 난감해졌다.

“놀라지는 마. 나도 우연히 알게 된 것 뿐이야.”

도런트는 물을 한 모금 마셨다.

“알고 있었던 거야?”

나는 조금 떠보듯이 물어보았다.

“얼마 전에 알게 되었어. 대학을 다니면서도 뭔가 분명히 알 수 있는 건 없고, 좀 방황을 했지. 그리고 페트리아 볼튼이라는 여자 선배를 만났거든. 그 선배는 뭐든지 뛰어났고, 말도 막힘이 없었어. 그 선배의 장점은, 그것이 그저 공허한 말이 아니었다는 데 있었어. 선배는 정말 세상이 돌아가는 이치에 대해 확실히 알고 있었던 거야. 그 선배와 어느 날은 이야기를 하다가 오크 힐과 러스 퍼거 네 이야기가 나왔지 뭐야. 그래서 알게 된 거지.”

페트리아 볼튼이라면, 분명 리알러스 볼튼의 누나뻘은 됨직했다.

“그 선배는 어떻게 되었는데?”

나는 물어보았다.

“얼마 뒤에 잠적해 버렸어. 물론, 아직도 나는 오크 힐이라는 곳에 대해 이름만 알고 있어. 넌 분명히 거기에 다닌 거지?”

나는 더 이상 핑계를 댈 수가 없음을 알았다.

“맞아. 그런데 다른 사람들에게 오크 힐에 대해 이야기할 수는 없었어. 모두들 이해할 수 없을 테니까. 그곳으로 접근하려면 오크 힐 교수들의 허락이 있어야 되고 말이지. 신비한 학교임에는 틀림이 없어.”

“그래서 나는 페트리아 볼튼 선배가 떠나고, 학교를 그만뒀어. 그 오크 힐에 가기 위해서 말이지.”

“뭐? 그래서 학교를 그만뒀다고?”

“그런 선배가 다닌 학교라면, 뭐 나도 꼭 가고 싶어서 그랬어.”

“그렇다고 무작정 학교를 그만두면 어떻게 해?”

“상관없어. 이렇게 시골 식당에 틀어박혀 있어도 내 정신은 자유로우니까. 그리고 증조할아버지에 대해서 듣게 된 것은 정말이지 오크 힐과 내가 필연이라는 증거였어.”

도런트는 오랜만에 보름달을 볼 때의 기분이 된 것처럼 얼굴이 밝아졌다. 나는 한숨을 내쉬었다. 하긴 도런트는 고등학교를 다닐 때에도 다른 아이들과는 좀 다른 무엇이 있었다. 그는 학교생활에 충실하면서도, 다른 취미활동에 몰두했다. 그는 수많은 캐릭터들의 딱지를 수집하고, 만화 스토리를 작성하는가하면, 수시로 결론이 나지 않는 소설을 써댔다.

누군가가 식당 안으로 들어섰다. 나는 입을 딱 벌렸다. 배가 불룩한 조나크 숙모와 그레고릭 삼촌이었다. 삼촌의 수염과 구레나룻은 변함이 없었고, 이런 낯선 장소에서 나를 보고도 전혀 놀라운 표정을 짓지 않는 건 삼촌과 숙모의 천성인 듯 했다.

“러스, 먼저 와 있었구나.”

“숙모, 어떻게 된 거예요?”

숙모는 대답 없이 나를 밀치고는 자리에 앉았다.

“도런트, 물 한 잔을 가지고 오렴. 목이 마르구나. 이 시골에는 먼지가 많아서 그래.”

“네, 숙모님.”

도런트는 조나크 숙모를 잘 안다는 듯이 자리에서 벌떡 일어나 공손히 물을 가지고 왔다.

“도대체 어떻게 된 거냐구요?”

나는 따지듯 물었다.

“학교 안이 아니라고, 버릇이 없구나, 러스?”

숙모가 물을 꿀꺽 삼키고는 나를 혼냈다.

“어떻게 도런트 레카소가 오크 힐을 아냐구요?”

나는 다시 역정을 냈다.

“도런트 레카소는 그의 증조할아버지가 오크 힐의 유명한 유로파셨지. 증조할아버지의 유언에 따라 도런트는 이제 곧 오크 힐의 캐리얼이 되는 거란다. 러스, 너도 유로파를 따지 못했으니, 학교로 돌아와야 하지 않겠니?”

“싫어요. 저는 오크 힐로 돌아가지 않아요. 유로파를 무척 따고 싶었지만, 저에게는 도무지 파괴와 창조의 새가 들어와서 지저귀지 않는다구요. 저는 개념으로 논리를 연결할 수는 있지만, 그건 언제나 낡았고, 그리고 무엇보다도 어떤 열정도 저를 휘몰아가지 않는 걸요.”

“유로파를 따지 못해서 모가 난 게로구나.”

숙모는 나를 보며 웃었다.

“웃지 마세요. 그런 게 아니라구요.”

나는 숙모에게 투정을 부리는 나의 모습을 보면서 오크 힐에서 돌아온 뒤 도리어 어린애가 된 것처럼 느껴졌다.

“맞는 것 같군. 그리고 러스, 숙모는 임신 중이라서 큰 소리를 치면 안 돼.”

그레고릭 삼촌이 나섰다. 나는 숙모의 배를 흘끗 보고 얼굴이 빨개졌다.

"그러니까 아직 기회와 시간이 남은 것이지."

숙모가 중얼거렸다.

"러스, 왜 네가 유로파를 따지 못했는지 알고 있니?"

"부족했겠지요."

"아니다."

숙모는 물을 다 마셔 버렸다.

"너에게는 시간이 좀 더 필요했던 것뿐이야. 넌 완벽한 답을 말했지만, 그건 아직 마음에서 이해한 답이 아니었어. 어릴 적부터 훈련된 기계적인 투입과 산출 과정에서 내놓은 논리에 지나지 않았어. 그래서 오크 힐의 교수님들은 너의 유로파를 연기한 거란다."

나는 기가 꺾였다. 숙모님의 말이 전적으로 맞았다. 솔직히 너무나 정확한 지적이어서 부끄러워졌고 눈물을 삼켜야 했다. 어느 정도는 견딜 수 있다. 그러나 창조의 단계에 들어서자면, 나는 가식을 보여야 했고, 더 넘어서지 못한다면, 나는 정체하거나 퇴보하게 될 터였다. 숙모는 언제나 나 자신보다 나를 더 잘 알고 있었고, 그건 언제나 나에게 부끄러움을 주었고, 내가 숙모를 떠나고 싶도록 만든 원인이 되었다. 나는 가만히 있었디. 잠시 후, 도런트 레기소기 스테이그와 야채샐리드를 기지고 왔다. 숙모와 삼촌은 서로 아무 말도 하지 않고 식사를 했다.

"저 다른 동기들은 어떻게 지내고 있나요?"

나는 스테이크의 마지막 조각을 집어든 숙모에게 물었다.

"글쎄다, 핸디 필머레이는 오크 힐에 남아서 '유로파 후 과정'을 밟고 있어. 교수가 되는 게 꿈이라고 하면서 말이다."

"'유로파 후 과정'도 있나요?"

“있지. 핸디 필머레이가 간청해서 교수들이 〈풀러미쉬 컨트롤〉에서 회의한 결과 그 과정이 생겼단다. 원래는 오크 힐의 교수가 되려면, 아주 어려운 교수 테스트만을 받았어야 했는데, 이제 그 과정을 교육하기로 했단다. 아마 핸디 필머레이는 곧 오크 힐에서 강좌를 맡게 되지 않을까?”

숙모는 나의 자격지심을 떠보는 듯 했다.

“에모리 빈이나 카자르와 투자르 형제는요?”

“에모리 빈은 아프리카로 갔어. 거기에서 미술과 영어를 가르친다고 해. 지역사회에서 봉사도 하고 있다더구나. 더군다나 자신만의 공부를 시작했다고도 하는데 그것에 대해서는 자세히 알려주지 않았고 말이다. 그리고 카자르와 투자르 형제는 인터넷으로 회사를 차려서 카운슬링을 하고 있어. 제법 잘한다고 하더구나.”

“에모리 빈은 그렇다고 쳐도, 카자르와 투자르가 카운슬러가 되었다구요?”

“피터 힐멘은 며칠 전 필리버스가 되었어. 유로파를 언제 딸지는 모르겠지만, 가능성은 충분하다고 봐야겠지?”

나는 그들을 떠올리고는, 미소를 지었다.

“저, 숙모.”

나는 숙모에게 조용히 말했다.

“왜 그러니, 러스?”

“그때 유로파 시험 때요, 폴린 교수님께서 무엇을 말씀하려 하셨는지 알 것 같아요.”

“그게 뭐지?”

숙모는 포크를 내려놓고 나를 뚫어져라 쳐다보았다.

“그 분은 처음에도 책에서 배우는 것보다 밤이 말하는 것에 더 귀를 기울이라고 하셨어요. 그리고 유로파 시험 때에도 그것과 비슷한 말씀을 하셨구요. 제 스스로 느끼고 인식한 것으로 오로지 탑을 쌓아야 한다는 거예요. 오로지 제가 느끼고 스스로 알게 된 것 말예요. 하지만 지금으로서는 아직 할 수가 없어요. 그런데 그렇게 해야 한다는 것만은 알겠어요."

나는 공손히 말했다.

"오, 러스, 나를 감동시키는 구나. 그 대답을 듣고 싶었던 것뿐이란다."

숙모는 불편한 몸으로 나를 껴안으려고 했다. 여전히 숙모에게서는 라벤더 향기가 났다. 그건 언제나 나를 수줍게 만들었던 것처럼, 지금도 그러했다.

"유로파를 따지 못해도 괜찮아요. 하지만 더 이상 오크 힐로 돌아가지 않아요. 이제 저는 인식의 문제나, 본질의 확립이나, 세상 살아가는 법이나 그런 걸 제 스스로 해결해야 하니까요. 지금으로선 책과 개념과 교사의 생각을 떠나야 한다는 걸 깨달을 뿐이에요. 제 스스로 하겠어요. 그리고 저라는 인간을 지탱하고 있던 지식들이 무너지고 파괴되어도 저는 결국 일어날 수 있을 거예요. 새롭고 조용하고 단순해진 지성을 가지고, 모든 걸 이해할 수 있을지도 모르니까요."

나는 굉장히 조용한 목소리로 말했다. 그리고 마음속에서 한줄기 빛이 비쳐 왔다는 걸 느꼈다. 무언가 중요한 문제의 실마리가 풀리고 있있다. 어떤 형상도 없는 투명한 새가 내 안으로 날아 들어왔다. 그리고 그 순간 심장에서 뜨거운 혈액을 펌프질해냈으며, 유난히도 뜨거운 혈액은 순식간에 온 몸으로 퍼져 나갔으며, 나는 심장이 두근거리는 소리를 귀로 들었다. 나는 그 무언가를 묘사하고자 말을 더듬었다.

"그런데, 저 숙모?"

"말해 보거라, 러스."

"창조라는 상태 말이에요. 그러한 상태는 저 자신을 완전히 알고 이해한 나머지 제가 저 자신마저 망각하고 무언가에 깊이 몰두할 수 있는 그런 상태가 아닐까요? 일찍이 경험해 보지 못했던 깊은 흥미를 느끼는 일을 비로소 알게 된 상태를 뜻하는 것 말예요."

나는 어느 정도 그 빛과 새의 정체를 파악했다고 느꼈다.

"좀 더 말해 보거라."

숙모는 무언가 중요한 것을 끄집어내려는 듯 물었다.

"그건 격정적으로 저를 몰아대지도 않겠지만 어떤 열정이고, 그 열정은 제가 무언가를 이루거나 완성하는 것으로 인도할 거예요. 저는 결코 그 열정에 의해 파괴되지는 않을 거예요. 왜냐하면, 저로서는 그 열정을 통제할 수 있으니까요. 그 조용한 열정은 새로운 인식에 대한 갈망을 가져올 것이고, 그러한 갈망은 어떠한 형식을 통해서 무언가를 창조하도록 이끌 거예요."

그러자 갑자기 라디오가 지지직하는 소리 같은 것이 들려왔다. 숙모는 나를 다정하게 쳐다보았다.

"라디오를 켜 놓았니?"

나는 도런트에게 물어보았다.

"아니."

도런트도 주변을 둘러보았다.

삼촌이 양복 안쪽 호주머니에서 무언가를 꺼내들었다.

"러스 퍼거, 잘했어. 축하한다. 곧 알게 될 거다."

분명 거기에서는 폴린 교수의 목소리가 들려왔다.

"폴린 교수님?"

나는 자리에서 벌떡 일어났다.

라디오 같은 물체는 다시 지지직거리더니 곧 아무 소리도 나지 않았다.

"오늘 조나크와 내가 온 이유는 너에게 이걸 주기 위해서란다. 물론 방금 전에 너는 유로파 재시험을 통과했고 말이다."

삼촌은 가방에서 검은 융단 리본으로 장식된 파란 상자를 하나 꺼내 놓았다.

"열어 보렴."

숙모가 따스한 미소를 지으며, 그걸 내 앞으로 밀어 놓았다.

떨리는 손으로 상자를 연 나는 놀라움을 금치 못했다.

"써어드 마스터, 유로파, 러스 퍼거. 이건 유로파 메달이잖아요?"

나는 은빛 메달을 들고 어안이 벙벙했다.

"왜 이걸 저에게 주나요?"

"말했잖아. 방금 전에 재시험을 통과했다고."

"그럼, 제가 정말 유로파가 된 건가요?"

나는 기쁘기도 했고 놀랍기도 했다.

"정말이란다. 그리고 하나가 더 있어요. 메달 밑에 있는 까만 걸 보지 못했구나."

숙모가 말했다.

"이건 무엇이죠? 제법 큰 단추잖아요?"

"거기에 무슨 말이 적혀 있는지 읽어 보렴."

숙모는 재미있다는 듯이 말했다.

"밀리얼 페페?"

나는 순간 놀라서 삼촌을 보면서 얼어붙었다.

"그래, 맞다. 그것이 내가 유로파가 되었을 때 받았던 밀리얼 페페지. 그걸 처음 받은 사람이 바로 굴라노 레카소, 바로 도런트의 증조할아버지시지."

도런트도 밀리얼 페페가 무엇인지 궁금해 하는 눈치였다.

“밀리얼 페페는 오크 힐의 떡갈나무로 만들어진 단추에 지나지 않아.
하지만 오크 힐의 교수들이 공식적으로 인정한 최고의 유로파에게 처
음 수여한 오크 힐의 상징이란다. 그리고 많은 유로파가 배출되었지만
2대 밀리얼 페페 수여자는 바로 내가 된 거야. 그리고 이번 〈풀러미쉬
컨트롤〉에서 러스 퍼거가 재시험을 만족할 정도로 통과한다면, 3대 밀
리얼 페페 수여자로 결정하자고 했지. 알겠니? 러스? 너는 유로파 중에
서도 최고란다. 밀리얼 페페는 명예로운 상징이란다. 그러니 그런 심술
궂은 표정은 짓지 말거라.”

삼촌은 나에게 옻칠이 되어있는 갈색 단추를 내밀었다. 나는 순간 그
걸 받기 위해 노력했던 듀얼 러더슨이 떠올랐다. 이걸 내가 가질 수 없
다는 생각이 언뜻 스치고 지나갔다.

“제가 이걸 가져도 될까요?”

나는 머뭇거렸다.

“가져도 될 것 같아.”

그렇게 말한 사람은 도런트였다.

“그건 오크 힐의 결정이니까.”

도런트는 날 보며 웃었다.

“그런데 밀리얼 페페는 누구에게 마음대로 줘도 되나요?”

나는 삼촌에게 물었다.

“그런 적은 없지만, 그렇게 해도 무방하리라고 생각한다. 단, 그 행동
이 의미가 있다면 말이다.”

삼촌은 건성으로 대답하는 것 같았지만 행동의 책임을 강조하셨다.

“러스, 어디 길을 걷다가 돌멩이 따위에 붙어있는 달팽이 껍질을 본
적이 있니?”

숙모가 부드러운 눈빛으로 물었다.

“죽어서 껍질만 남은 달팽이 말인가요?”

“그래, 그런 달팽이 껍질 말이다.”

“말해 주세요.”

나는 숙모의 말을 그저 듣고 싶었다.

“달팽이는 자신의 시간만큼을 살고 껍질을 남기고 사라져 버렸지. 그래서 그것이 허무하다고 생각하니? 아니란다. 그 껍질 속엔 달팽이가 산 시간의 흔적들이 남아있고, 달팽이는 영원의 흐름 속으로 돌아간 것뿐이란다. 우리가 태어나기 전의 시간과 죽고 난 뒤의 시간이 엉켜드는 영원의 흐름 말이다. 달팽이 껍질을 보면서 안타까움을 느낄 수도 있고 인생의 허망함을 느낄 수도 있다. 하지만 러스, 우리는 우리가 남길 시간의 흔적을 생각해야 하는 것이다. 그건 바로 학교를 떠나면서 우리가 고민해야 하는 것이지. 우리의 시간이 모두 지나간 뒤, 우리가 남기게 될 흔적인 껍질에는 무엇이 기록될지 말이다.”

“기록하고 싶어요.”

숙모가 잠시 말을 멈추었을 때, 나는 조그맣게 말했다.

“어떤 껍질에 말이니?”

숙모는 다시 부드럽게 물었다.

“러스 퍼거라는 이름에 말입니다.”

“무엇을 기록해야 할지는 알겠지? 네가 그토록 깊이 흥미를 느끼는 일을 찾으면 되는 거다. 그리고 격렬하지는 않겠지만 오히려 너에게 이미 시작된 조용한 열정으로 그 흥미를 이루어내면 되는 거다.”

숙모는 내 생각을 정리해 주었다.

“그래, 좋구나.”

숙모는 자리에서 일어났고, 삼촌이 숙모의 어깨에 손을 올려 부드럽게 토닥였다.

“그런데, 러스.”

숙모가 할 말이 있는 듯 나를 쳐다보았다.

“네, 말씀하세요.”

“곧 태어날 아기가 남자아이라면, 이름을 러스 퍼거라고 지으려고 하는데, 괜찮겠니?”

숙모는 눈을 크게 뜨고 물었다.

“리틀 러스, 멋진걸요?”

나는 꽃신을 받아든 여자 아이처럼 환하게 미소를 지었다.

“너를 처음 보았을 때 말이란다.”

숙모가 다시 말했다.

“네.”

“옅은 갈색의 머리카락에 투명한 하늘빛 눈은 정말 사랑스러웠단다.”

나는 대답은 하지 않고 그저 숙모를 보며 고개를 끄덕였다. 숙모와 삼촌이 탄 차가 먼지구름을 일으키며 멀어졌다. 도런트 레카소는 유로파가 뭔지는 모르겠지만, 4대 밀리얼 페페 수여자는 자신이 될 거라며 투덜거렸다.

“그럴 것 없어.”

나는 내 이름이 새겨진 유로파 메달을 호주머니에 넣고는, 도런트의 증조할아버지의 유품이기도 한, 밀리얼 페페를 그의 손에 가만히 놓았다.

“3대 밀리얼 페페 수여자의 자격으로 주는 거야. 나는 이미 유로파 메달이 있잖아?”

나는 듀얼 러더슨의 얼굴을 떠올리며 미소를 지었다.

‘밀리얼 페페는 이제 멈추는 것이 더 좋을 겁니다. 그렇지 않겠어요?’

먼지 속의 시골을 한 눈에 훑어보았다. 머리 위에서 무언가가 펄럭펄럭하는 것을 느꼈다. 마늘 가오리에 핸디 필머레이가 타고 있었다.

"뭐야? 러스 퍼거, 왜 연락이 없었던 거야?"

핸디는 인상을 쓰면서 외쳤다. 나는 웃으면서 대답을 하려다, 문득 하늘에 아무 것도 없다는 사실을 깨달았다.

집으로 돌아와서 방문을 닫았다. 은빛 마스터 메달 세 개를 만지작거리며 오크 힐에서의 날들을 떠올렸다. 이제 곧 도런트 레카소가 오크 힐에 입학하고 그가 졸업을 하게 되면, 나는 오크 힐에 대해 이야기할 친구가 더 생기는 터였다. 세상이 돌아가는 방식이 재미있다고 생각하고는 얼른 핸디 필머레이에게 편지 한 통을 썼다. 도런트가 오크 힐로 가게 되면, 메런티 섬으로 편지가 배달될 것이라는 계산으로 말이다.

"러스, 아무래도 캘리포니아 주립대학이 너무 아깝구나."

엄마의 한탄은 곧 청소기의 왱왱거리는 소리에 묻혀 버렸다.

나는 미소를 지었다.

포니 라벨 씨의 책

22세의 봄이 될 때까지 나는 하루에 두 가지 일을 하며 시간을 보냈다. 한 가지는 핸디 필머레이로부터 매일 날아오는 편지에 답장을 보내는 일이었고, 다른 한 가지는 날마다 시를 짓고, 그것으로 하나의 새로운 생각을 완성하여, 그 생각들을 연결하고 확장하는 작업이었다.

오크 힐에서 돌아와서 나는 랜덤 머쉬 교수의 쪽지를 몇 번이고 다시 읽었다. 분명 내 안에서 나온 인생의 방향에 관한 말이었지만, 그 말은 교수님의 말로 한 번 더 정제되어 내가 확실히 이해할 수 있는 말로 바뀌었다.

스스로를 비추는 빛을 내 안에서 찾아야 했다. 그리고 그걸 이미 주어진 개념이나 책에서 찾으려고 하지는 않았다. 물론 나는 독서를 좋아했지만, 그저 내 생각과 저자의 생각을 확실히 구분하고, 내 생각은 새로운 언어를 사용해서 표현하기를 훈련했다.

딱히 다른 학교를 다닐 필요성도 느끼지 못했고 숙모가 어떻게 말해 놓으셨는지 부모님도 직장을 가지라고 닦달하지 않으셨다. 공부를 할 여유는 충분히 있었다. 랜덤 머쉬 교수가 말한 그 지성의 최초의 완성에까지 이르도록 나를 제대로 이끌고 싶은 마음이 간절했다. 나는 나를 이끌어 가고 싶었다.

그러한 인식의 문을 향하여 나를 열어 놓고 있는 동안에도, 그러하나, 핸디가 보내오는 엉뚱한 질문을 보거나 메런티 섬의 소식을 듣는 것이 고독 속에서 홀로 단추를 하나씩 채워가는 것보다 더 재미있기는 했다.

내가 오크 힐을 떠난 이후, 오크 힐에는 그동안 신입생들이 한 명도 더 들어오지 않았다고 한다. 뭐 그런 일이 한 번씩 있는 일이니 특별한 건 아니라고 핸디가 말하긴 했지만, 〈풀러미쉬 컨트롤〉이라는 회의가 상당히 교수님들의 자의적인 모임이라는 생각은 얼핏 들었다. 어쨌든 수나 드레일이나 에덴 코너트, 마릴다 레이즈너는 오크 힐을 졸업했다고 들었다. 핸디는 심리학을 배우면서 나에게 자주 심리테스트 비슷한 걸 했는데, 그건 모자를 삐딱하게 쓴 핸디가 막대기를 휘휘 돌리면서 나에게 이것저것을 묻는 형식으로 진행되었다. 물론, 편지 속에 그런 동영상이 들어있어서 드디어 핸디가 숙모처럼 되어간다는 생각으로 한숨을 쉬기도 했지만 말이다. 어쨌든 심리테스트 결과가 언제나 모순된다는 생각을 하긴 했지만, 핸디의 즐거움을 함부로 빼앗을 수는 없었다.

내가 조용히 집에서 내 일을 하는 동안, 집 앞에는 새로운 건물 하나가 들어섰다. 공사 소리가 가끔 귀에 거슬리기는 했지만 완성된 건물은 그릴 듯했다. 엄마의 심부름으로 멜론을 히나 사 가지고 돌아오는 길이었다. 새 건물의 1층에는 휘갈겨 쓴 글씨체로 〈오늘과 내일의 너를 위하여〉라는 카페 제목과도 같은 간판이 내걸려 있었다. 밖에서는 가게의 안이 전혀 보이지 않았는데, 나무로 된 문에 미성년자 출입금지라는 풋말이 없어서 문을 열고 한 번 들어가 보았다. 황금빛 조명등이 간간히 달려 있고, 책꽂이붙박이장이 벽에 붙어 있었다. 우윳빛 빵모자를 비스듬하게 쓴 여자가 내게로 다가왔다.

“뭘 찾으시나요?”

“저, 여기가 어떤 가게인가요?”

“처음 오셨군요.”

여자는 상냥하게 웃었다.

“이곳은 로디커 프레더 씨의 서재 카페입니다.”

“서재 카페요?”

“책을 볼 수 있는 카페라는 겁니다.”

그녀는 간단하게 설명해 주고는 카운터로 가서 냉장고 문을 열고 나에게 포도주스 캔을 하나 내주었다. 나는 값을 지불하려고 했지만, 그녀는 오늘은 그냥 드리는 거라며, 천천히 구경하고 가라고 말해 주었다. 얼핏 보니 카페 안은 조용한 음악이 흐를 뿐, 사람들의 이야기 소리도 거의 들리지 않았다. 나는 두리번거리며 책꽂이로 다가갔다.

동그란 탁상시계와 마른 장미꽃 묶음이 책장의 빈칸 마다 놓여 있었다. 나는 한 권씩 놓인 책들을 구경하다가 포니 라벨 씨의 오래된 책을 찾아내고는 기쁨에 들떴다. 그 책은 벌써 이십 년 전에 절판되었던 귀한 책이었다. 그 책을 꺼내들고서 카운터로 달려갔다.

“저, 이걸 읽고 가도 될까요?”

“그럼요.”

아가씨는 싱긋 웃을 뿐이었다. 첫 페이지부터 마지막 페이지를 다 읽을 때까지 시간이 흐른 것조차 깨닫지 못할 만큼 집중했던 탓에, 누군가가 내 앞자리에 앉아 담배연기를 뿜어낼 때까지 그의 얼굴을 쳐다보지도 않았다. 그는 도저히 참지 못하겠는지 탁자를 탁탁 쳤다. 나는 책너머로 그를 쳐다보았다.

“가입했는지 모르겠군.”

중성적인 목소리의 그는 나를 무척 잘 안다는 듯이 야릇한 미소를 지었다. 그는 목판화에 그려진 날카로운 코를 가진 중년의 남성처럼 보였다. 나는 잠자코 그를 쳐다보며, 아무 말도 하지 않았다.

"러스라고 불러야 하나? 재떨이 모드, 블랙 파이어."

그러자 나무로 마감된 벽의 기둥에서 남자의 검은 흉상이 나타났다. 그리고 흉상은 눈알을 뱅글뱅글 돌리더니 입을 커다랗게 벌리고 혓바닥을 쭉 뻗었다. 그는 담뱃재를 혀에 툭툭 두드렸는데, 혀는 부드러운 스펀지처럼 재를 뽁뽁 빨아들였다. 그는 나를 한 번 더 노려보고는, 담배를 쭉 빨아들이고서 연기를 후 하고 불었다. 그는 담배를 혓바닥에 밀치듯이 놓았는데, 그러자 흉상은 혀로 담배를 돌돌 말고서 입을 다물었다.

"노래를 하나 듣고 싶나?"

나는 그렇다고 고개를 끄덕였다. 오크 힐에 다녀온 뒤로부터는 오히려 이상한 현상에 대해 대놓고 즐기는 버릇이 생긴 탓도 있었다.

"태양이 우네요, 로 한 곡 뽑아봐."

남자가 말했다.

나는 주위를 두리번거렸다.

"애가 부를 거야."

남자는 흉상의 어깨를 툭툭 두드렸다.

"수분대로 다 된다면 좋겠지만, 서의 몸값은 고급이랍니다."

흉상은 조그만 병이 깨어질 정도로 높은 어조로 말했다.

"뭐라구? 이제 많이 컸다, 이건가?"

"그게 아니라, 제 몸뚱이를 언제 주실 건지. 아무리 노력해도 주인님은 제 몸을 만들어 주시지 않네요. 전 팔과 다리, 몸통을 가지고 싶답니다."

흉상은 그렇게 말하면서도 별로 간곡해 보이지는 않았다.

“그래?”

흉상은 벽 속으로 슬그머니 들어가 버렸는데, 그건 마치 땅바닥의 물이 급속도로 증발해 사라지는 것처럼 보였다.

“몸을 주면 노래를 부르도록 할 거예요.”

흉상은 사라지고 나서도 나무 기둥 벽 뒤에서 소리쳤다.

“하아, 그렇군. 그건 러스 퍼거가 줄 테니, 그에게 잘 보이라고 널 불렀는데 말이지.”

나는 깜짝 놀랐다.

“네? 저, 저는 조소 작품을 만들지 못합니다. 게다가 저런 흉상의 몸을 어떻게 만든다는 거죠?”

그는 내 말은 신경 쓰지도 않는 것처럼 보였다. 그리고 벽 속에서 언제 그랬냐는 듯 흉상이 나타나서는 나를 향해 이상한 미소를 지어 보이며 눈웃음까지 쳤다. 나는 고개를 휘저었다.

“그렇다면, 불러 드리겠어요. 만약 내 몸을 만들어 주지 않으면, 후회하게 되실 거예요. 전 노래를 무척 잘 부르거든요.”

나에게로 온 사랑이 묻네요, 그대는 안녕한가요, 아프지는 않나요.
태양의 폭포처럼 다가온 그대는 나처럼 슬퍼하지 않았으면.
그대가 말해요, 내가 아무 말도 없다고, 그래서 내 목소릴 듣고 싶다고.
하지만 어쩔 수가 없어요. 어떤 말로도 말하지 못할 마음은 이미 존재하지 않는다고.

태양이 우네요, 그대는 빛의 눈물을 보나요.
밤새도록 추위에 떤 그녀를 비추기 위해 열심히 달렸건만.

신의 질서를 어길 수 없는 태양이 우네요.

괜찮아요, 그대도 괜찮아야 해요, 울지 말아요.

나에게로 온 사랑이 말하네요, 난 상관하지 말아요, 더 이상 아파

하지 말아요.

흉상은 가녀린 여자의 목소리로 노래를 불렀다. 마지막 부분에서 나는 눈물을 흘릴 뻔했다. 머릿속으로 가사를 따라가다가 상황이 떠올랐고, 상처받은 여자, 라는 데까지 생각이 미치자 심장이 멎을 듯 통증이 왔다.

예전부터 나는 여성에 대하여, 물론 숙모와 엄마를 제외하고서 말이다. 나는 내가 먼저 그들에게 다가간 적이 없었다. 책 속의 여주인공들의 순정과 비극적 결말에 대해서 생각했고, 그들의 삶이 현실 속에서도 나타난다고 믿었다. 언제나 나에게는 여성은 동경이었으며, 지켜져야 할 깨어지기 쉬운 유리처럼 생각되었다. 그런 나의 생각은 내가 이성으로서 여성을 느끼지 않도록 벽을 만들었고, 나는 그들이 다칠까 봐 지나치게 염려했다. 그러나 핸디 필머레이는 여성이라는 존재에 대해 우정의 가능성을 제시했으며, 그 벽을 약간 투명하게 만들어 주긴 했다.

나는 숨을 다시 내쉬었다.

"이것 봐, 징말 그렇군."

그 남자는 내 맘 속을 꿰뚫고 있는 것처럼 말했다.

"하지만 전 당신의 몸을 만들어 줄 수가 없어요."

나는 흉상에게 말했다.

"아니야, 아니야. 믿어 보라구. 만들어 줄 거야."

남자가 눈을 크게 뜨고는 장담했다.

"장부에 적어 놓겠어요, 오늘 빚은 내 전신 성형비예요."

흉상이 말했다.

"하아."

"그래, 적어둬."

남자가 말했다.

"우후, 그럼 가볼게요, 오늘은 오페라 연습을 좀 해야 하거든요."

흉상은 다시 감쪽같이 벽으로 들어가 버리고 말았다. 나는 우선 그 남자의 정체가 궁금했다. 어떤 일을 하는지, 아니 나를 어떻게 아는지, 그래서 뭘 하려고 하는지 알아야 했다. 남자는 아가씨를 불렀다.

"핀셋 양, 러스 퍼거가 이 책을 좋아하던가?"

그는 눈짓으로 내 앞에 놓인 포니 라벨 씨의 책을 가리켰다.

"그럼요, 아주 즐거이 읽으시더라구요."

갑자기 순수하고 친절해 보이는 아가씨는 능청스러운 수탉으로 변해 버리고, 나는 내가 또 어떤 음모에라도 빠진 것 같아, 괜히 이 가게에 들어왔다고 생각했다. 하지만 음모에 빠져도 포니 라벨 씨의 절판된 책을 읽은 것과 비교한다면, 그럭저럭 견딜 만했다.

"이걸 가지도록 하게."

그가 말했다.

"네?"

"이건 선물이야. 하지만, 해야 할 일에 대한 대가라는 걸 알아 둬. 대가치고는 너무 작은 것 같지만, 하여튼 부탁이야."

나는 도저히 참을 수가 없었다.

"저 실례가 되지 않는다면, 성함이라도 가르쳐 주실 수 있는지."

"그건 쉽지. 난 이 서재 카페의 주인이야. 바로 로디커 프레더, 온 세상의 귀한 물건을 수집하는 로디커 프레더, 책들도 그 일부분이지. 어때, 멋지지 않나?"

나는 그가 명함이라도 내민 것처럼 느껴졌다. 그는 씩 웃고는 자리에서 일어나다가 테이블 다리에 걸려 넘어졌다. 그는 일어나려고 했지만 신발이 미끄러웠는지 다시 미끄덩하고 넘어졌다. 그는 손과 무릎으로 기어서 앞으로 나아가더니 벌떡 일어서서 옷을 털고는 머쓱한 듯 나를 돌아보았다.

"어쨌든 포니 라벨 씨의 책에 대한 대가를 요구할 때, 꼭 들어줘야 해."

나는 책을 들고 그 수상한 카페를 나서긴 했지만, 노예계약서라도 쓰고 나온 것처럼 마음이 불편했다. 집으로 돌아와 냉장고에 멜론을 넣어두고, 침대에 누워 다시 포니 라벨 씨의 책을 펴들었다.

"내가 그대를 사랑하는 이유를 아시오? 그건 내가 가지지 못한 유일한 대극의 본질, 내가 가진 자석의 극이 가지지 못한 다른 대극의 본질이 바로 당신이기 때문이오. 그러나 아시오? 그것 때문만은 아니라는 걸. 그대의 발걸음 소리는 나를 설레게 하오. 그 황홀한 미소는 나를 삼켜버릴 것만 같소. 그대의 글은 나를 엄습하는 폭풍 속의 파도요. 알겠소? 나는 그대 앞에서는 저항이란 걸, 판단이란 걸, 상실한 불구의 남자요."

주인공 레일 도크니의 고백을 몇 번이고 다시 읽었다. 그리고 백발에 절름발이이면서 입이 돌아간 채로 고개를 갸웃거리며 작은 목소리로 차근차근 이야기하던 작가의 모습을 생각해냈다. 그는 조그만 T자 모양의 지팡이를 들고 그의 정원을 절뚝거리며 걸어 다녔었다. 그런 모습과 나이에도 그는 열정적인 남자를 묘사했으며, 나에게 남자란 어떻게 행동해야 하는가에 대한 귀감을 주었다.

그러나 나는 레일 토크너의 고백 같은 고백을 하지는 못할 것이다. 숙모가 일찍이 그런 나를 간파한 것은 놀라운 일이 아니다. 나로서도 아마 여자 근처에도 가 보지 못하고 죽을 것 같은 이 남자의 본능을 벗어난 것 같은 생각이 맴돌고 있기 때문이다. 어쨌든 그것도 그리 상관할 바가 아니라는 생각이 들었고, 그 구절을 한 번 더 읽고 책을 책상 위에 조심스럽게 내려놓았다.

"러스, 어디 싱싱한 걸로 사왔니?"

엄마의 목소리가 들려왔다.

"가격이 많이 올랐더라구요."

나는 방에서 나왔다.

엄마는 냉장고 문을 열고 멜론을 꺼내 이리저리 살펴보셨다. 엄마의 날카로운 눈빛에 껍질은 다 닳아버릴 것만 같았지만, 이 모든 건 주부의 본성 아니 갈고 닦은 생활에의 의지란 걸 잘 알기에 그저 고개를 저을 뿐이었다.

"좋은 걸로 사왔구나."

"그럼요. 슈퍼마켓과 세 곳과 과일가게 네 곳을 들렀다구요. 엄만 과일의 질과 가격에 너무 민감하세요."

나는 툴툴거렸다.

"러스! 엄마의 이름을 말해 보거라."

엄마는 냉장고에 다시 멜론을 넣으시고서 나를 노려보았다.

"모랄렌 퍼거 여사십니다."

나는 기가 죽었다.

"모랄렌 퍼거 여사의 선택 기준은 어떠한지 말해 보거라."

"팔루마 거리에서 두 번째 가라면 서러울 정도입니다."

"왜지?"

"그건 로드릭 퍼거 씨와 러스 퍼거의 건강을 위해서입니다."

나는 속으로 한숨을 내쉬며, 눈을 게슴츠레하게 풀었다. 엄마가 까다롭게 변한 것은 순전히 숙모 탓이었다. 이웃에 사는 커네스 바이오트 씨와 그의 부인이 브라질을 다녀오면서 사온 원두커피 봉지를 선물 받고서도 엄마는 그걸 뜯지 않으셨다. 그저 오직 밀크 커피를 고집했었다. 원두커피 봉지를 연 것은, 아마 그때 숙모가 처음 우리 집에 온 날이었지 싶다. 엄마는 숙모의 까다로움을 질투하면서도 그걸 동경했었고, 결국 모든 물품의 구입 시 나름대로의 판단과 기준을 세워서 그걸 일일이 적용했다.

그리고 모랄렌 퍼거라는, 엄마의 이름은, 기준을 세우기 전에는 아무것도 주장할 것이 없었으나, 지금으로서는 아주 자랑스러운 것이 되었다. 엄마의 이름을 건 선택은 나를 피곤하게 했지만, 물론 현명하고 좋은 선택이긴 했다.

어쨌든 멜론은 일단 커야했고, 무늬가 예뻐야 했으며, 너무 싱싱하거나 오래된 것은 피해야 했다. 가격 대비 품질은 물론 월등해야 했다. 오늘 내가 사온 멜론은 제법 비쌌지만, 품질은 아주 좋았기 때문에 엄마의 허영심을 만족시킬 수가 있었다.

"저녁을 준비하마."

"네."

다시 방으로 돌아왔다. 뭔가 느낌이 이성했다. 빙이 뭔가 달라진 것 같았다. 책장은 그대로이고, 침대도 그대로였다. 그럼에도 무언가가 이상했다. 나는 턱에 손을 괴고 방안을 왔다 갔다 하다가 책상 위에 있어야 할 포니 라벨 씨의 책이 없어졌다는 것을 깨달았다.

"어디에 간 거지?"

나는 펄쩍 뛰었다. 책장을 샅샅이 뒤져보고 책상 서랍도 모두 열어보았다. 혹시 책을 떨어뜨렸나 싶어 침대 밑에 코를 박고는 먼지를 마시면서까지 찾아보기도 했다. 바람이 들어와서 휭 하고 나갔다. 그러고 보니 창문이 약간 열려 있었다. 나는 창문을 활짝 열었다. 그러자 어떤 접혀진 하얀 종이가 툭 하고 밖으로 떨어졌다. 얼른 마당으로 가서 그 종이를 주웠다.

나는 포니 라벨일세.

내가 남아프리카에서 실종됐다는 말은 모두 날조된 거야. 나는 '잃어버린 도시'를 조직한 사람이야. 지금 당장 로디커 프레더를 찾아가서 포니 라벨의 책 중에서 알려지지 않은 책을 달라고 해. 그 책은 오직 10부 만이 찍혔으니까. 그 책을 읽고 얼른 나를 찾아오라구. 이건 중요한 일이야. 네가 나의 생각을 존중한다면, 아니 조금이라도 나를 좋아한다면, 얼른 움직이라구.

– 포니 라벨

Ponnie Rabel

온 몸이 오싹해졌다. 분명 그건 내가 알고 있는 포니 라벨 씨의 자필 사인이었다. 그는 22년 전에 아프리카에서 실종되었었고 그 이후로 한 번도 나타나지 않았다. 편지는 조작된 거라고 생각되기에는 너무나 놀라웠다. 편지 속의 내용을 믿을 수도 없었지만, 어떻게 해야 할지 나는 고민하기 시작했다.

고민할 필요가 없는 문제이긴 했지만, 이건 구원 요청과도 같은 편지였다. 나는 아버지가 퇴근하실 때 얼굴만 살짝 비추고는 방에서 고민했다. 엄마가 저녁을 먹으라고 성질을 부렸지만 나는 낮에 많이 사먹었다고 둘러댔다.

밤이 깊자 나는 판단을 내렸다. 로디커 프레더 씨의 카페로 가서 문을 열었다. 카운터에는 아가씨도 없었고, 손님들도 없었지만 불빛이 안쪽에서 새어 나오고 있었다. 그쪽에서 목소리가 들려왔다.

"……알비노……라고 했소?"

그리고 어느 노인의 다 쉬어빠진 목소리도 들려왔다.

"굴라노 레카소 그 놈이 자빠지지 않았다는 군."

"알비노의 구슬을 그리했다면, 음."

엿듣고 싶어서 들은 것은 아니었으나, 나는 발걸음을 돌려 밖으로 나가려고 했다. 무언가 일이 꼬일 것만 같은 기분이 들어서였다. 갑자기 토네이도에 휩쓸리기 직전의 강아지의 기분 모양으로 두려움이 엄습했다.

"어서 오게, 러스 퍼거."

내 어깨는 벌써 바짝 얼어있어서, 고개도 제대로 돌리지 못했다.

"연락을 받아서 여기까지 왔으면, 알 건 제대로 알아야지."

나는 돌아서며 어색하게 씩 웃었다. 로디커 프레더였다. 처음 보았을 때의 장난스러움은 모두 어디론가 가버리고, 무게 있는 중년의 사내가 내 앞에 있었다.

"인사 드리라구. 지금 곧 출발할 테니까. 갚아야 할 빚은 기억하고 있겠지? 지금 바로 그걸 청구하도록 하지."

갑자기 메런티 섬으로 갈 때가 떠올랐다. 어딘가로 또 간다니. 그러나 순식간에 머릿속에서 혼란을 정리하고, 무언가 굉장한 비밀 속에 있는 사건을 해결해야 한다는 의무감을 거머쥐었다. 그럼에도 나의 두려움은 그 쉰 목소리로 말하는 노인이 고개를 돌리고 나를 보자 되살아났다.

"허어, 러스 퍼거로군. 굴라노 레카소의 밀리얼 페페를 받고서, 그걸 바로 냅다 친구에게 줘버렸다는, 그 당돌한 유로파로군."

노인은 그의 주름살과 반점으로 인해 흉측하게 늙은 얼굴로 나를 비꼬았다. 그가 말할 때는 그의 쉰 목소리가 마치 공포 영화의 으스스한 화음처럼 시시각각 내 피부를 곤두서게 했다. 나는 아무 말도 하지 못하고 두 사람이 꼬냑을 마시는 모습을 선 채로 지켜보았다.

꼬냑 한 병이 비워졌을 때, 로디커 프레더 씨가 일어섰다. 그는 그가 있는 벽 쪽의 마른 장미 다발을 들어내고, 조그만 검은 버튼을 꾹 눌렀다. 그러자 벽이 삐걱하며 안쪽으로 쑥 들어가더니, 잠시 후에 조그만 책이 나왔다.

"이걸세. 바로 포니 라벨 씨의 첫 번째 책."

"네?"

나는 설명이 필요했다.

"설명할 시간은 없고, 바로 떠나야 해. 이걸 들고, '파이나루우트의 어둠'으로 들어가야 해. 그곳은 바로 '잃어버린 도시'의 본부야."

질문을 하려했으나, 그는 손을 내저으면서 내 말을 막았다. 노인이 일어섰다.

"자네, 에모리 빈을 아나?"

나는 또다시 눈을 휘둥그레 떴다.

"에모리가 무슨 관련이라도 되어 있나요?"

"놀라는 것을 보니 에모리 빈의 외할아버지가 포니 라벨이라는 것은 모르겠군. 에모리 빈은 '잃어버린 도시'를 이끌고 있어."

나는 물론 놀라서 입을 떡 벌리고 멍해졌다. 머릿속에 너무나 놀라운 정보가 들어온 터라 나는 무얼 어떻게 해야 할지도 깜깜해졌다. 그때 노인이 내 머리를 세게 딱 하고 때리더니 내 옷깃을 잡아챘다.

"일어나. 시간이 없어. 배 안에서 책을 다 보도록 해. 그 뒤에는 빼앗을 테니."

노인의 목소리는 점차 힘이 생기면서 껄끄러운 것이 전혀 없어졌다. 그는 등을 쭉 펴고 모자를 썼다. 그가 돌아보았을 때 나는 또 뒤집어질 뻔 했다.

"랜덤 머쉬 교수님!"

나는 꼬르륵 넘어가고 말았다. 일어났을 때는 내 곁에서 너구리 냉장고가 중얼거리고 있었다.

"책이나 읽도록 해!"

냉장고가 들썩였다.

"책은 어디에 있는데?"

"내 머리 위에 있잖아. 내가 이렇게 흔들고 있잖아. 어서 받아."

그러고 보니 너구리 냉장고 위에 조그만 책이 있었다. 그건 한 번도 본 적이 없는 포니 라벨 씨의 처녀작이었다. 그 책은 출판된 그의 책 목록에도 없는 것이었다. 책의 제목은 '첫 번째 책'이었다. 자리에 앉아서 책을 읽는 동안에 천장이 열리며 바람이 불어왔다. 문득 여기가 핌퍼라는 생각이 들었고, 잠시 동안 기분이 묘해졌다. 나는 책을 다 읽었다.

그리하여 결국 숨겨져 있는 것이다. '보이지 않는 탑'에 숨겨져 있는 모든 것을 보는 눈, 즉 '앱솔루트 아이'를 찾아야 한다. 그것을 통하여 시간 속에 감춰진 손재의 불가능석 실현을 볼 수 있는 것이다. 단지 볼 수만 있는 것이다. 물론, 불가능을 실현하는 방법을 찾는 것은 우리 손에 달려있다는 것도 안다. 그리하여 나의 두 번째 책은 곧 쓰여 질 것이다. 하나의 놀라운 도전이 내 앞에 놓여있다. 그것을 붙든다.

　　　스물 세 살의 포니 라벨

그렇게 책은 끝을 맺었다. 도무지 무슨 말인지 알 수 없었지만 마치 내 삶의 소용돌이가 또 하나의 시작을 나타낸 것 같은 느낌이 들었다. 이번에 나타난 소용돌이는 과연 나를 얼마나 먼 곳으로 데리고 갈 것인가. 문득 눈을 뜨면 나는 또 다른 나의 모습이 되어 있을 것이다. 오크 힐에 다녀오기 전과 후의 내가 완전히 달라졌듯이 말이다. 그러한 달라짐 속에서도 나는 그렇다. 또 발전된 나의 본질의 부드러운 껍질을 하나 더 가지게 되는 것이다.

문이 열리고 어떤 남자가 서 있었다. 그는 내 책을 빼앗고는 소리쳤다.

"한 번 읽어서 체계를 잡는 걸로 충분해. 그걸로 앞으로의 일들에 버텨 가야겠지? 더 많이 읽는 건 오히려 불필요하다고. 이 정도면 돼. 너는 생각을 못하는 멍청이가 아니니까."

그는 성큼성큼 걸어가 버렸다. 활도 화살도 지니지 않고 피터팬 옷도 벗은 그는, 양복을 입은 피터 힐멘이었다. 그가 돌아서면서 말했다.

"아, 나도 너와 같은 임무를 맡았어. 그건 사냥보다도 더 흥미롭게 들렸지."

나는 눈물이 핑 돌았다. 다시 오크 힐이 열어 놓은 세계로 들어가는 것이다. 어떤 그리움이 두려움을 몰아내고 나는 숨을 크게 들이쉬었다. 나는 조심스럽게 그를 따라 나갔다.

잃어버린 도시

선상에는 이미 피터 힐멘도 어디로 갔는지 보이지 않았다. 무엇보다도 어두운 밤 은하수 아래 하늘에 유유히 떠가는 우윳빛의 핌퍼에 내가 타고 있었다. 마늘 가오리 한 무리가 핌퍼와 함께 날고 있었으며 그들은 곧 비스듬하게 하강했다. 곧 마늘 가오리들은 사라져 버렸다. 누군가를 찾아보려고 했지만, 그 누구의 기척도 없었다. 바람이 곧 세져서 다시 선실로 내려가려고 선실 입구에 섰다. 붉은 버튼은 여전히 그 자리에 있었다.

휴대폰에 메시지가 들어왔다. 동영상에는 숙모가 앉아서 나를 빤히 쳐다보고는 손가락 끝으로 무언가를 가리켰다. 숙모가 아무 말도 하지 않아서 나는 또 뭔가 이상한 일이 있겠구나 하고 짐작했다. 숙모가 가리킨 쪽에는 붉은 버튼이 있었다. 여전히 내 주변에는 아무도 없었고, 앞으로 내가 겪을 일이 어렵든 아니든 겪어야 한다면 맞서자고 생각하고는, 붉은 버튼을 눌렀다.

그러자 조그만 진동이 일더니 선실 입구 천장에서 무언가가 뚝 떨어졌다. 낡은 배낭이었다. 나는 그걸 열어 보았는데, 옷 한 벌과 말린 치즈, 비닐 우비, 그리고 둘둘 말린 지도 몇 장이 들어있었다. 나는 가방을 메고서는 무언가 어떤 일이 일어나기를 기다렸다. 핌퍼가 점점 하강하고 있었다.

핌퍼가 도착한 곳은 메런티 섬이 아니었다. 피터 힐멘은 어디에서 나왔는지 내 가방에 들어있던 옷과 똑같은 옷을 입고서는 나더러 얼른 옷을 갈아입으라고 명령했다. 나는 갈색의 탐험가 옷으로 갈아입고 그가 내 팔을 잡아끄는 바람에 핌퍼에서 도망치듯 내렸다.

우리가 내리자 핌퍼는 바다 쪽으로 쭉 밀려가더니 갑자기 하늘로 솟구쳤다. 바람이 차고 피터 힐멘이 내게로 다가왔다.

"잘 지냈어?"

"네, 선배는요?"

"그럭저럭. 난 유로파가 필요 없어서 따지 않았어."

"네, 핸디 필머레이가 말해 줬어요."

"그래? 그렇군."

"그런데 선배, 지금 저희가 어디로 가는 거죠?"

"본부까지 찾아오라는 지령이야."

"본부라면 '파이나루우트의 어둠' 말인가요?"

"응. 거기 말이야."

"여긴 대충 어디일까요?"

"이미 지구상에 찾아다닐 수 있는 지역은 아니야. 마치 오크 힐이 숨겨져 있는 것처럼 여기도 그러해. 핌퍼가 다니는 곳이긴 하지만 말이지. 지도가 있으니까 잘 찾아가면 돼. 그리고 포니 라벨 씨의 '첫 번째 책'을 읽었다면 수시로 나타나는 상황을 잘 판단할 수 있을 거야."

나는 또 뭔가 독특한 일들이 벌어질 거라는 예상을 했다. 피터 힐멘이 손으로 가리킨 곳은 나무 위에 있는 낡은 오두막이었다. 우리는 낡은 사다리를 타고 그곳으로 올라갔다. 피터 힐멘은 그의 배낭에서 망원

경을 꺼내 뻥 뚫린 창가에서 밖을 내다보았다.

"여기가 어디쯤인가요?"

자꾸 걱정이 되어 나는 물었다.

"나도 몰라. 그냥 단서를 발견하고 찾아가야지. 지금 단서가 될 만한 걸 찾고 있는 중이야."

"비합리적인 방법도 포함되겠지요?"

"그렇지. 아주 조그만 단서라도……. 가령 예를 들면, 쥐의 꼬리에 상처가 있어도 그것이 왜 그렇게 되었는지 알아내고 다음 행동을 취해야 한다는 말이야."

피터 힐멘이 아주 적절하게 비유를 들어줘서 나는 그걸 어이없어하며 이해하긴 했다. 어쨌든 그가 내 곁에 있어서 다행이라는 생각도 동시에 들었다. 나 혼자라면 결코 찾아갈 수 없는 길이라는 생각이 들었으니 말이다.

"별이 배열을 바꾸고 있어. 아마 내일은 방향이 달라질지도 몰라. 그러니 나침반은 참고해선 안 돼. 이제 그만 자자구. 내일 아침에 깨울 테니 게으름 부리지 말고 벌떡 일어나도록 해."

"네, 알겠어요."

그와 나는 한쪽에 쌓여있는 건초 더미를 풀어서 바닥을 푹신하게 만든 다음 그 위에서 잠들었다. 다음날 아침, 피터 힐멘의 목소리가 들렸을 때, 나는 배낭을 얼른 챙기고 사다리를 내려갔다. 그는 아침에 잡은 거라며 분홍색 물고기를 굽고 있었다.

"맛없는 치즈보다는 이게 더 나을 거야. 오늘은 아무 것도 먹지 못할 수도 있으니까 먹어두도록 해."

나는 처음에는 먹을 생각이 없었지만, 그가 그렇게 말하자 생존 욕구가 차오르면서 그걸 뼈까지 핥아먹었다. 그리고서 주변을 찬찬히 살펴보았다.

"이 근처의 지리적 환경을 보건대 이곳은 지도에 나와 있는 '루스탈머의 숲'인 것 같아."

나는 배낭에서 '루스탈머의 숲'이라는 제목의 지도를 꺼냈다. 길을 따라 붉은 줄이 그어져 있고, 어느 지점에 X표가 표시되어 있었다. 나는 그 지점에 손을 대보았다. 지도가 조금 흐려지면서 물결처럼 움직였다. 나는 놀라지 않고 자세히 살펴보았다. 여인의 입술이 보이고 그녀는 가볍게 '푸르탈크'라고 말했다. 지도는 다시 원래대로 돌아왔다.

"푸르탈크가 뭐죠?"

피터 힐멘에게 물었다.

"사전 없나?"

그는 어이가 없게도 여기에서 사전을 찾았다.

"그건 '흰 털가루'야."

"어떻게 아셨죠?"

나는 그가 답을 말한 것에 더 의아해졌다.

"이것 보라구, 러스. 나는 감, 그러니까 느낌이 발달해 있는 사람이야. 알겠어?"

나는 할 말을 잃고, 그저 그를 따르기로 했다. 다시 지도를 살펴보자 온통 하얀 장소가 있기는 했는데, 내가 그곳을 가리키자 그는 나침반을 보더니 "오늘은 이건 쓸모가 없군."

하고 말하고는 나침반을 다시 배낭에 집어넣었다.

"그저 이곳에서 시작되는 붉은 줄을 따라가면 될 거야. 그러면 나타날 테니."

"'흰 털가루'는 그곳에 도착해서 찾으면 되겠군요."

“아주 머리가 나쁘지는 않군. 처음부터 단서가 다 주어지지는 않는다구. 그래, 맞아.”

나는 미소를 씩 지었다. 그러자 피터 힐멘이 기겁하면서, 다시는 그런 표정을 짓지 말라고 엄하게 경고했다. 그는 얼른 길을 나서고, 나는 의아한 표정으로 그의 뒤를 따랐다.

“우리가 움직일 때마다 지도에 표시가 될 테니, 우리의 위치가 어디쯤인지는 파악할 수 있어.”

실제로 숲길에 들어서고 나서 지도를 펴보니, 우리가 지나친 길은 검은색으로 표시되고 가야 할 길만이 붉은색 줄로 표시되어 있었다. 붉은색은 점차 엷어지더니 지도는 온통 하얀 솜털의 그 질감까지 더욱 선명해졌다. 곧 우리 앞에는 그야말로 하얀 평원이 나타났다.

“음, 러스. ‘푸르탈크’는 ‘흰 털가루’가 아니라 그 비슷한 거였군. 바닥이 온통 솜털로 된 곳이야.”

“그래도, 희고 솜털도 털이잖아요.”

“난 ‘루스탈머의 숲’에 대해서 배운 적이 있으니까. 우리가 가장 좋아하는 색깔의 숲이 나타나는 거야. 그러니까 ‘푸르탈크’라는 신호는 흰색이 나타날 거라는 신호였을 뿐이야. 그리고 질감은 솜털로 나타난 거지.”

“이를테면 ‘무스딜머의 숲’은 무엇인 거죠?”

“아직 감을 못 잡겠어? 루스탈머, 즉 원하는 색깔의 그러나 또 다른 형태의 숲, 이라는 뜻이야. 우리가 원하는 색깔이 흰 색이었고, 하지만 그 흰색이 나타날 형태는 우리가 알지 못하는 거지. 흰 털가루와 흰 솜털은 조금 다르지.”

피터 힐멘의 설명을 듣자 나는 어질어질해져서 머리를 좌우로 세차게 흔들었다. 그는 세상에 있는 어떤 것도 혼란 없이 이해할 수 있는 독자적인 두뇌의 소유자였다. 그런 그가 있어서 어떤 면에서는 다행이긴 했지만, 숙모가 생각나는 건 어쩔 수가 없었다.

온통 솜털로 뒤덮인 평원을 우리는 조심스럽게 걸어갔다. 어느 순간 뚝 떨어져 나온 솜털 뭉치에 내가 있었고, 또 다른 솜털 뭉치에는 피터 힐멘이 있었다. 우리는 천천히 공중에서 떨어지고 있었다. 나는 소리를 지를 뻔 했지만, 피터 힐멘은 유유히 발밑의 땅에 시선을 고정하고 그곳을 내려다보며 휘파람을 불었다.

"모래먼지로군."

가볍게 땅에 닿은 솜털에서 피터 힐멘이 뛰어내리며 말했다. 나도 솜털에서 뛰어내린 후 주변을 둘러보았다. 먼지가 이는 넓은 모래 평원이었다. 지도를 꺼내 살펴보니 지도에는 하얀 평원이 사라지고, X표시가 빙글빙글 돌고 있었다. 이미 '루스탈머의 숲'이라는 표기도 지도에서 지워졌다. 나는 그걸 피터 힐멘에게 내밀었다.

"안 봐도 돼."

피터 힐멘은 하늘을 보며 주변을 살폈다.

"그림을 본 적이 있어. 까마귀 떼가 둘러싼 모래사막의 잿빛 도시, 바로 잃어버린 도시를 상징하는 그림이었어. 까마귀 떼를 만날지도 모르니까."

"저, 잃어버린 도시나 파이나루우트의 어둠은 무슨 뜻인가요?"

"그나저나 이 솜털을 뭉쳐서 가지고 가야 하겠군."

피터 힐멘은 엉뚱한 대답을 했다. 그는 모래 바람이 불어오든 말든 눈을 얇게 뜨고는 배낭에서 큰 주머니를 꺼냈다. 피터 힐멘은 천으로 된 큰 주홍빛 주머니를 내게도 던져 주었는데, 잠자코 앉아서 까마귀에게 줄 먹이나 만들라고 했을 뿐이다. 그는 진지하게 큰 솜털을 주먹밥 모양으로 빚어 주머니에 차곡차곡 넣었다. 주먹 크기 정도의 솜털이 주머니 입구까지 가득 찼을 때, 이미 날은 어두워졌다.

"이제 가자구."

큰 주머니를 어깨에 들쳐 메며 피터 힐멘이 주문했다.

"어디를요? 지도를 보아야 하지 않을까요?"

"이것 봐, 하늘을 보라구. 별이 배열을 또 바꾸었어. 그냥 가는 거지 뭐."

"그럼 무턱대고 가는 거예요?"

나는 어이가 없어서 물었다.

"야아, 러스 퍼거. 단 하나의 별만 보고 가면 된다구. 그건 '라커 로드'라는 별인데, 그걸 따라가면 돼. 파이나루우트의 어둠은 자꾸 그 위치를 바꾼다구. 그래서 수시로 까마귀들이 옮겨놓는 저 별을 따라가야 해."

"무슨 별요?"

"저기에 있는 별 있잖아."

피터 힐멘이 성질을 버럭 내며 손끝으로 밤하늘을 가리켰다. 하필이면 하늘에는 수많은 별이 빽빽하게 들어차 있어서 특별한 별을 찾아낼 수가 없었다. 내가 모르겠다는 표정을 짓자 피터 힐멘이 한숨을 내쉬었다.

"감각이 없는 너에게는 내가 필요한 거로군."

나는 어깨를 으쓱하고는 잠자코 피터 힐멘의 뒤를 졸졸 따라갔다. 솜 딜 주먹밥이 들어있는 큰 주머니는 그리 무겁지 않아서 어깨 이쪽에 멨다가 저쪽에 멨다가 하며 별빛 내린 모랫길을 걸어갔다.

"노래나 불러봐."

피터 힐멘이 주문했다.

"무슨 노래를요?"

"그냥 불러봐. 아는 노래나 그런 게 없다면 지어서라도. 바람이 약간 차군."

피터 힐멘은 앞서 걷고 있었고, 나는 노래를 지어 부르기로 했다.

검은 날개를 가진 새들아.
우리를 인도해 다오. 우리의 목적지로.
흰 꽃을 줄 터이니, 우리에게로 오라.
유쾌한 자유의 날개를 가진 새들이여.
우리를 인도해다오. 멀리 떨어진 그곳으로.

피터 힐멘이 돌아서더니 내 입을 꽉 막고는 얼굴에 미소를 지었다. 갑자기 섬뜩해져서 그 자리에 굳어서 움직이지 못했다.

"하늘의 변화를 감지하지 못하겠어? 피부에 뭔가가 느껴지지 않아?"

그가 여전히 내 입을 꽉 막고 있었기에 나는 대답은 하지 못하고 고개를 흔들었다. 무슨 변화가 있고, 또 뭐가 느껴진다는 말인가. 그는 내 입에서 손을 떼고는 주머니를 내려놓고, 흰 주먹밥 솜털을 모랫바닥에다 부었다. 내 주머니도 홱 가로채서는 그걸 모랫바닥에 다 부었다. 그는 솜털들이 넓게 자리 잡도록 펴고는 눈을 감고 숨을 들이쉬었다.

"넌 굉장해. 역시 쥐의 꼬리에 상처가 있는 걸 잘 발견했군. 노래가 아주 좋은 단서가 되었어. 지금 두 가지 조건이 만족되었다는 걸 알고 있는 지나 모르겠군. '라커 로드'가 부풀었어. 그리고 지하에서 바람이 올라오고 있다는 걸."

내가 그 말에 대해서 질문하기도 전에, 모래알들이 바닥에서 몽글몽글 뜨기 시작했다. 피터 힐멘은 그걸 자세히 살펴보았다. 그리고 바람은 바닥에 있던 솜털을 공중에 하나 둘 씩 띄웠다. 바람이 세어지는가 싶더니 솜털들이 전부 하늘로 솟구쳐 올랐다. 어두운 밤하늘로 솟구쳐 오른 솜털들은 먼 하늘로 사라지는가 싶더니 갑자기 퍼덕이는 날개 소리와 함께 솜털들이 사라지고 두려운 무언가의 무리가 피터 힐멘과 나에게로 내려왔다.

"똑똑한 자들이로군."

무리들의 하나가 땅에 내려서더니 톡톡 뛰어와서는 말했다. 평범한 까마귀였다.

"그럼, 문은 열린 거지요?"

피터 힐멘은 아무렇지도 않게 까마귀에게 능글맞게 물었다.

"그렇지. 자, 이제 기다리고 있는 자들에게 여러분을 데리고 가지요. 어서 우리들의 등을 올라타도록 하시오."

까마귀들은 대열을 맞추더니 내 곁의 까마귀가 내 다리를 쪼았다. 얼떨결에 놀라 넘어진 나는 까마귀 떼의 등에 실려 하늘을 날고 있었다. 피터 힐멘이 나를 쳐다보고는 피식 하고 웃었다.

"파이나루우트의 어둠, 을 지키는 새들이야. 걱정하지 말라구."

"그럼, 이제 그곳으로 바로 가는 건가요?"

"글쎄, 그거야 모르지."

내 밑에 깔려서 날고 있던 까마귀 한 마리가 말했다.

"사안이 급해서 빨리 문을 연 것도 있고, 먹이를 주는 법을 알았으니, 충분히 자격도 있고 해서 그런 거랍니다."

"라커 로드가 부풀 때는 특별히 우리는 지절로 인도되는 거야. 허락을 받은 거라는 표시지."

피터 힐멘은 그렇게 말하고는 졸기 시작했다. 까마귀들은 자꾸만 하늘 높이 날아가고 있었다. 갑자기 비가 내리기 시작해서 나는 우비를 꺼내 입었고, 피터 힐멘은 졸면서도 자신의 우비를 주섬주섬 꺼내 입었다. 까마귀들은 비에는 아랑곳하지 않고 자꾸만 높이 날아갔다.

피터 힐멘이 눈을 얇게 뜨더니 손가락 끝으로 어딘가를 가리켰다. 어둑어둑하기만 한 곳이지만 분명 어둠 속에서도 그곳은 단순히 어두운 텅 빈 공간이 아니었다. 까마귀들이 그 어두운 공간 주위를 빙빙 돌았다. 하늘에서 별이 떨어지며 약한 폭발음을 내었다. 그 덕에 잠시 비친 것이었지만 그곳은 분명 검은색의 부피가 있는 어떤 장소였다. 건물인 것 같기도 했지만, 분명히 나는 하늘 위로 날아온 터였다. 어두운 하늘 위에 있는 공간이라는 생각이 들자 다시 어질어질해졌다.

까마귀들은 몇 번 더 그 주위를 돌더니 우리를 그 아래쯤에 내려놓았다. 피터 힐멘이 우비를 벗어 들었다.

"블랙 시티로군."

곧 눈앞에는 불빛이 일제히 켜졌다. 불빛이 켜진 자리는 분명 어떤 건물이었다. 나는 빛에 반사되어 번쩍이는 검은 건물과 불빛을 보고서 우비 모자를 벗었다. 내가 멍하니 서 있자 피터 힐멘이 내 어깨를 툭툭 쳤다.

"사람들은 하늘에 있는 도시를 이미 마음에서 잃어버렸다지. 아니 한 번도 하늘에 존재하는 도시를 마음에 둔 적이 없기도 하다는 거야. 마음에 품은 적이 없어서 그래서 영원히 잃어버린 도시지."

피터 힐멘이 중얼거렸다.

"여기가 '잃어버린 도시'인가요? 그러니까 '파이나루우트의 어둠'이라는 곳?"

"잃어버린 도시의 뜻은 그러해. 파이나루우트란 건 말이지……."

피터 힐멘은 잠시 말을 흐렸다.

"바로 저거야."

"저 꼭대기에서 뱅글뱅글 도는 것 말인가요?"

"바로 그래. 딜리언 빈 부인의 상징이야. 에모리 빈의 어머니이자, 포니 라벨 씨의 딸인 딜리언 빈 부인 말이야."

건물 꼭대기 중앙에는 주변의 빛보다 더 밝은 빛의 무언가가 뱅글뱅글 돌고 있었다.

"어둠에서 시작되리라, 라는 뜻이야. 파이나루우트라는 것은."

피터 힐멘이 진지하게 답변해 주었다.

"그러면 어둠에서 시작되는 어둠이라는 뜻인가요?"

"이봐, 러스 퍼거. 어둠에서 어둠이 시작되든 빛이 시작되든 다른 무언가가 시작되든 중요하지 않아. 그저 그렇다는 거야. 하지만 비로소 어둠이 되어야 무언가가 시작될 수 있을 뿐이지."

피터 힐멘은 내 어깨를 세게 치고는 자신의 가방에서 두루마리를 꺼내 건물 앞 벽에 붙였다. 그리고는 깃펜까지 꺼내 무언가를 쓱쓱 썼다. 두루마리는 곧 어디로 갔는지 사라져 버렸다. 피터 힐멘은 여유 있게 고개까지 끄덕이며 나에게 아무렇지도 않은 표정을 지었다. 그리고 곧 두루마리는 벽에 다시 나타나 붙어 있었다. 피터 힐멘은 그걸 죽 읽더니 인상을 썼다.

"지금 회의가 진행 중이라 조금 있다가 문을 열어주겠다는 군. 에모리 빈이 제법 까다로워졌다니까."

"저, 그 종이는 뭐죠?"

피터 힐멘은 두루마리를 떼어내 둘둘 말고는 다시 가방에 넣었다.

"이거? 라이페이 종이라고 하는 데, 통신하는 데 쓰는 거야."

피터 힐멘이 벽에 몸을 기대고 잠이 든 바람에 더 이상 그것에 대해 묻지 못했다. 나는 잠시 앞으로 걸어 나갔다가 아찔함을 느끼고 뒤로 물러섰다. 피터 힐멘은 이렇게 높은 곳에서 다리까지 꼬고는 건물에 기대어 잠들어 있었다. 그의 담력을 당할 자는 없을 거라며 나는 고개를 저었다. 나는 피터 힐멘의 옆자리로 가서 쪼그리고 앉았다.

얼마의 시간이 지났을까. 무언가 위잉, 하는 소리가 들리더니 어느 부분이 환해졌다. 나는 일어났고, 피터 힐멘을 깨웠다. 등불을 받쳐 든 회색 머리를 돌돌 말아 묶은 중년의 부인이 우리를 보고 있었다.

"딜리언 빈 부인이세요?"

내가 그녀에게 물었다.

"아니란다. 나는 라이라 카이시보 부인이란다. 빈 가문에서 집사를 맡고 있지."

그녀는 온화하게 웃더니 나에게 들어오라고 했다. 피터 힐멘과 나는 드디어 '파이나루우트의 어둠'이라는 건물로 들어섰다. 안은 전혀 어둡지 않았다. 곳곳에 조명등이 있었으며, 밖에서는 전혀 보이지 않는 창문이 안쪽에서는 밖으로 열려 있었다. 열린 창문은 어디로 통해 있는지는 알 수 없어도 그곳에서는 병사들이 튀어 나와 안쪽의 어딘가로 들어가고 있었다. 라이라 카이시보 부인은 병사들에게는 신경을 쓰지도 않고 우리를 2층으로 안내했다. 계단으로 올라가는 중에 계단이 갑자기 좁아지자 카이시보 부인이 지팡이로 툭툭 두들기며 성질을 냈다. 그러자 계단이 다시 넓어졌다.

2층의 응접실에서 우리는 기다렸다. 카이시보 부인은 곧 차를 내왔으며, 그것의 색깔이 노란색이어서 마시기 전에 그녀를 쳐다보았다.

"아, 걱정 말아요. 러스 퍼거 군. 노란색으로 만든 거니 노란색의 차일 뿐입니다."

나는 또다시 황당해졌지만, 맛이 레몬에 바나나에 하여튼 여러 맛이 번갈아가며 느껴져 그럭저럭 차를 다 마셨다. 잠시 후, 다시 카이시보 부인이 왔다.

"이곳은 어떤 조직인가요, 아니면 에모리 빈의 집인가요?"

내가 그렇게 물었다.

그 의문에 답을 해 준 건 피터 힐멘이었다.

“이봐, 러스 퍼거. 진작 말해주지 않은 건 미안한 데, 잃어버린 도시나 파이나루우트의 어둠은 말이지. 어떤 결사 단체가 아니라, 단지 세 명의 모임이야. 우리가 그 모임에 초대를 받았고, 이제 가입을 하려는 거지.”

“단지 세 명 뿐인 조직이란 거예요?”

“조직이라고 하기도 좀 그렇군.”

피터 힐멘이 입맛을 다셨다.

카이시보 부인이 차를 더 따라 주었다.

“잃어버린 도시란, 포니 라벨 씨와 딜리언 빈 부인 그리고 에모리 빈의 모임입니다. 그리고 여기는 그들의 저택이지요.”

나는 피터 힐멘을 쳐다보았다.

“저, 선배는 도대체 어디까지 알고 있는 거지요?”

“나? 나도 몰라. 그냥 내뱉는 것도 있고, 알고 있는 것도 있지. 내가 먼저 말하기 전에는 알려고 하지 마. 귀찮으니까.”

피터 힐멘은 소파에 기대더니 다시 잠들어 버렸다.

딱딱, 하는 지팡이 소리와 불안정한 발걸음 소리가 들려왔다. 곧 모습을 드러낸 이는 상당히 나이가 들긴 했지만 분명 포니 라벨 씨였다. 그는 내 앞으로 걸어오더니 지팡이에 몸을 기대고서 나를 빤히 쳐다보았다. 이니 노려보았다. 내가 긴장해서 침을 삼키자 그는 몸을 풀고서 껄껄 웃었다.

“러스 퍼거인가? 마음에 드는 군. 자, 어때? 준비는 되었는가?”

포니 라벨 씨의 책이 떠올랐다. 무언가 엄청난 것이 내 앞에 놓여있는 것 같았다.

“로디커 프레더와 같은 사람은 제법 이용 가치가 있다는 말이지. 진귀한 물건을 수집하는 그런 자가 있어서 내 책이 보존될 수 있었던 것이지. 하지만 야망과 집착이 큰 인물이라 제법 조심해야 하지."

포니 라벨 씨는 미소를 지었다.

"잃어버린 도시는 단지 세 명으로 구성된 모임인가요?"

나는 문득 질문을 해 버렸다.

"오면서 보지 못했나? 그 수많은 병사들이 우리의 조직원들이지. 에모리 빈 녀석이 '혼돈의 프라이시오'를 사용했기 때문에 '잃어버린 도시'의 조직원이 아주 많은 것처럼 보일 뿐이란다. 사실은 나와 내 딸, 그리고 손자 녀석으로만 되어있는 가족 모임이지."

"혼돈의 프라이시오는 무엇인가요?"

"일종의 착시 현상인데, 내가 가진 보물 중에 프라이시오라는 캔버스가 있단다. 그것은 그 캔버스에 사람을 그리면 그림 속의 사람이 현실에 그대로 나타나지. 그들은 일종의 유령 인물들로서 보통의 사람들 앞에 나타나기도 하지만 동시에 사라질 수도 있지. 그 캔버스에 그려진 사람들은 곧 '잃어버린 도시'의 조직원으로서 나는 그들에게 임무를 주었고, 그래서 우리를 알고 있는 사람들은 우리 조직이 제법 거대한 걸로 아는 거지. 하지만 그들은 유령 인물들이야. 임무가 끝나면 다시 이곳으로 돌아와 캔버스 안에서 잠들지. 그래서 우리 집에는 곳곳에 그림이 많아."

나는 피터 힐멘을 쳐다보았다.

"어떻게 아신 거죠? 잃어버린 도시의 실제 인물은 세 명 밖에 없다는 걸요?"

포니 라벨 씨가 문득 피터 힐멘을 쳐다보았다.

"나는 그저 이곳에 들어오니까 생명력을 가진 존재가 네 명 밖엔 느껴지지 않았어. 한 명은 카이시보 부인이니까 그저 추리한 것뿐이야."

포니 라벨 씨가 크게 웃고는 나는 얼떨떨해서 피터 힐멘과 그를 번갈

아 보기만 했다. 그는 피터 힐멘과 나를 침실로 안내해 주었는데, 그 벽
에 붙어있던 프라이시오 캔버스에서 새벽 내내 병사들이 들락날락하는
바람에 뜬 눈으로 밤을 지새웠다.

멍청이 퍼즐

아침이 되자 프라이시오 캔버스는 꽉 닫힌 듯 더 이상 아무도 들락날락 하지 않았다. 잠을 청하려고 누웠을 때, 피터 힐멘이 커다란 샌드위치와 커피를 가지고 왔다. 나는 졸린 눈으로 그를 쳐다보긴 했지만 이내 잠이 들어 버렸다. 한참 뒤 다시 소란해진 것 같아 깼을 때, 병사들이 다시 나타나 움직이고 있었다. 한 병사가 테이블 위에 놓인 내 몫의 커피와 샌드위치를 들고는 캔버스로 들어갔다. 그들이 소란스럽게 자꾸 들락날락했기 때문에 나는 더 이상 잠을 청할 수 없었다.

침대에 멍청하게 앉아 있자 커피를 들고 갔던 그 병사가 캔버스에서 다시 성큼 걸어 나오더니 반으로 접혀 있는 종이판을 하나 내밀었다.

"커피값은 해야지. 자, 이걸 들고 3층으로 올라가서 이 퍼즐판과 크기가 같은 빈 공간을 찾아내 이걸 거기에 꽂도록 해. 그럼 재미있는 일이 벌어질 테니."

나는 솔직히 재미있는 일에는 그다지 관심이 없었다. 지금까지 나에게 일어났던 일은 어떻게 보면 재미있는 일이었지만 그것은 대부분 감당하기 어려운 황당한 사건이었다. 나는 괜찮다며, 커피는 아무래도 좋다며, 다시 그에게 퍼즐판을 내밀었다.

"우리는 공짜로 무언가를 얻어먹지는 않아. 값을 해야지."

나는 무언가 해야 할 일을 대신 받은 것처럼 느껴졌다. 그는 어느새 캔버스 안으로 들어가 버렸다. 얼떨결에 받아든 퍼즐판을 펴 보았다. 주홍빛 길이 있고 길을 따라 다양한 색깔의 집이 있었는데, 그 집들의 지붕 위에는 그림 아이콘이 뱅글뱅글 돌고 있었다. 머리가 조금 지끈거린 것도 잠시 피터 힐멘도 없고 해서 퍼즐판을 들고 나갔다. 계단을 올라갈 때 다시 계단이 좁아졌다. 나는 카이시보 부인이 그랬듯이 좁아진 계단을 툭툭 쳤다. 그러더니 계단은 다시 넓어졌다. 3층은 굉장히 조용했는데, 내 발걸음 소리가 커다랗게 울릴 뿐이었다. 조금 긴장했지만, 문들을 노크하면서 하나씩 열어 보았다.

방들은 하나같이 벽에 네모난 빈 공간이 있었다. 하지만 내가 가진 퍼즐판과 크기가 같은 빈 칸은 없었다. 나는 마지막으로 남은 방으로 들어갔다. 그곳은 벽의 어느 곳도 빈 곳이 없었다. 방으로 난 창문을 통해 밖을 내려다보고는 너무 놀라 뒷걸음치며 슬그머니 카펫을 밟았다. 카펫 안으로 발이 쑥 들어가 더 놀라 버렸다. 카펫을 들추자 분명 카펫 밑바닥에 빈 공간이 있었다. 나는 카펫을 둘둘 말아서 한 옆으로 치워 두고는 퍼즐판을 그 빈 공간에 끼워 보았다. 딱 맞았다. 어디에선가 바람이 훅 불어왔고 나는 자리에서 붕 떴다. 피터 힐멘을 부르며 비명을 질렀다. 나는 이미 주홍빛 길 위에 서 있었다.

나는 어차피 일이 이렇게 된 거, 부딪혀 보자고 마음을 먹었다. 주홍빛 길을 따라 걸었고, 마침 지붕 위에 '세수하는 사자'의 아이콘이 붕붕 떠 있는 파란색 집이 나타났다. 그곳을 지나치려고 하자 길에 벽돌로 높게 쌓인 벽이 나타나 내 앞을 막았다. 그러더니 벽에 두루마리가 하나 붙고 깃펜이 나타나 무언가를 썼다.

〈멍청이 퍼즐 게임〉

1. 가장 멍청하고도 독창적인 대답만이 살 길입니다.
2. 현명하여 직진하기 보다는 멍청하여 돌아가는 쪽이 오히려 답에
   가까울 수도 있습니다.
3. 자, 그럼 '푸른빛의 통로'를 통과할 때까지 당신은 여기에서 나갈
   수 없습니다.

두루마리가 깜빡이며 희미해지자 나는 두루마리를 꽉 잡고는 물었다.

"푸른빛의 통로는 무엇이지요?"

"당신의 목적으로 통하는 길이지요."

깃펜이 내 손등에 그렇게 썼고 곧 깃펜과 두루마리 모두 사라져 버렸다. 높은 벽은 더 높아지는 것 같았다. 휴우, 하고 한숨을 내쉬고는 파란 집의 문을 노크했다. 문은 저절로 열렸다. 벽난로에서는 불이 한 번 크게 일더니 곧 잦아들었다. 테이블 위에는 '세수하는 사자'의 그림이 놓여 있었다. 나는 문제가 나타나기를 기다렸다.

곧 세수하는 사자는 일렁일렁 움직이더니 조나크 숙모로 변신했다. 하지만 그건 실제의 숙모가 아니라 숙모의 영상이었다.

"러스, 어쩌다가 여기까지 끌려 들어왔니?"

숙모가 안쓰러운 듯 물었다. 내가 우물쭈물 하며 대답을 하려하자 숙모는 내 입을 틀어막았다.

"자, 여기에서는 네가 가장 의지하는 사람이 나타나 너에게 문제를 주는 거란다. 러스는 나를 가장 의지하고 있구나. 오호호호!"

숙모의 웃음소리는 여전히 소름이 돋을 정도였다. 하지만 내가 숙모에게 의지하고 있다는 건 사실이었다. 머리에 뿔이 돋은 도깨비가 위협하며 문제를 주는 것보다야 차라리 숙모가 문제를 주는 것이 더 낫긴

했다.

숙모는 잠시 문제지를 뚫어져라 쳐다보더니 말했다.

"네가 믿고 있는 것의 목록을 말해 보라는 구나."

"제가 믿고 있는 것 말씀이세요?"

"그래, 그런 것을 말해 보라는 구나."

나는 순간 멍해져서 할 말을 찾지 못했다. 숙모는 닦달하지 않고 다만 거울을 꺼내 그녀의 머리를 단정하게 매만질 뿐이었다. 벽난로의 불이 한 번 더 기세 좋게 타오르더니 다시 잠잠해졌다. 그러는 동안 나는 내가 생각하는 그대로 말해 보기로 했다.

"제가 믿는 것은 정상적인 것과 존재는 소멸한다는 것 그리고 노력과 인내입니다."

"그렇게 대답해서는 통과할 수 없어. 너의 소신을 말하라는 게 아니야. 좀 더 멍청하게 대답해 봐."

얼굴에 열이 올랐고 좀 더 과감한 대답이 필요한 것 같았다.

"제가 믿는 것은 '구더기 빵'입니다."

숙모는 얼굴에 미소를 지으며 다시 물었다.

"자, 왜 그러한 것인지 설명해 보거라. 이 설명에 통과 여부가 달려있다는 것도 알겠지?"

나는 문득 그렇게 말힌 것뿐이었고, 그 대답에는 어떤 이유도 없었다. 나는 더듬거리며 이유를 지어내기 시작했다.

"구더기 모양의 빵을 말하는 겁니다. 정확하게는 구더기들이 꾸들꾸들 움직이는 모양의 구더기 빵이 오히려 우리에게 앞으로 어떻게 해야 하는지 답을 줄 거라는 거죠. 이를테면, 가치의 재발견 혹은 새로운 길을 마련하는 방법을 찾는 데 있어서 구더기 빵은 제가 믿어야 할 중요한 것이 아닐까하고 생각합니다."

나는 머리에 불빛이 들어온 마냥 행복하게 말했다.

"자, 세수하는 사자 씨. 어떻습니까?"

조나크 숙모의 영상이 회전하면서 사라지고 대신 사자가 물 묻은 얼굴을 수건으로 닦는 영상이 나타났다.

"좋군. 멍청하면서도 신선해. 가치도 있고. 나도 피 묻은 고기보다야 구더기 빵 같은 재밌는 걸 먹고 싶군."

사자는 이빨을 드러내며 으르렁거리며 내게 성큼성큼 다가왔다. 나는 곧 문 밖으로 쫓겨났다. 어느새 내 앞을 가로막던 벽은 희미해지고 있었다. 나는 벽을 걷어차고는 다음 집을 향해 걸어갔다. 주홍빛 길 너머로 노란색의 집이 보였다.

노란색 집 옆에도 높은 벽이 떡하니 버티고 서 있었다. 한숨을 내쉰 것도 잠시 주홍빛 길에 주름이 생기면서 길이 잡아당겨졌다. 나는 노란색의 집 앞까지 끌려갔고 갑자기 길이 쫙 펴지는 바람에 바닥에 넘어졌다. 머리를 만지며 일어나려고 했을 때, 무언가가 자꾸 내 얼굴로 날아오고 있었다. 술병을 든 주정뱅이가 콧물을 티슈로 닦아내고는 코푼 티슈를 내게 던지는 것이었다. 그는 같이 한잔 하자며 나를 끌어다 그의 옆 자리에 앉혔다. 얼떨결에 받아 마시긴 했지만 조그만 잔에 딱 한 잔을 마시고 나는 꼬르륵 넘어갔다. 내가 깼을 때 나는 어느 소파 위에 누워 있었다. 슈트를 갖춰 입고 얼굴이 말끔하고 스킨 냄새가 나는 누군가가 다가왔다. 냄새까지 달라진 그는 바로 좀 전의 주정뱅이였다.

"여기가 어디인가요?"

"글쎄, 말해도 알 수 있으려나?"

"현실이 아니라는 것은 알지만……."

내가 얼버무리자 그는 내 앞에서 분필을 똑딱 부러뜨렸다.

"그 어디에 있든지 네가 하는 생각이 너를 이끌 너의 현실이지."

“그래도 현실은 보통의 사람들이 살아가는 공간과 그 속의 조건들이 아닌가요?”

나는 정상적인 것의 가치를 믿고 사는 사람들의 대변자로서 그렇게 주장했다. 소파 앞의 테이블에는 노란색의 실크해트가 놓여 있었다. 그 사람은 실크해트를 집어 들고는 한 바퀴를 돌린 후에 머리에 썼다. 그 모자는 거꾸로 뒤집으면 토끼나 끝이 서로 연결된 여러 색깔의 손수건이 나올 것만 같았다. 그는 어딘가에서 칠판을 끌어오더니 세게 탕 하고 두드렸다. 더구나 그가 모자를 벗고 나를 노려보는 바람에 덜컥 겁이 났다.

“현실을 직시하고 살아가는 게 무슨 의미지?”

그가 물었다.

“일반적인 사회 구성원들이 살아가는 방식에 자신을 맞추는 것입니다.”

“그렇다면 앞으로의 현실도 이미 주어진 현실과 동일하다고 생각하나? 앞으로의 현실도 일반적인 사람들이 지금 선택하고 적응하는 방식과 동일하다고 생각하나?”

“그, 그건 아닙니다. 하지만 정상적인 것은 중요합니다.”

“정상적인 게 무엇이지?”

“현실 속에서 살아가는 지극히 평범힌 사람들이 옳다고 여기는 다수의 공통된 생각입니다.”

“그래서 정상적이고 현실적이어서 좋은 점은 무엇인가?”

나는 문득 할 말이 없어졌다. 그는 실크해트를 뒤집어서 내 앞에 놓았다.

“이 안에 뭐가 들어있다고 생각하지?”

나는 뜨끔해졌다.

"그건 정상적인 생각인가?"

나는 고개를 저었다.

"이거 봐, 자네가 생각하는 것에 대해 한 가지 말해주지. 생각은 발전되어 가는 거야. 처음에는 소수의 생각이었지만 점차 다수에게 그 새로운 생각이 받아들여지지. 혁신하는 소수자가 이끈 삶의 모습이 오히려 새로운 현실로 나타나게 되는 거지.

현실은 오히려 아직 희미하지만 혹은 아예 나타나지 않았지만 새로운 혁신을 이끌어 가는 사람들이 제시한 수수깡 집과도 같아. 수수깡 집의 설계도는 새로운 현실을 만들어 가는 사람들의 손에 있고, 사람들이 할 일은 그저 모든 현실이 결정 난 후에 수수깡을 하나씩 쌓아서 집을 짓는 데에 지나지 않아.

결국, 지금 있는 현실은 누군가가 이미 존재하지 않던 발전적인 생각을 실현시킨 결과고 보통 사람들은 그것을 지켜보다가 그 현실 속에 편입된 것뿐이야. 앞으로 네가 살아갈 현실도 어쩌면 지금 주어져 있는 현실에 만족하지 않는 누군가의 혁신으로 이끌어져 갈 것이고, 너는 그저 뒤따라가며 그들이 주는 수수깡을 받아 그들이 시킨 대로 집을 지으면 그만인 삶을 살게 될지도 모르지. 네가 말하는 현실이 그런 거라면, 나는 현실적으로 살기를 내려놓겠어."

"그래도 현실적인 것과 정상적인 것을 믿으며 살아가는 것은 중요한 일이라고 생각해요."

그는 빙그레 미소를 짓고는 다시 모자를 썼다.

"물론, 우리는 이 현실 속에 존재하되 또 다른 현실을 기대해야지. 혹은 만들어 가야 하지. 바로 네 손으로 말이야. 현실은 이상과 대비되는 말이야. 완벽하지 않다는 말이지. 하지만 이상은 완벽하다는 말이기에 이룰 수 없다는 것과도 같아. 하지만 우리는 완벽을 향해 새로운 조건들을 생각하고 현실을 바꾸어 가야 하지. 그걸 우리가 해야 하는 거야."

문득 내가 있던 방은 훨씬 더 환해졌다. 서늘했던 공기는 따뜻해졌고 내가 앉아있는 소파가 일렁일렁 움직였다. 나는 자리에서 벌떡 일어섰지만, 곧 벽에서 빨간 공이 튀어나와 내 이마를 맞추는 바람에 다시 소파에 쓰러졌다. 얼떨떨한 나를 그는 그저 바라보고만 있었다.

"이런 일이 어떻게 해서 가능한 것인지 생각해 볼 필요가 있어. 이런 일을 무조건 비정상적인 것으로만 치부하고 무시하고 있다면, 너는 건축가가 설계한 수수깡 집을 지으려고 수수깡이나 들고 다니는 데 머무를 뿐이야."

"그래도 대부분의 사람들은 현실 속에서 열심히 살아가는 걸요?"

그는 내 얼굴에 그의 얼굴을 바짝 들이댔다. 어느새 그는 무지개색의 지팡이를 들고서 나를 후려칠 듯 했다.

"사람들은 모두 개별적인 삶을 살 뿐이다. 네가 어떻게 살 것인가, 에 대한 책임을 진 후에 사람들을 생각해도 늦지 않다. 순서를 잘 생각해야지. 사람들이 다 저렇게 살아가니까 나도 저렇게 살아가는 것이 아니라, 내가 어떻게 살아가고 그 후에 사람들은 저렇게 살아가는 구나, 라는 걸 말해야지. 자신이 선택한 삶의 방식과 타인이 선택한 삶의 방식을 비교하지 말아야 해."

현실과 이상 사이와 정상과 비정상 사이에서 내가 선택해야 할 것은, 다른 사람들이 일반적으로 말하는 그러한 형식적인 개념 정의가 아니었다. 오크 힐에서 내가 유로파 시험에 탈락했던 때가 떠올랐다. 결국 내가 생각하기에 그러한 개념이 어떠한 것인가와 내가 어떻게 해나가야 할 것인가, 가 중요한 문제였다. 무언가 다시 생각이 분명해진 순간이었다. 여기가 현실이 아니라서 불편하다는 생각이 싹 달아났다. 그저 어딘가에 있든 내가 만들어 갈 나 자신의 현실을 생각해야 하는 것이다.

‘결국 나의 현실은 내가 만들어 가야 하는 것이로군.’

나는 그렇게 결론을 내렸다.

그는 모자를 벗고는 양복 호주머니에서 조그마한 주머니를 하나 꺼내더니 그걸 모자에 부어 넣었다. 그는 내가 잘 볼 수 있도록 내 눈 앞으로 모자를 내밀었다. 모자 안에서는 갑자기 싹이 돋아나더니 그건 무성한 잎이 되었고, 곧 줄기에는 열매까지 열렸다.

“비유일 뿐일 수도, 단순한 마술일 뿐일 수도 있다.”

그는 빨간 열매를 따서 내 입에 넣어 주었다. 무척 맛있었다.

“하지만 우리가 어떻게 새로운 현실을 만들어 가야 하는지 이것을 통해 볼 수 있는 것이다.”

그는 그렇게 덧붙이고는 테이블 위에 모자를 엎고 두 번 흔들었다. 다시 모자 안에는 아무 것도 없었다. 그는 모자를 바로 쓰고 나를 쳐다보았다. 그의 미소는 희미해지더니 그는 어떤 그림으로 변해 내 앞에 가만히 놓였다.

“풀로의 마술사, 재키 오더스펀”이라고 적힌 포스터에는 그가 노란 실크해트를 쓰고 지팡이를 흔들며 춤을 추는 장면이 그려져 있었다. 곧 포스터는 회전하더니 숙모의 영상이 나타났다.

“러스는 머리로만 무언가를 이해하려고 하지.”

숙모는 일어나 바지를 툭툭 털었다. 숙모는 무언가를 찾는 듯 방의 이곳저곳을 들쑤셨다. 불이 꺼진 벽난로의 잿더미를 헤집는가하면, 의자를 뒤집어 보기도 했으며, 탁상시계를 뜯어보기도 했다. 나는 도와드릴까하다가 숙모가 뭘 찾는지 몰라 가만히 있기로 했다. 숙모는 마침내 창가에 놓여 있던 맨드라미 화분을 뒤집고는 그 밑에서 쪽지를 하나 찾아냈다. 숙모는 미소를 지으며 그걸 읽었다.

“러스, 노란 집에서의 문제다.”

나는 긴장하고서 숙모의 얼굴을 살폈다. 먼지뭉텅이가 숙모의 이마에 붙어 있었고 숙모는 간지러웠는지 그걸 홱 떼어냈다. 숙모는 바지를 한 번 더 털었다.

"이번에는 이 집의 굴뚝을 네가 청소하라는 거로구나."

"네에? 전 굴뚝을 청소해 본 적이 한 번도 없어요."

"몸으로 깨끗하게 청소하라는 거로구나. 자, 우선 옷이 필요하겠군. 걸레옷 말이다."

숙모는 창고에 다녀온 모양인지 전신을 덮는, 털이 보송보송한 옷을 가져왔다. 그야말로 온 몸으로 걸레질을 할 수 있는 옷이었다. 나는 그걸 받아 입고는 밖으로 나갔다. 노란색 집의 뒤뜰로 가서 사다리를 걸치고 지붕 위로 올라갔다. 내가 굴뚝에 들어가기를 망설이자 숙모는 어서 들어가라고 닦달했다.

굴뚝 안으로 들어가긴 했지만 좁은 그곳에서 숨이 턱 막혀 버렸다. 잠시 후 정신을 차리고 조금씩 몸을 움직여 굴뚝 안을 몸으로 닦아냈다. 그리고 겨우 벽난로의 잿더미 위로 떨어졌다. 숙모는 숯이 묻은 내 뺨을 살짝 꼬집고는 사진을 한 장 찍어 주었다.

"그런데 굴뚝 청소가 문제가 아니란다, 러스."

"네?"

나는 펄쩍 뛰었다.

"온 몸을 던져 이해하라는 거다."

숙모는 나를 빤히 쳐다보았다. 나는 그 말뜻을 이해했고 잠시 멍해졌다. 숙모의 영상은 다시 회전하며 사라지고 나는 걸레옷을 벗고는, 거울을 보고 얼굴을 닦았다. 밖으로 나오자 나를 가로막던 벽은 다시 사라지고 없었다. 나는 깊은 생각에 빠져들고 있었다.

어디에선가 지퍼 소리가 들려왔다. 나는 주위를 두리번거렸지만 주변에는 어떤 변화도 없었다. 거대한 핀셋이 나를 툭툭 치는 바람에 깜짝 놀라 하늘을 올려다보았다. 하늘은 지퍼가 열린 것처럼 열려 있고 열린 하늘 뒤로 어두운 배경에 거대한 에모리 빈과 피터 힐멘이 나를 쳐다보고 있었다. 에모리 빈이 핀셋으로 나를 툭툭 건드렸다.

"거기에 가 있으면 어떡해?"

그는 대뜸 내게 투덜댔다.

"여기에 어떻게 들어왔는지도 모르겠어."

나는 그에게 소리쳤다.

"잘 지냈어? 러스?"

에모리 빈은 싱글싱글 웃었다.

"그럭저럭 잘 지냈어."

나는 웃는 듯 마는 듯 대답했다.

"하여튼 멍청이 퍼즐에서 나오는 통로에서 만나."

에모리 빈은 그렇게 말하고 하늘에 뚫려 있는 지퍼를 닫아 버렸다. 약간 허탈하긴 했지만 나는 다시 주홍빛 길을 따라 걸었다. 곧 붉은 집이 길가에 나타났다. 역시나 그 집을 그냥 통과할 수가 없었던 건 또다시 길을 막는 벽이 나타났고 내가 슬쩍 벽을 밀어 보았을 때 그것은 꿈쩍도 하지 않았던 것이다. 나는 할 수 없이 붉은 집의 문을 노크했다. 문이 활짝 열렸다. 테이블 위에는 '노래하는 앵무새' 그림이 있었다.

'특이한 것도 아니군.'

앵무새가 움직이면서 그림에서 툭 튀어나와 내 팔 소매를 잡아끌었다.

"앱솔루트 아이! 앱솔루트 아이!"

그건 포니 라벨 씨의 책에서 본 적이 있는 어쩌면 이번 임무의 목표가 될 중요한 말이었다. 나는 긴장하고 앵무새의 말을 기다렸다. 앵무새는 이번에는 제자리에서 빙그르르 돌더니 노래를 불렀다. 꽥꽥 소리를 지르며 부르는 바람에 가사를 전혀 알 수가 없었다. 앵무새는 다시 빙그르르 돌고는 숙모의 영상으로 바뀌었다.

"숙모!"

그곳은 숙모의 집이었다. 숙모는 아무 대답도 하지 않았고 생각에 잠겨있는 듯 했다. 삼촌과 함께 아이 하나가 나타났다. 삼촌은 숙모와 조용히 이야기를 나누었고, 다섯 살은 되어 보이는 금발 머리의 아이는 나에게로 달려와 내 손을 잡아끌었다.

"이름이 뭐야?"

"러스 퍼거."

부끄러운 듯 조그맣게 대답하는 그 아이는 처음 보는 사촌 동생 러스 퍼거였다. 숙모가 임신해 있던 때가 언제였는지 떠올려 보았다. 그럼에도 다섯 살은 되어 보이는 아이를 보며 이해가 되지 않아 잠시 고개를 갸웃했다. 휴우, 그래 맞아. 이 아이는 숙모의 아이니까.

"몇 살이지?"

"다섯 살."

역시나 다섯 살이었다.

"엄마, 아빠는 뭐하셔?"

"몰라요."

아이는 내 손을 꼭 집고 자신의 방으로 나를 데리고 갔다. 방안은 온통 푸른색이었는데 천장에는 구름 스티커까지 붙어 있었다. 아이는 책장에서 그림책을 하나 꺼내 내게 보여 주었다. 그건 손으로 만든 그림책이었다.

"읽어달라고?"

"응."

그림책에는 제목도 없었지만, 포니 라벨 씨의 자필 사인이 있어서 깜

짝 놀랐다. 나는 얼른 그 책을 열어 보았다. 책은 단 한 장 밖에 없었
다. 앞 페이지에는 바닷가에서 먼 곳을 바라보는 모자를 쓴 소년의 뒷
모습이 그려져 있었고, 바로 뒤 페이지에는 단 몇 마디가 조그맣게 적
혀 있을 뿐이었다.

마음으로 보라.

죽음의 문을 통과하면

보이지 않는 탑이 있다.

세계는 그 속에 감추어져 있나니

그 문을 통하지 않고서도

마음으로라면

그 모든 것을 볼 수 있다.

나는 조심스럽게 꼬마 러스에게 그 구절을 읽어 주었다. 꼬마 러스는
그 구절을 계속 읽어 달라고 하더니 내 손을 잡고는 자신의 가슴에 가
져다 대었다.
"여기가 마음이 있는 곳이래. 엄마가."
굉장히 뭉클한 것을 느꼈을 때, 꼬마 러스는 뛰어나갔다. 앵무새가
뛰어올라 내 가슴팍을 쪼았기 때문에 곧 환상에서 깨어났다. 앵무새는
푸드덕 날아오르더니 벽난로 위에서 조그만 쪽지를 물어다 내 앞에 놓
았다. 나는 쪽지를 열어 보았다.

보다 근본적인 삶은 무엇입니까. 단, 한 문장으로 대답하시오.

질문이 굉장히 어려워 나는 고민에 빠졌다. 쪽지를 몇 번이고 쳐다보

았다. 그것은 구더기 빵과도 또 자신이 만들어 가는 현실과도 어떻게든 관련이 있다는 생각이 들었다. 결론을 내리고 방향을 결정하는 것에 관한 문제였다. 나는 생각을 정리하고 테이블 위에서 돌아다니는 앵무새를 붙잡았다.

"의미 있게 존재하며 사는 길을 찾아가는 것입니다."

앵무새가 내 귀를 쪼았다. 앵무새는 다시 그림이 되었고 나는 밖으로 나가보았다. 벽은 희미해지지 않았고 오히려 파란 아이섀도를 칠한 것 같은 반짝거리는 푸른빛의 통로가 벽 안쪽으로 열려 있었다. 멍청이 퍼즐은 이제 끝났지만, 나는 어떤 면에서는 멍청이로 남을 것이고, 다른 면에서는 좀 더 다른 모습으로 남을 것이다. 통로의 끝에는 에모리 빈과 피터 힐멘이 서 있었다. 에모리 빈은 어서 나오라고 했으며 피터 힐멘은 투덜거렸다. 나는 통로 속을 뛰어 들어갔다. 적당히 향기롭고 적당히 기분이 좋았다.

숲 속의 통로

에모리 빈은 내 팔을 꽉 잡고는 나를 껴안았다. 그는 제법 키도 더 컸고, 몸은 단단했으며, 얼굴도 구리빛이었다. 피터 힐멘은 나와 에모리 빈의 재회를 못마땅한 듯 팔짱을 끼고 쳐다보았다. 나는 주변을 찬찬히 살폈다.

"여기는 또 어디죠? '파이나루우트의 어둠'은 아닌 것 같은데?"

"우리가 이곳에 도착할 동안 넌 거기에 있었던 것뿐이야."

에모리 빈이 대답해 주었다.

"할아버지께서 여기에서 출발하면 좋을 거라고 말씀하셨어."

에모리 빈이 다시 대답했다.

"우리가 여기에서 찾아내야 할 것이 있다는 말씀이지."

에모리 빈은 손끝으로 앞쪽의 제법 우거진 덤불을 가리켰다. 가시덤불 숲이었다. 피터 힐멘은 이미 덤불 앞에서 못마땅한 표정으로 덤불을 올려다보고 있었다. 그는 배낭에서 접이용 칼을 꺼내들고는 가시 줄기를 마구 베었다.

"괜찮겠어?"

에모리 빈이 피터 힐멘에게 물었다.

"이렇게 해서는 평생을 베어내도 안 되겠는걸."

피터 힐멘이 땀을 닦으며 우리를 쳐다보았다.

"여기에 도대체 무엇이 있길래?"

"정확하게 무엇이 있는지는 알 수 없지. 그것을 찾아내기 전에는 말이야."

나의 엉뚱한 혼잣말에 에모리 빈이 간단하게 답해 주었다.

"이럴 땐 쥐만큼 작아진다면 좋으련만."

내가 조그맣게 중얼거렸을 때, 피터 힐멘이 미소를 씩 지었다. 피터 힐멘은 배낭을 뒤지더니 조그마한 노란색 플라스틱 인형을 꺼내들었다. 그는 그 인형이 무엇인지 설명하지도 않고 에모리 빈 앞에 서더니 플라스틱 인형의 머리 위에 있는 조그만 버튼을 눌렀다. 인형은 손을 회전하더니 자신의 앞주머니에서 그물을 꺼내 에모리 빈에게 조준하여 던졌다. 그물은 점점 커지고 그 안에 갇혀 버린 에모리 빈은 조그맣게 되었다. 내가 겁을 내기도 전에 피터 힐멘은 나에게도 플라스틱 인형을 조준하여 그물을 발사했다. 에모리 빈과 내가 조그맣게 되자 피터 힐멘은 우리를 내려다보고는 자신에게도 인형을 조준하여 버튼을 꾹 눌렀다. 인형이 바닥에 떨어지고 우리는 조그만 쥐 모양으로 작아졌다.

피터 힐멘이 인형의 허리뒤쪽에 있는 붉은 버튼을 눌렀을 때였다. 인형은 물컹물컹해지며 노란색 얼굴의 양복을 입은 누군기로 바뀌었다. 우리만큼 조그만 그는 피터 힐멘을 보고 놀라서 성큼 뒤로 물러섰다.

"피터 힐멘!"

그는 소리치고는 자신의 지팡이를 찾았다. 피터 힐멘은 오히려 그 사람을 때리려는 듯 지팡이를 휘두르고 있었다. 그 사람이 가시덤불 숲 안으로 도망친 바람에 피터 힐멘이 그를 쫓아가고, 에모리 빈과 나는 그저 그들의 뒤를 따라 숲으로 들어섰을 뿐이다. 피터 힐멘은 어느새 그를 잡아 혼내고 있었는데, 그는 마치 벌을 받는 꼬마 아이마냥 피터 힐멘에게 얌전히 굴었다.

"이 사람은 누구예요?"

"레이퍼 마도락 교수야."

"교수님이세요?"

"응."

여전히 피터 힐멘은 지팡이로 그를 조준하고 있었고 그는 피터의 눈치를 살피고 있었다.

"길을 찾거나 무언가를 찾아다니는 데는 마도락 교수를 따를 자 없을 거야."

"그럼 왜 '파이나루우트의 어둠'을 찾아갈 때에는 이 교수님을 불러내지 않았나요?"

나는 문득 궁금해져서 물었다.

"글쎄, 그물 교수가 있다는 사실을 잊어버렸어."

피터 힐멘은 아무렇지도 않은 듯 그렇게 설명했다.

"왜 그물 교수인 거죠?"

"그건 말이지. 마도락 교수는 오크 힐에서 사냥하는 방법을 가르친 적이 있거든. 그는 무언가 굉장한 걸 우리에게 보여 주려고, 그물을 가지고 왔지. 큰 동물을 잡은 뒤에 이 신기한 그물을 이용해 작게 만든 후, 쉽게 이동시킨 후에, 다시 커지게 하는 그런 그물을 우리에게 보여 줬지. 그런데 내가 그걸로 사냥을 하고 싶어서 마도락 교수에게 그걸 얻으러 갔다가, 이 그물은 1회용이거든. 그만 마도락 교수를 작게 만들어 버렸어. 하필이면 그때 그가 차고 있던 벨트가 그를 이 플라스틱 인형으로 만들어 버린 거지. 그동안 깜빡 잊고 있었어. 엄청 답답하셨을 거야. 하여튼 그는 그래서 그물 교수야."

피터 힐멘은 마도락 교수를 겨냥하던 지팡이를 내려놓았다. 마도락 교수는 크게 숨을 내쉬었다.

"나의 긍정적인 성격이 다 변해 버렸어! 변해 버렸다구!"

그는 고함을 지르고는 검은색 실크해트를 벗고 머리를 쭈뼛 세웠다. 그의 노란색 얼굴은 샛노란 색이어서 물감을 칠해 놓은 듯 했다. 마술사가 쇼를 위해 일부러 분장한 것과도 같았다. 세상 구경을 오랜만에 한 그물 교수는 숨을 쉬느라 할딱거렸다. 피터 힐멘은 자신의 어이없는 행동에 대해서는 아무 생각이 없는 듯 보였다.

"너도 갇혀 볼 테냐?"

그물 교수가 그렇게 소리쳐도 피터 힐멘은 주위를 두리번거리기만 했다.

"아무렴 그게 상관있나요?"

피터 힐멘은 무심한 표정으로 대답하고는 다시 가시덤불 속으로 천천히 걸어갔다.

"너희는 분명 오크 힐의 학생이겠군!"

"저희는 졸업생입니다."

에모리 빈이 정중하게 대답했다.

"망할 놈의 오크 힐!"

그는 고함을 치고는 피터 힐멘의 뒤를 성큼성큼 밟았다. 피터 힐멘이 날카로운 눈빛으로 그를 돌아보자 그는 흠칫 놀라 피터의 뒤를 조심스럽게 따라갔을 뿐이다. 나는 웬만한 사람은 피터 힐멘에게 당할 수 없겠다고 생각했다.

"마도락 교수님."

내가 뒤에서 조그맣게 불렀다. 그는 나를 제대로 쳐다보았다.

"지금 우리가 뭘 찾는지 아세요?"

그는 나를 쭉 훑어보더니 인상을 썼다.

"내가 알게 뭐야? 나는 바깥 공기를 쐰 지도 오래됐다구."

그는 하늘을 향해 코를 벌름거렸다. 피터 힐멘이 돌아서며 손짓을 보내왔다. 나와 에모리가 피터 힐멘에게 다가갈 때까지도 마도락 교수는 뒤에 남아 하늘을 향해 코를 벌름거리기만 했다.

"이것 좀 봐."

피터는 우리가 떨어지지 않도록 지팡이로 우리를 막아섰다.

"땅이 조금씩 꺼지니까 뒤로 더 물러서도록 해."

피터 힐멘은 대담하게 말하는 편이었으나 이번에는 꽤 조심스럽게 말했다. 정말 우리가 서 있는 곳에서 가까운 부분의 땅이 조금씩 아래쪽의 움푹 파인 구덩이로 들어가고 있었다. 우리는 계속 뒤로 물러섰다.

"됐어. 이 정도면 안정화된 거야."

피터 힐멘이 그렇게 말했을 때, 구덩이는 주변의 흙을 빨아들이는 것을 멈추었다.

"하여튼 피터의 감각은 알아주긴 하지."

마도락 교수가 성큼 다가오며 한 마디를 던졌다. 피터 힐멘은 구덩이 위쪽에 있는 가시덤불을 한 번 올려다보았다.

"구덩이 너머 보이지?"

우리가 서 있는 곳의 맞은편을 보았다. 땅 쪽에는 제법 넓은 통로가 있고 높은 곳에만 지붕처럼 가시덤불이 있는 새로운 숲이었다. 숲 가운데 통로는 공포심을 자아낼 만큼 어두웠다.

"저곳으로 가야 해."

피터 힐멘은 마도락 교수를 쳐다보았고, 그가 고함을 지르기도 전에, 마도락 교수의 허리 벨트에 있는 버튼을 눌러 그를 다시 인형으로 만들어 버렸다. 피터 힐멘은 그물 교수 인형으로 그물을 구덩이로 발사해 넣었다. 구덩이는 점점 작아지더니 조그마한 돌멩이 크기가 되었다.

"자, 이제 가자."

피터 힐멘은 한 걸음에 새로운 가시덤불 숲 앞에 도착했다. 가시덤불은 위쪽에서 지붕을 이루고 있었고, 통로만 해도 제법 높았다. 피터 힐멘은 그물 교수 인형을 이용해 우리를 원래 크기대로 돌려놓았고, 그 자신도 커졌다. 피터 힐멘은 다시 그물 교수를 풀어 주었는데, 이번에 그는 우리가 커진 크기와 같았다. 그는 고함을 지르려다 피터 힐멘의 눈치를 보며 투덜거리더니, 자신의 벨트를 풀어 내고서, 발로 꽉꽉 밟았다.

"다시는 갇히지 않을 테다."

"마음대로 하세요."

피터 힐멘은 또다시 무심하게 말하고서 숲으로 들어섰다. 굉장히 어두운 숲 속에 우리는 발을 디뎠다.

바람이 휘잉 불어와 주위를 휘돌고는 빠져나갔다. 어두운 숲의 안쪽에는 무엇이 있는지 도무지 가늠할 수가 없었다. 야광의 두 눈을 껌뻑이며 다가오는 괴수가 있을지도 몰랐다. 그러나 긴 터널 같던 숲의 끝 부분이 동그랗게 빛으로 보이자 나는 안도의 한숨을 쉬며 재빨리 걸었다. 무언기가 기울어진다는 느낌을 받았다. 피터 힐멘이 휘청하는 것을 본 순간 나는 데굴데굴 굴렀고 머리를 쥐며 겨우 일어났다. 여전히 숲 속이었으나 내 주변에는 아무도 없었다.

피터 힐멘과 에모리 빈, 그리고 레이퍼 마도락 교수의 이름을 불렀지만 내 목소리는 음산하게 울릴 뿐이었다. 내 목소리는 차츰 변형되어 울려왔다. 숲 안쪽 가시덤불에서 박쥐 떼 비슷한 것들이 날아와 내 주변을 시끄럽게 맴돌더니 사라졌다. 무언가 쿵쿵 하는 소리도 들려왔고 바람에 칼이 부딪치는 것 같은 괴이한 소리도 들려왔다. 어둠 속에서 정체를 알 수 없는 소리를 듣는 것만큼 무서운 것도 없었다. 우선 가시덤불 앞에 자리를 잡고 몸을 최대한 웅크렸다.

무언가 허연 물체가 날아오고 있었다. 두 눈을 감고 주름진 이마를 가진 늙은 남자의 두상이 내 앞에서 입술을 씰룩이자 나는 꼬르륵 넘어갈 뻔했지만, 땀을 흘리면서 그를 지켜보았다.

"……허시만."

그는 가래 끓는 가성으로 중얼거렸다.

"그 사람이 누구인가요?"

나는 침착하게 물어보았다. 이미 심장은 터져나갈 듯이 쿵쾅거리고 있었다. 그는 제자리를 몇 번 더 빙빙 돌고서 눈을 살짝 떴다. 잿빛의 눈동자와 창백한 얼굴, 듬성듬성한 흰 머리, 머리만 있는 괴상한 형상 속에서 나는 고통을 볼 수 있었다.

"……줄리 허시만."

"말씀해 주세요."

그는 머리를 세차게 떨고서 숲 안쪽으로 사라져 갔다.

누군가가 내 어깨를 세게 쳐서 나는 또다시 놀라고 말았다.

"숲이 기울어지는 거였더군. 심술쟁이 숲 같으니라구."

그는 피터 힐멘이었다.

"아무 일도 없었어요?"

"무슨 일?"

에모리 빈이 의아한 듯 쳐다보았다.

"일이야 있었지. 숲이 기울어지는 바람에 저 구석에 잠시 처박혀 있었지. 모자도 잃어버렸어. 여긴 너무 어두워서 찾을 수가 있어야지."

레이퍼 마도락 교수가 투덜대며 불평했다.

"자, 숲의 끝에 이르면 바닥에 엎드려서 기어서 숲의 끝에 도달하는 거야. 알겠지? 아무래도 이번에도 숲이 기울어질 것 같으니까, 또 떨어지면 안 되지."

피터 힐멘이 전략을 짜 내놓았다.

역시나 숲의 끝부분에 이르러 숲이 기울어지기 시작하자 우리는 잽싸게 엎드리고는 기어서 숲의 끝에 도달했다. 숲은 조그마한 동굴 구멍처럼 좁은 부분만이 밖으로 연결되어 있었다.

꿍장히 밝은 빛 속에 물과 경치가 어우러진 아름다운 땅이 보였다. 하지만 숲과 그곳은 떨어져 있었으며, 날아서라도 가야 할 지경이었다. 그런데 문제는 나에게만 문제인 것 같았다. 에모리 빈이 싱겁게 외쳤다.

"여어, 헬러킨!"

분명 숲 건너편 절벽의 큰 나무 아래에 누군가가 있기는 했다. 자세히 보니 그는 구레나룻이 인상적인 붉은 곱슬머리의 사내였다. 그는 절벽 가로 걸어 나와 팔을 쭉 뻗었다. 그러자 나무에서 하얀 새들이 날아올라 우리에게로 왔다. 새들은 동그랗고 납작한 모양을 만들어서 우리 앞에서 날고 있었고, 우리는 새들을 타고 쉽게 절벽을 넘어 큰 나무 앞에 도착했다.

헬러킨은 얼굴도 붉고 근육도 제법 있는 털이 많은 남자였다.

"기다리고 있었어."

"가시 숲, 결국 통과했군."

에모리 빈이 말했다.

"'이리오프스'에 들어오려면 이렇게 해야 한다는 걸 잘 알잖아."

헬러킨은 당연하다는 듯이 말했다.

"하지만 이번에는 무언가 특별한 게 없었나?"

헬러킨이 에모리 빈에게 물었다.

"가시덤불에다 기울어지는 어두컴컴한 숲일 뿐이었어."

나는 줄리 허시만이라고 말하고 사라진 노인에 대해 물어보려 했으나, 에모리 빈과 헬러킨이 어깨동무까지 하고 즐겁게 걸어가 버리는 바람에 아무 것도 묻지 못했다. 피터 힐멘은 나뭇가지를 꺾어서 레이퍼 마도락 교수의 뒤를 툭툭 치며 그를 걷게 하고 있었다. 나는 잠자코 그들의 뒤를 따라 걸었다.

"저, 이리오프스는 또 어떤 곳인가요?"

피터 힐멘의 발걸음이 빨라서 겨우 따라붙으며 물었다.

"나도 몰라."

레이퍼 마도락 교수는 그것에 대해서 대답을 해 주려는지 뒤로 돌아보았다. 피터 힐멘이 다시 그의 허리를 나뭇가지로 쑤셔서 그는 얼버무리고서 앞서서 걸어가기만 했다.

우리가 도착한 곳은 나무와 꽃들이 제멋대로 자라나긴 했지만, 나름대로의 질서를 갖추고 있는 오래된 정원이었다. 조심스럽게 그 안으로 들어가자 나뭇잎들은 점차 노란색과 붉은색, 그리고 분홍색으로 바뀌었으며, 어느 순간 굉장히 비밀스러운 장소와도 같은 곳이 나타났다. 둥근 지붕에 대리석 기둥이 받치고 있는 기묘한 건축물이 자리 잡고 있었던 것이다. 대리석 기둥 위로는 주황색 담쟁이가 이미 높게 뻗어 올라가 지붕을 덮고 있었고, 사방으로 뻥 뚫린 그 건물 안에는 석조 테이블과 그 둘레로 석조 의자가 있을 뿐이었다. 바람이 불어오고 우리는 의자에 걸터앉았다.

"러스 퍼거가 이리오프스가 어떤 곳인지 궁금하다고 하더군."

피터 힐멘이 던지듯 말했다. 헬러킨이라는 붉은 머리 사내가 웃으면서 대답했다.

"이리오프스는 섬과도 같은 장소지. 하지만 조그만 낙원이라고 해도 좋을 만큼 모든 것이 갖추어져 있는 멋진 곳이지. 이곳은 이곳을 개척한 에블렝 허시만의 허락이 있어야 들어올 수 있어. 용케도 이번에 통과했군."

"허시만이라고 하셨어요?"

나는 깜짝 놀라 물었다.

"혹시 줄리 허시만은 누구인가요?"

에모리 빈과 헬러킨의 표정이 동시에 굳었다.

"에블렝 허시만의 잃어버린 딸의 이름이야. 그녀를 이리오프스의 침입자에게 납치당한 후, 그는 이리오프스에 들어오는 사람들을 자체 검열하기 위해 매번 새로운 장소를 통과하게 해. 그래서 웬만해서는 이곳으로 들어올 수가 없지. 그런데 네가 어떻게 줄리 허시만을 알지?"

헬러킨이 설명을 마치고 물었다. 나는 숲 속에서 노인의 두상을 만났던 이야기를 해 주었다.

"그랬었군."

헬러킨이 고개를 끄덕였다.

"그가 모습을 드러낸 건 좋은 징조야. 너를 믿고 있다는 뜻이기도 하고. 이번 일을 지켜보겠다는 의도이기도 하지."

"줄리 허시민의 소식은 이직 없는 건기요?"

"불행히도 그래. 노인은 죽고 나서도 고통에 견디다 못해 머리통만 남아 버렸군."

헬러킨이 중얼거렸다.

피터 힐멘은 정원을 멍하니 바라보고 있었다. 헬러킨이 손뼉을 탁탁 치면서 모두를 불러 모을 때까지 그는 제자리에서 꼼짝도 하지 않았다.

무언가 사냥감이 나타났나 싶었지만, 그는 헬러킨의 손뼉을 한 번 더 듣고 자리로 와서 앉을 뿐이었다. 비밀 회담과도 같은 회의가 저녁이 될 때까지 이어졌다. 자리에서 일어날 때, 나는 내가 무엇을 하기 위해 이곳에 왔는지 정확하게 알 수 있었다.

지저분한 트럭

　헬러킨의 집은 그저 직사각형의 통이었다. 통나무를 쌓아 대충 만든 것 같아서 비가 샐지도 모른다는 생각을 했다. 집안은 온통 굴러다니는 낡은 책 때문에 지저분했으며, 접시에 말라붙은 음식물이 섞여 나는 냄새까지 아주 코가 고생이었다. 헬러킨은 그런 집안을 보여주는 것이 아무렇지도 않은 듯 벽장으로 다가가 문을 열고 우리에게 손짓을 보냈다. 에모리 빈은 아무렇지도 않은 듯 벽장 안으로 쓰윽 들어갔다. 피터 힐멘과 마도락 교수도 그 안으로 들어갔다. 헬러킨이 나에게도 들어오라고 눈짓을 보냈다.

　"벽장 안으로 통하는 길이라도 있는 건가요?"

　"당연하지. 손님에게 이런 지저분한 데서 머무르게 힐 수는 없잖이."

　헬러킨이 나를 벽장으로 쑥 밀어 넣고 나는 내 앞에 계단이 나타난 것에 놀라웠다. 계단을 내려가자 넓은 공간이 나타났다. 매끈한 치즈 같은 잿빛 바닥은 벽에 꽂혀 있는 횃불 때문에 반짝였다. 피터 힐멘이 앞쪽의 오른쪽 통로로 사라지자 나는 얼른 그의 뒤를 밟았다. 코끝을 스미는 엷은 오렌지 향과 함께 은빛 가구들이 시선을 끌었다. 은빛 테이블을 중심으로 은빛 침대가 있고 은빛 책상이 있었다. 벽은 은으로 세공한 새며, 촛대며, 장미로 장식되어 있었고, 은빛 테이블 위에는 커다란 오렌지와 풋사과가 수북이 담긴 은쟁반까지 있었다.

"손님용 침대는 벽에서 꺼내면 돼."

헬러킨은 물건이 놓여있지 않은 벽 쪽으로 다가가 벽을 몇 번인가 두드렸다. 그러자 벽이 내려오며 바로 침대가 되었다. 모두 네 개의 침대가 내려왔다. 헬러킨은 테이블 앞에 놓인 의자에 걸터앉아 모두를 부르고 과일을 집어 들었다.

"빵과일이야. 껍질은 빵이고, 속의 내용물은 과일이지."

나는 오렌지를 집고서 껍질을 까려고 손톱을 꾹 눌렀다. 껍질이 바삭하며 부서졌다. 헬러킨이 고개를 저었다.

"그냥 껍질째 베어 먹어. 껍질은 빵이라니까."

나는 그가 시킨 대로 오렌지를 그저 베어 물었다. 껍질은 그 질감이 마치 바삭거리는 빵 껍질을 씹는 것 같았고, 맛도 구수한 빵 그것이었다. 물론, 안의 과육은 신선한 오렌지였다.

"문제는 '앱솔루트 아이'의 결정이지. 무엇을 우리에게 허락할 것인가, 하는 문제야."

헬러킨이 사과를 베어 물면서 말했다.

'시간 속에 감춰진 존재의 불가능적 실현이라…….'

나는 포니 라벨 씨의 책에서 보았던 구절이 떠올랐다.

"인간에게 허락되지 않은 무언가를 허락할까요?"

나는 문득 물었다.

"앱솔루트 아이는 자신을 발견한 자의 의견을 존중하거든. 우리는 포니 라벨 씨의 의견을 실현시키려는 거고. 로디커 프레더 같은 사람이 앱솔루트 아이를 손에 넣으면 아마도 거대 다이아몬드를 요구할지도 모르지. 하지만 앱솔루트 아이의 경우에는 자신을 찾은 사람의 의견을 듣고 나서 최종 결정을 자신이 내려. 그러니까 앱솔루트 아이의 판단에 맞아떨어지는 적합한 소원을 단 한 번 들어주는 거야. 아주 까다로운 물건이지. 우리의 요구가 앱솔루트 아이의 생각에 어긋나서는 안 되거든. 아주 고귀한 가치를 지닌 의견이 필요한 셈이지. 물론, 포니 라벨 씨의 의견도 고귀한 거니까, 시도해 볼 만한 가치는 있어.”

헬러킨이 설명해 주었다.

“할아버지께서 원하시는 ‘판단의 상자’를 앱솔루트 아이가 거부하지는 않을까요?”

에모리 빈이 걱정스러운 듯 헬러킨에게 물었다.

“‘판단의 상자’를 내주는 건 문제가 안 돼. 앱솔루트 아이가 가지고 있는 거니까. 하지만 앱솔루트 아이의 생각에 우리가 그걸 가져서는 안 되는 이유가 한 가지라도 있다면 우리는 앱솔루트 아이를 찾고서도 그걸 가지지 못하겠지. 앱솔루트 아이는 단 한 번 모습을 드러내고 그 때 단 한 번 우리의 소원을 들어주는 거니까. 제대로 하지 못한다면, 우리에게는 영영 기회가 없어.”

헬러킨은 사과껍질을 바삭바삭 부수어 그걸 와작와작 씹었다.

“‘판단의 상자’는 이를테면 바벨탑과 마찬가지야. 사람들의 생각을 통합하는 물건이지. 판단의 상자가 어떤 면에서는 권력의 도구처럼 사용될 수 있어. 하지만 포니 라벨 씨는 그걸 오랫동안 가지고 싶어 하셨지. 그 분이 평생 소망하셨던 것이지. 사상의 통일, 생각의 완전함, 최고로 정확히 내려진 판단, 그걸 알고 눈을 감고 싶어 하셨으니까.”

“결국 ‘판단의 상자’는 앱솔루트 아이의 핵심 부분인가요? 모든 것을 보는 눈이 모든 것을 보고 판단을 내린 최고의 생각 말이에요.”

내가 물었다.

“맞아. 그거야. 그 부분을 나눠주는 거야. 인간에게 말이야.”

"과연 허락할까요?"

나는 그 부분은 인간에게 허락된 부분이 아니라는 생각이 들었다.

"하지만 할아버지께서는 그걸 아는 게 평생의 추구이셨고 소망이셨어."

에모리 빈이 낮은 목소리로 말했다.

"그래."

나도 고개를 끄덕였다.

"자, 이제 좀 쉬도록 하지? 내일은 힘겨울지도 몰라."

그의 얼굴이 얼핏 어두워졌다.

나는 은빛 침대에 자리를 잡고는 아무 생각도 없이 깊은 잠에 빠져들었다. 새벽이었다. 눈을 떴을 때 내 옆에 누군가가 앉아 있었다. 내가 눈을 깜빡이자 그가 돌아보았다. 피터 힐멘의 표정은 주위보다 더 어두워 보였다.

"나는 여기까지야. 내일부터는 너에게 모든 일이 달렸어."

그가 말했다. 나는 침대에서 일어났다.

"무슨 말이죠? 선배가 함께 가지 않으면, 저 혼자서는 아무 것도 해결하지 못할 텐데요."

나는 문득 걱정이 되었다.

"내일부터는 난 감당할 수 없어. 난 유로파가 없거든. 넌 밀리얼 페페의 세 번째 주인공이었어. 그만큼 너는 강하다구."

나는 고개를 저었다.

"아니야. 난 알아. 넌 굉장히 강해. 부드러운 강함 말이지. 내일부터는 그게 필요해. 난 오크 힐로 돌아가겠어."

피터 힐멘은 자리에서 일어나 기지개를 켜고는 마도락 교수를 흔들어 깨우고는 그가 고함을 치지 못하게 그의 입을 꽉 막았다. 피터 힐멘은 마도락 교수를 들쳐 업고서 우리가 들어왔던 통로 쪽으로 나가 버렸다.

아침이 되고 헬러킨은 에모리 빈을 진찰하고 있었다. 에모리 빈은 물수건을 이마에 대고 있었으며 얼굴이 붉어서 확실히 열이 오른 것처럼 보였다. 헬러킨은 나를 돌아보며 그가 이리오프스의 풍토병에 걸린 것 같다고 말했다.

"열이 내리지 않아. 열이 올랐다가 내렸다가 한 이십일 쯤 반복하다가 나아. 궁극적으로는 이리오프스를 떠나야 하지. 에블렝 허시만이 허락하지 않은 거야."

"에블렝 허시만은 이리오프스의 어디까지 간섭하고 있는 거죠?"

"……지금부터 이어지는 죽음의 세계까지 말이지. 에블렝 허시만은 죽음의 세계까지 샅샅이 찾아다녔어. 그럼에도 줄리를 찾을 수 없었지. 그녀의 영혼은 헤매고 있는 거야. 그래서 에블렝 허시만이 저토록 고통스러워하는 거고."

나는 멈칫했다.

"지금부터 우리는 죽음 속으로 들어가는 건가요?"

"음, 이를테면 그래. 하지만 해골이 가득한 걸 보거나 사람들이 불 속에서 고통스러워하는 걸 보거나 그런 건 아니야. 절대로 아니야. 다만, 이루지 못한 소망들을 보는 거지. 두렵나?"

그기 두렵나, 라고 물은 말이 머릿속에서 울려왔다.

'두렵나, 두렵나, ……두렵나?'

나는 고개를 저었다.

"두려운 건 아니에요. 그저 사람들의 아픈 마음들일 뿐이니까요."

"그렇군. 그러니까 네가 뽑힌 거로군."

헬러킨은 내 배낭에 오렌지 세 개와 사과 두 알을 넣어 주었다. 나는 고맙다고 인사를 하고서 통로를 나가 계단을 올라 다시 벽장으로 나왔다. 헬러킨은 시계를 보면서 서성였다. 무언가를 기다리는 것 같았다.

"저, 이제 저 혼자서 어떻게 가면 되는 거죠?"

그는 씩 웃으며 대답했다.

"걱정 하지 마. 아주 유능한 조수가 함께 할 테니."

"네에?"

곧 금방이라는 멈출 것 같은, 소리가 요란한 트럭 한 대가 나타났다. 트럭의 앞 유리는 먼지 때문에 흐려서 운전석이 확실히 보이진 않았지만, 금발의 여자가 타고 있었다. 그녀가 트럭에서 뛰어내리자 나는 그녀를 알아보았다. 머리를 금발로 염색하고 단발로 자른 핸디 필머레이였다. 나는 달려가 그녀를 껴안았다.

"러스 퍼거, 심리학에서 꼭 필요한 연구야. 자원 신청 했다구."

그녀가 말했다.

"정말 너무 반가워."

나는 눈물을 글썽였다.

"넌 그대로네."

핸디 필머레이는 장난스럽게 내 어깨를 툭툭 쳤다. 헬러킨과 악수하고 나는 핸디의 트럭 조수석에 탔다. 햇볕에 그을린 카키색의 트럭은 적어도 50년은 된 듯 낡았고 무척 지저분했다. 핸디의 트럭이 덜컹거리고 핸디는 지도를 펼쳐 놓은 채로 어딘가로 운전해 갔다.

핸디는 메런티 섬의 햇볕 때문에 그을린 피부에 대해서 그리고 프뤼엘 스파리퍼 교수의 '무의 심리학' 시험에서 출제된 문제 때문에 자꾸 투덜댔다. 메런티 섬은 바다 한 가운데에 있고 또 해변이 햇볕에 노출되어 있었기에 이해는 되었다. '무의 심리학'에서는 사람이 하나의 무로 돌아가는 과정에 대해 논리적으로 그리고 창의적으로 문제를 풀어가라는 개방형 문제가 출제되어 골머리를 앓았다고 했다. 그러면서 죽음의 심리학이 어떤 것인지 관심을 가지게 되었다고도 말했다.

트럭은 제법 덜컹거리긴 했지만 제대로 굴러갔다. 전면에 조그만 웅덩이가 나타나자 핸디는 꽉 잡으라고 하고는 속도를 올렸지만 그만 뒷바퀴가 웅덩이에 빠져 버렸다. 나는 핸디가 투덜대기 전에 얼른 트럭에서 내려 뒤에서 밀기 시작했다. 몇 번을 시도한 끝에 트럭은 웅덩이에서 빠져나왔다.

"죽음의 심리학 말이지. 처음에는 생각하기가 어려웠는데, 이 주제는 갈수록 흥미로운 거 같아."

그렇게 말하는 핸디의 얼굴은 상기되어 있었다.

"글쎄, 난 그 주제에 대해 흥미를 느끼진 않는데."

나는 솔직하게 말했다.

"내가 말하는 흥미란, 극도의 경험에서 사람들은 어떠할까라는 거야. 어떤 심리 상태일까, 이를테면 그런 게 궁금하다는 거지."

"글쎄."

"넌 무엇이든 잘났구나."

핸디는 막다른 곳에서 핸들을 거칠게 꺾고는 내 말문을 막아 버렸다. 덕분에 나는 차창에 머리를 찧었다. 핸디는 여전히 심술스럽게 입술을 툭 내밀고 운전해 갔지만, 나는 그녀와 내가 어디로 가는지는 정확하게 알 수 없었다. 나는 가방에서 빵, 과일, 오렌지를 꺼내 그녀에게 내밀었다. 핸디는 못 본 척 하더니 그걸 받아들었다. 잠시 트럭이 멈춰서고, 오렌지를 다 먹은 핸디는 언제 그랬냐는 듯이 친절해졌다.

"자, 이제 가까워졌어. 해소되지 못한 아쉽고도 두려움에 가득 찬 세계가. 하지만 우리가 두려워할 건 없어. We are still alive 우리는 여전히 살아있으니까."

부쩍 어두워진 숲 속으로 들어섰을 때, 차에는 덩굴 줄기가 끈적끈적하게 달라붙었다. 덩굴이 툭툭 달라붙으며 핸디의 얼굴에 녹색 액체를 튀겼다. 핸디는 불쾌해하며 창문을 쾅 하고 닫았다.

전면의 시야에는 모든 것이 이지러지고 있었다. 수채화처럼 흐려진 풍경 속에는 분명히 알 수 없는 여러 형상들이 나타나 트럭의 전면 유리에 달라붙더니 흐물흐물 흘러내렸다. 핸디는 카메라를 내밀며 나에게 사진을 찍으라고 했다. 내키지는 않았지만 그들을 찍었다. 희미하지만 노랫소리도 들려왔다.

빛은 사라지고 어둠만이 널려있네.
우리는 존재하되 존재하지 못한다네.
우리를 다시 존재케 해다오.
빛을 담은 아름다운 눈동자를 가지게 해다오.
이제야 삶을 이해했건만 다시 기회는 없다네.
오오, 나의 이지러진 육체여.

불분명한 덩어리들은 계속 트럭 전면 유리에 달라붙고는 흘러내렸다. 이미 핸디는 노래를 녹음한 모양이었다. 녹음기 속의 테이프는 계속 돌아가고 있었다. 숲은 더 깊어지고 핸디는 운전하면서 지도를 계속 살폈지만 고개를 갸웃거리기만 했다.

"여기가 어딘지 모르겠어. 숲이 우리를 빨아 당기는 느낌이야."

끈적끈적한 덩굴도 사라지고, 불분명한 형상들도 더 이상 나타나지 않았다. 다시 평범한 숲이었고 그러나 다소 어두운 숲이었다. 숲 속에서 도무지 방향을 찾을 수 없는 건 이상한 일이었다.

"그곳은 이리오프스가 끝나는 지점에 있다고 들었어."

핸디는 지도를 접으며 말했다.

“방향을 바꾸지 말고 계속 달리도록 하자.”

내가 의견을 냈을 때, 핸디가 방긋 웃었다.

“아무래도 그래야 하지. 계속 한 방향으로 달리면 결국 끝은 나타나니까. 좋았어.”

핸디는 갑자기 속도를 올리고는 거칠게 운전해 나갔다. 나는 손잡이를 꽉 잡고는 공중에 솟아오르고 떨어지고를 반복했다. 그러는 동안 눈을 감고 죽음을 애도하는 것이 무엇인지 자꾸 생각했다. 핸디가 녹음기를 껐다.

핸디는 갑자기 멈춰 섰다. 트럭에서 내린 핸디는 전면을 가리켰다. 생각에서 깨어난 나는 문득 핸디의 손끝이 가리키는 쪽에 시선을 두었다. 우리는 어느 절벽에 와 있었다. 맞은편에도 절벽이 있었고, 그 절벽 아래에는 조그만 동굴이 있었다. 나도 트럭에서 내렸다.

동굴을 내려다보며 핸디와 나는 절벽 위에 섰다. 동굴은 깊은 어둠으로 채워져 있었고, 차가운 바람이 불어 나와서 우리를 휘감고는 다시 동굴 속으로 들어갔다. 누군가가 내 이름을 부른 것 같은 환청이 들려오고, 핸디가 갑자기 쓰러졌다. 숲과 트럭은 온데간데없고, 핸디를 안은 나는 파란색의, 형상이 길게 늘어져 있는 사람들에 둘러싸여 있었다.

죽음 속으로

그들은 핸디를 강제로 빼앗고는 그녀를 어딘가로 데리고 갔다. 나는 발을 동동 구르며 핸디에게 손을 뻗었으나 그들은 어딘가에서 더욱 많이 나타나 나를 둘러쌌다. 그들은 하나 같이 엄격한 표정으로 고개를 젓고 있었으며 동시에 고통스러운 눈빛은 어둡고도 희미했다.

"저, 핸디는 아무 잘못도 없어요."

나는 그들에게 말했다.

그들은 무언가를 말하고 있었지만 그건 들리지 않았다. 바람이 윙윙하는 소리에 여러 동물의 소리가 섞여 들리는 것과 같았다. 그들의 표정을 보건대 핸디를 위험하게 하려는 의도는 없어 보였다. 단지 무언가가 이루어져야 핸디를 풀어줄 수 있는 것처럼 그런 말을 하는 것 같았다. 회전하는 어둠이 가까이 다가왔을 때, 그들은 하나둘 그 속으로 빨려 들어가고 그들이 잡은 손 때문에 나도 그 어둠 속으로 빨려 들어갔다.

그들은 띄엄띄엄 둥근 광장에 앉아 있었다. 다시 보니 그들은 푸른빛이 돌기는 했지만 늘어진 형상도 아니었고 분명 사람과 비슷한 모습이었다. 남자 한 명이 내게 다가왔다.

"여기에서는 말을 할 수가 있네."

“핸디 필머레이는 괜찮은 거죠?”

나는 얼른 물었다.

“단지 방해가 되었기에 잠시 떼어놓은 것일 뿐일세. 곧 만날 수 있을 테니.”

“여기는 혹시……?”

그는 고개를 끄덕였다.

“죽은 자가 잠시 머무르는 곳이지. 죽은 자의 통로. 죽음 속에 존재하는 장소.”

“그런 곳에 제가 어떻게 올 수 있나요?”

“한 사람 정도는 미리 이곳에 올 필요가 있지 않을까.”

그 남자는 계속 차근차근 말해주었다.

“다만, 저렇게 죽음에 흥미를 가진 여자애는 불필요할 뿐이지.”

“계속 저희를 지켜보신 건가요?”

“이미 트럭을 보낸 건 우리였으니까. 여기에 이르기까지 우리는 트럭 속의 너희들을 지켜본 거지.”

“그럼 제가 왜 여기에 오게 된 건가요?”

“너에게는 이 일이 하나의 큰 목표 속에 겪어야 할 과정이 아닐까 해. 하지만 우리에게는 네가 우리를 위해 해 주었으면 하는 일이 하나의 목표지.”

그는 눈을 감았다.

“따라오게.”

다른 사람들은 일어서지도 수군거리지도 않고 그 남자와 나를 쳐다보았다. 그들의 시선이 더 이상 느껴지지 않았을 때 나는 깊은 골짜기를 내려가고 있었다. 그는 한 걸음에 골짜기의 저 아래까지 뛰어 내려갔고, 나는 조심스럽게 발을 디뎠다. 그는 내가 내려올 때까지 기다렸다.

계곡의 밑, 그가 서 있는 곳은 은빛이 소용돌이치는 바닥이었다. 흡사 거울이 빙글빙글 돌고 있는 것 같은 어지러운 장소였다. 그는 그곳을 손가락 끝으로 가리켰다.

"거울의 미로야. 우리가 계속 돌고 있는 원인이고. 나갈 수가 없는 거지. 누군가는 이 거울의 문제를 해결해야 해."

그는 얼떨떨하게 서 있는 나의 손을 홱 잡아채더니 빙글빙글 도는 거울의 표면에 내 손가락 끝을 대었다. 거울 바닥은 불규칙한 회전을 멈추고 나를 비추었다. 내 옆에 서 있는 남자는 거울에 나타나지 않았다. 그는 내 손을 거울에서 떼어냈다.

나의 형상은 분명 나를 닮긴 했지만 또 다른 누군가의 모습으로 바뀌었다.

"니버스티로스?"

그는 웃고 있었다.

"러스 퍼거, 네가 오기를 기다렸다."

"니버스티로스로군요!"

나를 이곳으로 데리고 온 남자는 어디로 갔는지 보이지 않았고, 거울 속에서 니버스티로스가 떠오르더니 그는 내 앞에 완벽한 한 남자로 섰다.

"거울의 미로를 지배하는 나이지만, 삶과 죽음에 관련된 모든 엉킨 문제들을 풀려고 너를 부른 건 아니다. 원래 죽음의 문제는 살아 있을 때 해결해야 한다. 죽기 전에 자신의 시야로 깨닫지 못한 사람들에게 이곳은 다시 하나의 통로로, 즉 시험대로 존재하는 거지. 궁극적으로 인간이 존재하는 것에 대한 모든 의문을 자신의 시야로 풀어갈 수 있을 때, 나는 아스케의 세계를 허락한다."

"그렇다면 제가 여기에 와도 그들 모두를 새로운 세계로 보낼 수는 없는 거로군요.”

니버스티로스는 부드럽게 미소를 지었다.

“인간은 각자 자신에게 주어진 삶의 문제를 풀어야 할 뿐이다. 다른 누군가가 해줄 수 없는 일이다. 그리하여야 스스로 세계를 지킬 수도 만들 수도 있으니까. 모든 걸 쉽게 얻는 그러한 모습과 의존적인 모습은 죽음 이후에도 그들을 여전히 괴로운 세계에 머물게 할 뿐이다.”

그의 말은 바로 이해하기에 어려운 말이었다. 니버스티로스는 가볍게 내 손을 잡았다. 그의 손은 따뜻했다. 내 손을 다시 놓고 그는 어딘가를 가리켰다. 조그만 벤치가 나타났다. 그는 그곳에 앉고는 나에게도 앉기를 권유했다.

“죽음이 무엇이라고 생각하지?”

그가 물었다.

“끝나는 것이 아닐까요?”

“누군가에게는 그럴 수도, 누군가에게는 완성의 형식일 수도 있다.”

“우리의 삶이 제한되어 있다는 것이 우리에게 무언가를 해야 한다는 절박함을 심어주는 걸까요?”

내가 물었을 때, 그는 내 머리를 쓰다듬었다.

“그래서 과연 우리는 삶에서 무엇을 어떻게 해야 할까?”

“랜덤 머쉬 교수님께서 가르쳐 주셨어요. 제가 스스로 저의 길을 비추고 또 가는 거 말이에요.”

“그렇구나. 좋은 스승님을 만났구나. 여기에 있는 사람들은 살아있는 동안 자신의 삶에서 스스로 어떤 자세를 갖추어야 하는지 묻지 않은 자들이다. 그리하여 죽음 이후에도 아무 것도 아닌 세계에 맴돌 뿐이며, 누군가에게 의존하여 이해하려고 할 뿐이다. 스스로 바뀌지 않으면 어떤 모습이든지 아무 것도 자신의 손에 쥐어지는 것은 없다. 물론,

우리의 자비로 모든 것을 베풀 수는 있다. 하지만, 그건 곧 모든 것을 망가뜨린다. 힘들게 얻은 자신의 시야를 사랑하도록 해라. 삶 속에서 아직 기회가 있을 때 말이다."

그의 말에서 빠져나와 정신을 차렸을 때, 니버스티로스는 어느새 거울 안에서 인사를 하고 있었다. 다시 거울은 소용돌이를 만들어 내며 어지럽게 흐려졌다. 나를 이곳으로 데리고 왔던 남자가 다시 나타났다.

"어떤 말을 해 주시겠습니까?"

니버스티로스가 엮어 놓은 문제를 푸는 길은 하나였다. 나는 묵묵히 대답했다.

"미로에게 말씀하세요. 미로가 제시하는 문제를 모두 풀지 않는다고요. 다만, 바람직한 삶의 모습을 스스로 생각해 보겠다고 말씀하세요. 그러면 니버스티로스가 찾아올 거예요. 그 방법이 가장 빠른 길일뿐입니다."

남자는 순간 슬픈 표정을 지었다. 그는 나를 들쳐 업고서 계곡을 오르기 시작했다. 다시 둥근 광장에 도착했을 때, 그 남자와 사람들은 한참동안 무언가를 이야기했다. 그들은 흩어졌다. 그 남자가 나에게로 다가왔다.

"결국 자신의 삶에 대하여 죽음에 대하여 자신만의 답을 내리기로 합의했습니다. 지금 당장 새로운 세계로 갈 수 있는 건 아니겠지요. 그리고 아주 나중에 가게 되어도 괜찮습니다. 그때 이미 우리는 우리 자신이 되어있을 테니까요. 살아있을 때 알지 못했지만, 그래서 아쉽기도 하지만, 지금 우리는 한결 나아졌습니다. 고맙군요."

"저, 핸디 필머레이는 어디에 있나요?"

그는 고개를 젓고는 파란색의 형상으로 길게 늘어지더니 내 앞에서 사라져 버렸다.

둥근 광장은 점차 흐릿해지더니 그것은 푸른색 연기로 변해 내 앞에서 안개처럼 흐려졌다. 연기는 어떤 형상으로 바뀌기도 했지만, 그것이 어떤 것인지는 정확하게 알 수 없었다. 나는 문득 손을 들어 연기를 잡아 보았다. 그건 잠시 동안 공중에 떠서 내가 잡은 모양대로 멈추었다. 다시 연기를 쥐고는 조나크 숙모, 라고 알파벳으로 쓰자 연기는 잠깐이었지만 한 글자씩 회전하면서 황금색 글자로 바뀌었다. 그러더니 다시 연기로 흩어졌다.

핸디는 어디에 있나요, 라고 연기를 쥐고 써 보았다. 그건 황금빛 글자로 바뀌고, 그것이 사라지면서 나를 따뜻하게 감쌌다. 나는 어느새 어두운 숲의 안개 속에 있었다. 발걸음을 떼자 어디에선가 소리가 들려왔다.

"아이ㅣ……. 디 앱솔루트 아이 The Absolute I ……. 유 노우 아이 새드 You know I said ……."

주위를 돌아보았지만 안개만 짙어질 뿐이었다. 나는 내 귓가에 울린 소리가 무엇인지 파악해 보려고 했지만 두려워지기만 했다. 우선 이 안개 숲을 빠져나가야 했다.

안개는 더욱 짙어졌고 마치 구름 속에 갇힌 것 같았다. 발에 밟히는 건 습기를 머금은 흙과 낙엽이 아니었고, 정체를 알 수 없는 하얀 무엇이었다. 그 하얀 무언가는 또한 내 시야를 가로 막고 있어서 내 앞에 무엇이 있는지도 전혀 알 수 없었다. 손을 뻗어 공중에서 움직이는 하얀 무언가를 잡아보려 했다. 내 손에 닿은 그것은 황금빛 모래로 흩어졌다.

공중에 떠 있는 약간의 황금빛 모래. 나는 하얀 것을 더 쥐어 보았다. 그것은 다시 황금빛 모래로 바뀌었다. 스스로 빛나는 황금빛 가루. 나는 계속 하얀 연기 같은 것을 쥐고는 황금빛 가루로 만들었다. 그리고 내가 그러는 동안 가루들은 바닥에서부터 차오르기 시작하여 무언가를 지어냈다.

그것은 제법 높은 직사각형의 길쭉한 탑이었다. 탑은 딱딱한 질감도 느껴지지 않았고 그저 황금빛 가루가 표면에서 반짝이는 것처럼 보였다.

내 옆에서 사람들이 지나갔지만 그들은 나를 쳐다보지 않았다. 오늘 점심에 먹은 스테이크가 질기다는 말뿐이었다. 또다시 사람들이 지나가고 치과에 가는 건 고역이라며 나와 탑에는 관심이 없는 듯 했다. 나는 그 사람들을 쫓아가 말을 걸어 보았지만, 그들은 내 존재가 전혀 보이지 않는 듯 그들의 대화를 이어가며 어딘가로 갈 뿐이었다. 그리고 탑은 더 높아졌다.

탑으로 다가가 벽을 건드려 보았다. 건드린 지점이 투명해지며 넓어지더니 안이 나타났다. 수많은 시계가 밧줄에 엮여 있었으며, 시계 속의 시간은 모두 달랐다. 나는 다른 길이 없다는 것을 알고서 시계를 밟고 올라갔다. 반대편으로 내려가자 그쪽의 시계는 모두 먼지가 쌓인 채 고장 나 있었다. 시계 더미를 내려오자 어둠 속에서 발이 차가웠다. 물이었다.

더 이상 들어가기 어렵다는 판단이 섰다. 어둠 속에서 물속을 통과하는 건 두려운 일이었다. 물은 더욱 차가워졌으며 그건 곧 하얀 김을 내뿜었다. 바닥은 빙판으로 바뀌었다. 나는 조심스럽게 발을 디뎠다.

마침 공중에서 하얀 등불 여러 개가 내려와 불을 밝혔다. 저쪽의 끝 지점에 좀 더 다른 하얀 빛이 비치고 있었다. 나는 그곳까지 가보기로 했다.

푸른빛을 발하는 하얀 팔면체 크리스털이 공중에 떠 있었다. 그건 제법 위아래로 움직이기도 했는데, 그것의 중심에 있는 눈과 마주쳤을 때 나는 얼어버릴 뻔 했다. 하지만 그 눈은 매서운 것도 차가운 것도 아니었으며, 그저 나를 이해하고 있다는 눈빛으로 나를 바라보고 있었다.

"저, 여기는 어디인가요? 저는 핸디 필머레이를 찾고 있어요. 그리고 당신은 누구인가요?"

나는 얼떨결에 많은 질문을 해 버렸다.

크리스털 주위로 푸른빛이 희미해졌다가 다시 빛나며 소리가 들려왔다.

"여기는 죽음 속에 있는 보이지 않는 탑. 나는 앱솔루트 아이. 여기까지 들어올 수 있었던 당신은 내가 허락한 자. 당신이 원하는 단 한 가지의 소원을 들어줄 수 있습니다. 자, 어떻게 하시겠습니까?"

나는 탑의 천장을 쳐다보았다. 아무 것도 없었지만 어디쯤에서 라커 로드가 나를 비추는 것만 같았다. 내 머릿속에는 세 가지 선택이 놓여 있었다. 핸디 필머레이를 찾는 것, 줄리 허시만을 찾아 에블렝 허시만을 자유롭게 해 주는 것, 그리고 나의 우상인 포니 라벨 씨에게 '판단의 상자'를 가져다주는 것이었다.

내 마음 속에서 나를 인도하는 라커 로드가 두 번 반짝였다.

"줄리 허시만을 찾아 에블렝 허시만에게 돌려보내 주세요."

크리스털의 중심에 있는 눈은 나를 쳐다보고는 잠시 눈을 감았다 떴다.

"너의 마음속에서 어떤 가치들이 갈등했는지 보인다. 나는 너의 결정을 존중한다."

어떤 모자이크 조각들이 나타났다. 조각들은 같은 색깔이나 질감을 가진 건 하나도 없었다. 마치 여러 장소에 흩어져 있다가 앱솔루트 아이의 힘으로 모아진 것 같았다. 그 조각들은 순식간에 하나로 맞춰졌다. 그리고 웅크린 여자애가 나타났다. 바람이 훅 불더니 앱솔루트 아이는 사라지고 머리만 남은 에블렝 허시만이 어딘가에서 휙 날아왔다.

에블렝 허시만의 목이 나타나고 어깨가 나타나고 팔과 다리가 나타났다. 그는 낡은 옷을 걸치고 있었지만 눈빛만큼은 빛나고 있었다.

"줄리……."

웅크려 있던 여자애가 일어섰다. 그녀는 조심스럽게 일어서더니 나와 에블렝 허시만에게로 돌아섰다. 그녀와 에블렝 허시만이 서로 껴안은 것은 한순간의 일이었다. 나는 그들을 지켜보았고, 핸디 필머레이를 찾아야 한다는 생각에 사로잡혔다. 내가 줄리 허시만을 선택한 것은 어떻게든 핸디 필머레이는 내가 찾을 수 있다는 생각에서였다. 그리고 내 우상인 포니 라벨 씨는 충분히 그 스스로도 '판단의 상자'를 갖추고 있다는 그에 대한 존경이 그 판단을 내리게 한 이유였다. 다만, 내 힘으로는 줄리 허시만을 찾을 수가 없을 것 같았다. 그래서 앱솔루트 아이에게 그 부탁을 했던 것이다.

줄리 허시만은 아버지의 손을 놓고는 내게 그녀의 목걸이를 걸어 주었다.

"펜던트 속에 당신이 소중히 생각하는 사람이 있을 거예요."

돌아서려는 줄리 허시만에게 나는 물었다.

"어디에 계셨던 것이죠? 아버지께서 그토록 찾으셨어요."

"여자의 마음이 부서지면 찾을 수 없는 곳에 흩어져 버려요. 그런 법이죠."

마음이 싸늘해지고 코가 시큰해졌다. 그녀가 아버지의 손을 잡으며 다시 말했다.

"어서 여기에서 나가도록 해요. 죽음에 대해서는 어떤 대답도 가능하지만, 어떤 대답도 살아있을 때에는 선택해서는 안 되는 법이에요. 그럼, 안녕."

그녀는 에블렝 허시만과 함께 내 앞에서 흐려져 버렸다. 그들은 존재했고, 또다시 그들의 방식대로 존재할 것이다. 죽음에 대해서 내가 어떤 생각을 가져야 할 것인가. 그건 알 수 없었다. 니버스티로스를 만난 것, 푸른색의 사람들을 만난 것도 꿈처럼 느껴졌다.

문득 목걸이를 벗고 펜던트를 조심스럽게 열었을 때 무언가가 튀어나왔다. 뒤로 넘어져 얼떨떨한 것도 잠시 핸디가 연기를 마셨는지 심하게 기침을 해대고 있었다. 우리가 있는 곳은 어느 카펫 위였고, 문이 쾅 열리고, 누군가가 고함을 치는 바람에 정신이 멍해졌다. 그는 그럼에도 웃으면서 나를 꽉 안아 주었는데, 바로 포니 라벨 씨였다.

알비노의 구슬

포니 라벨 씨는 내게 엄한 표정을 지으시더니 곧 다시 웃으셨다.

"그래서 내가 선택되지 못한 이유가 궁금하군. 시간 속에 감춰진 존 재의 불가능적 실현은 이미 실현되었지만."

나는 얼굴이 빨개졌다.

"포니 라벨 씨는 이미 판단의 상자이신 걸요. 더 이상 누군가의 판단을 들을 필요도 없이 포니 라벨 씨의 생각만으로도 완벽하다구요."

나는 땀을 뻘뻘 흘리며 대답했다.

핸디 필머레이가 쿡 하고 웃고는 저택을 두리번거렸다. 우리는 다시 포니 라벨 씨의 저택에 도착해 있었다. 포니 라벨 씨는 썩 기분이 나쁘지는 않아 보였다. 그는 지팡이를 짚고 일어서더니 나에게 다시 엄한 표정을 지었다.

"그럼에도 넌 판단의 상자를 가져다주지 않았어. 하지만 너의 선택은 훌륭했지. 나도 그건 인정한다. 하지만 앱솔루트 아이를 만났으면서도 판단의 상자를 가져오지 못한 건 임무에 대한 소홀이야. 오크 힐의 도서관이 닫혀 버린 지금 그건 매우 필요한 거였어. 물론, 앱솔루트 아이는 판단의 상자를 내놓으라고 했다면 주지는 않았을 테지만. 그렇기 때문에 넌 새로운 임무를 맡게 될 거야. 이번에는 꼭 내가 원하는 대로 해 주길 바란다. 알비노의 구슬에 관한 거다.”

한 번 들은 적이 있는 그래서 속에서 내내 걸렸던 말이 드디어 나왔다. 알비노의 구슬. 그건 또 뭐란 말인가. 그건 노인으로 변한 랜덤 머쉬 교수와 로디커 프레더 씨가 은밀하게 주고받던 이야기 속의 주제였다. 핸디 필머레이는 소파에 앉아 눈을 동그랗게 뜨고는 재미있다는 듯이 포니 라벨 씨를 쳐다보았다.

“알비노의 구슬은 오크 힐의 도서관 출입구 열쇠다. 굴라노 레카소가 알비노의 구슬을 만들었지. 오크 힐의 도서관은 아무나 출입할 수 없다. 교수들과 몇몇 사람들에게만 출입이 허락되지. 도서관 입구도 그다지 알려지지 않았지. 어쨌든 도서관 입구에는 위쪽 돌과 아래쪽 돌이 나타난다. 위쪽 돌에 뚫린 구멍에서 짙은 파란색의 알비노의 구슬이 나온 뒤 아래쪽으로 떨어진다. 그리고 그것이 아래쪽 구멍으로 들어가면 도서관 입장이 허락된다. 만약 위쪽 돌에서 뚫린 구멍에서 알비노의 구슬이 나와 공중에서 회전하다가 사라지면 도서관에 들어갈 수 없다. 그리고 지금 알비노의 구슬이 사라져서 도서관의 출입이 불가능하게 되었다. 구슬이 사라진 이유는 알비노의 구슬에 숨겨진 다른 기능 때문인데……”

“저는 오크 힐의 도서관에 가 본 적이 없어요.”

핸디가 불쑥 말했다.

“아주 까다로운 곳이라서 그렇지. 문제는 도런트 레카소라는 아이지.”

“도런트 레카소요?”

갑자기 도런트 레카소가 오크 힐에 가지 않았다는 생각이 문득 들었다. 그와 마지막으로 만난 후 그와 소식이 끊겼을 때 핸디로부터 먼저 편지가 왔었다. 도런트 레카소는 그동안 어떻게 지낸 걸까. 나는 갑자기 궁금해졌다.

"도런트 레카소라는 아이를 알지?"

포니 라벨 씨가 나를 쏘아보았다.

"네, 알아요."

"그 아이에게 네가 뭘 줬는지 기억이 나지 않는 건 아니겠지?"

곰곰이 생각해 보니 나는 그에게 밀리얼 페페를 줬다.

"네가 준 그것이 뭘 할 수 있는 건지 알고서 그걸 준 걸 아닐 테고. 그레고릭 퍼거 교수도 참 어이가 없구나."

포니 라벨 씨는 정말로 어이가 없는 듯 보였다.

"그럼 밀리얼 페페가 알비노의 구슬과 관련이라도 있는 거예요?"

핸디가 불쑥 물었다.

"관련이 있다마다. 밀리얼 페페를 수여받는 사람은 굴라노 레카소가 오크 힐 도서관 출입을 언제라도 허용한다는 뜻이야. 바로 철이 자석에 붙는 것처럼 알비노의 구슬은 그 평범한 떡갈나무 단추에 딱 달라붙는 단다. 바로 알비노의 구슬을 도서관 입구에서 빼낼 수 있는 거지. 도서관을 통제할 수 있다는 말이야. 그동안은 그레고릭 퍼거 교수가 잘 관리해 와서 교수들을 비롯한 소수의 사람들이 도서관을 잘 이용할 수가 있었지. 물론, 그 소수의 사람들 중에는 나도 포함되고 말이지. 그런데 갑자기 하룻강아지가 나타나서는 구슬을 슬쩍 빼가지고 도망을 갔단 말이야. 그 녀석이 바로 도런트 레카소지."

나는 밀리얼 페페가 단순히 오크 힐의 상징인 것처럼 생각했던 바보였다. 그것은 오크 힐의 지식의 서고를 지킬 수 있는 힘이었다. 그 행동에 책임을 질 수 있다면, 줘도 된다는 삼촌의 말이 떠올랐다. 삼촌은 항상 어떤 것도 강요하지 않으셨다. 그저 모든 걸 겪어 보고 그것에서 무언가를 스스로 알게 되고 책임을 지는 것을 더 많이 가르쳐 주셨다.

이제 나는 밀리얼 페페를 함부로 여긴 책임을 져야 하는 것이다. 이건 분명 내 일이었다.

“도런트 레카소를 찾아 밀리얼 페페와 알비노의 구슬을 받아 내야겠어요.”

“그래, 그 일을 네가 해야 하는 거지.”

“그런데 오크 힐의 도서관은 뭐가 특별한 게 있나요?”

핸디는 궁금한 듯 했다. 물론, 나도 궁금했지만 내 마음은 이미 복잡했다.

포니 라벨 씨는 고개를 끄덕였고 문을 열고 나갔다가 다시 돌아왔다. 그의 손에는 두꺼운 책이 한 권 들려 있었다. 나는 그걸 얼른 받아들었다. “문장의 이론”이라는 책이었는데, 저자명이 없었다. 핸디는 얼른 책을 몇 장 넘겨보고는 고개를 갸웃했다.

“이런 완벽한 논리와 이론을 쓴 사람은 누구에요?”

핸디가 물었다.

“오크 힐 도서관의 책의 저자는 오직 한 명이야. 바로 앱솔루트 아이지. 그가 완벽한 논리로 써낸 책들이야. 그의 생각으로 바로 종이에 씌어진 책들이지. 그래서 한 존재의 완벽한 체계를 볼 수 있는 곳이 바로 오크 힐의 도서관이지.”

핸디와 나는 놀라서 멍해졌다. 나는 책을 대충 넘겨 어떤 부분을 읽어 보았다. 어느 부분만으로도 책의 전체를 느낄 수 있었다. 간단하고 명료한 문장과 확실한 논리와 화려한 색채, 완벽한 생각의 흐름이 연결되어 있는 그 문장들을 읽으니 마치 스스로 프로그래밍 되어 씌어진 책을 보는 듯 했다.

포니 라벨 씨는 창문을 바라보고 있었다. 멀리서 까마귀 떼가 날아오고 있었다. 그는 돌아섰다. 나도 일어서고 핸디는 무엇을 해야 할지 모르겠다는 표정을 지었다.

"정보에 따르면 도런트가 마지막으로 있었던 장소인 할로그라트로 너를 데려다 주겠다. 물론 나의 충직한 새들이 데려다 줄 것이다. 그 뒤부터는 알아서 하거라."

"핸디, 너는 어떻게 할래?"

"갑자기 흥미가 생기는 걸? 나도 그 도런트 레카소라는 애를 찾아볼 테야."

핸디는 캔버스 운동화의 신발끈을 단단히 맸다.

밖으로 나가자 까마귀들이 내려앉았고, 나와 핸디는 그들을 타고 구름 속을 통과했다.

까마귀들은 어딘가에서 빙글빙글 돌더니 하강했다. 그곳은 어렴풋하게 조그만 마을이 보이는 낡은 도로 하나가 쭉 연결되어 있는 외곽 지역이었다. 까마귀들은 우리를 내려주고 그저 울어대며 다시 날아가 버렸다.

"여기가 어디란 말이야?"

핸디가 투정했다.

"할로그라트라는 곳인 가봐. 여기 낡은 표지판이 있긴 해."

도로 옆에는 "Halogratt, 1 mile 할로그라트, 1마일"이라고 적힌 녹슨 표지판이 있었다.

"이렇게 햇볕이 내리쬐는데 1마일이나 걸어야 한다고? 어휴."

핸디는 한숨을 푹푹 내쉬었다.

우리는 마을 쪽으로 걸음을 옮겼다. 1마일은 생각보다 긴 거리였다. 대기는 열기로 가득 차 있었고, 우리는 수건 하나 물병 하나 없었다. 마을에 들어서긴 했지만 핸디나 내가 선술집으로 갈 수는 없는 노릇이었다. 우리는 마을 광장의 공동 수돗가로 가서 세수를 하고 물을 마셨다.

“여기에서 도런트의 정보를 알아낼 수 있을까?”

“여기서 못 알아내면 어디 다른 데도 갈 수 없잖아?”

핸디는 퉁명스럽게 대답했다.

우리는 조그만 마을을 둘러보고는 다시 마을 광장으로 돌아왔다. 우리는 수돗가에 기대어 생각에 잠겼다. 핸디도 무언가를 곰곰이 생각하고 있는 것 같았지만 도무지 단서가 떠오르지 않는 모양이었다.

할로그라트. '빛이 소멸하는 곳'이란 뜻. 문득 마을을 살펴보았다. 저녁 무렵이어서인지 가로등이 하나 둘 켜지고 있었다. 나는 핸디를 수돗가에 남겨두고 가로등을 하나씩 살펴 나갔다. 마을 외곽에 서 있는 마지막 가로등은 등이 깨지고 불도 들어오지 않았다. 나는 얼른 핸디를 데리러 갔다. 내가 대충 설명하자 핸디는 귀찮아하며 나를 따라왔다.

불이 꺼진 가로등을 우리는 적당히 살펴보며 서 있었다. 어떤 시선을 느꼈을 때 그곳에는 갈색 머리를 가진 조그마한 여자 아이가 우리를 지켜보고 있었다.

“No one believed my words 아무도 내 말을 믿지 않았어요.”

핸디는 아이에게 다가가 아이의 머리를 어루만지며 다정하게 굴었다.

“So, can you tell me what happened around here 그래서 이 근처에서 무슨 일이 일어났는지 말해 줄 수 있니?”

핸디는 영어로 아이에게 부드럽게 물었다.

“The streetlight was broken when a man came into there 어떤 남자가 가로등에 들어갔을 때 가로등이 부서졌어요.”

“Did a man go into the streetlight 어떤 남자가 가로등 속으로 들어갔다고? How could it happen 어떻게 그런 일이 일어날 수 있었지?”

“Actually, he said that he has a special thing to move through anything 사실은, 그가 말했어요. 그는 어떤 걸 통해서라도 이동할 수 있는

특별한 걸 가졌다고요.”

아이가 말했을 때 나도 물어보았다.

“Can you describe his looking 그가 어떻게 생겼는지 설명해 줄 수 있니?”

“He is very tall. And he has curly blond hair like a fool and freckles on his cheeks 키가 크고요. 바보 같은 곱슬머리의 금발에 뺨에는 주근깨가 있어요.”

“도런트야.”

내가 핸디에게 나지막하게 중얼거렸다.

“도런트가 어떤 단서를 남겼을까?”

핸디가 말했다.

“So, Is there anything to be got from him 그래서 그에게서 뭔가를 얻은 건 있니?”

여자애는 잠시 머뭇거리는 것 같았다.

“He gave me a piece of paper. But I don't know which language was written on that paper 그가 종이를 주었어요. 그런데 전 그 종이에 적힌 언어를 몰라요.”

여자아이는 스커트 호주머니에서 접힌 종이를 끄집어냈다. 이미 여러 번 열어본 모양이었는지 종이는 끝부분이 닳아 있었다. 도런트는 이곳을 떠나면서 영어로 아이에게 적어줘야 한다는 걸 깜빡한 모양이었다.

가로등 뒷부분의 보라색 단추

핸디는 종이를 접고는 아이에게 고맙다고 영어로 말했다. 핸디와 나는 가로등 뒤편으로 갔다. 그녀는 내 손을 꽉 잡고는 심호흡을 하고서 보라색 단추를 꾹 눌렀다. 주위에 바람이 이는가 싶더니 어떤 통로 속으로 돌진해 들어갔다. 어딘가에 꽈당 부딪힌 것 같은데 정신을 차려보니 보라색 수풀 더미에 핸디와 내가 푹 싸여 있었다.

우리는 자리를 털고 일어나 주변을 살펴보았다.

"다시 이상한 곳으로 떨어진 모양이야. 알비노의 구슬은 장소 이동의 수단으로서 제격인 것 같군. 도런트가 그걸 알아버려서 신기한 마음에 여러 곳을 돌아다니나봐. 어서 그 앨 잡아야겠어. 알비노의 구슬은 있을 자리에 있어야 해. 나도 얼른 도서관을 구경하고 싶으니까. 어어, 저 바닥 좀 봐."

바닥에는 형광 연두색으로 줄이 죽 그어져 있었다. 아무래도 도런트가 지나간 길에 흔적이 남은 것 같았다.

"따라가 보자."

핸디가 말했다.

형광색 줄은 보라색 숲이 끝나고 어느 절벽에서 딱 끊어져 있었다. 그리고 핸디는 웃음을 터트렸다.

"이것 봐. 조그만 나무가 있잖아. 이것에도 분명 보라색 버튼이 있을 거라구."

정말로 조그만 나무의 뒤쪽에 보라색 버튼이 있었다. 우리는 손을 잡고 그것을 꽉 눌렀다. 이번에는 하늘에서 붕 떨어지다가 푹신한 솜털 더미에 빠졌다. 우리는 거위 털을 뒤집어썼다. 핸디는 대충 얼굴에 붙은 거위 털을 떼어낸 뒤 벽의 문을 열고 밖으로 나갔다. 바람이 세게 불어와 우리 몸에 있던 거위 털은 다 떨어져 나갔다.

이번에 나타난 곳은 어두운 밤길 같았다. 그럼에도 바닥에는 형광 연두색으로 줄이 그어져 있었다. 핸디는 그걸 손으로 가리키면서 쿡쿡 웃으며 걸어갔다. 점점 밝아지는 것 같더니 우리는 꽃나무에 둘러싸여 있었다. 여전히 바닥에는 줄이 그어져 있어서 우리는 그 이정표대로 따라

가기만 했다.

"아마 꽃나무들 중에 또 하나로 통과했을 걸?"

핸디가 장난스럽게 말했다.

실제로 어느 꽃나무 아래에서 줄은 딱 끊겨 있었다. 그런데 아무리 살펴보아도 나무 기둥에는 보라색 버튼이 없었다. 핸디는 나무 위를 올려다보았다. 그리고 무언가가 쿵 하고 떨어졌을 때 핸디와 나는 그를 쳐다보았을 뿐이다.

"도런트!"

그는 엉덩이에 손을 대고 인상을 찡그리며 일어섰다.

"네가 여긴 어떻게 온 거야?"

도런트가 물었다.

"그것보다도 너 밀리얼 페페와 알비노의 구슬을 어떻게 한 거야?"

나는 다그치듯 물었다.

"그렇지 않아도 돌려놓으려고 했어. 아무리 찾아다녀도 도서관 출입구를 다시 찾을 수 있어야 말이지. 증조할아버지께 엄청 혼났다구. 그분은 아무도 모르는 곳에서 쉬고 계신데 나 때문에 일어난 오크 힐에서의 소란에 엄청 화가 나셔서 날 찾아내고는 무척 혼내셨어. 그리고 러스 퍼거에게 밀리얼 페페를 돌려주고 알비노의 구슬도 제자리에 갖다놓으라고 하셨어. 하지만 증조할아버지를 만나게 되어 정말 반가웠어. 백발이지만 얼굴이 단단하고 힘이 넘치셨거든. 물론 그것도 오크 힐의 힘이겠지만."

"그런데 너 그토록 오크 힐에 가고 싶어 했잖아."

"응. 그런데 당분간 신입생을 받지 않는다는 통보 때문에. 그리고 이번에 알비노의 구슬을 제자리에 갖다 놓으면 신입생이 될 수 있지 않을까?"

"이번에 신입생을 받는다는 말이 있어. 아마 세 명을 받는다고 들었어."

핸디가 그렇게 말하자 도런트는 눈을 반짝였다.

"자, 우선 알비노의 구슬을 제자리에 돌려놓아야지."

핸디가 말하고 도런트는 호주머니에서 동그란 구슬을 꺼냈다. 그건 짙은 파란색으로 빛나고 있었다. 핸디가 그걸 만져 보려고 손을 뻗었을 때 도런트는 흠칫 놀라며 그걸 바닥에 떨어뜨렸다. 구슬은 저절로 굴러가더니 어느 지점에서 딱 하고 멈춰 섰다. 구슬은 공중으로 뜨더니 어딘가로 쏙 들어갔는데 위쪽 돌과 아래 쪽 돌이 나타났다. 그리고 파란색의 평범한 문이 두 돌의 옆에 서 있었다. 문 위쪽에는 금박으로 "오크힐 도서관 Oak Hill's Library"이라고 붙여 놓았다. 핸디가 소리쳤다.

"도서관 출입구야!"

다시 오크 힐로

핸디가 먼저 문을 열고 쏙 들어가 버리고 도런트가 내 팔을 꽉 쥐었다. 그는 어떤 주머니를 내밀었다.

"밀리얼 페페야. 넌 이제 이 도서관을 지키는 거야."

"사양하지 않을게. 이건 내 책임이거든."

나는 밀리얼 페페가 들어있는 주머니를 받아들었다. 무언가가 날아와 머리에 톡 하고 부딪혔다. 바닥에 떨어진 그건 종이비행기였다. 그걸 펼쳐보자 랜덤 머쉬 교수의 사인과 함께 몇 마디가 적혀 있었다.

다시는 할아버지로 변신하지 않으마.

놀라게 했다면 미안하단다.

알비노의 구슬을 찾았으니 나는 휴가를 떠나야겠다.

로디커 프레더를 조심하렴.

다시 오크 힐에서 만나고 싶구나.

그럼.

– Random Mush

나는 종이비행기 편지를 네모로 접어 호주머니에 넣었다.

"그게 뭐야?"

도런트가 물었다.

"랜덤 머쉬 교수님의 편지야. 너도 오크 힐의 도서관을 구경해 보는 게 어때?"

"아주 기대가 돼."

도런트도 핸디가 열어 놓은 문으로 들어갔다. 나는 입구의 돌을 보며 잠시 서 있었다. 위쪽 돌을 가만히 만졌을 때 아래쪽 돌에서 하얀 연기가 뿜어져 나오더니 알비노의 구슬이 굴러 나와 공중에서 한번 빙글 돌았다.

"어이, 거기 들리나?"

어느 노인의 목소리가 알비노의 구슬에서 흘러나왔다.

나는 주위를 두리번거렸고 자세히 살펴보니 구슬 표면이 투명해지면서 그 속에서 어떤 노인이 날 빤히 쳐다보고 있었다.

"러스 퍼거. 난 굴라노 레카소라고 한단다. 자네가 3대 밀리얼 페페 수여자란 걸 이미 알고 있지. 그런데 말이야. 밀리얼 페페는 이제 그 의미를 다했다고 생각돼. 이제 그걸 나에게 돌려주지 않겠나? 구슬 속에서 웬 처음 보는 노인이 엉뚱한 소리를 한다고 생각하겠지만, 아니야. 알비노의 구슬을 만든 지기 구슬에 나타날 수 있지 않겠니?"

그가 말없이 나를 빤히 쳐다보자 나는 고개를 끄덕이며 대답했다.

"그렇게 생각해요."

"이제는 무언가를 만들어서 어떤 책임을 다른 누구에게 남기는 걸 그만둬야겠어. 괜히 알비노의 구슬과 밀리얼 페페가 특별한 게 되어 누군가에게는 책임을 남기고 누군가에게는 그게 표적이 되니까 말이지. 그러니 이제 밀리얼 페페를 알비노의 구슬 표면에 갖다 대게."

나는 그가 시킨 대로 했다. 그러자 밀리얼 페페는 알비노의 구슬 속으로 녹아들더니 쏙 하고 들어갔고 노인은 구슬 속에서 단추를 집어 들며 고개를 끄덕였다.

"이건 내가 만들었으니 내가 들고 가겠네. 자네는 밀리얼 페페에 대해 책임을 진다는 생각을 내려놓고 좀 더 자유로운 영혼으로 세상을 이해하게. 그럼."

갑자기 비명 소리가 나더니 핸디와 도런트가 도서관 밖으로 던져져 나왔다. 핸디는 툴툴대며 자리에서 일어나더니 눈에는 눈물까지 글썽였다. 도런트도 멍한 표정으로 주변을 두리번거렸다.

"도런트! 도런트!"

알비노의 구슬 속에서 굴라노 레카소 씨가 외쳤다.

도런트는 정신을 차리고 구슬 앞으로 가서 섰다.

"증조 할아버지!"

"앱솔루트 아이의 판단으로 채워진 오크 힐 도서관은 오늘로 폐관이다. 이제 새로운 도서관이 지어질 것이다. 바로 오크 힐의 역대 교수들이 쓴 책들을 오크 힐 도서관에서 볼 수 있는 거다. 그건 내가 죄다 수집해 놓았거든. 이제 도런트 너도 오크 힐에서 자유롭게 도서관을 이용할 수 있을 거다. 앱솔루트 아이의 판단을 엿보려고 하기 보다는 우리들 모두가 이룩해 온 발전의 조각들을 하나씩 연결해 나가는 게 더 좋을 테다."

알비노의 구슬과 그 속에 있던 굴라노 레카소 씨는 번쩍 하더니 사라지고 무언가 우리 눈 앞에서 펄럭인 것도 잠시 나는 마늘 가오리를 타고 있었다. 마늘 가오리는 하늘 높이 날아오르더니 우리를 핌퍼에 내팽개치고는 입을 짝 벌리고 마늘 냄새를 풍기고는 날아가 버렸다.

도런트는 여전히 정신이 없어 보였다. 그는 일어섰지만 다리를 후들거리며 떨었다. 나는 그의 어깨를 툭 하고 두드렸다.

“나도 처음에 그랬어. 이 배는 오크 힐의 전용 이동수단이야. 좀 전의 그 냄새나는 가오리들도 그렇고.”

나는 아무렇지도 않은 듯 설명했다.

“그, 그래.”

도런트는 말을 더듬으면서 대답하고는 다시 선상에 주저앉았다. 나는 그를 일으켜 선실로 내려갔다. 분명 굴라노 레카소 씨의 마지막 말은 오크 힐이 도런트를 신입생으로 허락한다는 말이었다. 역시나 선실에는 도런트 레카소의 이름이 적힌 문이 있었다. 나는 그 문을 여는 방법을 가르쳐 줬고 도런트는 쉽게 문을 열었다. 잠시 볼 수 있었던 건 너구리 냉장고가 그에게 음료수 캔을 던진 것과 화면 속에 나타난 에트만 헬링 턴 교수의 머리가 단발머리라는 거였다. 나는 다시 선상으로 올라왔다.

‘곧 오크 힐에 도착할 테지.’

핸디 필머레이는 선실에서 커다란 트렁크를 안고 나왔다. 그걸 갑판에 던지듯 내려놓고는 다시 투덜댔다.

“동생들이 오크 힐에 입학해. 쌍둥이야. 블레이머 필머레이와 로즈마리 필머레이지. 남자 여자 쌍둥이야. 그 애들의 짐을 엄마가 내 이름으로 맡겨 온 모양이야. 뒤치다꺼리하는 거 정말 싫어.”

“그럼 이번에 입학하는 신입생은 네 동생들과 도런트로구나.”

“그런가?”

핸디는 귀찮다는 듯 트렁크를 깔고 앉았다. 그녀는 잠시 조는 것 같더니 핌퍼가 급하강 하자 뒤로 벌렁 넘어졌다. 곧 바닷물이 가볍게 배 위로 넘쳐 들어오고 핌퍼는 천천히 해안으로 움직였다. 이미 내 눈앞에는 다시 오크 힐이 펼쳐져 있었다.

핸디 필머레이의 트렁크를 들고 핌퍼에서 내렸다. 도런트가 여전히 멍한 표정인 것과는 달리 다른 두 신입생들은 핌퍼에서 펄쩍 뛰어내려 해변을 달려갔다. 무언가 뚝딱뚝딱하는 소리도 들려오고 나무로 조각한 긴수염고래를 레드 알라스가 들고 가고 있었다. 그는 나를 얼핏 보기는 했지만 상관없다는 듯 지나갔다.

도런트와 블레이머, 로즈마리가 방을 배정받는 동안 나는 언덕 위의 떡갈나무에 올랐다. 그곳은 이제 오크 힐의 상징으로 남아있을 뿐이지만 니버스티로스를 결코 잊을 수 없을 것만 같았다. 바람이 불어와 떡갈나무를 살짝 흔들었다. 더 이상 니버스티로스가 흔들릴 일은 없을 것이다.

언덕을 내려와 내가 지냈던 지니어스 룸 앞에서 머뭇거렸다. 그곳은 인기척도 없었고 외부는 잘 관리되어 있었다. 나는 그곳으로 들어가 보았다. 깨끗하게 정리된 침대와 테이블 그리고 안쪽 방을 보고 나올 때 문을 벌컥 열고 들어오는 누군가와 마주쳤다.

"오셨다고 들었습니다!"

"벤! 오크 힐에 계시군요!"

벤은 여전히 그의 상징처럼 부풀려 놓은 뽀글뽀글한 파마 머리였다.

"앉으시지요. 음료라도 만들어 오겠습니다."

벤은 말릴 틈도 없이 밖으로 나가 버렸다. 잠시 후 그는 얼음을 넣은 시원한 레모네이드 두 잔을 가지고 왔다. 그와 나는 테이블을 마주보며 앉았다. 벤은 싱글싱글 웃으면서 나에게 그간의 이야기를 물었다. 벤에게 랜덤 머쉬 교수의 종이비행기에 대해 말했을 때 벤은 로디커 프레더에 대해 좀 더 말해 주었다.

"그 로디커 프레더라는 사람 말입니다."

"네. 말씀해 주세요."

"그 사람도 오크 힐에 잠시 있었던 적이 있죠. 그러나 오크 힐의 물건을 탐내면서 하나둘 씩 훔치다가 그게 발각되어 쫓겨났지요. 그 뒤로도 비밀스럽게 오크 힐의 물건을 얻어 나갔다고 하죠. 그는 하여튼 진귀한 물건을 가지고 싶어 하는 사람이죠. 이번에 그가 원한 게 굴라노 레카소 씨가 만든 밀리얼 페페나 알비노의 구슬이었는지는 알 수 없지만 밀리얼 페페는 영예의 상징이자 알비노의 구슬을 지배하는 힘이고 이제는 그 의미를 굴라노 레카소 씨가 거두어 가 버려서 오크 힐에는 보통의 도서관 건립이 추진 중이죠. 문제는 '시간의 터널'이죠."

"시간의 터널, 그건 또 뭔가요?"

"앱솔루트 아이에게 접근할 수 있는 쓸 만한 통로죠."

"그것과 로디커 프레더의 관계는 무엇인가요?"

"로디커 프레더라면 그것도 노릴 법하다는 말이죠. 그렇다는 겁니다. 로디커 프레더가 러스 퍼거 님에게 그렇게 접근했다면 그걸 얻기 위해 러스 퍼거 님을 충분히 이용할 가능성도 있으니 주의해야 합니다."

"시간의 터널, 그건 어떻게 생겼지요?"

"원기둥 모양의 둥그런 조그마한 통입니다. 하지만 그것이 어떻게 해서 앱솔루트 아이에게 접근할 수 있는지는 그걸 가져봐야 알 수 있겠죠."

"로디커 프레더 씨는 제게 정확하게 무언가를 해달라고는 하지 않았죠."

"그렇다면 이번에는 가능성이 높으니 정말 주의하서야 합니다."

"주의를 해야 한다면……. 왜?"

"앱솔루트 아이의 안식처를 건드리는 건 위험한 일이니까요."

벤은 정말로 걱정스럽다는 듯이 대답해 주었다.

갑자기 귀가 멍멍해졌고, 싸늘한 바람이 피부에 내린 것처럼 추워졌다. 귀에 울려오는 것은 흡사 안개 낀 숲 속에서 늑대가 우는 소리였다. 내가 흠칫 떨자 벤이 나를 다시 응시했다.

“왜 그러십니까?”

“아니에요. 아무 것도. 환청이 들려오는 게 아무래도 정신과 치료를 좀 받아야 하나 봐요.”

내가 긴장한 채 그렇게 말하자 벤이 껄껄 웃었다.

“맞닥뜨린 모든 문제를 해결해 온 러스 퍼거 님께서 무슨 일이야 못 하시겠냐마는 오크 힐은 조금 수상한 곳도 있어서 간혹 환청 같은 게 있을 수도 있으니 정신과 얘기는 다시는 꺼내지 마십시오. 그저 러스 퍼거 님의 장점인 정상적인 사고로 여과시키면 됩니다.”

“그, 그렇겠지요.”

나는 그래도 무언가 이상한 예감을 느끼며 얼버무렸다.

“저, 시간의 터널이라고 했죠?”

벤은 일어나더니 내 어깨를 가볍게 세 번 두드렸다.

“걱정하지 마십시오. 오크 힐에 있는 동안 로디커 프레더가 쳐들어 오지는 않을 테니까요. 그는 오크 힐의 추방자라 여기에 들어오지 못 합니다.”

벤은 시계를 보더니 구둣발로 걸어가 버렸다.

핸디 필머레이가 갑자기 문을 벌컥 여는 바람에 깜짝 놀랐다.

“러스, 여기에 있었구나. 찾아다녔어.”

핸디는 투덜거리지는 않았다.

“무슨 일 있어?”

“나는 오후 수업에 들어가야 하거든. 내 동생들에게 오크 힐을 좀 구경시켜줘. 동생들이 굉장히 들떠 있어서 말이지. 부탁해.”

내 대답도 듣지 않고 핸디는 쌩 하고 나가 버렸다. 지니어스 룸을 나가자 내 앞에는 정말로 핸디와 똑같이 생긴 갓 스물이 된 주근깨 녀석들이 있었다. 그들의 얼굴은 장난기가 가득했으며, 나에게 분홍색 쪽지를 내밀었다.

"어떤 아저씨가 러스 퍼거 님을 만나면 이걸 전해 주라고 하셨어요. 덕분에 우리들이 얻은 건요……"

블레이머는 시침이 다섯 개나 달린 특별한 시계를 차고 있었다. 로즈마리 필머레이는 명품 화장품의 아이섀도를 꺼내 보여 주었다. 나는 갑자기 뜨끔해졌다.

주섬주섬 분홍색 쪽지를 열어 보았다.

러스 퍼거.

지금까지는 그저 시작에 불과했다.

이제 내가 원하는 걸 들어줄 시간이 왔다.

지금쯤이면 파악했을지도 모르겠군.

검은 옷을 입은 사람들이 나타났을 때 가장 순수해져야 한다.

네 마음으로 말이다.

내가 원하는 건 바로 '앱솔루트 아이'니까.

네가 그걸 가졌을 때 내가 나타나마.

나는 쪽지를 구겨 얼른 호주머니에 넣었다. 핸디의 동생들이 궁금하다는 듯 빤히 쳐다보았으나 나는 아버지가 안부를 물어왔다고 둘러댔다. 그들은 고개를 갸웃거렸지만 신기한 오크 힐의 건물을 보더니 그쪽으로 뛰어갔다.

세상에. 로디커 프레더가 원한 것이 앱솔루트 아이였다니.

나는 긴장 때문에 제대로 서 있기도 어려웠다. 얼른 다시 지니어스 룸으로 들어갔고 어떻게 해야 하나 고민했다. 구겨 넣은 쪽지를 다시 펴 보았으나 거기에는 아무 것도 적혀 있지 않았다. 오직 한 번, 나만이 볼 수 있는 쪽지였다.

저녁에 벤이 커다란 수레에 나에게 필요한 것들을 싣고 왔다. 옷가지와 샤워 도구, 통조림 몇 개, 그리고 보드 게임 통도 하나 들어 있었다. 담은 물건들보다 수레가 지나치게 크긴 했다. 벤은 저녁 식사를 푸짐하게 챙겨 주었지만 나는 그것들에 입을 댈 수가 없었다.

밤이 되어 해변으로 나왔다.

밤하늘에는 여러 색깔의 구름이 많이 떠 있었다. 구름들은 얇은 부분으로 길쭉하게 뜯어지면서 구름 줄기들은 순식간에 수면까지 내려왔다. 그것들은 점차 오크 힐의 해변으로 다가오고 있었고 정신을 빼앗길 만큼 아름답고 매혹적이었다. 구름을 조금씩 떼어놓아 그것에 색칠을 한 것 같은 길쭉한 구름 조각들은 바로 내 앞에서 하늘거렸다.

사람들이 놀라워하는 함성이 들려오고 핸디가 뛰어오고 있었다.

알파벳 크로니클

레드 알라스는 긴수염고래를 해변의 중앙에 꽂았다. 고래 조각 주위에 색깔 구름이 몰려와 수차례 회전하고는 고래 조각을 여러 색깔로 물들였다. 여러 빛깔로 번쩍이는 고래 조각을 멍하니 보고 있을 때, 내 어깨를 친 사람은 수염이 덥수룩한 폴린 교수였다.

"교수님!"

"잘 지냈나? 제대로 제때에 찾아왔군. 몇 년 만에 한 번 찾아오는 때인데 잘 맞춰 왔다는 뜻이야."

"그게 무슨 말씀이신지?"

"이것들을 보라고. 색깔 구름 조각들이야. 오크 힐의 축제가 시작되는 거지."

폴린 교수는 그렇게 말하고 다른 곳으로 가버렸다. 위더스들은 두 손 가득 접시를 들고 오고 있었고, 갑자기 해변에는 긴 테이블이 나타났다. 핸디 필머레이가 뛰어와서 종이봉투를 내밀었다.

"자정이 되기 전에 네가 사용할 구름 조각들을 모으라고."

"무슨 말이야?"

"알파벳 크로니클에 사용할 그림을 그려야 하거든."

"그건 또 뭐지?"

"첫 글자가 동일한 세 단어들을 배열해 그것이 만들어 내는 느낌을 그림으로 그려야 하거든. 이 구름 조각들이 바로 물감이니까 빨리 모으도록 해. 종이봉투에 잘 넣어두지 않으면 자정이 되면 모두 다시 하늘로 올라가 버리니까."

핸디는 수수께끼 같은 말을 남기고서 해변을 뛰어다니며 여러 색깔의 구름 조각들을 잡아채 마구 종이 상자에 넣었다. 나도 손을 뻗어 내 앞에서 하늘거리는 파란색 구름 조각에 손을 대보았다. 그건 쉽게 쥘 수 있었고 나는 그걸 종이봉투 안에 넣고는 입구를 꼭 봉해서 쥐었다. 나는 빨간색과 노란색, 그리고 보라색과 초록색, 파란색 구름 조각 다섯 개만을 종이봉투에 넣고는 사람들을 구경했다.

도런트도 폴짝 뛰며 머리 위쪽의 구름 조각을 잡고 있었고, 그의 종이봉투도 이미 불룩했다. 핸디는 이미 다섯 개의 종이봉투를 봉해서 허리에 차고 있었음에도 계속 구름 조각을 잡아채고 있었다. 벤은 요리를 나르면서 나에게 웃어 주었고, 에트만 헬링턴 교수도 점잖게 구름 조각을 집어 들고 있었다. 밤이 깊어가자 해변에 내린 구름 조각은 점점 하늘로 올라가기 시작했다. 하늘로 올라간 색깔 구름들은 점점 옅어지더니 그저 흰 색으로 바뀌었고, 오크 힐의 가로등은 땅에 내린 달빛 마냥 온통 해변을 비추었다.

에트만 헬링턴 교수가 사람들을 불러 모았다. 자정에 해변에서 열리는 만찬에 참석하는 건 새로운 기분이었다. 교수님들은 에트만 헬링턴 교수, 페도스 폴린 교수 외에 다른 교수님들은 없었으며 핸디 필머레이와 신입생 세 명, 그리고 제법 많은 위더스들이 있었다. 도런트는 하울 필러 문제집을 가지고 내 옆으로 와서 앉았다.

"러스, 이건 언제까지 풀어야 하는 거지?"

그는 작은 목소리로 물었다.

"네가 통과할 때까지 문제를 연속으로 풀어야 해."

"뭐라고? 그런 애매한 기준을 만족시켜야 해?"

"그 기준 애매한 거 아니야. 제대로 문제를 내고 제대로 평가한다구."

나는 오크 힐을 옹호하며 도런트에게 핀잔을 주었다. 새삼 이러한 내 태도의 변화도 재미있기도 했고 도런트에게 조언을 할 정도로 오크 힐에 대해 아는 게 많다고 생각되자 나는 한껏 어깨가 으쓱해졌다. 도린트는 불룩한 종이봉투를 만지며 미소를 지었다.

벤이 다가와 차가운 홍차를 따라 주었다.

"앞 글자가 같은 세 개의 단어를 생각하면서 구름 조각으로 그림을 그리도록 하십시오. 그럼."

벤은 재빨리 물러가 핸디의 잔에 홍차를 따라 주었다.

알파벳 크로니클이 무엇인지, 이 구름 조각으로 그림은 어떻게 그리는지 애매했지만 나도 도런트처럼 종이봉투를 두드렸다. 식사가 끝나고 위더스들은 테이블을 정리하고 마실 것을 좀 더 가져왔다. 그리고 폴린 교수가 무언가를 더 지시하자 위더스들은 긴 테이블 위에 스프링 스케치북을 가져와 핸디와 내 자리 그리고 세 명의 신입생의 앞에 놓았다.

"다들 펼쳐보도록."

폴린 교수가 밀했다.

"자, 핸디 필머레이. 알파벳 크로니클에 대해서 예를 들어 하나를 완성하도록 해보렴."

"네."

핸디는 종이봉투를 조심스럽게 열고는 보라색 구름 조각을 꺼내들었다. 핸디는 구름 조각을 손에 꼭 쥐고는 공중에 Every Each Egg 라고 글자를 적었다. 글자들은 희미하게 공기 중에 퍼지더니 곧 사라져 버렸다.

"그 세 단어의 느낌을 그려보게."

폴린 교수가 말했다.

핸디는 다른 종이봉투를 꺼내 테이블 위에 풀어놓았다. 그녀는 열린 봉투 위로 조금씩 솟아 나오는 여러 색깔의 구름 조각을 잡고는 스케치북에 그걸 조심스럽게 놓았다. 구름 조각들은 스스로 자리를 찾아 스케치북에 특정한 모양과 색깔로 녹아들며 그림을 완성해 갔다. 잠시 후 완성된 그림 위에 핸디는 "Each Egg has Every life 각각의 달걀은 모든 생명을 담고 있다."라고 썼다. 그림은 흰 바구니에 달걀이 잔뜩 쌓여 있는 그림이었다.

페도스 폴린 교수는 미소를 지으며 도런트에게 고개를 끄덕였다.

당황한 표정의 도런트는 알파벳을 잘 모른다며 벌떡 일어나더니 종이봉투를 열고는 구름 조각을 모두 공중으로 날려 보냈다. 폴린 교수는 껄껄 웃을 뿐이었다.

"어차피 알파벳 크로니클도 축제의 일부이니 힘들면 하지 않아도 되지."

폴린 교수는 자리에서 일어나서 그의 종이봉투를 열었다.

그는 파란색 구름 조각을 집어 들고는 공중에 Fly Fly Flee라고 썼다.

"A Fly Flies to Flee 파리는 도망가기 위해 난다."

폴린 교수가 그렇게 말하자 그의 종이봉투에서 구름 조각들이 나와 내 스케치북 위에 그림을 그렸다. 그건 그저 파란 물결이었다.

"이 그림은 그다지 특별한 건 없어. 하지만 난다는 건 도망을 위해서이기도 하지. 자유는 일차적으로 어디로부터 탈출하는 거니까. 도망친 자가 도달하는 곳은 넓은 바다, 물결, 자유가 펼쳐지는 장소이지."

폴린 교수가 설명하자 내 스케치북 위에 그려진 파도들은 한 번 철썩 소리를 내며 움직였다. 그 파도들은 스케치북에서 흘러나와 해변을 통과해 바다로 들어갔다. 다시 내 스케치북은 깨끗한 흰색의 바탕만이 있을 뿐이었다. 블레이머와 로즈마리가 이번에는 서로 자신이 해보겠다고 싸우자 폴린 교수는 부드럽게 웃으며 나를 지목했다.

폴린 교수는 잠시 미소를 짓더니 주먹을 꾹 쥐었다. 그는 주먹을 흔들기도 하고 소리라도 들으려는 듯 귓가에 주먹을 가져다 대기도 했다. 결국 그가 조심스럽게 주먹을 펼치자 그의 손바닥에는 돌돌 말린 종이테이프가 놓여 있었다. 그는 그걸 쭉 펴서 자세히 살펴보았다.

"러스 퍼거에게는 다섯 개의 크로니클을 만들라고 하는군. 이때 각각의 크로니클들을 연결해 하나의 전체를 만들면 더 멋지지."

"다섯 개의 크로니클을요?"

핸디가 입을 딱 벌렸다.

나는 아직 그 말을 이해하지 못했지만 핸디의 표정을 보니 꽤 어려운 문제인가 싶었다. 핸디가 내 옆자리로 옮겨 와 귓속말로 자세히 설명해 주었다. 분명 지금 내 얼굴은 잿빛일 것이다.

종이봉투에서 다섯 개의 구름 조각들이 나오려는 듯 툭툭거렸다. 다섯 개의 구름 조각들의 색깔을 나타내는 알파벳 이니셜을 선택하는 게 제일 쉬운 방법인 듯 했다. 우선 색깔들을 순서대로 배열했다. 빨간색의 R, 노란색의 Y, 초록색의 G, 파란색의 B, 보라색의 P를 다섯 개 크로니클의 알파벳으로 정했다.

"한 번에 멋지게 만들어 봐."

폴린 교수는 와인을 마시며 거들먹거렸다.

핸디 필머레이는 긴장한 듯 나를 빤히 쳐다보았고, 도런트도 내가 어떻게 할지 궁금한지 나를 지켜보았다. 다만 다른 두 명의 신입생들은 뾰로통해져서 나에게 별 관심이 없는 듯 했다. 에트만 헬링턴 교수는 머리에 핀을 꽂으며 신경을 집중하고 있었다.

머릿속에서 떠오른 건 그저 색깔과 단어의 느낌이었을 뿐 나는 거의 아무런 생각도 없었다. 자리에서 일어나 연극배우라도 된 것처럼 단어들을 쭉 말했다.

"Red, Ruby, River
Yellow, Young, Yet
Green, Goat, Gate
Blue, Bloom, Bee
Purple, Plum, Promise"

사람들이 모두들 나를 빤히 쳐다보았다. 과연 어떤 크로니클이 만들어질 것인지 다들 궁금해진 모양이었다. 하지만 정작 내 머리는 텅 비었다. 그럼에도 나는 다섯 개의 크로니클이 모여 하나의 시를 이룬다는 데 생각을 집중했다. 결국 그 뜻이 연결되지 않는 단어들도 어떻게든 하나의 뜻을 만들 수 있다는 데 생각이 미쳤다.

The Red River looks like a princess' Ruby.
The Young lady couldn't get there Yet with Yellow fruit.
The Goat is coming into the Gate biting Green leaves.
The Season of the Bees is Blooming now under the Blue sky.
The Plum is the Promise of the Purple to the young lady, the
princess.

붉은 강은 공주의 루비 같다.
젊은 숙녀는 노란 과일을 가지고 아직 거기에 이르지 못했다.

염소는 초록 잎사귀들을 물고, 문으로 들어온다.

벌들의 계절은 파란 하늘 아래 꽃피고 있다.

자두는 젊은 숙녀, 공주에게 보랏빛의 약속이다.

그렇게 말해놓고도 머리가 멍했다. 핸디는 팔짝 뛰어와서 내 뺨에 키스를 했다. 폴린 교수는 나를 빤히 쳐다보고는 와인을 한 모금 마셨다. 도런트의 눈은 반짝 하고 빛났다.

종이봉투안의 색깔 구름 조각들은 내 손을 밀어내고 밖으로 나와 스케치북 안으로 흡수되었다. 다섯 색깔과 풍경이 조화를 이룬 그림이 나타났다. 폴린 교수는 내 스케치북을 홱 낚아챘다.

"이 그림은 내가 가지겠네. 아주 좋군."

폴린 교수는 이번에는 블레이머와 로즈마리를 지목했다.

"못할 거 같아요."

블레이머가 조그마한 소리로 말했다.

"아니야. 이번에는 일곱 개의 크로니클을 만드는 것일 뿐이니까. 쉬울 거야."

폴린 교수가 그렇게 말하자 로즈마리가 입을 불쑥 내밀었다.

"한 개는 어떻게든 할 수 있겠는데……."

폴린 교수는 낄낄 웃고는 와인 잔을 높이 들고 다시 한 모금 마셨다.

"한 개가 가능해지고 그리고 다섯 개가 가능해지면 그 다음 크로니클은 백 개, 혹은 천 개 어쩌면 그 이상도 가능해지지. 원리는 같으니까. 마음을 열어두면 돼. 크로니클은 아름다운 조합이고 하나의 새로운 의미이며 구름 조각 그림과 함께 오크 힐의 특별한 장난스러운 유희이지. 하여튼 오크 힐은 색깔 구름 조각이 내려오는 몇 년 마다 한 번 알파벳 크로니클을 통해 오크 힐의 정신을 기념하지."

폴린 교수는 약간 취한 것 같았다. 그럼에도 폴린 교수는 어떤 상황이든지 그 상황을 잘 정리하고 거기에서 끌어내어야 할 점, 배워야 할 점, 기억해야 할 점을 잘 집어냈다. 다시 오크 힐에 와서 배운 첫 번째의 것, 알파벳 크로니클은 나에게 보다 넓고 깊은 의미의 세계를 열어 주었다. 여전히 머리가 멍했지만 나는 썩 기분이 좋았다.

벤이 다가오는 것이 보이고 내 귀에는 다시 늑대 울음소리가 약하게 울려왔다. 흠칫 놀란 것도 잠시 벤이 내 어깨에 얇은 이불을 덮어 주었다.

"주무실 시간입니다."

벤은 부드럽게 말했다.

주위를 보니 다들 자리에서 일어나고 있었다. 폴린 교수의 한 마디로 오크 힐의 축제는 정리가 된 모양이었다. 교수님들은 이미 보이지 않았고, 핸디와 도런트는 그들의 위더스와 함께 멀어지고 있었다. 블레이머와 로즈마리의 투덜거리는 소리가 유난히도 크게 들리는 밤이었다.

판투라 아이도스

새벽에 무언가가 날아들었나 보니 쪽지가 매어져 있는 화살이 벽에
박혀 있었다. 피터 힐멘인가 싶어 다시 잠에 빠져들었다. 아침에 화살을
빼내고 쪽지를 풀어 보았다.

> 축제라고 시끄럽게 굴기에 난 잠이나 잤어. 그나저나 다시 왔다는
> 소릴 들었다. 후아루들이 난리를 치더군. 어쨌든 이번에 내가 개설한
> 강의에 학생으로 와 줘야겠어. 눈 뜨자마자 언덕 위의 떡갈나무로 올
> 라와.
>
> – Peter Hilmen

벌써 시간은 10시였다. 나는 얼른 옷을 갈아입고 떡갈나무까지 올랐
다. 피터 힐멘은 다시 피터팬 복장을 하고서 모자를 얼굴에 덮고 잠들
어 있었다. 내가 그에게 다가가자 그는 잔소리를 했다.

"늦게 왔군. 배우려는 자세가 없어."

그 말에 긴장한 채 서 있는데 코고는 소리가 들려왔고 그는 한참 후
에나 깼다. 그는 아무렇지도 않은 듯 일어나더니 떡갈나무에 걸린 메모

판에 무언가를 휘갈겨 쓰고는 나더러 읽으라고 했다.

　　　감각을 기르는 것

　나는 그대로 읽었다.

　"뭔가 부족해. 읽는 것도 저리 딱딱하니 동물적 감각이라곤 파리의 똥만큼도 없지."

　웃음이 나올 뻔 했지만 피터 힐멘의 눈초리가 살벌해서 꾹 삼켰다.

　"지금 네가 느끼는 걸 다 말해 봐."

　"벌써 수업이 시작된 겁니까, 선배?"

　"시끄러. 느끼는 거나 말해 봐."

　선선한 바람, 높은 하늘과 부드러운 잔디, 그리고 추억을 간직한 떡갈나무, 등등 나는 주변의 것들에 관심을 가지고 둘러보았다. 눈을 살짝 감자 바람에 섞인 바다의 소금 냄새가 코와 입에 약간 스며들었다. 무엇보다도 좋은 건 바람의 촉감이었다. 시원한 바람이 내 몸을 휘감고 빠져나가는 느낌, 그건 무엇보다도 좋았다.

　"바람의 나라에 와 있는 것 같습니다."

　"감각을 통해 벌써 상상의 세계로 들어갔군. 어쨌든 제대로 가르치기만 하면 넌 인물감이야. 아무렴 그래."

　피터 힐멘은 등을 돌리고서 조심스럽게 무언가를 빽빽하게 메모판에 적기 시작했다. 그가 의기양양하게 나를 돌아보았을 때, 나는 벌써 그 문장들을 다 읽은 뒤였다. 약간 착잡해지는 것이 내가 무슨 야생 사자와 대치한 조난자가 된 기분이 들어서였다.

　모든 감각을 열어 놓되 각각의 감각을 구별하고 또 전체적으로 감각을 통일하기도 해야 한다. 자신의 감각이 무얼 느꼈는지 확실히 알고 타 존재가 느낀 감각에 대해서도 꿰뚫고 있어야 한다. 이제는 존재들을 둘러싼 배경의 분위기도 파악해야 한다. 이 세 가지에 대한 감각을 꿰뚫으면 언제 어떻게 행동해야 하는지에 대해 가장 빨리 행동할 수 있다.

그러니까 아무도 없는 초원에서 내가 사자와 마주보고 있을 때 살아남을 방법에 대한 조언인 것 같았다. 어쨌든 상황 속에서 타 존재와 나를 제대로 파악하기로 내용을 정리했다. 물론 피터 힐멘이 정리해 준 것이 정리하기 전 보다는 나았다.

"그래서 말이지. 무기는 언제나 필요하다구."

피터 힐멘이 활시위를 퉁기며 말했다.

"재빨리 쏴야 하거든. 아니면 내가 죽으니까. 특히 멧돼지를 만나면 좀 더 도구가 많아야겠지만."

나는 속으로 한숨을 내쉬었다.

"저는 사냥은 하지 않을 거라서요."

"사냥만의 문제가 아니야."

피터 힐멘이 버럭 소리를 질렀다.

"어떤 상황이든 너를 둘러싼 상황과 적이든 아니든 상대방과 너 자신에 대해서 귀를 기울이고 있어야 한단 말이야. 그리고 또 중요한 게 한 가지 있는데, 그건 단서를 연결해 가는 힘이지. 그 과정에서 주의해야 할 건 버릴 건 버리고 취할 건 취한다는 거야."

그 말은 수긍이 갔다. 이전에 '파이나루우트의 어둠'을 찾아갈 때 피터 힐멘이 단서를 찾으며 장소를 찾아내는 건 확실히 그의 능력이었다. 나는 고개를 끄덕였다.

갑자기 귀가 시끄러워져 돌아보니 후아루들이 나타나 떠들고 있었다.

그들은 순식간에 내 얼굴에 잉크를 묻히고는 깔깔댔다. 피터 힐멘은 팔짱을 끼면서 후아루들을 노려보았는데 그들은 피터 힐멘을 공격하지는 못하고 물러갔다.

"거 봐. 저런 요정들에게는 어수룩하게 보이면 안 돼."

나는 얼굴에 잔뜩 묻은 잉크를 닦아내며 한편으로는 고개를 끄덕였다.

"수업을 너무 많이 했군. 내일 마지막 수업은 기대해도 좋아."

피터 힐멘은 성큼성큼 언덕을 내려가 버렸다. 나는 손바닥으로 잉크를 닦으며 해변으로 돌아왔고 점심을 가져온 벤이 나를 보고서 큭큭 웃어댔을 때 손수건을 부탁했을 뿐이다.

나는 손수건으로 얼굴을 말끔히 닦고 나서 삽시간에 주위가 어두워졌다는 걸 느꼈다. 벤도 주위에 없었으며 다시 한 번 늑대의 울음소리를 들었다. 정신이 아뜩해지고 나는 그 자리에서 넘어졌다. 어딘가의 통로 속으로 빨려 들어간다는 느낌이 들고 그곳은 어두웠고 뭔가 좁은 곳을 간신히 통과했다는 느낌이 들었을 때 나는 어두운 장소에 일어서 있었다. 그곳은 지독히 어두웠지만 나는 내 피부에 스미는 어두운 기운이 사악한 것이 아니라는 건 알 수 있었다. 보이지 않는 곳에서 그 누구를 만날지 모르는 것이다.

피터 힐멘이 말한 감각이 여기 이 어두운 곳에서 곤두서서 상황을 파악하고 있다.

검은 기류 두 줄기가 가까이로 날아오더니 그것들은 조그만 유리병 속으로 들어가 버리고 유리병은 코르크 마개로 닫힌 뒤 천천히 내 손 위로 내려앉았다. 그것이 손에 닿았을 때 갑자기 어두운 공간 위로 시간의 모든 순간이 빠른 속도로 흘러가고 있었다. 마침내 화면은 지금 서 있는 내 모습을 비춘 뒤 소멸되었다. 화면에서 나타난 말은 '현재는 미래의 열쇠다.'라는 거였다.

나는 다시 어지러움을 느끼고 쓰러졌지만 유리병은 꼭 쥐고 있었다. 내가 도착한 곳은 오크 힐이 아니라 로디커 프레더의 서재 카페였다. 나는 그를 만났던 그 자리에 앉아 있었고 로디커 프레더는 내 손에 있는 유리병을 낚아챘다.

"그게 뭐죠?"

"앱솔루트 아이의 양 극의 힘이다."

"그걸로 뭘 할 수 있죠?"

"앱솔루트 아이의 양 극의 힘을 가진 자는 판투라 아이도스를 열 수 있다. 모든 보물이 끝없이 생성되는 끝이 없는 구멍, 즉 보물의 무저갱이지."

나는 왜 로디커 프레더가 앱솔루트 아이를 목적으로 삼았는지 알 수 있었는데 동시에 든 생각은 그 무저갱이 분명 로디커 프레더를 삼키리라는 거였다. 나는 그가 유리병의 코르크 마개를 열어서는 안 된다는 생각이 들었지만 나로서는 그의 두 눈에 이글거리는 욕심의 불꽃을 꺼 버릴 수 없었다. 그는 코르크 마개를 열었고 유리병에서는 천천히 두 개의 검은 기류가 나오기 시작하더니 순식간에 서재 카페 밑을 뚫고는 무저갱의 검은 소용돌이를 만들어냈다. 그 속에는 오직 두려운 어둠뿐이었는데도 로디커 프레더는 무저갱 속으로 껑충 뛰어 들어갔다. 비명 소리가 들려오고 거센 바람이 서재 기페를 휩쓸기 시작했다.

서재 카페의 모든 것이 바람에 뽑혀서 무저갱 속으로 들어가고 있었고 이상하게도 나는 자리에서 꼼짝도 하지 않고 박혀 있었다. 두려움이 급가속되는 순간 바람이 멈추고 무저갱도 막혀 버렸다. 앱솔루트 아이의 두 기류는 사라지고 그것들을 담았던 유리병만 깨진 채 바닥에 뒹굴 뿐이었다.

문을 열고 들어온 사람은 포니 라벨이었다.

"자네가 가진 판단의 상자를 들어보고 싶군."

나는 머뭇거렸다.

"지금 일어난 일이 무슨 일인지 알 수가 없을 뿐이에요."

"로디커 프레더는 결국 자신이 파놓은 그물에 걸려든 것뿐이야. 그 과정에서 자네를 이용했고 말이지."

"포니 라벨 씨는 다시 돌아오신 건가요?"

"그런 셈이지. 새 작품을 집필할 생각이야. 늙긴 했어도 판단의 상자가 만들어 내는 인식을 표현하고픈 욕심이 들어서지. 나도 내 글에 대한 욕심으로 판투라 아이도스에 빨려 들어가는 건 아닌지 두렵긴 하지만."

"포니 라벨 씨의 새 책을 읽는다는 건 정말 세상에 더할 나위 없는 영광이에요."

"잘 듣거라, 러스 퍼거."

포니 라벨 씨는 다 부서진 의자에 걸터앉고는 기침을 수차례 했다.

"때가 되면 우리는 자기 자신이 되어야 한다. 함께 살고 있더라도 타인을 존중하되 우리는 우리 자신이 되어야 한다. 우리 자신이 된다는 것은 스스로가 세운 체계로 성립시킨 세계를 바탕으로 매순간 인식하고 판단해서 그 세계를 더욱 풍요롭게 만들어가는 것을 뜻한단다. 내가 돌아온 것도 그러한 이유에서란다. 나는 좀 더 인식할 수 있었고 이제 그걸 좀 더 표현해 보려고 하는 것이란다. 너도 어떤 일을 하게 되든 네가 세운 지성으로 인식하며 이루어 가는 길을 걸어야 한다. 그것이 판투라 아이도스가 우리 눈앞에 열려 우리를 유혹해도 그 속으로 뛰어들어가지 않을 수 있는 가장 큰 보물인 자기 자신이 된 사람을 우리가 가지게 된 걸 의미한다. 러스 퍼거, 앞으로 너는 자기 자신이 되길 바란다. 물론, 나는 믿는다. 네가 타인을 존중하고 너의 미래를 빛나는 것으로 열어갈 줄을. 그럼, 다음에 또 보자꾸나.”

포니 라벨 씨가 밖으로 나가고 나는 폐허가 된 가게 안에서 밖이 천천히 어두워지는 걸 느끼며 판투라 아이도스가 있던 자리를 계속 바라보고 있었다. 뭔가 휙 하는 소리가 들리고 나는 문득 앱솔루트 아이가 로디커 프레더를 그렇게 심하게 다루지는 않는다는 걸 느낌으로 알았다. 감각적으로 그것이 문득 분명한 사실로 느껴졌다.

천천히 가게 문을 열고 집으로 갔다. 엄마의 고함소리가 크게 느껴진 날이었다. 그로부터 며칠 뒤 핸디 필머레이가 쌍둥이 동생들의 소식을 담은 편지를 보내오고 왜 갑자기 오크 힐에서 떠났냐는 둥 투덜대는 건 여전했다. 나는 세계가 나의 선입관을 넘어서서 존재하는 것에 문득 미소를 지었다.

러스 퍼거 Russ Perger

초판 1쇄 인쇄 2013년 1월 18일

지은이 장현정
발행인 김재홍
책임편집 권다원, 이은주, 이현주
마케팅 이연실

발행처 도서출판 지식공감
등록번호 제396-2012-000018호
주소 경기도 고양시 일산동구 견달산로225번길 112
전화 031-901-9300
팩스 031-902-0089
홈페이지 www.bookdaum.com
전자우편 book@bookdaum.com

가격 13,000원
ISBN 978-89-97955-40-4 03810